谨以此书献给

为创建国家森林城市做出贡献的人们

创森是市委、市政府作出的重大战略部署，各地各部门要提高政治站位，切实增强创森工作的紧迫感和责任感，立即行动起来。各地各部门要加大工作力度，倒排工期，确保完成所有创森工程项目建设。各地各部门要借鉴创卫和创文的经验，加强创森宣传，要形式多样，生动活泼，做到家喻户晓，营造人人参与创森的浓厚氛围，进一步提升市民群众对创森的知晓率、支持率和满意度。

　　——摘自湖北省政协副主席、黄石市委原书记马旭明2018年2月9日在全市创森工作会议上的讲话

　　文化之美，在于化人。生态文明不仅体现在物质层面，更需精神追求。悠久厚重的工业文明，造就了黄石包容、创新、唯实、自强的城市精神，生态文明则让黄石人更加懂得绿、爱护绿、用好绿，我们结合森林城市创建举办园博会、矿博会，不仅是回味脚下这片神奇土地发展的足迹，更是鞭策当下建设者们热爱自然、尊重自然、爱护自然，让黄石在前进道路上走得更稳、更好、更漂亮。

　　——摘自黄石市市长董卫民2016年9月27日在"生态黄石、灵秀湖北"生态文化论坛上的致辞

山水林城
美丽黄石

湖北省黄石市创建国家森林城市纪实

艾前进　编著

经济日报出版社

图书在版编目（CIP）数据

山水林城　美丽黄石：湖北省黄石市创建国家森林城市纪实 / 艾前进编著 . —北京：经济日报出版社，2018.6

ISBN 978-7-5196-0381-6

Ⅰ . ①山… Ⅱ . ①艾… Ⅲ . ①纪实文学—中国—当代 Ⅳ . ① I25

中国版本图书馆 CIP 数据核字 (2018) 第 133353 号

书　　名：	山水林城　美丽黄石：湖北省黄石市创建国家森林城市纪实
编　　著：	艾前进
责任编辑：	王　含
责任校对：	刘妙怡
出版发行：	经济日报出版社
地　　址：	北京市西城区白纸坊东街 2 号（邮编：100054）
电　　话：	010-63567690（编辑部）　63567687（邮购部）
	010-63516959　63559665　83558469（发行部）
网　　址：	www.edpbook.com.cn
E - mail：	edpbook@sina.com
经　　销：	全国新华书店
印　　刷：	中国电影出版社印刷厂
开　　本：	787×1092mm　1/16
成品尺寸：	185×260mm
印　　张：	16
字　　数：	200 千字
版　　次：	2018 年 6 月第一版
印　　次：	2018 年 6 月第一次印刷
书　　号：	ISBN 978-7-5196-0381-6
定　　价：	98.00 元（全彩）

特别提示：版权所有・盗印必究・印装有误・负责调换

序言

一张新时代的绿色答卷

湖北省林业厅厅长　　刘新池

　　湖北生态地位重要。习近平总书记先后两次视察湖北，要求切实推动高质量发展、切实实施乡村振兴战略、切实做好民生工作、切实加强作风建设。省委、省政府要求全省人民自觉强化"生态优先、绿色发展"的工作导向，全面做好生态修复、环境保护、绿色发展"三篇文章"，积极探索把绿水青山转化为金山银山的实践路径，以长江经济带发展推动经济高质量发展。五年来，全省林业系统深入学习贯彻习近平总书记系列重要讲话精神和视察湖北时的殷殷嘱托，紧紧围绕中央和省委、省政府的决策部署，立足林业职责使命，持续推进国土增绿、资源增量、产业增效、林农增收，林业改革发展取得长足进步，很多工作迈入中部乃至全国先进行列。黄石人民以森林城市创建为抓手，全面落实"绿满荆楚行动"和"精准灭荒"工作，向党和人民交出了一份新时代的绿色答卷。

　　美丽中国，人人都是建设者。青铜文化发源地黄石市，三千多年的冶炼史，曾使当地到处呈现寸草不生的裸露矿坑，伤痕累累，资源枯竭。5年来，黄石市各级党委政府转变执政理念，累计投入近百亿元，按照国家和省级森林城市创建标准，高质量地建成了"十大工程"。充分遵循创建森林城市的价值取向和生态林业的发展规律，改善生态，改善民生，以人为本，改善人居环境；科学落实国土空间规划和森林城市创建规划，严格按照当地生产、生活、生态空间规划，实行严格用途管制，使生态空间实现绿水青山；有效培育生态建设的市场主体和群众主体，出台优惠政策，鼓励林业企业参与建设，引导市民植绿爱绿；务实统筹林业生态建设的政府资源和社会资源，让永久性的生态产品成为社会和民众最需要的公共产品，逐年推进全民创森。无山不绿、有水皆清、四时花香、山河锦绣的生态美景，反映出黄石创森的高质量与城乡全域扩林增绿、与整体生态环境变美、与生态幸福指数提升的过程有机联系、层层递进、相互衔接、互为促进。

上下同心，同频共振，续写新篇。黄石"创森"较好地体现了"山水林田湖草是生命共同体"的命题，走出了一条"绿水青山就是金山银山"的路径，是绿色发展理念和生态治理思路的转型升级，引领着美丽中国湖北篇章建设的步伐。希望大家借鉴黄石做法，以人民为中心，深化林业改革创新，强化生态修复，发展绿色产业，提升质量效益，全面开启新时代湖北林业现代化建设。

是为序。

天眼观黄石　明青松　摄

前言

积尺寸之功　成创森伟力

王 含

　　经济日报社是国家森林城市评选的六家发起单位之一。出版社有幸接受黄石市委、市政府创森纪实图书的编辑与出版，深感光荣和自豪。在近一年的组织出版中，我深入基层调研，被各级党委政府和人民群众的创新创造精神所感动，结合图书出版留下一点感想，便于读者阅读方便。

　　习近平总书记在"既要绿水青山，也要金山银山""两山论"的基础上，要求各级干部"多积尺寸之功"。天下大事，必作于细。尺寸之功属"潜"功，短时间内不显山不露水，经长年累月之后才露峥嵘。黄石市从2013年至2018年，利用5年时间走过了一条森林城市创建的艰苦道路，成功创建了省级森林城市，正在冲刺国家森林城市。5年创森路，不仅仅是各级党委政府的事，不仅仅是各级干部的事，而是全体人民群众共同的奉献和追求，一系列创森成果考验了黄石建设生态的恒心和毅力，照射出了他们绿色发展的坚守和品格。

　　5年来，黄石这座资源枯竭型转型试点城市，以全民创森作基础，坚持生态立市，推动工业发展从高碳向低碳、从黑色向绿色、从制造向创造，挖掘"城市乡愁"，在工业遗址催生发展新动能，较好地用绿色指挥棒引领了黄石的转型之路。通过创森，他们自我摆脱"唯矿思维"和"恋矿情结"，把生态文明建设放在前所未有的高度，刮骨疗毒，壮士断腕，主动关停600多家"五小"企业、非法矿山和无序发展的模具钢企业，全部拆除市内长江岸线123个非法码头泊位。累计投入百亿元，造林绿化面积60多万亩，生态修复开山塘口110个，复垦绿化工矿废弃地过万亩，逐步抚平生态伤痕。环保监测数据显示，中心城区环境空气质量好于国家二级标准的天数连续多年达到每年310天以上。黄石的创森成果和转型力度得到省委省政府的高度赞誉。省委书记蒋超良视察黄石，肯定坚持生态优先、推进转型发展的历程与成效，勉励他们把大冶湖生态新区建成灵秀湖北的绿色发展样本。省长王晓东调研黄石，希望他们坚持和贯彻新发展理念，推动形成绿色发展方式和生活方式，实现保护与治理并重、建设与绿化同步、经济与生态协调的多赢局面。

巩固创森成果，坚守理念之绿的根本。5年来，黄石市围绕建设富强创新大城文明美丽幸福黄石，深入实施工业强市赶超发展战略，全面按照国家森林城市创建规划的10大重点工程建设，40项评价指标全部达标，成功源于理念之绿。他们在绿色转型发展中，从解放思想入手，从转变观念发力，高举生态立市产业强市大旗，通过生态城市大创建，在灵魂深处爆发"绿色风暴"，扭转了资源依赖的惯性，打破了"资源魔咒"，彻底走出了持续几千年的采矿经济时代，实现了资源型城市从生态自省走向生态自律、迈向生态自觉的深刻转变。理念是行动的先导，他们进一步树牢绿色发展理念，始终把生态作为立市之本，坚定不移走出了一条生态优先的绿色发展之路。

巩固创森成果，把握发展之绿的关键。2014年启动创森以来，黄石市造林绿化面积每年以10万亩的速度推进，累计完成造林面积76万亩，每年造林面积均大大超过国土面积的2%，森林覆盖率提升至37.3%。2015年和2016年，共完成绿满荆楚行动造林27.7万亩，超出省林业厅下达的2015年至2017年计划任务（25.5万亩）2.2万亩，实现三年任务两年完成。实施精准灭荒三年行动2018年完成7万亩。新建一批城市公园，截至2018年5月，新增公园绿地面积360.3公顷，建成区绿化覆盖率41.72%，人均公共绿地面积16.28平方米。创森是一面镜子，较好地影响和推动了黄石的绿色转型。从黄石市的转型看，绿色发展既是战略，也是战术，是既要"绿色"又要"发展"的现代化发展新路径。近几年来，他们坚持把"发展第一要务"与"绿水青山就是金山银山"深度融合，大力推进产业转型，通过"去黑"、"着绿"、"育新"，扩大产业"含绿量"，全面推动产业生态化、生态产业化；大力推进生态转型，关"五小"、治"五水"、创"五城"，山复绿，水变清，天更蓝；大力推进城市转型，以大冶湖生态新区建设为核心，打破大山大湖阻隔，推动城市由"沿江时代"、"环磁湖时代"向"环大冶湖时代"迈进，市域一体化发展格局全面拉开；大力推进体制转型，以40多项国家和省级试点为抓手，深化供给侧结构性改革、投融资体制改革、"放管服"改革等,改革红利不断释放,体制机制活力不断焕发。

巩固创森成果,强化民生之绿的目的。全民创森的民生之效最直接的体现是林业产业和生态环境。近5年来,在林业产业方面,黄石市每年新增油茶、杉木基地5万亩以上,全市已建成各类林业产业基地157万亩,其中油茶36万亩、杉木等速生丰产林74万亩、苗木花卉10万亩、白茶3万亩、经济林20万亩、中药材5万亩、林下经济7万亩,培育省级林业产业化龙头企业12家,涉及油茶种植与加工、苗木花卉生产、竹木加工、林产化工等多个领域,全市林业总产值达到63.7亿元。在良好的生态环境供应方面,人们从"盼温饱"到"盼环保",从"求生存"到"求生态",他们坚持把生态环境作为最大的民生,作为全面建成小康社会的重要内容,与精准扶贫、精准脱贫结合起来,大力增进生态福祉,打造绿色民生。建立并落实县(市)区轮流举办园博会机制,实现办一届园博带绿一片区域、带活一地经济、带富一方群众。一批以园博园、矿博园为主体的生态旅游景区景点,极大推动了生态游、乡村游,带动了周边群众办农家乐、卖农产品,不出门尽享绿色福利。

巩固创森成果,集聚文化之绿的内核。创森5年来,他们在举办常规林业生态节会的基础上,先后举办了在全国全省3场有影响的大型生态座谈会、园林博览会、生态文化论坛。文化之美,美在化人。推进绿色转型发展,是一个深植生态文化的过程。从黄石几千年发展历程看,他们经历了"敬畏自然、以自然为中心"到"征服自然、以人为中心"两个阶段,正在朝着"崇尚自然、人与自然和谐共处"第三个阶段迈进。在这一进程中,他们大力弘扬和培育生态文化,把生态理念、生态文化渗透到社会方方面面,树立生态价值、涵养生态智慧、构建生态制度、增强生态自觉,处处展现出"绿色之美",时时体现出"生态之魂"。

(作者王含系经济日报出版社副编审)

目 录 CONTENTS

序言　一张新时代的绿色答卷　　　　　　　　　　　湖北省林业厅厅长　刘新池 / 1
前言　积尺寸之功　成创森伟力　　　　　　　　　　　　　　　　　　王 含 / 3

特　稿　绿富美托举新黄石
——黄石市创建国家森林城市纪实　　　　　　　　　　　　　　　　艾前进 / 1

第一篇　卓识远见　思想决定行动

中共黄石市委　黄石市人民政府关于坚持生态立市产业强市加快建成鄂东特大城市
　的决定 / 28
中共黄石市委　黄石市人民政府关于加快林业发展的意见 / 33
中共黄石市委　黄石市人民政府关于加快推进绿满黄石行动的决定 / 37
黄石市国家森林城市建设总体规划 / 41
黄石市创建国家森林城市工作情况汇报　　　　　中共黄石市委　黄石市人民政府 / 50
基于生态文明建设的国家森林城市创建　　　　　　　国家林业和草原局　程 红 / 55
树立绿色发展理念　创建国家森林城市　　　　　　　　湖北省副省长　周先旺 / 58
创建森林城市　建设美丽黄石　　　　　　　　　　湖北省林业厅厅长　刘新池 / 64
推进绿满黄石行动　建设国家森林城市　　　　　　　　　黄石市市长　董卫民 / 67
全力补齐创森短板　如期完成创森重任
　　　　　　　　　　　　　　　　　　黄石市委副书记、政法委书记　杨 军 / 71
着力四个坚持　创建森林城市　　　　　　　　　黄石市委统战部部长　杜水生 / 75
创建国家森林城市　建设宜居美丽黄石　　　　　　　　黄石市副市长　李 丽 / 78
关于创建森林城市的实践和思考　　　　　　　　　黄石市林业局局长　郑治发 / 81

第二篇　全民争创　共建美丽家园

绿色全覆盖的大手笔——大冶市创建森林城市纪实　　　　　　　　　冶　创 / 86
当好黄石创森排头兵——阳新县创建森林城市纪实
　　　　　　　　　　　　　　　袁知雄　赵小涛　骆寒阳　艾前进 / 89
生态优先黄石港——黄石港区创建森林城市纪实　　　　　　　　港创森 / 101
醉意山水间　何记思乡愁——下陆区创建森林城市工作纪实　　　陆创轩 / 110
西塞山前白鹭飞——黄石市西塞山区创建森林城市纪实　　　　　陈福军 / 117
见证——铁山区创建森林城市纪实　　　　　　　　　　　　　　铁　闯 / 119
以茶为媒　金海加快绿色崛起
　　——黄石经济开发区金海管理区创建森林城市纪实　　杜　鹏　费三河 / 128

第三篇　科学推进　十大工程显效

黄石市创建国家森林城市指标体系 / 134

第一章　"两核"城区绿量提升工程务实推进

马旭明同志要求我市全力争创国家森林城市　　　　　　黄石市创森办 / 136
黄石市召开创森迎检工作会议　　　　　　　　　　　　黄石市创森办 / 139
黄石市四大家领导带头参加义务植树为创森添绿　　　　黄石市创森办 / 140
"绿满荆楚"调研组来黄实地调研　　　　　　　　　　　　　方　驰 / 140
副市长李丽一行来铁山调研创森工作　　　　　　　　　黄石市创森办 / 141
吴大洪带队赴淮北、莱芜、日照三市考察学习石质山造林绿化经验
　　　　　　　　　　　　　　　　　　　　　　　　　黄石市创森办 / 142
创森助力湖北黄石开发工业旅游　　　　　经济日报　郑明桥　丁元拾 / 142
西塞山区打造家门口的"口袋公园"　　　　　　　　　　黄石市创森办 / 145

第二章　"三屏"造林绿化工程持续加强

黄楚平副省长来我市调研精准扶贫和精准灭荒工作　　　黄石市创森办 / 148
刘新池厅长到大冶市调研精准灭荒工作　　　　　　　　黄石市创森办 / 150
省林业厅副厅长王昌友一行到阳新督办精准灭荒工作　　黄石市创森办 / 151
精准灭荒　绿美阳新　　　　　　　　　　　　　　　　阳新县县政府 / 152
我市三个单位荣获全省"绿满荆楚行动"先进集体荣誉称号　黄石市创森办 / 153

第三章　"一带四珠五廊"绿化工程科学延伸

省林业厅厅长刘新池来黄调研门户绿化和通道绿化工作　　　　黄石市创森办 / 155
坚持新区建设与老城区改造并重　着力打造优美宜居的滨水城市　　侯　娜 / 156
黄石市林业局开展"长江生态大保护"林业专项行动　　　　　　黄石市创森办 / 157
大棋路和大广南高速铁山连接线绿化提速　　　　　　　　　　　黄石市创森办 / 158
阳新县大力开展道路绿化　　　　　　　　　　　　　　　　　　黄石市创森办 / 159
省政府第二督察组来我市督查精准灭荒工作　　　　　　　　　　黄石市创森办 / 159
阳新着力打造高速公路"绿色门面"　　　　　　　　　　　　　黄石市创森办 / 160
西塞山区码头复绿工程效果初显　　　　　　　　　　　　　　　黄石市创森办 / 161

第四章　矿区生态景观修复工程创新突破

薄银根副市长检查开山塘口抗旱保绿情况　　　　　　　　　　　黄石市创森办 / 162
塘口披上绿装　建设美丽黄石　　　　　　　　　　　　　　　　黄石市林业局 / 163
废弃采石塘口绿化治理对策　　　　　　　　黄石市林业局副局长　石章胜 / 165
黄石市黄荆山北麓开山塘口生态修复治理初报
　　　　　　　　　　　　　　　　　　　黄石市林业局总工程师　范柏林 / 168
生态立市　产业强市　绿色成为发展底色——湖北黄石借力园博谋转型　李艳芳 / 171
铁灰尽　绿茵披——"亚洲第一坑"涅槃重生　　　　　　人民日报　田豆豆 / 173
工业伤疤变身绿洲宝地　　　　　　　　　　　　　　　　人民日报　赵　珊 / 174
从"光灰城市"到光辉城市　　　　　　　　　　　　　华中师范大学　李明月 / 177
"石"全"石"美　　　　　　　　　　　　　　　　　中国地质科学院　杨帅斌 / 178
铁山区矿山地质环境治理示范工程建设基本完成　　　　　　　　黄石市创森办 / 180

第五章　美丽乡村建设工程成效显著

绿美振兴大王镇　　　　　　　　　　　　　　　　　　　　　　　黄经宣 / 181
绿色金牛的金色梦想　　　　　　　　　　　　　　　　　　殷　珂　余锦杰 / 183
坚持生态引领　促进转型发展　　　　　　　　　　　　　　　　黄石市创森办 / 184
还地桥首届桃花节开幕　三万游客情醉漫山桃林　　　　　　　　黄石市创森办 / 186

第六章　林业产业富民工程稳步提升

黄石开发区金海管理区白茶产业助力绿色发展转型　　　　　　　　李文雄 / 187
湖北大冶借瑞晟"芳香产业"强势突围　　　　　　　　　　　　　　尹永光 / 189
依托生态谋发展　构筑绿色生态梦　　　　　　　　　　　　　　黄石市创森办 / 193
我市6家企业获得第二届中国·武汉绿色产品交易会金奖　　　　黄石市创森办 / 194
关于命名表彰全市"十大造林示范基地"等林业先进典型的通报　黄石市创森办 / 194

第七章　生态旅游建设工程蓬勃向上

三兄弟捐3000万打造诗画上冯　　　　　　　　　　　　　　　　　段兵胜 / 198

劲牌公司捐资亿元为黄石百姓修建柯尔山－白马山公园　　　　王舒娴　沈 莉 / 200
我市举办2016年全国登山健身步道联赛　　　　黄石市创森办 / 201
矿冶名城的文化之旅　　　　中山大学　顾敏煜 / 201
黄石市登山健身大会暨黄石港区第三届大众山登山节开幕　　　　黄石市创森办 / 204

第八章　森林健康经营工程有序发展

黄石市诞生首个"国字号"林业生态品牌　　　　黄石市创森办 / 205
磁湖湿地公园一期开园　　　　黄石市创森办 / 206
黄石莲花湖湿地公园入选国家湿地公园试点　　　　黄石市创森办 / 208
黄石市乡土植物物种多样性调查及园林应用潜力分析
　　　　　　　　　　　　　　　　　　　华中农业大学教授　陈龙清 / 209

第九章　生态文化建设工程不断加强

第三届湖北生态文化论坛在黄石举办　院士专家共谋资源枯竭城市绿色转型
　　　　　　　　　　　　　　　　　　　　　　　　　　　黄石市创森办 / 214
"生态黄石、灵秀湖北"主题生态文化论坛举行　　　　黄石市创森办 / 215
湖北黄石举办首届园博会　　　　李儒仁　马芙蓉　黄姣姣 / 216
阳新举办黄石第二届园博会　　　　冯梓晔　毕 军 / 217
黄石创森　一座城市的生态宣示　　湖北日报　陈雄涛　范柏林　吴 峰 / 218
绿笔，铺陈黄石生态底色　　　　梁坚义 / 221
大冶市获评"湖北省森林城市"称号　　　　黄石市创森办 / 226
大冶市首届兰花文化展览会成功举办　　　　黄石市创森办 / 226
黄石开展创森摄影比赛作品评选活动　　　　黄石市创森办 / 227
中央省市网络媒体到我市开展"生态转型探访网湖"活动　　　　黄石市创森办 / 228
第七届黄石槐花节盛大启幕　　　　黄石市创森办 / 229
阳新县大力开展创森宣传提升"两率一度"　　　　黄石市创森办 / 231
黄石西塞山区青春助力吹响创森冲刺总号角　　　　黄石市创森办 / 232

第十章　森林支撑保障工程不断健全

我市绿满荆楚行动及森林防火工作获省林业厅通报表扬　　　　黄石市创森办 / 234
市林业局局长郑治发督查大冶市冬季造林　　　　黄石市创森办 / 235
市林业局副局长石章胜督查阳新县冬季创森造林整地工作　　　　祝 劲 / 236
七峰山林场狠抓森林防火和造林绿化　　　　黄石市创森办 / 237
黄石市第三次林业有害生物普查工作全面完成　　　　黄石市创森办 / 237
下陆区积极防治松材线虫病害　　　　黄石市创森办 / 238

绿富美托举新黄石

——黄石市创建国家森林城市纪实

艾前进

"让居民望得见山、看得见水、记得住乡愁",如此诗意的话,是党中央、国务院在新时代以生态建设为牵引的新型城镇化和乡村振兴的基本要求。2013年,习近平总书记视察湖北指出:"人类生存的环境只有一个,破坏了就很难修复。在发展中既要金山银山,更要绿水青山,说到底绿水青山是最好的金山银山。"他要求湖北"着力在生态文明建设上取得新成绩"。林业生态如何使绿水青山发挥出持续的生态效益和经济社会效益,使城乡发展避免千城一面、千村一貌,让人看一眼便记住并心向往之。对此,湖北省黄石市结合绿色经济转型、绿满荆楚行动和精准灭荒,积极推进国家森林城市创建。5年来,黄石人民在经济发展与生态保护矛盾中,找准了绿色发展方向,以加快建设现代化特大城市为目标,"一张蓝图绘到底",唱响了一首波澜壮阔的"创森变奏"曲。如今的黄石,由里往外处处透着美。

"百里黄金地,江南聚宝盆"。在湖北人眼里,黄石是一座令人羡慕的城市,是中华民族青铜文化的发祥地,三千多年的矿冶炉火生生不息,成就了"青铜古都"、"钢铁摇篮"、"水泥故乡";黄石是一座令人尊敬的城市,张之洞在大冶创办第一家矿业公司,开中国近代民族工业先河,建市以来累计向国家贡献2亿多吨铁矿石、6亿多吨非金属矿石,直接上缴利税400多亿元;黄石是一座令人骄傲的城市,20世纪90年代以前,黄石的城市规模、工农业产值等多项数据一直稳居全省第二位,一路书写"黄老二"辉煌;黄石是一座令人向往的城市,作为长江区域中心城市,在长江经济带建设中起着重要的节点承载作用。面对这样厚重的人文历史和独特地位,省委书记蒋超良亲临黄石视察创森成就,要求黄石坚持生态优先,推进转型发展,努力成为灵秀湖北实现绿色发展的样本,为城市转型发展探路,为人民群众创造良好人居环境;省长王晓东要求黄石人民巩固创森成果,牢固树立"绿水青山就是金山银山"的强烈意识,坚持和贯彻新发展

特稿 绿富美托举新黄石

湖北省委书记蒋超良（左二）视察黄石绿色发展情况

理念，推动形成绿色发展方式和生活方式，实现保护与治理并重、建设与绿化同步、经济与生态协调的多赢局面。

"建成支点、走在前列"。黄石创森5年来，周先旺、马旭明两任市委书记和董卫民市长接力同心，率领260万人民群众干在当下，谋在长远，用"绿水青山就是金山银山"的科学论断打破环境与经济二选一的思路，以"创新、协调、绿色、开放、共享"矫正传统发展理念，深入解放思想，围绕"生态立市、产业强市"战略，建设现代化大城黄石。他们树立久久为功的定力和以人为本、后现代、产城共融、共建共享的发展理念，全面提升城乡规划、建设和管理品质，坚定不移地成功创建了省级森林城市，现在正在冲刺夺牌国家森林城市。

黄石市各级林业部门按照中央、省委和市委关于加快生态建设的要求，不抢跑，不拖宕，最大限度地发挥改革创新的凝聚、耦合、放大功能，引领全市务林人和广大群众同心同德，围绕建设大城黄石目标，协调、组织创建国家森林城市，使城更美、山更灵、水更秀，立体展现出了一幅"山水林城、美丽黄石"的秀美画卷。

生态为基，制度为要，产业为帆。黄石市围绕"一带串两核，三屏护四珠，五廊贯黄石"的总体规划，实施十大重点工程，着力发展生态林业、民生林业。创森5年来，黄石市、大冶市成功创建省级森林城市，阳新县正在冲刺省级森林城市。通过十大重点工程建设，累计完成造林绿化76万多亩，新增城市绿地240.67公顷，建成城市生态绿道39.48公里，建成省级森林公园6个，国家湿地

湖北省省长王晓东（右四）视察黄石生态文明建设

公园2个，省级湿地自然保护区1个，省级自然保护小区4个，省级森林城镇6个，省级绿色示范乡村126个。龙凤山、黄荆山森林公园、小雷山森林公园、七峰山森林公园等获批中国森林体验基地，大冶市上冯村、坳头村和铁山区熊家境村获批中国慢生活休闲体验村，上冯村还被评为全国生态文化村，阳新县南市村入选中国美丽休闲乡村。全市先后承办了全省"坚持生态优先、推进转型发展"座谈会、首届湖北省（黄石）园林博览会、第三届湖北生态文化论坛，每场生态文化节会精彩纷呈。全市累计建成各类林业产业基地157万亩，培育省级林业产业龙头企业12家，林业总产值达到63.7亿元。

转变职能，转变作风，改革创新，定型致远。全民创森进入夺牌攻坚期，黄石市委市政府多次专题研究，集中谋攻，以此作为进一步提升城市形象的重要行动优化规划，加强城区工矿废弃地绿化力度，坚持小班作业，建立责任制，保证绿化存活率。采取财政拨付和向上争取等多途径筹资方式，建立全社会联动机制，把加快推进森林城市建设变成全市各级各部门和广大市民的自觉行动。5年来，

特稿　绿富美托举新黄石

2018年5月24日，国家林业和草原局副局长彭有冬、宣传办副主任马大轶在湖北省林业厅副厅长王昌友、黄石市政府常务副市长叶战平陪同下检查指导黄石市国家森林城市创建工作

黄石市围绕重点山系、江堤河岸及重要湿地、主要交通干道两侧、居民聚居地、特色林业基地等地实施宜林荒山造林、通道绿化和水岸绿化、镇村绿化美化、绿色产业富民、退耕还林等绿化工程，实现了全市宜林地、无立木林地、通道绿化地、村庄绿化地应绿尽绿，建起了比较完备的森林生态体系。国家森林城市创建得到国家和省林业部门的褒扬，国家林业局向黄石打开了竞评国家森林城市的冲刺大门。省林业厅厅长刘新池赞誉说："黄石把百姓利益放在首位，遵循生态建设价值取向，遵循林业发展自身规律，将高山远山作为刚性主攻目标，做大、做强、做美绿色黄石，全面创建国家森林城市，绿满打造新优势，绿富提升新动能，绿美赶超新发展，全面提升了群众的获得感和幸福感。"

2015年3月，时任黄石市委书记周先旺，市长董卫民，时任市人大党组书记王晓梅，时任市政协主席郭远东视察工矿废弃地复垦绿化

上篇　绿满打造新优势

黄石创森的辉煌背后，一些曾使人骄傲的矿区沦落为"千疮百孔的矿山，灰尘漫漫的山道，伤痕累累的土地，长满荒草的坑口"，虽有夸大成分，却是资源枯竭不争的残酷现实。

2013年初，习近平总书记的"两山"理论在华夏大地的裂变开启，黄石市委市政府创新践行"绿水青山就是金山银山"的理念，以生态林业为先导，以"绿满荆楚行动"为基础，主动去掉"恋矿情结"，摆脱"唯矿思维"，决心改变巨大的生态赤字，带领全市人民按照"生态立市、产业强市"战略，走产业发展与生态保护协调发展之路，通过3至5年时间建成省级森林城市和国家森林城市，再用10到15年的努力，建成鄂东特大城市，成功创建国家生态市。

5年来，黄石市林业局党组书记、局长郑治发率领班子成员把市委、市政府的创森目标和省委、省政府"绿满荆楚行动"和"精准灭荒"的要求，与黄石林业建设有机融合，着力修复矿山生态，提升城乡绿美水平，按照国家"多规合一"要求，

| 特 稿 | 绿富美托举新黄石 |

2016年春季，时任黄石市委书记的周先旺（左）、市长董卫民（右）带头参加义务植树

向市委、市政府提出制定一个相对长时期的森林生态建设规划，满足省政府"绿满荆楚行动"、国家森林城市创建和国家生态市争创所需，引领全市人民把"一张蓝图干到底"。

"青铜故里绘山水林城之韵，矿冶之都开生态文明之花"。市委、市政府支持林业部门主动作为，多次专题研究林业生态建设，连续5年以省和国家森林城市创建为主题召开全市动员大会，将纵深推进的"绿满黄石行动"、"精准灭荒"作为实施建设大城黄石的重要内容，作为改善人居环境、提升幸福指数的重大惠民工程，向全市人民发出全面加强生态文明建设的年度动员令。市县林业部门积极履行生态建设主力军职责，把保护好长江生态屏障作为最大责任，把建设生态美丽家园作为履职使命，把盘活资源兴办林业产业作为爱民追求，提高统筹协调能力，实现了加快经济发展与保护生态互动双赢。

回望5年创建路，现已升任副省长的原市委书记周先旺领航黄石期间，依靠理念之绿、发展之绿、民生之绿、文化之绿，以"绿满黄石行动"为抓手推进绿色转型，成功创建省级森林城市。市长董卫民高看生态林业，厚爱全民创森，把冲刺国家森林城市视为"坚持工业强市、加快赶超发展"的保底工程，强化生态修复治理，明确滨水城市定位，建设宜居宜业的绿美新黄石。5年接力护美绿青山，久久为功做大金山银山。换了"新活法"的黄石，在转型发展之路上，尽享生态红利。放眼未来，坚持与探索并重，自觉与责任同行，绿色黄石愈发自信。

2017年12月27日，时任黄石市委书记马旭明，市长董卫民等"四大家"领导深入创森重点工程之一的磁湖湿地公园上游段调研

高规格推动创森行动

拥长江，承矿都，古老的黄石因生态资源开掘而兴盛；居鄂东，扼要津，今日的黄石因森林生态修复而精彩。"创森"的决心下定后，黄石市采取"两步走"战略，先由湖北省林业规划院设计省级森林城市创建规划，累计投入资金30亿元，完成造林绿化49.6万亩，使36个考核指标合格，于2015年成功获取省级森林城市。紧接着，优选国家林业局林产工业规划设计院科学制定《黄石市国家森林城市建设总体规划（2016-2025）》，力争再用两三年的时间，力求2018年建成"国家森林城市"，让绿色成为黄石城市主色调。

黄石"创森"，鄂东大城的生态宣言。为了早日践诺这一绿色宣言，黄石市委市政府每年早春都准时拉开了一场党政军民义务植树的"绿化战场"。2018年3月6日上午，市四大家领导带领市直机关干部和人民群众数百人，深入黄石奥林匹克公园景观轴地带，拉开今年全民义务植树序幕。董卫民、周蔚芬、罗光辉、杨军、陈丰林、钟丽萍、叶战平、徐继祥、李丽等市领导和干部群众干劲十足，大家互相配合，挥锹培土、扶直苗木、踩土围堰，栽下一株株香樟、栾树树苗，植下一片片桂花、樱花新绿。人民群众从市领导的率先行动中，牢牢记住了这是一个创建国家森林城市的夺牌年和三年精准灭荒的开局年，广大市民和全社会关心、关注、支持全民创森和国土绿化工作，上下同心全民植树，为城乡家园增添了浓浓绿荫。

综观创森5年历程，年年的义务植树和全民创森都呈现出了领导的高规格和行动的大气势。从市委、市政府到市人大、市政协，只要领导在家，都放下手头的一切，投身到义务植树的"战场"，带领党政军民上山造林，进园植树。每一年都围绕市和各县区重点创森项目装绿扮景，增添"城市乡愁"。

这"乡愁"的背后，是深化改革的立说立行，是绿化美化的说到做到。2014年春天，黄石市动员全民创森，绝不仅仅是对城市空间"锦上添花"，而是围绕林业生态修复建设绿色新黄石。市、县(区)林业部门主动协调，联合住建、园林、交通、水利等多部门密切合作，边优化设计，边审查方案，边准备施工，边筹措资金。工作人员取消休假，不分白天黑夜，分工合作拿出了"五边三化"（在长江边、河湖边、城区边、干道边和集镇边进行绿化、洁化、美化）和"八园六带"（"八园"指牛头山、枣子山、骆驼山、柯尔山、白马山山地生态公园、卫王湿地公园、北纬30度生态公园、团城山公园扩建；"六带"指大广连接线下陆段"黄金带"、团城山公园滨水"樱花带"、磁湖南岸滨水绿带、大泉路"月季带"、河西大道"桃花带"、光谷大道绿化带）规划方案。全市按照这一"路线图"和"时间表"，全面实施城市节点及通道、生态村镇和机关企事业单位等城乡绿化工程。铁山区2013年在废弃的矿坑地上建设园林花卉展，市政府推广经验并引入竞争机制动员全市竞办园博会，2014年大冶市成功举办黄石首届园博会，2015年阳新争办第二届园博会。黄石探索的园博路径受到省政府肯定，2016年湖北省（黄石）首届园林博览会落地黄石，湖北省委省政府将第三届生态文化论坛的主办权赋予黄石。2018年3月在大冶市举办了以"森林城市·兰香大冶"为主题的首届兰花文化展览会，吸引中外兰花爱好者数万名。

全民创森，突出城市生态系统中绿楔和绿心的保护与建设，并以绿廊串联起城市公共绿地和外围生态绿地，构筑山环水绕多组团的大景区图景。5年来，市主要领导主持市委常委会和市政府常务会议，专题研究，视察建设成果，并多次作出批示指示。市委、市政府分管领导协调、指挥各委办局精诚合作，优化方案，解决难题，有序推进。各县市区成立相应的高规格指挥部或领导小组，确保领导到位、专班到位、措施到位。

过去精彩不等于今天出彩，超越自我才有明天的荣耀。市县两级按照城乡一体、全域布局、上下联动的要求，以干事创业的认真劲儿广泛组织发动，每年都掀起了一浪浪绿满黄石行动的热潮。2016年3月，阳新县打破植树造林的形式主义，分头行动，注重实效，县委书记带领县委办干部到白沙镇金龙村义务植树，县长组织政府机关干部深入七里岗增添绿色风景，县政协绿化驻点的富池镇孟铺村，县人大植树陶港镇上徐村，法官为帮扶的玉塝村栽种百棵桂花树，医生护士到坳上村栽种腊米树苗过万株。2017年，大冶以"灭荒年"打响全省"精准灭荒"第一枪，结合"创森"投资数千万在宜林荒山和无立木林地造林3万多亩。2018年，西塞山区投资4200万元在黄荆山高标准承建国家登山健身步道10公里，市民游走既可体验峡谷幽深、云中草甸、潺潺溪水、林木葱茏等自然景观，又可登高远眺半城山色半城湖的黄石城

湖北省林业厅厅长刘新池深入黄石市检查指导创森工作

市美景。5年来，全市干部职工结合精准扶贫，发展林业产业，带动百姓全员植树，累计植树60多万株。黄石军分区政委杨小平为"铁城植绿青年志愿者服务队"授旗，成为铁山义务植树先锋队。黄石日报、市妇联、财政、地税联合组织300多名志愿者，到东方山张家湾社区陈家湾村种植了一片片"致富林"。全社会植绿护绿，黄石城乡涌现出一大批绿化美化精品工程。

高标准建设长江生态屏障

悠悠长江，绵延万里，宛如一条巨龙，托起中国最具发展潜力的经济带。"共抓大保护，不搞大开发"的理念已深入人心，坚持生态优先、绿色发展，长江经济带发展战略成为黄石创森的精彩篇章。湖北省委书记蒋超良强调，要坚决做好湖北段长江生态环境治理修复工作，摆在压倒性位置。黄石人民清楚，境内有79公里长江岸线，长江生态修复任务重，他们自觉担当，主动作为，建设绿色增长极。

全民创森使全市人民清醒地意识到，黄石发展与长江安澜息息相关，如果没有长江的天然航运条件和富足的水资源，就没有三千年的冶炼辉煌。不能因为矿山资源枯竭而粗放发展加剧长江"污染重负"，黄石要"挽住云河洗天青"，保证长江生态绝对安全稳定。

视野比智力重要。市委、市政府没有把全民创森仅仅放在城镇市民眼前，求新求变，制定出了"一带串两核，三屏护四珠，五廊贯黄石"的森林生态屏障布局。黄石林业沿长江"一带"和黄石-大冶同城化主中心、阳新县城市副中心"两核"，构筑保护长江生态的北部黄荆山－东方山、中部七峰山－贾家山、南部吴山－排山"三屏"山体森林生态，保安湖、大冶湖、网湖、仙岛湖"四珠"水系森林生态，打造纵横贯通全市的大广、武阳、黄咸、杭瑞高速和106国道"五廊"干道森林防护屏障，通过3年多的高标准建设，加固了长江黄石段的生态安全。

多年来，黄石林业唱响"保护天然林，维护生命线"的主旋律，采取停伐、封育、退耕、造林、改坡、迁移"六管齐下"的生态治理措施，保护天然林资源，使辖区长江流域内的森林植被得到了有效保护。市林业局联手县(市、区)，把"增绿量、上档次、创特色、出精品"的要求落实到长江岸线、重点支流与湖泊的生态屏障建设上，对绿化布局、品种选择、苗木规格、色彩搭配、工程实施等环节严格把关，要求在重要节点栽植大苗，确保流域生态和绿化美化效果。

实施重点工程，打造生态屏障。近几年来，黄石市把长江沿岸、富水流域、大冶湖流域、王英库区和黄荆山沿线作为生态建设的重点区域，坚持不懈地实施天然林保护、退耕还林、长防林等国家林业重点工程，全市林地面积320万亩，森林面积达到254万亩，活立木蓄积量490多万立方米，森林覆盖率达到37.3%，是中部省份长江沿岸绿化投入相对最集中、森林资源增长最快的同等城市之一。

一方面在淘汰落后过剩产能上做"减法"，另一方面在生态环保和发展新动能上做"加法"，黄石创森走出了长江经济带区域协同和绿色发展的新路径。特别是"国森"创建3年来，全面打响水、气、土壤治理保卫战，将矿山变成景区，污水恢复清流，使黄石这座千年的矿冶之城正在向生态旅游新城、养生养老新城转变。全市人民在加大长江沿线绿色屏障建设的同时，林业部门主力主为，持续深入开展"长江生态大保护"林业专项行动，实施日查夜巡，查处违法运输木材和野生动植物等违法犯罪行为，向党中央和人民群众交出了一份长江屏障生态建设与保护的满意答卷。

高要求管护森林资源

森林城市不是一城一镇的纯粹绿美，而是全民共建的城乡繁荣，是生态林业的领域拓展，是生态经济发展的方式转变，既需要政治勇气，又需要讲究方法；既需要顶层设计，又需要敢闯敢试；既需要统筹兼顾，又需要重点突破。市委、市政府结合实际，把影响长江生态安全的天然林保护与地方经济发展的矛盾，置于改革创新、结构优化、四化同步、民生改善等领域中，突出重点，强力攻坚。

不搞争论，唯实务实。黄石市林业局一班人深入林区、山头地块，破解"天保"难题，主动调结构，保护纯天然的宽林带，建设生态与经济兼容的经济林大产区，创造出了坚持宣传发动与实际行动并重、坚持实施进度和工程质量并重、坚持广筹资金与强化资金管理并重、坚持森林资源保护与合理开发利用并重、坚持木材限伐与调整木材生产结构并重、坚持资源发展与保护并重的经验。

结合全民创森和"绿满黄石行动"的实施，黄石林业改变传统管护方式，在全市天然林保护区运用现代信息技术看守森林，监测病虫害，防火预警，形成了一张覆盖全市的电子安全信息网。

5年来，黄石市县各级加强管理和考核，夯实创森成果。在新造林的管理上，林业部门对新造林地派驻技术人员全程跟踪服务，做好浇水、松土、除草和森林防火、病虫害防治等抚育管护工作，提高幼树成活率，真正做到"栽一片，活一片，留一片"；在森林资源的管护上，严格执行林木采伐和征占用林地限额管理制度，加强生态公益林管理、湿地和野生动植物保护，组织开展"天网行动"、"砺剑行动"等林业专项整治，严厉打击破坏森林资源的违法犯罪行为。5年累计查处各类林业案件150多起，其中行政案件80多起，刑事案件60多起，处理违法犯罪嫌疑人125人，依法取缔无证木材收购站和经营加工点36个；在森林防火工作上，全面加强森林防火责任、宣传教育、预警监测、林火阻隔、预防扑救五大体系建设，实行森林火灾事故责任和案件"双查"，先后问责10人，处理火灾肇事者19人，全市共新建生物防火隔离带200公里，新开辟防火线800公里，组建了1200人的护林员队伍，有效提高了森林防扑火能力；在考核督办上，市委、市政府将创森造林绿化工作纳入县(市)区目标管理，与考核奖励挂钩。对造林绿化进度缓慢和未完成任务的地方，进行通报批评，对其主要领导实行约谈和问责。在春季造林和秋冬森林防火季节，通过现场会督办、领导批示督办、媒体督办、创森办成员分片督办等方式强力推进创森工作，有效保证了森林城市创建工作的顺利开展。

基层在生态林管护中同样各负其责，各显其能。大冶市、阳新县、铁山区、下陆区、西塞山区将森林管护细划到区，责任到人，持证上岗，建立管护日志。云台山和七峰山林场认真实施封山育林，加强森林资源的培育和管理，依靠科技支撑，狠抓森林病虫害的监测与防治，使森林资源得到了有效保护。

面对灾情科学应对，减灾防灾力保资源。2016年夏天，黄石连续遭受5轮强暴雨袭击，外洪内涝使林业受灾面积6万多亩。市县区林业部门反应迅速，深入一线防汛救灾止损，坚持林业安全生产，局党组成员分片分工督办，组织市县林业技术人员深入田间地头技术指导，指导林农清沟沥水、扶苗培土、清洗消毒、病虫害防治，奋力把洪灾损失降到最低。黄石林业抗灾自救的做法受到省林业厅的高度肯定，成为全省市州减灾自救的典范。

中篇　绿富提升新动能

有绿水青山才有远方。黄石科学运用习近平总书记的"两山"理论,让"创森"与"绿富"一致,既保护了林业经济生产力,又发展了林业产业生产力。

在董卫民市长的眼里,现代经济社会越发展,对生态环境的依赖度越高,生态环境越好,对生产要素的吸引力、集聚力就越强,绿富是黄石赶超发展的新动能。政府十分清醒创森的意义,支持创森建设园区化林业产业,选择项目更加挑剔,以绿色发展理念吸引了一大批环境友好型项目落地。黄石一定要当好"两山"理论实践的模范和样板,走向社会主义生态文明新时代。

创森5年来,黄石市注重林业产业建设,奋力抢抓长江经济带建设机遇,积极发展以木本油料、花卉苗木、生态旅游为主的绿色经济,提高生态产业比重,在做大经济总量这个"分母"的同时,做大绿色经济这个"分子",是黄石市委、市政府结合创森建设大城黄石的明确要求。

经济处于湖北前列的黄石市,同样存在不小的贫富差距。阳新、开发区是黄石"十三五"需要重点攻坚的三大扶贫片区,全市还有130多个山区村的9.5万农民需要精准扶贫、精准脱贫。越是贫困的地方,对自然资源与生态环境的依存度越高。从2015年至2017年扶贫脱困的4.7万多农民来看,加强林业产业扶贫开发,减少贫困人口,是减轻生态环境压力的根本。

黄石务林人发挥林业产业的放大功能,树立正确的资源观、科学的开发观和绿色的财富观,守住发展与生态底线,护"绿"懂"绿"用"绿",向绿色要红利,让绿水青山为山区林农带来金山银山。结合创森,黄石市绿化委员会向全社会公开表彰了阳新三元公司、湖北瑞晟公司、金海白茶等十大造林示范基地,宝塔湖苗圃、长绿苗木、天造园艺等十大示范苗圃和阳新县硖石村王小玲、西塞山区凉山村游海见等十大造林标兵和十大护林标兵。

这些获奖的单位和个人是黄石林业产业建设的生力军,他们在市县林业部门的指导和帮扶下,在绿满黄石和全民创森中突出产业升级,运用新科技提升传统林业产业,统筹融合、优化调整、转型升级现代林业,培育了一系列生态经济的发展新支撑。截至2017年底,全市已建成各类林业产业基地157万亩,其中油茶等经济林54万亩,杉、松、樟、杨等用材林70多万亩,苗木花卉10万亩,在林业产业化龙头企业的带动下,林业对林农增收致富的贡献率达到30%以上,林业增加值增速30.41%。

围绕"三品"创名牌

大力发展林产品中的消费品、终端产品及各类新产品，实施精品名牌战略，提升品牌价值。立足品牌促发展，是黄石创森振兴林业产业的基本任务。近几年来，全市统筹发展林业产业，注重建设以木本油料、林果林药、林下种养、竹木产品、林产化工、生态旅游等为主体的高端名牌产品。

林业富民，油茶飘香。位居黄石林业产业四大支柱之首的油茶，种植历史悠久，已在阳新、大冶和开发区广泛建设，其中创森5年新增18万亩。

"这是近几年建设的2000多亩油茶林，林下种植中药材，药材短期两年有收入，油茶8年能稳产"，阳新县龙港镇黄桥村支书成善安宏图正展。在林业产业精准扶贫的"能人引领"战略棋局里，他是重要的一枚子，林农指望跟着他耕山致富。林业部门和黄桥村党支部顺应民意，成善安组织村民采取股份制创办油茶园，召集在外"下苦力"的农民回村管护油茶。短短4年时间，全村40户村民入股近200多万元，种植油茶4000多亩。林业局提供优质种苗，安排专家指导，油茶长势良好，让入股村民看到了共同富裕的希望，"空壳村"变成了绿色村。

黄石市林业局帮扶阳新县持续兴油茶，立志打造湖北油茶第一县，形成了种植规模和油茶品牌。在林业生态示范县创建中，省市每年下达造林任务5万亩，县里每年新造油茶1.8万亩左右，占总面积的30%多，截至2018年3月，油茶总面积22万亩，提前一年实现了油茶发展目标。

区域发展，龙头引领。阳新县排市镇西元村林农明春桃，承包荒山种植油茶2.1万亩，年产油茶籽3000吨，成立了阳新三元实业有限公司。如今，年产精炼茶油120多吨，优质茶油品旗舰店开到了省城，他们还通过电商开通国际贸易，把阳新产品销到了海外。专心油茶产业，排市镇多个村庄集约发展，连片种植，带动了一方

绿色黄石　邹幼勤　摄

百姓致富。

精准对接，延伸链条。富川油脂有限责任公司是黄石的本土企业，日处理油茶籽100吨，是省林业产业化重点龙头企业，荣获中国绿色食品、国家地理标志保护产品、消费者满意产品，多次在国家和省级林博会夺金奖。林业部门帮助企业加大科技投入，共同做强做大，使富川山茶油产品走出黄石，占领了武汉、北京、上海等重点城市的超市和卖场。运用"专家技术顾问+公司+基地+农户"的产业化经营模式，示范建设自有基地过万亩，为合作乡镇培植重点油茶专业合作社，共建油茶基地5万多亩。公司与陶港镇油茶种植户签订收购合同，面积达2万多亩，公司先期垫付管理资金，指导林农绿色管理，以每公斤高出市场0.4元价格进行回收，辐射带动油茶面积10多万亩，油茶加工原料基本得到保障。

富川山茶油不仅荣获了湖北省著名商标，俏销产品走红新加坡、日本等10多个国家和地区，圆了黄石务林人的油茶梦，收益期长达七八十年的"铁杆摇钱树"，为黄石开发区和阳新、大冶等集中发展油茶的乡村撑起了强壮的经济"擎天柱"。

全市类似这样的省级林业产业龙头企业共有12家。泉口生态农业科技发展有限公司是黄石市2017年新培育的湖北省林业产业化龙头企业。这是一家伴随黄石创森而创立的林业企业，总投资近7000万元，以种植销售香菇为"拳头"产品，仅两年时间便走出黄石，走进了黄冈浠水和江西九江，总种植面积300多亩，年投放600万棒香菇，年创产值8000多万元。

泉口生态农业科技公司的香菇产业发展很快，不仅吸纳了本村贫困户就业，也吸引了周边各村69户贫困户到香菇基地打工。泉口村村主任陈敬洲说，村里现有36户贫困户在香菇基地打工，还有46户村民认领了香菇大棚，保底收入1.5万元。此外，入股分红的还有50多户村民。2017年，总共有40户村民拿到了第一笔分红，每户5000元，更多贫困户入股公司当了股东。说是股东，其实入股的钱来自银行的扶贫贷款，钱不经过农民手，直接打到湖北泉口生态农业科技发展有限公司，还款也由该公司直接还，股东坐在家里收钱即可。在林业部门的支持帮扶下，公司建成了3个冻库，并筹备建设深加工厂。公司董事长马君伟说："从事花菇产业，只要掌握技术，绝对有钱赚。花菇既能卖鲜品，还可以加工成花菇罐头、花菇酱。一年只辛苦几个月，投入产出比非常高。"他和公司计划在黄石发展1500亩花菇种植基地，使年产值上升到4亿元。

依托"四新"促升级

攀登产业制高点，拓展发展新空间。黄石林业部门自觉将市委市政府全力发展"新技术、新产业、新业态、新模式"的要求，通过"创森"引领林业产业转型升级，上升为黄石发展的新经济。

采煤塌陷区，变身白茶园。2018年4月21日，黄石第四届金海白茶文化旅游节开幕。3万多市民和国内外茶商来到金海开发区，品白茶，听对歌，登女儿山。

过去的金海，因为"金山煤海"而得名；而今的金海，因为"金山茶海"而远扬。翠绿的山峰、清新的空气、热闹的人群，每年都吸引众多市民踏青采茶观光。

就在10年前，这里还是省市煤矿的重点企业。早在明朝，金海就盛产优质煤炭，成为官方开采基地。直到20世纪90年代建区之初，这里还凭借3500万吨探明储量、2300万吨保有储量，一举跻身全省勘探程度最高、赋存条件最好、煤炭质量最优的煤田之列，是鄂东南最受瞩目的"煤都"。

早年毕业于林校的刘浩，现已升任为黄石经济开发区金海经济开发管委会书记，在金海工作了20多年，在他的眼里，采煤塌陷区域内坑洼破败、灰头土脸，和美丽一点关系都没有，"黑、脏、乱"是它的真实面孔；雨天一身泥、晴天一身灰，是当时周边居民的真实生活写照。有着数百年煤炭开采史的金海矿区，煤矿最多的时候，大小煤矿有70多座，曾为黄石、湖北乃至全国早期的经济建设作出过重要贡献。但由于长期煤炭开采，全区塌陷地面积高达3万亩，占全区塌陷地面积的三分之一还要多。矿井陆续关停，此前过于依靠能源的发展路径被舍弃。然而，几百年的采煤史已经给这里留下了道路断裂、村庄淹没、农田沉降的烂摊子。

资源枯竭了，思想不能枯竭。林业专业出身的基层干部刘浩痛定思痛，金海必须走生态优先、绿色发展的路子。他说服当时的金海镇委镇政府，从2016年开始引进安吉白茶，实验性对采煤塌陷区实施改造，并提出改造不仅要有决心，更要有智慧。利用采煤塌陷形成的地形地貌，通过"挖深填浅、分层剥离、交错回填"为核心的土壤重构技术，对采煤塌陷破坏的土壤进行重构，恢复土地生态调节功能。

2013年5月，随着黄石创森的全面启动，包括金海在内的大冶湖南岸"两镇一区"划归黄石经济技术开发区托管，与大冶湖北岸的汪仁、金山、章山一道，举起绿色发展的令旗，共同组成全新的大冶湖生态新区。从此，曾经的"金山煤海"正式退去身上的"黑色"，依托白茶产业走上了绿色发展的新路子。5年创森使金海改造成为"变废为宝、化腐朽为神奇"的生动诠释，成为全国采煤塌陷治理、资源枯竭型城市生态环境修复再造的样板。

回望金海转型，刘浩最开始指导煤老板黄平国把事业从地下转到地上，尝试白茶种植。他通过研究比对，金海区内的女儿山濒临大冶湖，雨量充沛、光照足、无霜期长，非常适宜白茶生长，甚至出茶期比安吉当地的白茶还要早出一周。上好的白茶价格在每斤1000元以上，"明前茶"的价格更高，金海白茶有着天然优势。在刘浩的指导下，黄平国不断扩大种植规模，从最初的300亩到500亩，再到目前的1000多亩；从一开始的一个人单干，到发起成立合作社带着本村的村民合伙干，再到引导周边的农户一起参与，共同打造"金海白茶"品牌。

黄平国在女儿山上的白茶基地是金海白茶连片种植面积最大的一块，占到了全区总量的三分之一。刘浩书记说，经过多年的建设，"金海白茶"种植总面积已达

特稿　绿富美托举新黄石

到两万多亩，影响并辐射到阳新、大冶及黄冈、九江等地，白茶产量由区内的2万多斤上升到区域内的9万多斤。白茶种植的快速推广，不仅带来了采茶制茶的兴起，万亩茶场辅以秀美多姿的女儿山，金海的生态农业、休闲观光旅游业也悄然勃发，"以茶兴旅、以旅促茶、茶旅并进、齐步发展"的发展思路逐渐变成现实。

在全民创森的推动下，市区联手帮扶金海进一步加大土地流转力度，集中连片开发区内和区外白茶，进一步扩大白茶产业园种植面积，做大做强金海白茶产业。结合创森的奖励，黄石经济开发区设置白茶产业发展带头人、白茶产业发展特别贡献奖等奖项，进一步加大政府补贴服务力度，助推白茶产业的发展壮大。

在更大的场景里，面积不断增加的茶场、女儿山上的国家级登山健身步道和山下日渐成型的蔬菜瓜果采摘体验园相互融合、相互呼应，一个集茶文化体验、蔬菜瓜果采摘、生态产品销售、观光旅游于一体的农业生态观光体验园区即将在金海完美呈现。

在刘浩的产业版图里，金海开发区已经做出规划，配套建设茶街、茶园山庄等，利用规划的特色茶街，结合农业生态观光园，把功能较单一的白茶开发成以茶文化为主题的茶业展示、贸易为主要功能，以生态农业产品的展示、销售、餐饮为辅助功能的综合性、多功能商贸娱乐街区，让金海成为黄石地区白茶产业的发展交流中心、技术支撑中心、销售集散中心，让更多的百姓群众从"白茶梦"中得到效益、收获幸福。

白茶富民，金海生金。新技术、新产业、新业态、新模式，大冶湖生态新区支持金海白茶加快转型崛起，借助国家森林城市创建的利好政策，做精做优白茶产业，配套建设综合性、多功能商贸娱乐特色茶街，打造以生态农林产品展示、观光为主题的白茶山庄，有力地推动了开发区生态经济在全市的提质进位。

提升"五度"谋赶超

放大产业功能，守住生态底线，提升林业产业的发展"高度"，增加产业链的"长度"，增加产业的"宽度"，增加绿色发展的"深度"，以"第一力度"抓产业，

黄石市在关停煤矿区建成白茶产业园

让绿水青山带来金山银山，确保赶超目标得以实现。创森5年来，市绿化委每年表彰一批以三元油茶、瑞晟玫瑰花等代表的优秀造林示范基地，以宝塔湖苗圃、长绿苗木等为代表的先进示范苗圃，以阳新县硖石村王小玲、西塞山区凉山村游海见等模范建造产业林的标兵。

花中自有黄金屋。坐落在大冶市茗山乡的湖北瑞晟生物有限公司，在创森的5年里，公司建成香料植物基地1.2万亩，致力打造亚洲最大的香料基地和国际香料产品贸易中心、展示中心。茗山乡曾是黄石最穷的乡镇，因为一个企业和一个产业使其一跃成明星镇，人均年增收12.6%，80%农民工返乡就业。这是黄石创森把着眼点放在延长产业链、追求资源的附加值上的经典之作，由"卖资源"向"深加工"转型，增强了林业产业的竞争力，打造出生态经济的升级版。

湖北瑞晟生物有限公司万亩玫瑰基地，展现在我们眼前的是一望无际的花海。香草技术员吕付高曾在北京南海子公园工作了8年，他被瑞晟生物公司的诚意感动，来到玫瑰基地，成为从香草植物的育种到栽种、收获各个环节的技术指导。基地仅玫瑰品种就多达十余种，还有萝莉、薰衣草等多个种类。这些芳香植物都是用来提取天然植物香料的，其应用广泛，价格昂贵，市场供不应求。

以被誉为液态黄金的玫瑰精油提取为例，目前的技术提取率为1.5%~2%，大冶茗山土壤特别适合多品种玫瑰花种植，每30亩所产玫瑰花可提取1公斤玫瑰精油，销售价堪比黄金，每公斤在22万元以上。不计其提取过程产出的香露、香酱、各种结晶粉剂等附属产品，平均每亩产值7333元，是传统种植业亩产的6倍到9倍。而且，传统种植业每亩吸纳的农村劳动力约1人，而玫瑰基地每亩吸纳劳动力4.5人。所以，在生态产业增值的同时，大量农民从中增收。

2017年11月，黄石市6家企业获得第二届中国·武汉绿色产品交易会金奖

这还只是直接的经济增收，随着万亩玫瑰基地的全面建成，该园区将被打造成"亚洲第一芳香植物园"，茗山乡跻身"中国最美花乡"，带动了更多的游客前来旅游观光，带来了更多的以天然植物香精为原料的医药、化妆品行业的商务往来，潜在经济带动作用不可估量。

铺展创森使企业放开手脚，总投资过10亿元，在这里打造集产品研发与生产的综合型、生态型、环保型企业，集农业、工业、旅游业为一体，核心技术团队由多名博士生导师、博士和硕士组成，包括国际著名的香料加工调配专家、国家玫瑰产业著名专家和长期从事生态农业、香料生产加工和农田管理高级技术专家。背后还有中国农业科学院、中国农业大学、北京化工大学、华中农业大学植物科技学院、北京农学院的技术合作支持。

基地负责人说，他们充分利用万亩香料种植生态园形成的人文自然景观，着力打造成为武汉市及其周边城市的一个四季如春的后花园，为武汉及周边城市居民生态休闲、观光提供旅游资源。

红艳艳的玫瑰随风摇曳，千姿百态；蓝莹莹的薰衣草花香四溢，沁人心扉。瑞晟公司引导周边山村种植多种芳香植物，从原料种植加工到开发天然、绿色化妆产品，建成了芳香产业三产融合示范基地。企业在环杨桥水库周边流转土地1.6万多亩，扩大建设规模，延伸产业链条，扩大众创空间。自2015年开始，与上海交大合作创办国际芳香创新论坛，每年一届。2017年香博会吸引国内外客商参展，黄石现场签约30亿元。黄石市委副书记杨军赞誉说，芳香产业把青山绿水转化为金山银山。大冶市保持创森力度，强力建设芳香产业创新高地，把万亩芳香基地打造成芳香博览会永久会址，定期举办芳香博览会、芳香创新论坛等活动，不断扩大黄石在全国甚至世界芳香产业行业影响力和产业高度，进一步推进黄石的大开放大发展。

与实力雄厚的大型林业产业龙头企业不同，走出农村、走向富裕的徐维才，用自己的创森情怀回报家乡，把已经废弃且千疮百孔的西塞山区徐自滚村打造成了黄石城市的后花园。

徐自滚村是西塞山区的一个特困村，距离市区10多公里，在政府的引导下，实施全村移民搬迁。祖祖辈辈的村民对于这座"山"的概念既清晰又模糊，他们能一下说出曾经的巍峨、陡峭、灵秀，但他们又会不免苦恼，因为自己依靠、生活多年的青山被搬迁后村民无序开采片状石材，山林失去土壤，再也没有了"山"的模样。环境污染和生态破坏，使村子更加破败不堪。2014年，家乡黄石启动全面创森，在武汉经营电器的成功老板徐维才，带着数百万资金回乡创业，在采石场上建设樱花谷，既可以重建美化家园，又能够创业致富。

决定回乡创业的徐维才思来想去，觉得应该借着政府创森的改革大势，谋求新的发展。由此，他选择了绿化家乡，全新打造极具特色的樱花谷。他投资成立黄石市美林生态农业有限公司，计划将山上小学及徐自滚村周边300亩林地改造为醉美樱花谷、梦里桃花源、石景园3个板块组成的休闲、观光、旅游、教育科普基地。通过整体规划、逐步实施、建设配套观景平台、游览步道、卫生休憩设施，打造为黄荆山的亮点、鄂东的亮点，成为市民休闲、观光的乐园。那时，这座山已千疮百孔，山上到处是开石遗留的废弃地，村民搬迁后的山村废弃矿坑像钉子一样搜在山坳里。

徐维才的低产林改造项目得到黄石市林业局批准，造林地一签30年。"治理荒山先要修路，没路人走不到跟前；不修复废弃山，植树造林就不能还原生态；接下来考虑引水，有水树才能活……"简要几句话，徐维才及创业团队却不知为此付出了多少艰辛。

更为艰辛的却是利用山上垮塌、不通水、不通电的小学房屋改造游客接待中心，徐维才曾历经半年跑了40多次区政府相关部门签订租赁合同，因为种种原因而未成。他怕因为领导更迭而一次次地重新走"流程"，2015年10月，他给区委新任书记朱宏伟写信汇报自己的创业梦想和建设打算，得到区委区政府的全力支持。朱宏伟书记、区长周军率领区直各部门负责人上山现场办公，帮助他和美林公司解决了不少现实困难。

近几年来，徐维才在废弃山上种树，先用外来土壤稳固林地，按照规划从台湾等地引进早熟樱花品种进行栽植。在这片美丽的樱花里里，土是一筐一筐背上去的，粪是一袋一袋往上扛的，树苗是靠人背上去的。3年来，他带领团队在公园完成绿化300亩，栽植各类苗木2万多株，治理破坏的山体近万平方米，累计投资达千万元。公园建成了华中地区花开最早的特色樱花园，成为市民春季踏青、赏花的好去处。

田园风光

黄石市林业局局长郑治发被徐维才的创业坚守所感动，带领班子成员深入美林花园，结合创森项目和产业政策给予支持，于2016年早春办了一届赏花节，邀请市民去徐自滚村看樱花、赏桃花。"走出门去，观樱花如落雨；走出门去，看绿树绕山间；走出门去，享空气沁心脾。""西塞农民建设樱花园"的消息不胫而走，每年春天都迎来几万赏花游客，那年的黄荆山赏花节，几乎成了黄石最隆重的盛事。

在徐维才的创业之路上，徐自滚村山林改造的艰难岁月从未走远。在他看来，治污、种树是长久之功，夸不得海口，而企业在此过程中也历经了巨额投入，风险、前景并存，未来仍然压力不小。创业4年来，他坚持用理想和情怀激励自己，在迷茫中坚持，在纠结中前行，栽种各种樱花、桃花、牡丹石榴、北美海棠等大小名贵树木2万多棵，建设观光游览步道1000多米，使村子"起死回生"，环境污染得到控制，生态环境得到改善，樱花谷观赏、山林亲子乐园、生态教育基地、中小学研学旅行民宿的发展线路图清晰显现。我们相信，未来的樱花花海景观一定可以成为黄荆山森林公园的一张新名片，成为西塞山区建设美丽中国、美丽乡村的一张新名片。

青山常在，清水长流，空气常新。森林生态旅游提升了林业产业的"宽度"和"深度"。全民创森使曾经"千疮百孔"的黄石山体强壮起来了，青山秀水的姿容一天天美起来了。黄石林业配合旅游部门，引导人民群众将美丽山水资源转化为生态旅游资源，建成了铜绿山、东方山、西塞山、雷山、磁湖、仙岛湖、保安湖等一系列国家3A级以上的旅游景区，这一张张闪亮的名片，奠定了黄石生态旅游发展的基础。全市现有省级旅游强区和旅游名镇各1家、旅游名村2家、国家4A级旅游景区4家、3A级旅游景区4家、4星级以上农家乐8家以及具有旅游吸引力并具备接待能力的旅游景区、旅游村镇等10多家，形成具有一定规模和水平的生态旅游产业体系。

阳新县境内仙岛湖、七峰山景区景点的保护与开发，带动了林区和河湖湿地的农民从事生态旅游开发，形成了一群生态旅游服务的专业村。王英镇围绕黄石市生态优先、沿江开发的战略布局，确立"生态美镇、产业兴镇，奋力打造鄂东南旅游名镇"的理念，动员人民群众建设仙岛湖，享受生态福祉。隧洞村林农徐红星一家人来到仙岛湖的后背山，开发出一个"珍珠泉"景点，带动全村人从事生态旅游服务。

千顷园博，万亩花海。2014年9月26日，由大冶市承办的黄石首届园林博览会在茗山乡杨桥村开幕，将主题定位为"乡村园博·生态富民"，更显黄石产业转型的生态经济新意。这个以林业企业和林农为主力的园博会，是中国首个乡村"园博会"，园区起于大冶城区，覆盖了金湖、陈贵、灵乡、茗山4个乡镇街办，沿途串起了金湖公园、上冯古村、小雷山等18处生态旅游景点。在一个月的展期里，赏花游客超过100万人。其间举办生态经济论坛、生态产品展销、绿色经济商洽、生态建设项目签约等多项活动，实现旅游收入2.8亿元。

在"石头上种树"的铁山区全方位激活生态旅游经济，全域建设城市旅游功能区，保护好生态修复换来的一草一木，严格管理黄石国家矿山公园、东方山水库周边、龙瞿湾村北部、铁山城区、三岔路村东北部及木兰村喻家垄水库周边的林地资源，用生态旅游理念规划生态铁山，用游客的山水眼光来管理生态铁山，加大生态旅游的环境建设和设施配套，把铁山打造成了人人向往的世界铁文化生态旅游胜地。政府推进黄石国家矿山公园与东方山风景区融合发展，新建了两个生态恢复治理的文化广场，他们播撒绿色，赢得了中国最具特色旅游城市的美誉。

下篇　绿美赶超新发展

历史往往经过时间沉淀后才看得更加清晰。对比黄石建市以来的历次林业生态改革，担负创森重任的市委、市政府在改革中的一个突出特点，是将全民创森融入"绿满黄石行动"和"精准灭荒工程"，以制度为要，建立以林业生态修复为主的改善和提升黄石生态体系，并贯穿到全民创森的全过程。

市委市政府主要领导有很强的生态文明觉醒意识，市县各级林业部门有强烈的担当意识，2013年省级森林城市创建活动开启，正值省委省政府倡导"绿满荆楚行动"，黄石提出建立生态产业发展和生态建设绩效评价机制，建立生态补偿和激励机制，完善生态治理修复机制。要求把黄石作为一个大生态区系统规划，切实把开发利用与修复治理统一起来，按照"有序、有限、有期"要求，全面规范矿产开采治理，

通道绿化

加快走出采矿经济时代；全面启动覆盖城乡的"五边三化"生态环境治理示范工程，鼓励举办各层级的园博会，力争办一届园博会就留下一片园林景观，使栽花种草、植树造林、生态修复蔚然成风。

统筹城乡，绿满黄石。黄石市委市政府牢固树立"大城意识"，坚定"小城大做"信心，通过国家森林城市创建，提升城市品位，高标准、高起点推进城市规划，全力打造绿美舒适、宜居宜业的滨江旅游城市，吸引人才、聚集人才、留住人才，支撑起大城黄石的大发展和大提升。先后主管过创森工作的副市长薄银根和李丽说，建设长江中游城市群区域性中心城市、长江航运中心、休闲度假之都，是黄石全域一体化城市建设的定位。我们以人民为中心，在创森中突出"绿美"要素，坚持生态修复治理，加大环磁湖核心城区绿化美化，提升老城区绿化质量，完善新城区生态功能，破难攻坚，提升品位，实现了国家森林城市现代化建设的提速提质，让人民群众生活得更方便、更舒心、更满意。

修复城区生态　变得宜居宜业

铁灰尽，绿茵披。黄石著名的"矿冶大峡谷"是"亚洲第一坑"，最高落差444米，现已涅槃重生为黄石国家矿山公园，绿树环绕，鸟语花香。黄石务林人发挥聪明才智，在"石头上种树"，把修复治理模式复制到全市矿区，修复了366万平方米，相当于10个天安门广场的废石堆放场，变成了亚洲最大的硬岩绿化复垦基地。

黄石城区面积相对较小，可用土地少。创建国家森林城市工作一启动，黄石市结合建设大城定位，决策"一主、两副、三组团、三轴多走廊"的市域城乡空间布局，

2016年10月，湖北首届园博园在黄石举办

构建"一脊两翼"中心城区。由北向南重点建设团城山服务中心和大冶湖服务中心的城市发展脊，利用山水廊道合理分隔团城山、黄石港、胜阳港、磁湖南、黄思湾、下陆、黄金山、大冶湖"两翼"核心区。

黄石铁山是国内外闻名的"铁城"，规划扩展后的主城区内留有很多生态破坏的"硬伤"。有林业生态修复的成功经验、也有绿化提升国土价值能力的黄石绿化人，主动响应市委、市政府号召，担当起城区生态修复的重任。铁山区对一片矿山废石场进行林业生态修复，建成了一个生态休闲公园，命名为"北纬30度广场"，给林业修复人增添了一种崇敬生态的神圣感。漫步公园，走在用碎石铺成的小路上，满园的绿树，路侧的花团，精致的盆景，引得游园人驻足观看。这个广场占地面积150余亩，投资1.5亿元，主体工程已经完工，变身黄石国家矿山公园景区新大门。近几年来，黄石市结合绿满行动对主城区攻坚生态修复，打好山水林城、江湖美景、生态黄石三张牌，进一步拓展绿化空间，提升绿化品质，巩固绿化成果，促进区域性可持续性发展。

水润万物生辉，最美上善若水。长江自北向东流过黄石境内，辖区水网纵横，磁湖是黄石人民的母亲湖。磁湖水面10平方公里，宛如一颗嵌于市区的璀璨明珠，福佑佛教名山东方山，陪伴壁立千仞的西塞山。风情万种、四周被青山环绕的秀美磁湖，在全民采矿的岁月里一度成为整个石料山、胡家湾、陈家湾地区的工业废水和生活污水汇集处，污泥淤积导致水质恶化，泛滥的水草几乎覆盖整个湖面。黄石构建"一带四珠五廊"生态体系时，将磁湖水体保护和林网建设纳入"四珠"湖区建设体系。黄石人民像爱护自己的眼睛一样，珍视辖区内的磁湖绿色生态。通过持续不断的生态修复和治理，在环磁湖山体扩大硬岩复垦面积366万平方米，发动各级机关、企事业单位和周边民众在废石场上栽种刺槐。现在的环磁湖道路宽阔平整，绿满两旁；湖内水碧鱼跃，美景怡人；周边山体俊秀，绿意茫茫。每到春夏交错季节，环湖槐花漫山，花香沁人心怀。

森林进城，森林围城。在城市生态修复的影响下，建成区按照"大绿量、高密度、多节点、多色彩、多功能、有绿就有林、有林就有景"的要求，加大规划建绿、开发带绿、改造扩绿、拆围透绿和开山塘口复绿的工作力度，构建出了城市园林绿地系统。

加大广场、公园、庭院和社区绿化力度，通过减灌增乔、减草增树，让森林进广场、进公园、进单位、进庭院、进社区。新建各类小型森林公园和景观带，实施减灌增乔、减草增树，增加乔木大苗，形成片林，提高林木覆盖率。政府要求新建小区绿化率不低于30%，旧城改造中的开发用地绿化率不低于26%。绿化部门调整森林工程规划，提升绿化档次，对主城区的重点商业区域和步行街进行特色生态改造，实施立体绿化工程，突出生态商圈特色，让市民有机会感触林业生态。

黄石加大城区主干道路和景观道路的生态修复和扩绿改造，对原有的树木进行单排改双排、多排改造，增加乔木常绿阔叶树种。创森5年来，每年投入城市绿化资金5亿元，政府出资建设绿化管理队伍，新增绿化面积60多万平方米。

5年来，黄石市创新城市森林建设，发动全市单位和民众对屋顶、墙面等建筑物立体绿化，加大城区山体绿化力度，重点抓好城区山场荒空点造林绿化。绿满黄石使生态环境发生了脱胎换骨的变化。

治理市郊生态 拓展发展骨架

黄石市的决策者结合创森加快建设大城黄石，并非在城市面积上"摊大饼"，重蹈传统大城市发展覆辙。他们从科学界定城区定位入手，明确功能布局，进而通过总体规划、生态规划、综合交通规划，把城区发展的骨架确定下来。

强化生态保护制度，加快推进城乡和区域一体化，引导主城区和各县市区大力度投入城郊被破坏的矿区林业生态治理和绿化美化，很好地策应了现代化特大城市的建设，配合了城市骨架的拓展和延伸。开展创森5年来，黄石市重点对影响城郊发展的环、边、线、点进行绿化提升，对曾经遭到严重破坏的矿坑、废弃矿渣堆放点和裸露山石进行重点生态治理。环，是以改善城市生态环境为主要目的，建设主城区周边环城森林屏障；边，是以江河湖流域水土保持为主要目的，建设以长江为重点的大江大河岸边生态防护屏障；线，是以改善旅游景观为主要目的，塑造"五廊"沿线干道交通生态景观林带；点，则是以美化城市、净化空气、完善旅游休闲设施为主要目的，加强城郊森林及森林公园生态示范点建设。

黄石在城郊林业生态治理中，下苦功夫、用大力气、花大投入对矿山矿区废石场进行复垦绿化，变工矿废弃地为城市开发之宝，放射出了生态建设的示范意义。宜林则林，宜建则建，黄石林业与大冶、铁山林业联手，配合国土、水利等部门，对北部107废石场、光彩山120废石场、150废石场、上白石山废石场和106国道等废石、废土堆积场，以边坡覆土栽植大树为主体，下大力气开展植树造林复垦绿化工作，实施综合治理。无条件关停、关闭现有露天开山塘口，通过生物措施和工程措施对全区开山塘口和排土场、废石堆积场等实施综合治理，减轻环境污染和水土流失。

黄荆山北麓曾有开山塘口26处，2002年起全部关停关闭，2009年起采取客土喷播、飘台（板槽）、燕巢（鱼鳞坑）、上爬下挂法进行生态修复治理14个开山塘口，复绿总面积60万平方米，投资达5000余万元，复绿效果十分显著，绿化覆盖率达到95%，美国、德国、新加坡等外国专家实地考察给予高度称赞。我们考察光彩山那片石头山上的人工森林为之震撼。眼前的生态整治区域规模宏大，艰难情景超乎想象。他们将高150米的废矿石山平整成两层，每层向上修出30度的延伸坡面，给坡面"穿衣"筑牢，在平地上运土"造地植树"。过去裸露的"光彩山"并不光彩，现在的"光彩山"因为生态修复变绿真"光彩"。近几年来，黄石人民攻坚克难，将光彩山和150、120米高的1600亩废石场联片整治,全市累计复垦林地1500多亩,整理出工业用地1200多亩。

黄石市在城郊废弃地的生态修复中,先平整场地,再对边坡整形,然后挂上柔性防护网,最后进行客土喷播肥料、草籽、树籽,使原本光秃秃的山体变成一片绿色。我们在那震撼人的人造高坡地上看到,上层种植的是喜光耐旱的枫树、栾树,下层种植的是当地适生的花花草草,并且采用滴灌技术引水上山,树木栽种标准高,精细管理效果好。

黄石协调大冶、阳新和主城四区发挥城郊生态治理作用,注重做好与主城区及邻近县区接合部的绿化美化文章,把森林工程建设重点放在打造连接中心城区生态走廊,建设全域森林生态保护工程,在主城区、生态旅游景点和各乡镇周围建设绿色森林屏障,城市道路两旁栽种各具特色的景观树,在重点公路两侧建设宽林带,一个个城郊森林公园和湿地公园装点了黄石城乡的锦绣大美。大冶市把城郊生态治理与绿化美化工程当成生态经济工程,形成了全市增绿、城市增彩、农民增收、市民增寿、林业增效的林业工程建设体系。曾被游离主城外的大冶市,因为城郊绿化而蝶变出美丽的容貌和生态的内涵。城郊绿化给大冶发展带来了一系列大变化,与主城形成"绿核"实现同城化。

城郊绿化,提质增效。各县市区在完善绿化美化功能、提升森林生态品质上"比着干、创新干",使发展环境明显改善,吸引力和承载力显著增强,呈现出"你追我赶、整体发力"的良好局面。连续5年新春,全市联动,围绕城市基础设施建设,有计划地高起点谋划和大力度推进,相继启动了一大批重点绿化景观工程建设,道路延伸到哪里,绿化美化就到哪里,绿地就建到哪里。随着发展大道、迎宾大道、磁湖路、沿湖路、金桥大道、大泉路、杭州路、金山大道等一条条城乡生态走廊的延伸,城市骨架随之拉大。

改善村镇生态　留下绿美乡愁

中央城镇化建设和乡村振兴要求,注意保留村庄原始风貌,慎砍树、不填湖、少拆房,尽可能在原有村庄形态上改善居民生活条件。黄石市委、市政府盘活山水资源,支持大冶市激活农村生态经济,在全国百强县中继续进位,支持阳新县"冲刺全省二十强",申报国家重点生态功能区。

黄石是富矿之地,矿藏种类多,铁煤铜储量大,石材用途广。各县区都因曾经过度采矿而留下"后遗症"。仅阳新一县2010年一份工矿废弃地专项调查显示,历史遗留工矿废弃地总规模7.87万亩,占土地总面积1.89%,其中2.1万亩具有可复垦潜力。在绿满黄石行动中,市县两级林业部门把农村生态环境改善特别是山林废弃矿点纳入农村森林建设范围。他们以绿色生态示范乡村建设为抓手,引导村镇农民用踏实的努力,山上植树造林致富,山下植绿美化庭院,给外出的亲人和孩子留

特稿　绿富美托举新黄石

下憧憬的"乡愁"。

　　结合国家森林城市创建，黄石市林业局指导阳新县将历史遗留的工矿废弃地全部纳入行动，于2017年得到生态治理，项目涉及富池、白沙、韦源口、黄颡口、浮屠、枫林、洋港和金海开发区8个镇、区31片地。而对森林资源富集的村镇，引导他们结合"绿满"追求"绿富"。大冶市刘仁八镇下辖20个村3.6万人，尚有大庄、东垅等10多个贫困村，是彭德怀、何长工战斗过的红色土地。结合绿满行动，黄石和大冶市林业局共同扶持镇政府发展以黄栀子、红豆杉、玫瑰花、木本油料等为重点的经济林，并用林果花资源引导当地百姓建成了近百家观光、采摘、休闲、旅游林庄。2015年全市组织经济考核，刘仁八镇的生态环境建设独占35分，生态经济后劲可期，市委给出了考核的高分，成为《湖北日报》宣传的"差异化考核，追求绿色GDP"样本。2016年3月10日，黄石市委、市政府在刘仁八镇召开现场会，推广他们的建设做法，纵深推进全市全民创森活动。

　　情系社会，共创繁荣。全球闻名的劲牌公司是一家实力雄厚的大企业，他们把企业"财富与责任对等，财富就是责任"的社会责任与全民创森相一致，2014年底，捐资捐资1亿多元实施生态修复工程，为市民建成了高端大气的柯尔山－白马山生态公园。

　　柯尔山－白马山公园包括柯尔山和白马山两个山体和两片街头绿地，总占地面积76.7万平方米。两个山体隔路相望，山中植被葱翠、鸟语花香。他们在公园内建设了上档次的游客服务中心、山地自行车赛道、儿童游乐场、过街天桥、观景亭台等配套设施，棠园曲径、密林书屋、双石相映、盘龙崖、鸟语林、醉斜阳等景观景

鸟的乐园　文奇　摄

点独具特色。远观柯尔山－白马山公园，恰如围棋"一着妙棋，满盘皆活"之境，"三点一线"串起了散落于周边的景观资源孤岛，为黄石市打造出了一个"山、水、城"三位一体的城市生态公园。这个由劲牌公司全资捐建的秀美公园，2016年9月建成并交给黄石市政府运营，免费向全体市民开放。创森有期限，奉献无限期，劲牌公司保持修复生态的志愿，决心不遗余力地将生态修复工作进行到底，为黄石人民生态文明建设多做贡献。

在黄石创森中，他们坚持把古村抢救作为生态修复和生态建设的重点，引导人们保护生态，建设生态。黄石兴冶矿业公司冯声波三兄弟，无偿为家乡建设捐资3000多万元，打造家乡大冶市上冯湾生态旅游村。现在这个投资1.7亿元的现代新村开门纳客，800多人的湾子改变了生活新方式，全国人大常委会原副委员长周铁农为新村题写了"诗画上冯"。

我们走进这个具有"九古奇村"声誉的"诗画上冯"，古村建设基本完工，变成了全新的生态旅游景区。这里有成群千年古樟树，有生长600多年的枸骨树，有千年茂盛的刺冬青，有保存完好的古祠、古楼巷。上冯有600多年的建村史，保护树木环境是祖训一代一代传下来的。创森启动后，黄石、大冶、上冯联合挖掘"古根、古树、古宅、古碾、古祠、古道、古沟渠、古盆景、古井"资源，打造"九古奇村"的原始生态名片。

建设古村，开发生态游，仅靠政府是不行的。根据规划部门的核算，至少需要投入资金1.7亿元。对于一个"只有240多户人家，800多人"的湾子来说，资金压力巨大。在政府投资4000多万元的基础上，从村里走出去的企业家冯声波，联合弟弟冯声浪、冯声海捐资3000多万元。兴冶矿业总经理冯声浪义务担任项目建设指挥长，从而带动了更多的大小老板踊跃出资出力，又快又好地推进了古村建设。

创森实施5年来，大冶市、阳新县和铁山区政府，结合山区林业特色，引导农民栽种"摇钱树"，拓宽致富路，使"荒山穷山"变为"青山宝山"。结合社会主义新农村和小城镇建设，鼓励农民利用村旁、水旁、路旁、宅边和宜林荒山荒地、低质低效林地、坡耕地、抛荒地等非规划林地建设小林带、小景区、小景点、小果园、小花园，全市涌现出了一大批森林城镇和绿色示范乡村，大冶市陈贵镇、金牛镇、灵乡镇、刘仁八镇及阳新县枫林镇、三溪镇荣获湖北省森林城镇荣誉称号，大冶市55个村、阳新县70个村荣获省级绿色示范村荣誉称号。

绿水青山涵养民生福祉，刚性制度呵护生态文明，绿色发展成为自觉行动。全民创建国家森林城市，保护了黄石的绿水青山，满足了人民群众对优美生态环境的日益增长需要，换来了绿色发展的金山银山。"坚持工业强市，加快赶超发展"，大城黄石的绿富美一定会全面走向人与自然和谐共生的现代化。

[第一篇]

卓识远见　思想决定行动

ZHUO SHI YUAN JIAN　SI XIANG JUE DING XING DONG

　　黄石市位于湖北省东南部，长江中游南岸，是典型缺林少绿的工矿城市，几千年的矿冶文明史，几百年的矿冶经济，造成了资源枯竭，生态破坏。为克服"恋矿情结"和"唯矿思维"，2013年9月，市委作出生态立市，产业强市，加快建成现代化特大城市的战略决策，明确提出通过5年努力成功创建省级森林城市和国家森林城市的奋斗目标。

　　5年来，黄石市在国家林业和草原局、湖北省林业厅的大力支持下，围绕创建国家森林城市目标，践行创新、协调、绿色、开放、共享五大发展理念，全市动员，全民动手，全社会参与，举全市之力建设森林城市，取得了显著成效，城市面貌发生了巨大变化，生态环境明显改善，市民生态意识显著提升，人与自然和谐相处，初步形成了林城相融、林水相依、林路相伴、林居相倚的森林城市格局，实现了由光灰城市向山水林城、由资源枯竭型城市向生态宜居森林城市的转变，为建设现代化特大城市提供了良好的绿色支撑和生态保障。

中共黄石市委　黄石市人民政府关于坚持生态立市产业强市加快建成鄂东特大城市的决定
中共黄石市委　黄石市人民政府关于加快林业发展的意见
中共黄石市委　黄石市人民政府关于加快推进绿满黄石行动的决定
黄石市国家森林城市建设总体规划
黄石市创建国家森林城市工作情况汇报
程　红：基于生态文明建设的国家森林城市创建
周先旺：树立绿色发展理念　创建国家森林城市
刘新池：创建森林城市　建设美丽黄石
董卫民：推进绿满黄石行动　建设国家森林城市
杨　军：全力补齐创森短板　如期完成创森重任
杜水生：着力四个坚持　创建森林城市
李　丽：创建国家森林城市　建设宜居美丽黄石
郑治发：关于创建森林城市的实践和思考

中共黄石市委 黄石市人民政府关于坚持生态立市产业强市加快建成鄂东特大城市的决定

（2013年9月13日）

为深入贯彻落实党的十八大精神及习近平总书记关于加强生态文明建设的系列讲话精神，现就坚持生态立市产业强市，加快建成鄂东特大城市作出如下决定。

一、总体要求与主要奋斗目标

（一）总体要求。坚持以邓小平理论、"三个代表"重要思想和科学发展观为指导，深入贯彻落实党的十八大精神及习近平总书记关于加强生态文明建设系列讲话精神，以建成鄂东特大城市为目标，以转变经济发展方式为主线，以提高经济发展质量和改善生态环境质量为核心，立足当前，着眼长远，统筹规划，分步实施，发展生态经济，优化生态环境，培育生态文化，创新体制机制，着力构建资源节约型、环境友好型社会。

（二）主要奋斗目标

生态立市的目标是：力争通过5年左右的努力，成功创建国家森林城市和国家环保模范城市；再通过5到10年的努力，基本建成鄂东特大城市，成功创建国家生态市。

产业强市的目标是：争取通过5到10年的努力，人均GDP进入全省第二位；经济总量进入全省第二方阵。

到2017年的具体目标是：

1.产业生态转型取得重大进展。产业结构调整实现"两升一降"，即以2012年为基数，服务业增加值、高新技术产业增加值占地区生产总值比重分别提高10个和3个百分点；采矿业及主要高耗能产业增加值占规模以上工业增加值比重下降3个百分点，传统产业形成循环经济产业链，经济发展基本走出采矿经济的路径依赖。

2.突出环境问题得到有效治理。单位GDP能耗和二氧化硫、化学需氧量、氨氮、氮氧化物等主要污染物排放量达到国家环保模范城市标准，城区污染型企业全部关停或整体搬迁。矿山地质环境综合整治取得明显成效，确保工业尾矿库安全。水环境污染、大气污染、土壤重金属污染等群众关注的环境问题得到有效治理，城市空气环境质量达到二级标准的比例达到90%以上，城区沿江散货码头全部关停，集中式饮用水水源水质达标率达到100%，磁湖水质确保达到Ⅳ类、争取达到Ⅲ类，大冶湖水质达到Ⅲ类。

3.人居环境优美宜居。城市棚户区改造基本完成，城镇化率达到64%以上。每个中心镇建成一座污水处理厂和一座垃圾收集中转站，城市污水集中处理率达到90%，城市生活垃圾无害化处理率达到100%。森林覆盖率达到37%，城市建成区绿化覆盖率达到40%。

4. 生态文明制度建设更加完善。创新生态环境预防、治理和建设工作机制，资源消耗、环境损害、生态效益纳入经济社会发展评价体系，依靠制度保护生态环境的格局基本形成。全社会节约资源、保护环境的意识进一步增强，绿色消费、低碳出行的良好风气进一步形成。

二、实施产业转型升级工程，大力发展生态经济

（三）调整优化产业布局和结构。坚持把发展生态产业作为生态立市的根本，以生态功能区划为依据，明确各主体功能区产业发展定位和布局。坚持以高端化、集群化、生态化为发展方向，推进新型工业化，实施千亿元产业发展计划、主导产业倍增计划和新兴产业培育工程、企业成长壮大工程"两计划两工程"。生态化改造提升钢铁、有色、建材等传统支柱产业，加快培育装备制造、汽车配件、纺织服装、精细化工等接续替代产业，突破性发展电子信息、新能源、新材料、节能环保、生物技术及医药等战略性新兴产业，不断提升产业核心竞争力。实施"农业倍增计划"，进一步延长畜禽、水产、食品饮料三个百亿元产业链，建设一批生态农业示范园区和无公害绿色有机农产品生产基地，加快发展生态农业、观光农业。突破性发展现代服务业，实施中央商务区和现代商贸物流聚集区建设，不断提高现代服务业在经济发展中的比重。坚持把生态、文化、旅游紧密结合起来，大力发展生态休闲旅游和文化体育产业。以创建国家住宅产业化综合试点城市为抓手，重点实施一批住宅产业化项目。

（四）全面推进节能减排。强化节能减排目标责任管理，严格考核和问责。加快淘汰落后产能，严格控制钢铁、水泥等产能过剩行业的盲目扩张。开展企业节能低碳、效能水平对标等行动，推行企业能源管理体系，实施工业和信息产业效能提升计划。实行环境影响评价和招商引资项目准入遴选制度，坚决控制投资率、产出率、节能减排率较低的项目落户。加强企业环境监管，建立企业环境行为信用等级评定体系。加大结构、工程、管理减排力度，实施冶金、水泥、电力脱硫脱硝项目，对化工、电镀等重点行业实行强制性应用环保技术，对超标、超总量排污等企业实行强制性清洁生产审核，实现达标排放。

（五）大力发展循环经济。按照"减量化、再利用、资源化"原则，开展企业、园区、社会三个层次的循环经济试点与示范。建立健全循环经济和清洁生产技术支撑体系，建设一批循环经济型企业，构建循环链接的生态产业。加快市开发区及省级以上园区生态化、循环化改造，努力争创省及国家级生态工业园区。倡导保护环境的消费方式，实行环境标识、环境认证和政府绿色采购制度，推进餐厨废弃物资源化利用，将循环、低碳方式应用到社会发展各个领域。

（六）加强资源节约。加大废水、废气、废渣综合利用，创建综合利用示范基地和示范企业。发展节水农业，加强企业节水改造，推动再生水、雨水等非常规水资源利用。按照"控制总量、严控增量、盘活存量"原则，加强用地节地责任考核，加大存量用地清理和处置，推进土地集约节约利用以建设绿色矿山为重点，推进矿产资源规模化开采，提高矿产资源开采回采率、选矿回收率和综合利用率。

三、实施城乡环境建设工程，努力构建生态宜居的人居环境

（七）加快推进大冶湖生态新区建设。按照"一年打基础、三年见成效、五年成规模"的思路，统筹抓好新区规划设计、产业布局、设施建设、生态保护等工作，推进大冶湖生态新区示范区建设。加快编制各层次专项规划，确保规划管理全覆盖；构建以战略性新兴产业、

先进制造业、现代服务业为重点的生态产业体系；推进新区基础设施、公共服务设施和2平方公里核心区建设，拉开城市骨架、完善新区功能；全面治理环湖区域矿山开采和污水直排、围湖造田、围栏养殖等行为，推进环湖生态、绿色通道的保护与建设。

（八）着力完善城乡生态功能。科学编制旧城改造规划，完善城市基础设施和公共服务设施，五年内基本完成城市棚户区、城中村、老旧区改造任务。坚持建筑与自然环境共生融合，突出显山露水，形成多元化和地域特色化有机结合的城市建筑风格。加强综合交通运输枢纽建设，实现客运"零距离换乘"和货运"无缝衔接"，构建快速便捷低碳的城际、城乡交通网络；大力实施公交优先战略，加快城市快速公交系统建设，建成首条BRT专线，确保到2017年公交分担率达到40%以上。加快构建城市综合管理智能化、精细化、长效化机制，开展沿路为市、交通拥堵、垃圾围城、建筑扬尘、噪音扰民等专项整治，禁止城区内饲养猪、鸡、鸭等家畜家禽，为市民创造更加舒适的生活环境。加强生态屏障建设，加大城市森林、水域、湿地等生态系统保护力度，以大广高速、杭瑞高速、106国道、大金省道两侧和富河两岸、长江沿岸绿化带建设为重点，着力构建生态节点、生态廊道、生态绿岛有机结合的生态格局。以道路建设、改水改厕、村庄绿化为重点，加大农村环境综合整治力度，加强农村垃圾、污水收集处理等环保设施建设，开展农村面源污染防治，着力改善农村生产生活条件，深入推进美丽乡村建设。

四、实施生态环境修复治理工程，努力解决群众关注的突出环境问题

（九）加强大气污染防治。重点控制工业污染源排放，拟定高污染企业禁止目录，五年内全部关停城区重污染型企业；在冶金、水泥、电力等重点行业实施污染限期治理计划，确保达标排放；改善能源消费结构，实行煤炭消耗总量控制，到2017年城区燃煤、燃油锅炉全部淘汰。加强自行车专用道和行人步道等城市慢行系统建设，对机动车实行保有量控制和环保标识管理，提高燃油标准，鼓励使用新能源汽车等绿色交通工具，到2017年基本淘汰"黄标车"，城区公交车全部使用清洁能源。加强建筑施工现场和道路运输环境管理，有效控制城市扬尘。实行城区全面禁鞭，对餐饮油烟污染、垃圾无序焚烧、农村秸秆焚烧等进行综合治理。

（十）加强水环境污染防治。加强饮用水水源地保护，依法对饮用水水源保护区进行综合整治，确保饮用水安全。加强重点水环境保护与生态修复，实施内源削减、水体修复、生态调水等重点工程，改善水环境质量，确保主要湖泊面积不减少，磁湖、大冶湖完全实现污水截流。加大重点污染企业污水处理设施改造力度，强化重点企业排污在线监控，加快雨污分流和管网改造步伐，提高城市污水集中处理率和污水处理厂运行负荷率。

（十一）加强土壤等污染防治。实施重金属污染防治规划，对全市涉及重金属污染的重点企业进行集中整治，确保达标排放。实施重金属污染重点防控区土壤修复工程，加快恢复土壤的生态功能，建立危险废物产生、处置、转移及综合利用全过程监管体系，推进有害废物的无害化处置，严禁外地有毒有害工业固体废物进入黄石。

（十二）加强矿山生态环境修复治理。优化重点区域矿山布局，关停沿江、环大冶湖等重点发展区域矿山80%以上。启动实施石漠化治理工程，继续实施地质灾害和病险尾矿库治理工程。扎实开展工矿废弃地复垦利用试点工作，工矿废弃地综合开发试验区起步，建设取得明显成效。将重点自然保护区、景观区、居民集中生活区周边和重要交通干线、河流湖泊沿线可视范围内的矿山地质环境治理纳入新一轮矿山复绿行动范围，逐步修复被破坏的生

态环境。

五、实施生态文化培育工程，努力提高全社会生态文明素质

（十三）牢固树立生态文明理念。坚持养成教育与匡正教育相结合，深入开展生态文明宣传教育活动，将生态文明内容纳入各级中心组、党校学习范畴，纳入全市中小学和职业技术学校教育课程，纳入"六五"普法内容，不断增强全社会生态文明意识。大力培养生态文明道德，制定实施生态文明建设道德规范，将生态文明理念渗透到生产、生活各个层面，促进生态文明社会新风尚的形成。利用各种媒体，广泛宣传先进典型，鞭挞反面事例，营造良好舆论氛围。倡导绿色低碳生产生活方式，推行绿色消费模式。广泛开展爱国卫生运动，积极推进全民健身，促使公民形成良好的卫生习惯。

（十四）广泛开展生态文明创建活动。以创建国家生态市为目标，统筹推进全国文明城市、国家卫生城市、国家森林城市、国家环保模范城市创建工作。积极开展生态县(市)、生态镇（街道）、生态村（社区）和"绿色机关"、"绿色学校"、"绿色家庭"、"绿色社区"、"绿色企业"等系列创建活动，到2017年，市级生态乡镇（街道）、村（社区）比率达到50%以上。挖掘和弘扬黄石生态文化特色，支持各县（市）区、乡镇（街道）、村（社区）和企业举办各种层次的园林（园艺）博览会。强化文化馆、博物馆、科技馆等文化设施生态文明传播功能。引导和培育环保社会组织健康有序发展，壮大环保志愿者队伍，提高全社会对生态文明建设的关注度和参与度。

六、保障措施

（十五）加强组织领导。市委、市政府成立高规格生态立市产业强市工作领导小组，组建强有力工作专班，统筹协调生态立市产业强市各项工作。坚持把生态立市产业强市指标纳入各级党委、政府量质化目标管理考核体系，提升生态指标考核权重，将考核结果与财政扶持资金、生态补偿资金安排相结合。将生态立市产业强市工作作为各级党委、政府领导班子和领导干部政绩考核的重要内容，考核结果作为干部任用的重要依据。推行领导干部"绿色约谈"制度，领导班子和领导干部述职要重点报告"生态立市产业强市"内容，造成严重后果的坚决实行问责，努力形成"注重生态、执行力强"的用人导向。按照方案化、项目化、具体化要求，加快实施小康建设三年行动计划的"六大工程"，推进生态立市产业强市工作落实。

（十六）坚持规划引领。树立全域生态化的理念，按照"城乡一体、产城融合、突出特色、严格管理"的思路，高起点、高标准加快编制《黄石市生态立市产业强市总体规划》，明确优化开发、重点开发、限制开发、禁止开发的区域功能定位，严格划定并严守生态红线，细化生态环境分类管理，构建科学合理的城镇化格局、产业发展格局、生态安全格局。强化规划的严肃性、科学性，严格按程序决策、按规划建设，切实发挥规划在生态立市产业强市工作中的引领作用。

（十七）创新体制机制。建立完善投融资机制，增强生态财政投入预算保障能力，新增财力要更多地用于生态治理、保护；鼓励引导民间资本、外来资本和金融信贷参与生态环境建设及生态产业发展；完善生态补偿和激励机制，建立补偿标准体系，创新生态补偿方式；积极对上争取，探索开征矿产资源可持续发展资金；健全矿山治理备用金制度，完善城市污水、垃圾处理和放射性废物、危险废物集中处置收费制度；完善排污权交易制度，

全面推行主要污染物排污权交易。优化资源配置机制，建立探矿权和采矿权有偿出让制度，加强矿产资源开发利用监督管理；探索建立适应新型城镇化要求的节约集约用地机制；健全绿色电力调度制度，落实最严格水资源管理制度，实施高耗能、高污染行业差别电价、阶梯式电价和阶梯式水价政策。建立健全科技、人才服务机制，努力为生态立市产业强市提供有力支撑。

（十八）加大生态执法和监督力度。严格执行生态环境保护的法律法规，充分发挥环保等职能部门的监管作用，加强能源和环保监管队伍建设，加大行政执法力度；组建环境保护警察队伍，严厉打击破坏生态环境的违法犯罪行为。全面推行环境质量公告制度，建立生态环境投诉热线、生态电视问政、环境实时监控等平台，接受社会监督。各级人大要依法履行职能，强化法律监督，政协要加强民主监督，团结动员各方力量为建设美丽黄石建言献策。各级纪检监察机关要加强对生态立市产业强市各项决策、措施贯彻落实情况的监督检查。各级党组织和工会、共青团、妇联等人民团体要积极参与到生态立市产业强市工作中来，形成全社会齐抓共管的强大合力。

（中共黄石市委〔2013〕13号文件）

生态家园

中共黄石市委 黄石市人民政府
关于加快林业发展的意见

(2014 年 1 月 12 日)

为深入贯彻落实党的十八大和十八届二中、三中全会精神，根据《中共湖北省委办公厅、湖北省人民政府办公厅印发〈关于实施 绿满荆楚行动的意见〉的通知》(鄂办发〔2013〕27 号)、《中共黄石市委、黄石市人民政府关于坚持生态立市产业强市加快建成鄂东特大城市的决定》（黄发〔2013〕13 号）文件精神，现就进一步加快林业发展提出如下意见：

一、深刻认识加快林业发展的重大意义

绿色是美丽中国的主色色调，林业是生态建设的主战场，承担着建设森林、湿地、荒漠三个生态系统，保护野生动植物及生物多样性的基本职责。发展林业是应对生态危机和提高生态环境承载力的重要措施，是加快农民脱贫致富的有效途径。全市现有林地占国土面积45%，湿地占国土面积10%，森林资源优势转变为经济优势的潜力很大。因此，坚持生态立市、产业强市，加快建成鄂东特大城市，建设美丽黄石，必须加快林业发展。各级党委政府要深化加快林业发展的认识，树立"绿水青山就是金山银山"、"绿化就是福荫百姓"、"树多就是美景"的理念，加大工作力度，为我市城市转型发展提供良好的生态支撑，实现生态、经济、社会效益的统一。

二、林业发展的总体目标

力争用 5 年左右时间，成功创建国家森林城市，全市森林面积增加 60 万亩，森林覆盖率达到 35% 以上，森林蓄积量达到 420 万立方米，森林资源得到有效保护。林业产业不断发展壮大，林业对农民收入的贡献率达到 25% 左右。2-3 个县、市、区达到省级林业生态示范县建设标准，50% 以上行政村达到省级绿色示范乡村建设标准。

力争用 10 年左右时间，使全市森林覆盖率达到 40% 以上。森林（湿地）生态体系、林业产业体系、林业生态文化体系基本形成。全市县、市、区（开发区）全部达到省级林业生态示范县建设标准，90% 以上行政村达到省级绿色示范乡村建设标准。林业经济功能显著提高，林业生态功能显著增强，生态环境得到根本改善。

三、林业发展的重点工作

（一）扎实推进林业生态建设

一是推进城市森林建设。按照"城乡统筹、林水相依、林城相融、林网互通、自然和谐"的要求，让森林走进城市、让城市拥抱森林。努力扩大森林面积，增加森林总量，实施林相改造，提高森林质量。大力实施城区边、集镇边、干道边、长江边、湖泊边绿化工程，推进

城市绿地升级改造,让森林进广场、进公园、进单位、进庭院、进社区,见缝插绿,积极营造以乔木为主、错落有致的城区森林景观,在城区建设10个小型城市森林公园,形成森林进城、绿环绕城、绿带穿城的城市景观。

二是推进农村森林建设。大力开展林业生态示范县创建和绿色示范乡村建设。加强省界、市界门户绿化,尽快成林成景。积极推行林农结合、林水结合、林路结合,建设房前有景、院中有果、屋后有林的绿色示范村庄。将绿色示范乡村工程与新农村建设、"四化同步"示范乡镇、"三万"活动相结合,继续实施退耕还林、长江防护林、生态公益林、低产林改造等林业重点工程,农田林网绿化控制率达到85%以上。让森林环村、绕路、依水、围田,形成生态林、经济林、景观林多林相并举的农村森林格局。着力改善农村生态环境,不断提高农民的生态生活质量。

三是推进通道森林建设。加快大广、杭瑞、黄咸高速公路、武南铁路、106国道以及省道、通镇道路两侧的防护林和景观林建设,形成绿色森林通道,增强森林的防护功能和景观效果。通道绿化率达到90%。

四是推进水岸森林建设。在长江沿线、主要河流、湖泊沿岸、塘堰、水库周围开展防护林、护岸林、水源涵养林建设,发挥森林涵养水源、保持水土的生态功能。力争5年左右时间水系绿化率达到90%。

五是加强湿地保护与修复。加强网湖、大冶湖、保安湖、磁湖、仙岛湖和富河等重要湿地的保护,全市湿地保护面积达到50万亩以上。加强大冶湖的恢复与保护,取消围网养殖和投喂养殖,开展退田还湖,扩大湿地面积。通过工程措施和生物措施,逐步恢复各类生物的自然生长和栖息环境。加快推进保安湖国家级湿地公园建设,网湖湿地自然保护区要升级为国家级自然保护区。

六是加快工矿废弃地复垦与开山塘口治理。按照"有序、有限、有期"的原则,关停沿江、沿路、环湖矿山及开山塘口,并实施生态修复。逐步关停全市开山塘口,实施工矿废弃地植被恢复和生态修复。

(二)扎实推进林业产业发展

一是加快林业产业基地建设。加快油茶、竹林、苗木花卉、特色经济林、速生丰产用材林、生物质能源林等林业产业基地建设。积极推广公司带基地、基地连农户的经营模式。大力发展林下经济,积极引导和扶持农民发展林菌、林禽、林畜、林药、林油、林菜等林下种养业的发展,立体开发林地资源,提高林地综合利用率和产出率,增加农民收入。

二是加快林产加工业发展。重点抓好油茶精深加工、竹木加工、林产化工、森林食品、苗木花卉、中药材等加工产业发展。大力实施林业产业品牌战略,奖励和重点扶持省级林业产业化龙头企业发展。

三是积极发展森林旅游。以森林公园、湿地公园、国有林场、自然保护区和特色林业基地为载体,发展森林生态旅游、湿地观光旅游、观光采摘、休闲疗养等森林旅游业。

(三)扎实推进林业改革

一是做好林地确权发证工作。巩固主体改革成果,落实所有权,稳定承包权,放活经营权。认真做好确权发证等工作,做到图、表、册一致,人、地、证相符,确权发证率达到90%左右。

二是加快林地流转。鼓励林地所有者依法、自愿、有偿流转林地承包经营权和林木所有权。支持组建林业专业合作组织，扶持林业经营大户，促进林业从资源经营向资本经营转变。建立县（市）林权交易服务中心，形成规范有序的流转市场和服务管理体系。

三是积极推进林权配套改革。建立林业要素市场、森林资源评估机构，认真推进林权抵押贷款、森林政策性保险、财政贴息贷款，促进社会资本向林业聚集，推动林业快速发展。

（四）扎实推进森林资源保护

一是严格执行林地和林木采伐限额管理。科学划定并严格坚守林地、森林、湿地、生物多样性等生态资源"红线"，实行林地用途管制，严格执行林地征占用限额计划，稳定林地保有量。严格执行林木采伐限额制度，严厉打击各种盗伐、滥伐林木、违法征占用林地、侵占湿地、滥捕乱猎野生动物行为。加强生物多样性和古树名木保护。加强造林绿化的后期管护。

二是全面发展森林防火，首长负责制、部门责任制和督办责任制。加强森林防火基础设施建设，县市及符合条件的城区、开发区，每年建设防火隔离带30-100公里，防火专业队不少于30人；乡镇专业队不少于15人。符合条件的林区村，每个村配备3-5人防火护林员。

三是加强森林病虫害和林业有害生物防控体系建设。建立健全以松材线虫病防控工作为主的目标管理责任制，深入开展森林检疫执法专项行动，严厉打击各类偷逃检疫、违规加工、经营、使用病枯死松木及其制品行为。

（五）扎实推进森林生态文化建设

一是积极开展"关注森林"活动。积极探索创新活动载体和方式，组织开展一系列主题鲜明、有影响力的宣传教育活动，引导全社会关注森林、关注生态、关注林业。开展全民义务植树活动，加强义务植树基地建设，推进林木绿地认种认养活动，鼓励营造各种形式的"示范林"、"爱民林"、"成长林"、"纪念林"。

二是广泛开展生态文化的宣传和教育。积极推动以"崇尚自然、亲近自然、尊重自然、人与自然和谐发展"为主题的生态文化建设。加强林业生态文化教育基地建设，搭建提升公民生态意识平台，在全社会形成崇尚生态文明的良好风尚，形成人与自然和谐相处的新型生产生活方式。

四、林业发展的保障措施

（一）加强组织领导。各级党委、政府要将林业发展作为"生态立市、产业强市"的重要内容，成立专门的领导协调机构，加强组织领导。各县、市、区（开发区），各相关部门要编制相应的造林绿化规划及年度实施计划，确保任务落实到位。对在林业发展和森林城市创建工作中做出突出贡献的单位和个人要给予奖励。发改、林业、国土、交通运输、水利、农业、教育、城乡建设、卫生计生等部门要切实抓好行业绿化。宣传部门和各新闻媒体要将林业发展纳入宣传工作范围，加大宣传力度。林业部门要做好协调服务、技术指导、依法监管。各级群团组织和社会团体、驻黄部队要积极发挥各自作用，动员社会各界力量投身林业建设事业，形成全社会办林业的格局。

（二）强化目标考核。将新增森林面积、年度造林任务、森林保有量、森林防火纳入各级党委政府目标管理考核体系。逐步建立林地、林木、湿地等森林资源管理"约谈"制度和重要森林资源及负氧离子动态监测与发布制度，实行森林防火问责追究制。充分发挥各级人大、政协对林业发展的监督作用。

（三）加大林业投入。坚持政府主导、公民主体、市场主推，全社会广泛参与的多渠道、多层次、多形式投入机制。同级政府要安排一定资金用于林业建设和造林绿化管护，实行以奖代补；按照不低于当地最低工资的标准，落实护林员待遇；对林地流转中涉及的乡镇、村、组、林农以及流入户给予适当奖励；对发放贷款用于林业基地建设的金融机构给予奖励，用于对开发难度大、土壤贫瘠的荒山、石头山造林绿化的重点扶持。

发改、财政、国土、林业、城乡建设、水利、农业、环保、交通运输、安监等部门要积极争取国家项目。市直各部门要建立义务植树基地或以资代劳。各级政府要按照统一规划，统筹整合农业综合开发、土地整治、水土保持、农田水利建设、林业血防等相关资金，加大对林业建设的支持。

落实"谁造谁有、合造共存"、"谁投资、谁受益"的政策，鼓励企业、林业大户投资建立各类林业基地、开展碳汇造林，鼓励农民利用"四荒四旁"地造林，并及时依法颁发林权证。鼓励企事业单位、机关干部职工等各种社会主体参与林业开发，从事林业建设，取得合法收入。将绿色示范乡村建设资金纳入村级公益事业"一事一议"范畴，鼓励和引导农民投资投劳。

各金融机构要积极开发适合林业发展需要的信贷产品，大力推进林权抵押贷款，简化审批手续，合理确定贷款期限和利率，满足各种造林绿化主体贷款需求，吸引更多的金融资金、社会资金投入林业建设。大力开展招商引资，广泛吸引国内外资金投资发展林业。

（四）加强林业社会化服务体系建设。进一步加强林业服务机构建设，加强基层林业站所标准化、规范化建设，保障其必要的生活、工作条件。加强科技推广体系建设，加大林业专业技术人才的引进和培养力度，对林业发展急需的人才，可采取"先进后出、保障经费"的办法先行引进。加强新品种培育、引进和推广。加快林业信息化和数字林业建设，提高林业服务水平。完善各级森林防火和绿化办事机构，做到有专门机构、专门人员、专门经费，建立一支精干高效、务实有为的林业队伍。

（中共黄石市委〔2014〕3号文件）

保安湖湿地风光　官兵　摄

中共黄石市委　黄石市人民政府
关于加快推进绿满黄石行动的决定

(2015 年 1 月 17 日)

为深入贯彻落实省委、省政府关于加快推进绿满荆楚行动的决定，加快推进绿满黄石行动和森林城市建设，加快实现绿色全覆盖，现结合我市实际作出如下决定。

一、深化对林业发展的认识，树立绿色决定生死理念

绿色是美丽中国的主色调，林业是生态建设的主战场，加快林业发展，建设生态文明，是关系人民福祉、关乎民族未来的长远大计。近年来，市委、市政府高度重视生态建设和林业发展，全市上下坚持不懈开展国土绿化，林业生态建设取得了明显成效，为经济社会发展作出了重要贡献。但是，必须清醒地看到，我市森林资源还存在着总量不足、质量不高、功能脆弱等问题，林业生态建设与我市在全省中的地位还不相适应，人居环境与人民群众期盼、森林城市建设目标和经济社会发展需要还有较大差距。加快推进绿满黄石行动，建设森林城市，实现绿色全覆盖，是贯彻落实党的十八大、十八届三中、四中全会精神和习近平总书记系列重要讲话的具体行动，是落实省委、省政府关于加快推进绿满荆楚行动的重大举措，是改善人居环境和提升民生福祉的迫切需要。全市各级党委、政府必须从生态文明决定人类文明兴衰、良好的生态环境就是民生福祉、改善生态就是发展生产力的战略高度，充分认识加快推进绿满黄石行动的重大意义，牢固树立绿色决定生死的理念，进一步增强紧迫感和责任感，敢于担当，勇于攻坚，积极谋划，主动作为，加快推进绿满黄石行动，加强森林资源管护，加速实现绿色全覆盖。

二、指导思想

以党的十八大、十八届三中、四中全会精神为指导，深入贯彻落实省委、省政府关于加快推进绿满荆楚行动的决定精神，以森林城市创建为抓手，围绕实现绿色全覆盖目标，大力开展植树造林，全面推进国土绿化，增加森林资源总量，改善生态质量，增强生态功能，提升生态产品供给能力，为生态立市产业强市，加快建设鄂东特大城市提供强有力的生态支撑。

三、基本原则

1. 坚持生态效益优先，生态、经济和社会效益相统一。
2. 坚持因地制宜，分区施策，体现区域特色。
3. 坚持政府引导与各类市场主体共同参与。
4. 坚持造管结合，造林绿化与资源管护相协调。

四、目标任务

根据省委、省政府的要求，结合我市实际，计划用 3 年时间，到 2017 年，实现全市宜林地、

无立木林地、通道绿化地、村庄绿化地应绿尽绿；加快灌木林改造和封山育林工程建设，新增有林地面积30.1万亩，森林覆盖率达到37.28%，森林蓄积量达到496万立方米；进一步增加森林面积，提高森林质量，巩固绿化成果，优化生态空间布局，提升生态承载能力和生态产品供给能力，努力建设比较完备的森林生态体系。发展布局如下：

一是以幕阜山、父子山、黄荆山、东方山等重点山系为主，加快宜林荒山造林绿化，实施封山育林，推进陡坡耕地退耕还林、水土保持等综合治理，坚决控制乱砍滥伐、乱采滥挖、森林火灾等人为因素破坏，加强天然林、自然保护小区和野生动植物保护，实施生态修复，增强生态防护功能，努力建设黄石森林生态屏障。

二是以长江、富河沿岸和富水水库、王英水库及网湖、大冶湖、保安湖、磁湖等重要湿地为主，加强湿地保护，积极营造沿江防护林、护岸林、水源涵养林、水土保持林，提高水源涵养和水土保持能力，努力建设重要湿地森林生态防护体系。

三是以大广、杭瑞、咸黄高速公路、武九铁路、106国道及重要省道等主要交通干道两侧宜林地为主，营造多树种、多层次、多色彩的生态景观林带，提升通道绿化质量和水平，努力建设通道森林网络体系。

四是以县城、乡镇、社区、行政村、自然湾为主，实施群众身边增绿，建设生态景观特色鲜明、人与自然和谐的森林城镇、绿色村庄，改善人居环境，努力建设城乡一体化森林生态保障体系。

五是以油茶、楠竹、花卉苗木、杉木、香樟等特色林业基地建设为重点，加快规模化特色林产品种植，结合造林大力发展林木加工、私人园林、生态农庄、休闲度假等林业产业，促进林业产业转型升级，形成绿色环保的森林生态产业体系。

五、工作重点

绿满黄石三年行动工作重点为实施八大工程：

（一）宜林荒山造林工程。以宜林荒山（地、滩）及采伐迹地、火烧迹地等无立木林地造林绿化为重点，结合国家林业工程项目，大力发展生态防护林和速生丰产林，增加森林资源，提高生态安全保障水平。

（二）森林城市创建工程。落实《黄石市省级森林城市建设总体规划》，在市域（城区和开发区）实施森林屏障、森林提质、道路绿化、水岸绿化、矿区植被恢复、村庄绿化、速生丰产林和产业林建设等8大工程，新增森林面积7.88万亩，森林覆盖率达到35.78%，建成区树冠覆盖率达到35%，80%的街道树冠覆盖率达到50%以上，立体绿化率达到30%以上，2016年上半年通过省级森林城市考核验收，2017年通过国家级考核验收。与此同时，大力开展绿色社区、绿色机关、绿色学校、绿色医院、绿色企业创建活动，营造各种类型的森林和以树木为主体的绿地，积极推进森林进城市、进社区、进机关、进学校、进企业。

（三）道路和水岸绿化工程。加快沿路、沿江、沿湖绿色通道建设，2016年底前建成大棋路生态廊道。到2017年，我市境内铁路、高速公路、国道、省道、县乡公路沿线，主要河流、湖泊沿岸宜林地全部实现绿色全覆盖，道路绿化率和水岸绿化率达到80%以上。

（四）镇村绿化美化工程。在城镇全面加强街道、社区、单位、庭院绿化，积极开展森林城镇创建活动，不断提高域镇绿化、美化水平；在乡村采取连片绿化、整村推进的方式，统筹推进村旁、路旁、宅旁、水旁及零星闲置地绿化，大力开展绿色示范乡村创建活动，使森林入村、绕路、依水、围田，建设美丽乡村。到2016年，市域乡镇所在地绿化覆盖率达到35%以上，村庄林木覆盖率达到30%以上。

（五）绿色产业富民工程。因地制宜、适地适树发展优质高效经济林。优先发展油茶、茶叶、楠竹、花卉苗木、杉木、香樟等特色林业基地，大力发展林下经济、森林食品、森林旅游、生态疗养等新兴产业，增加农民收入；开展低产林改造，提高林地产出率。

（六）封山育林工程。加大对低效灌木林的改造，实施"改灌增乔"工程，实行见土栽树、见空播绿，每亩补植马尾松、塔柏、香樟、女贞、枫香、刺槐、木荷等1～2年生优质小苗和容器苗110株以上，增加常绿针阔叶树种比例，提高森林资源整体质量，提升森林的生态功能。对符合封山育林条件的有林地、疏林地和灌木林地要选择适当的封育方式进行封山育林，通过划小班、立禁牌、订公约、发通告、专班管、强补造等多种方式落实封山育林的各项措施，使封山育林真正取得实效。

（七）退耕还林工程。25度以上非基本农田坡耕地，要按照国家政策，在充分尊重农民意愿的基础上，实施新一轮退耕还林。

（八）工矿废弃地绿化工程。对工矿废弃地、开山塘口、排土场、废石堆、未利用地等实施综合治理，通过客土喷播、植树造林等方式进行复垦绿化，达到保持水土、生态修复的目的。

六、创新机制

（一）建立科学规划、统筹发展机制。各地按照山水林田湖综合治理的观念，统筹林业、农业、水利、交通、城镇和村庄基本建设，科学编制绿色全覆盖规划，使国土绿化与各项基本建设有机衔接、同步推进。各县（市）区（开发区）要根据工作量大小和难易程度，将绿色全覆盖的任务分解到年度，落实到山头地块，落实到责任单位和责任人。坚持因地制宜、适地适树，以乡土树种为主，实行生态优先、生态与经济相结合的原则，合理选择造林树种和栽植方式，提高造林绿化的综合效益。

（二）建立市场引导、多种主体造林发展机制。鼓励各类工商企业、合作组织和自然人跨所有制、跨地区、跨行业投资造林。凡有能力的农户、城镇居民、私营业主、企事业单位人员等，都可参与林业开发，开展多种形式的造林绿化。积极推进森林资源依法有序流转，鼓励林木资源向工商企业、合作组织和造林大户集中，实行规模化、基地化造林。对宜林地和无立木林地3年没有造林绿化的，要限期造林或由村委会与林权当事人协商流转绿化。支持涉林企业投资建设原料林、商品林基地。稳步推进林木采伐改革，放活企业自建原料林、商品林采伐限制。统一造林补助政策、资源利用政策和投融资政策，依法保护造林主体的合法权益，为各种营林主体创造公平竞争的环境。降低林业招商引资考核门槛，鼓励通过招商引资引进社会资本造林绿化。

（三）建立造管结合、强化森林资源保护机制。加强新造林管理，坚持谁造林、谁所有，谁投资、谁受益，不造无主林，确保造一片、活一片、成一片。加强现有林保护，严格实施林地定额管理、用途管制和林木限额管理、凭证采伐，强化生态红线约束。加强辖区内木材收购站、加工厂的管控，积极开展生物多样性和古树名木保护。进一步加强封山育林、森林防火、林业有害生物防治，依法惩处盗伐滥伐林木、毁坏和非法占用林地、绿地、湿地及乱捕滥猎野生动物的行为。

（四）建立兴林富民、造林与产业融合发展机制。在土壤和气候条件适宜地区，大力发展经济林和林下经济，提高林业产出效益。支持林业龙头企业按照"公司+合作社+农户+基地"的模式，发展特色林业经济，不断增加农民收入，实现生态建设与产业发展、群众利益协调兼顾。

七、保障措施

（一）加强组织领导。各级党委、政府要高度重视，把加快推进绿满黄石行动摆上重要议事日程，建立分级负责、以县（市）区（开发区）为主体的工作机制，主要领导亲自抓、负总责，一级抓一级，层层抓落实。市政府与各县（市）区（开发区）人民政府（管委会）、各县（市）区（开发区）人民政府（管委会）与各乡镇（街道）签订目标责任书，做到责任到位、措施到位。市政府继续将各地造林绿化工作纳入年度目标管理，并提高考核权重。国土、交通、城建、水利等部门要积极配合各县（市）区（开发区）做好工矿废弃地、道路、水岸、城镇绿化工作，并纳入市政府目标考核。对工作进度缓慢、措施不力，不能按时完成年度造林任务的地方和部门，要进行通报，并约谈问责。

（二）加大绿化投入。各级林业主管部门要积极争取国家、省天然林保护、退耕还林、生态公益林、石漠化综合治理等林业生态修复工程项目，积极申报争取一批项目进入国家林业生态示范区、退耕还湿等试点项目。各级要加大财政投入，充分发挥财政资金的引导作用，带动社会资本、金融资本投入发展林业。2015年至2017年，市政府每年安排1000万元创森和绿满黄石行动专项资金，实行以奖代补。各县（市）区（开发区）要统筹发改、国土、交通、水利、农业、移民、扶贫、农业综合开发等部门资金，因地制宜确定造林补助标准、补助方式，实行先造后补。机关和企事业单位要积极为绿满黄石做贡献，自觉履行植树义务，或按单位在编在岗人数人均5棵树的标准实行以资代劳。金融机构要加大对林业生态建设项目的信贷支持，探索创新信贷管理模式，开发林业信贷产品，积极开展金林搭桥、银企对接、小额担保、林权抵押等贷款业务。大冶市、阳新县要积极启动政策性森林保险，实行公益林和商品林统保。

（三）实行部门联动。各部门按照职责分工，齐抓共管，上下联动，形成合力。宣传、林业部门要加强宣传引导，提高全民爱绿、植绿、护绿意识。发展改革、财政等部门要完善扶持政策，加大对造林绿化的投入；国土、城建、教育等部门要做好矿山复绿，城镇街道、社区和校园绿化；交通、水利部门要完成管辖范围内的道路、河堤绿化，加强各类通道、滨水区域生态修复，提升绿化水平；农业、移民、扶贫、农业综合开发等部门要结合涉林项目建设，大力开展植树造林；工会、共青团、妇联等群团组织发挥各自作用，扎实有效地动员和组织群众，通过捐资、认建、认养、义务植树等多种形式，开展森林绿化。鼓励企事业单位和个人营造各种形式的"示范林"、"爱民林"、"成长林"、"纪念林"。市直"三万"和"扶贫"工作队要把所在村的造林绿化作为主要工作任务。

（四）强化森林防火基层基础工作。建立森林防火长效机制，加强森林防火基层基础工作，减少森林火灾事故。层层传导压力，将森林防火责任落实到基层，落实到具体的人和山头地块。加大防火宣传教育，通过媒体、传单、标语等多种形式进行宣传和警示教育，提高全民防火意识和法制观念。加强村级护林队伍建设，每个林区村要按照每2000亩有林地选聘1名专职护林员的标准配备护林员，落实护林员待遇。严格森林防火责任追究，对发生林火的乡镇、村组，在严惩肇事者的同时，要按照《市委办公室、市政府办公室关于印发〈黄石市森林火灾事故责任追究办法（试行）〉的通知》（黄办发〔2014〕24号）要求，严查失职、渎职干部的责任。

（中共黄石市委〔2015〕4号文件）

黄石市国家森林城市建设总体规划

一、基础背景

黄石市位于湖北省东南部，长江中游南岸，是武汉城市圈副中心城市。作为华中地区重要的原材料工业基地，黄石市是一个典型的资源型工矿城市，长期以来，依靠丰富的资源宝藏，形成了以资源型产业为主导的经济格局。但在长期的矿产开发过程中，存在"重开发、轻保护"的思想，积累严重的矿山地质环境恶化和地质灾害问题，遗留了较多的开山塘口与工矿废弃地。由于矿产资源的不可再生性，黄石逐渐成为典型的资源枯竭型城市，生态脆弱，各种伴生问题陆续涌现。2009年3月，黄石市被列为第二批资源枯竭城市转型试点城市。转变城市发展方式，改善城市生态环境，已经成为黄石市转型发展的当务之急。黄石市委，市政府认识到创建"国家森林城市"不仅是关系到地区长远发展的重要战略，也是造福后世的惠民工程。

党的十八大以来，党和国家高度重视生态建设，习近平总书记作出了一系列生态文明建设的重大指示，"绿色发展"成为美丽中国建设的关键词，也是新时期发展的重要理念，为推动我国森林建设、加快林业发展提供了历史机遇，也为深入开展森林城市建设活动指明了发展方向。2013年，湖北省委、省政府实施绿满荆楚行动，对森林城市创建提出了更高的要求。黄石市顺应国家生态建设发展的大趋势，紧跟时代步伐，在2013年作出了"坚持生态立市产业强市，加快建成鄂东特大城市"的目标，提出通过5年努力，成功创建国家森林城市的奋斗目标，要求全市人民共同营造绿色、低碳家园。黄石市委、市政府力图通过"创森"，构建起完善的城市森林网络体系、健康的城市森林生态体系、强大的城市林业经济体系、繁荣的城市生态文化体系、有力的森林管理支撑体系，对于推动产业转型，契合"绿色黄石，生态新城"的主题，提升城市形象和发展区域综合竞争力，落实黄石市发展战略，推进资源枯竭型城市转型发展具有重要意义。

2013年9月，黄石市委、市政府为推进资源枯竭型城市转型发展，作出了《关于坚持生态立市产业强市加快建成鄂东特大城市的决定》，坚持以科学发展观为统领，以"绿满荆楚行动"为指导，以"绿色黄石、生态新城"为建设主题，以创建国家森林城市为目标，围绕增加城市森林总量和提高城市森林质量，突出山体、矿体、水体"三体修复"和路网、水网、林网"三网互通"，基本建成完备的森林生态体系和湿地生态体系、发达的森林产业体系和繁荣的森林文化体系，为实现生态立市、产业强市，建设鄂东特大城市打下坚实基础，提出了力争通过2年左右达到省级森林城市标准，市域（黄石港区、西塞山区、下陆区、铁山区、黄石经济技术开发区）森林覆盖率达到35%以上，力争40%，城市建成区绿化覆盖率37%以上，绿地率35%以上，人均公共绿地面积9平方米以上，再用2到3年时间左右的努力成功创建国家森林城市标准的总体目标。

2014年5月，由湖北省林业规划设计院制定的《黄石市省级森林城市建设总体规划》，经黄石市人民政府正式批复实施,以"山水林城、绿满黄石"为主题,按照"一核添两翼,两带多节点"的总体布局进行森林城市建设,创造了开山塘口生态修复等诸多"黄石经验",并于2015年11月18日,在安陆市举办的第二届湖北生态文化论坛上,获得湖北省森林城市荣誉称号。

2014年至2015年,市委、市政府先后出台了《关于加快林业发展的意见》、《黄石市创建省级森林城市实施方案》、《关于进一步加强森林防火基层基础工作的意见》等12个涉林涉绿文件。2015年1月18日,黄石市先后召开了全市创建国家森林城市动员会和全市加快推进绿满黄石动员会,成立国家森林城市创建工作领导小组,安排部署国家森林城市创建工作和3年绿满黄石行动。市林业局建立了创森工作检查督办机制,成立五个督办组,由领导班子成员带队分片检查督办各县(市)区创森和森林防火工作,定期公开通报。

借助国家生态建设发展的良好契机,顺利通过湖北省级森林城市考核的黄石市,于2015年10月23日,由黄石市人民政府向湖北省林业厅呈报《关于申请创建国家森林城市的函》(黄石政函【2015】106号)。2015年11月3日,湖北省林业厅向国家林业局报送《湖北省林业厅关于黄石市创建国家森林城市的请示》(鄂林办【2015】177号),黄石市委市政府确立用两至三年时间争创"国家森林城市"的工作目标,并制定了创建工作的主要思路和具体措施。

2015年11月17日,湖北省绿化委员会,湖北省林业厅下发了《湖北省绿化委员会 湖北省林业厅关于授予黄石市为"湖北省森林城市"称号的决定》(鄂绿发【2015】6号)文件,认为黄石市近年来积极践行"让森林走进城市、让城市拥抱森林"的宗旨,坚持把建设森林城市。加快城乡绿化摆在十分重要的位置,初步建成了以森林植被为主体,城乡一体化,健康稳定的森林生态系统。希望黄石在新的起点上,认真总结经验,坚持科学方法,建立长效机制,坚定不移地把森林城市建设深入持久地开展下去,增进民生福祉,促进绿色发展,为改善民生、建设生态文明和美丽湖北做出新的更大的贡献。

2016年3月31日,国家林业局宣传办公室下发《关于对黄石市创建国家森林城市备案的复函》(宣管字【2016】20号)。复函明确,支持黄石创建国家森林城市,并要求湖北省林业厅督促黄石市尽快编制国家森林城市建设总体规划(规划期至少10年),并将市政府批准实施的正式文件和规划文本上报备案。希望黄石市认真对照《国家森林城市评价指标》,加强组织领导、科学规划布局、加大资金投入、广泛宣传发动,推进森林城市建设取得实实在在的成效。

国家林业局宣传办公室的复函,标志着黄石创森申请获得国家林业局批准,全市人民齐心协力加快创森步伐,从此开创了建设美丽家园和宜居森林城市的生态建设新格局。黄石市委、市政府高度重视林业生态建设,围绕建设生态黄石的目标,大力开展造林绿化,严格管护森林资源,全市森林面积和森林覆盖率稳步增长。

经过多年努力,黄石市先后获得"水环境治理优秀范例城市"、"全国水环境治理人居环境项目范例奖"、"全国科技进步示范市"、"国家新型工业化示范基地"、"国家节水型城市"、"中国十大经济转型示范城市"、"国家园林城市"等十多个国家级称号。近年来,为有效促进资源枯竭型城市向生态宜居城市的转型发展,黄石市把创建国家森林城市作为巩固生态建设成果、打造生态宜居城市、提高市民生活品质、提升城市影响力和竞争力的重要绿色工程来安排部署和督办落实。

黄石市委、市政府深刻认识到:生态建设只有起点,没有终点,为了在更高层次上谋划

2018年2月6日，黄石市委市政府专题召开全市创森迎检工作会议，全面研究部署创森工作，要求各级党委政府提高政治站位，切实增强创森迎检工作的紧迫感和责任感

美丽黄石的生态宏观蓝图，为了提升城市绿化建设成效，黄石市政府积极开展绿化建设，增加林地和森林资源面积，强化林业保护和经营，提升森林资源质量，提升城市森林绿地建设水平，改善人民生活品质，推动绿色产业发展，促进林农增产增收，大力传播生态文化，弘扬生态文明建设。以创建国家森林城市为契机，为把黄石市建设成为人与自然和谐相处，绿色宜居的森林城市，提出了"矿冶之都，生态转型，山水林城，绿满黄石"的创森目标，在各方面创建条件具备的情况下，必须尽快全面有序启动。

二、编制过程

国家林业局林产工业规划设计院是《湖北省黄石市国家森林城市建设总体规划（2016-2025）》主编单位，《国家森林城市评价指标》（LY/T2004-2012）的形成和出台过程中，该院专家曾经参与过讨论、修改，对《国家森林城市评价指标》（LY/T2004-2012）的条款和内容了解全面，对《国家森林城市评价指标》（LY/T2004-2012）体系的构成和含义理解深刻。在黄石森林城市建设和实施过程中，该院专家几乎每年都到黄石市核查验收国家林业工程实施情况，调研黄石国家森林城市建设的进度和情况，对黄石市森林生态工程的实施和森林城市的建设状况了解和熟悉。为高起点、高质量编制出一套黄石市森林城市建设规划，给黄石市森林城市建设提供一个科学的蓝图，并在森林城市建设过程中得到国家级专家的及时指导，在实施前期调研、征求意见、参观学习、洽谈商议的基础上，2015年黄石市政府召开会议并通过必需的程序归定，委托国家林业局林产工业规划设计院，根据《国家森林城市评价指标》（LY/T2004-2012），具体负责编制《湖北省黄石市国家森林城市建设总体规划（2016-2025）》（以下简称《规划》）。

为进一步准确摸清黄石市城市森林的底数，高标准、高质量编制出符合黄石市市情及黄石市森林发展现状，符合《国家森林城市评价指标》《国家森林城市建设总体规划编制导则》等标准与要求的《规划》，国家林业局林产工业规划设计院规划编制项目专家组与黄石市政府和林业部门多次洽商《规划》编制工作方案，就规划的指导思想、规划原则、规划范围、技术路线、技术指标以及完成《规划》编制的时限等有关情况进行了充分的商榷，经过调研、资料收集、外业调查、规划文本编制、征求意见、修改完善等阶段，与城市总体规划、土地利用总体规划、城市绿地系统规划、市区及周边地区水系规划等专项发展规划紧密衔接，认真吸纳各系统、各部门、各县（市、区）对规划的修改建议。先后召开座谈会、咨询会、研讨会、征求意见会等会议，经过修改与完善，于2016年组织专家进行《规划》文本编制工作，为黄石市国家森林城市建设提供了科学的实施方案。

三、评审立规

为使《规划》编制及时得到国家级专家的指导，使之理念更加新颖、目标更加明确、布局更加合理、符合实际，具有科学性、引领性和可操作性，黄石市人民政府于2016年1月30日在北京组织召开了《湖北省黄石市国家森林城市建设总体规划（2016-2025）》专家评审会，邀请中国林业科学院党组书记、副院长、《国家森林城市评价指标》（LY/T2004-2012）主要起草人叶智，福建农林大学校长、教授兰思仁，国家林业局世行中心原副主任、教授级高工姜喜山，北京林业大学研究生院常务副院长、教授张志强，国家林业局城市森林研究中心研究员贾宝全，武汉大学建筑与城市规划院教授刘卫兵，湖北省林业调查规划院总工、教授级高工胡必平等7名国内知名专家，组成了《规划》评审委员会，主任由中国林业科学院党组书记、副院长叶智担任。

经过认真讨论和审议，专家组一致认为，目前黄石市森林覆盖率达35.26%，为创建国家森林城市奠定了坚实的基础。规划内容全面、重点突出、措施得当，具有较强的前瞻性、针对性和可操作性。《规划》以2016年为基准年，期限为10年，分3期进行。黄石市预计将投入约103亿元建设国家森林城市。

《规划》深入分析了黄石市建设国家森林城市的资源禀赋、现状特点和发展潜力，紧密结合黄石市城市转型发展与经济建设需求，充分发挥自然山水与历史人文优势，提出的建设理念、指导思想、建设目标和规划原则符合实际。

《规划》提出黄石森林城市的空间布局为："一带串两核、三屏护四珠，五廊贯黄石"。"一带"即沿长江生态经济及景观带；"两核"即黄石—大冶同城化主中心绿核和阳新县城市副中心绿核；"三屏"即北部黄荆山、东方山森林生态屏障，中部七峰山、贾家山森林生态屏障和南部吴山、排山山系森林生态屏障；"四珠"即保安湖、大冶湖、网湖、仙岛湖四处大型水域明珠；"五廊"即大广高速、106国道及新武九铁路、武汉至阳新高速三条纵向高等级交通干道及黄咸高速、杭瑞高速两条横向高等级交通干道森林防护廊。

《规划》对照《国家森林城市评价》指标，从森林生态体系、生态林业产业体系、生态文化体系和支撑保障体系四个方面，提出了黄石创森十大重点工程，即："两核"城区绿量提升工程、"三屏"造林绿化工程、"一带四珠五廊"绿化工程、矿区生态景观修复工程、美丽乡村建设工程、"五五一一"富民工程、生态旅游建设工程、森林健康经营工程、生态文化建设工程和森林支撑保障工程。内容全面、重点突出、措施得当，具有较强的前瞻性、针对性和可操作性。按照《湖北省黄石市国家森林城市建设总体规划》，通过实施森林城市建设，黄石将实现"青铜故里绘山水林城之韵，矿冶之都开生态文明之花"目标。

副市长杜水生在评审会上表示，《规划》通过专家评审，标志着黄石创建国家森林城市迈出了坚实的步伐，开启了创森工作的新起点。我市将认真学习、充分吸收专家的评审意见，完善好、实施好规划，细化时间表，落实路线图，确保2018年实现创建国家森林城市的奋斗目标。

四、《湖北省黄石市国家森林城市建设总体规划（2016-2025）》

《湖北省黄石市国家森林城市建设总体规划（2016-2025）》（以下简称《规划》）分为规划总论、项目建设背景及意义、黄石市基本情况、森林城市发展现状与特征分析、项目建设理念与目标、项目建设总体布局、创森十大重点工程规划、树种规划、投资估算、效益评价及预期效果展望、规划实施保障措施等11章。

《规划》的指导思想是，深入贯彻习近平总书记关于生态文明建设的一系列重要讲话精神，以"国家森林城市"建设为统领，以长江经济带、中部崛起、资源型城市转型等国家战略为契机，坚持创新协调、绿色开放、共享的发展理念，充分利用黄石市的区位优势、自然山水和历史文化资源，着力推进森林城市重点工程建设，改善城市生态环境质量，构建城市生态屏障，建设城乡一体化的森林生态系统，促进资源型城市转型跨越发展，实现人与自然和谐共处。

《规划》坚持注重整体，以生态优先，兴林富民，城乡一体，统筹发展，因地制宜，适地适树，提炼特色，彰显文化，政府主导，全民参与为规划原则。黄石市在创建国家森林城市过程中，以生态建设为核心，一方面保护好现有的林木资源不受破坏，另一方面在适宜造林绿化的地区发动全社会力量开展植树造林活动。在推进城区绿化、村镇绿化、水系绿化等生态工程时，考虑到林木经济效益的发挥，结合用材林、经果林等具有一定经济效益的当地特色优势产业进行规划建设，通过林业产业基地建设，逐步带动农民脱贫致富，实现森林城

雷山森林公园一览

市兴林富民的目标。建设近自然的城市森林生态系统，打破城区、郊区和农村的界限，将城乡森林建设与城镇建设和发展作为一个整体统筹规划和合理布局。把城区绿化及郊野公园建设和村镇绿化统一纳入森林城市建设总体布局中，并把森林城市建设纳入《黄石市城市总体规划》和《黄石市国民经济和社会发展"十三五"规划》。全面协调交通、水利、农业、城建等相关部门进行统一部署、分别实施。通过各部门的造林绿化和生态治理建设，将城市绿地建设有机地结合，构成一个完整的城市森林生态系统，充分发挥社会、经济和生态效益，促进黄石市的全面协调发展。建设国家森林城市遵循森林生态系统的自然规律，尽量保护和利用原有地形、地貌、地理资源，在植树造林中，树立发展近自然林业的理念，以尊重自然、顺应自然、保护自然的态度经营森林，使森林达到一种接近自然的状态，减少后期的养护成本，做节约型的森林城市建设。黄石市在建设国家森林城市过程中继承和发扬其矿冶文化特色，依托优美的自然山水资源，打造以历史文化为内涵，以生态景观为特色的旅游产业，建设具有鲜明特色的国家森林城市。森林城市建设是生态建设的系统工程，涉及城市的各个部门和个体。黄石市政府充分发挥政府的主导和引导作用，充分调动广大群众参与的积极性，制定和完善相关政策与法律法规，大力组织开展义务植树、林木认养等生态文明传播活动。通过舆论宣传、市场引导、生态文化活动的开展，加大全市各部门森林城市的建设力度。为保障生态建设的资金投入，采取政府引导市场主体和金融部门信贷等多种手段筹集林业建设资金。形成全社会共同参与森林城市建设的社会良好环境。

《规划》按照国家林业局《国家森林城市评价指标（LY/T2004-2012）》要求，在全市域范围内，坚持生态立市、产业强市的发展战略，以城市转型和可持续发展为目标，以国家森林城市建设为契机，调整优化城市空间布局，利用襟江怀湖的独特优势，打造城市生态景观带，改善城市生态质量，加速推进矿区、湖区、城区、山区等重点区位的生态修复，构筑市域的森林屏障和生态安全屏障，逐步实现黄石向生态宜居型城市转变，实现"青铜故里绘山水林城之韵，矿冶之都开生态文明之花"的宏伟目标。

《规划》以2016年为规划基准年，规划期10年（2016-2025年），2016-2018年为近期，2019-2022年为中期，2023年-2025年为远期。规划期总投资399377.88万元。其中近期（2016-2018年）投资221247.99万元，占项目总投资的55.40%；中期（2019-2022年）投资84868.27万元，占项目总投资的21.25%；远期（2023-2025年）投资93261.62万元，占项目总投资的23.35%。

总体建设目标，是在近期完成创建国家森林城市的基础性工作，分期分步实施城市森林网络、城市森林健康、城市林业经济、城市森林文化和支撑保障规划，到2018年上半年，全市森林覆盖率达到36.3%，城区绿化覆盖率达到40.82%，城区人均公园绿地面积达到14.13m^2，其它各项指标达到国家森林城市标准，通过国家主管部门验收，并获得"国家森林城市"称号。

到2022年，全市森林覆盖率达到37.04%，城区绿化覆盖率达到41.4%，城区人均公园绿地面积达到14.57m^2，部分指标超过国家森林城市标准。

到2025年，进一步完善城市森林建设工作成果，稳步提高城市森林健康，促进城市森林经济发展，弘扬森林生态文化，加强城市森林管理和支撑保障，争取到规划期末全市森林覆盖率稳定在38.5%左右，森林资源质量明显提升，使全市形成较为稳定的森林生态网络体系，形成爱绿、植绿、护绿的良好氛围，生态文明理念深入人心，生态文明福祉全民共享。

《规划》的黄石国家森林城市建设目标，主要通过以森林城市建设为契机，依托荒山造林、长江防护林工程、血防林造林工程、新一轮退耕还林工程等林业重点工程,通过人工造林和封山育林,实现坡耕地和宜林地全部绿化,火烧迹地、采伐迹地等无立木林地及时更新,增加森林面积,减缓水土流失,实现区域绿色全覆盖。

《规划》的总体布局以"一带串两核、三屏护四珠,五廊贯黄石"的森林生态屏障布局。黄石林业沿长江"一带"和黄石-大冶同城化主中心、阳新县城市副中心"两核",构筑保护长江生态的北部黄荆山-东方山、中部七峰山-贾家山、南部吴山-排山"三屏"山体森林生态,保安湖、大冶湖、网湖、仙岛湖"四珠"水系森林生态,打造纵横贯通全市的大广、武阳、黄咸、杭瑞高速和106国道"五廊"干道森林防护屏障。

"一带",即沿长江生态经济及景观带。长江是我国重要的生态宝库。习主席在推动长江经济带发展座谈会上强调:在当前和今后相当长一个时期,要把修复长江生态环境摆在压倒性位置,要把实施重大生态修复工程作为推动长江经济带发展项目的优先选项。黄石作为长江经济带上的重要节点城市,要充分利用国家加快长江经济带建设的机遇,以产业强市和生态立市为路径,走出一条"依托资源创业,超越资源发展"的绿色增长路子。重点实施好长江防护林、矿区植被修复、退耕还林还草、水土保持、河湖湿地生态保护修复等工程,增强水源涵养、水土保持等生态功能。在港口建设和运营过程中要重点推行绿色港口、绿色航道、绿色船舶,加强长江自然岸线的保护与修复力度,加大对江豚等珍稀濒危物种栖息地的保护力度。使该区域成为引领湖北省经济社会发展和促进中部地区崛起的生态文明示范带,为区域经济后续发展蓄聚生态能量。

"两核"即黄石-大冶同城化主中心绿核、阳新县城市副中心绿核。黄石市从行政区划上分为中心城区、大冶市、阳新县,但从实际情况来看,目前中心城区和大冶市城区已基本实现了同城化,作为黄石市的主中心城市,阳新县则为副中心城市,因而从市域尺度形成了"两核"。该区域风貌独特,既有磁湖、大冶湖等水系毗邻,又有黄荆山、大众山、父子山等山脉相伴,形成了"三山三水四分田,半城山色半城湖"的山水格局。规划依托襟江怀湖的独特优势,以大冶湖生态新区为纽带,推进大冶城区与黄石中心城区的城市规划对接、城市森林建设对接,构筑空间形态、功能组织、市政设施一体化的大黄石城市发展格局,充分利用大众山、团城山、磁湖、青山湖、大冶湖等山水资源,合理布局城市公共绿地和开敞空间,打造滨江、环湖城市生态景观带,打造黄石市域政治、经济、文化中心,引领黄石乃至鄂东发展。

"三屏"即北部黄荆山、东方山森林生态屏障,中部七峰山、贾家山森林生态屏障,南部吴山、排山山系森林生态屏障。从大的山脉来看,黄石市属于幕阜山余脉,市域形成了北部黄荆山、东方山森林生态屏障,中部七峰山、贾家山森林生态屏障,南部吴山、排山山系森林生态屏障共三块大型山体斑块。山区生态屏障是黄石市现存或潜在乡土物种分布点,构成了物种扩散和维持的源点,对整个生态系统的稳定性起决定性作用。在规划设计时应把三大屏障作为关键区域进行布局,以自然本底保育为基础,结合国家及省、市工程造林项目,加大对该区域宜林荒山荒地造林力度,通过森林生态体系的建设,强化区域生态安全格局,同时也为动植物迁移和传播提供有效的通道,保护生物多样性。

"四珠"即保安湖、大冶湖、网湖、仙岛湖四处大型水域明珠。黄石市境内水系发达,河网密布,湖泊众多,水域辽阔,毗邻江汉平原湖泊湿地生态区,河网密度远高于湖北省平均水平,全市自然湿地面积占国土面积的比例超过10%,使得黄石市这座湿地生态系统突出的城市熠熠生辉,引人注目。其中面积超过$30km^2$的大型湖泊有保安湖、大冶湖及海口湖、网湖及富水河水系、仙岛湖四处大型水域斑块，是众多候鸟迁徙的中转站，是长江流域的生物多样性富集地。该区创森的建设重点应抓好这四大水域斑块周边的水源涵养林和水土保持林建设，通过大力实施沿湖的增绿、扩绿工程，强化森林、湿地等大型土地斑块之间的生态连接，实现"林水相依、以林涵水"的建设格局。

"五廊"即三条纵向两条横向的通道防护廊。大广高速、G106及新武九铁路、武汉至阳新高速三条纵向高等级交通干道，黄咸高速、杭瑞高速两条横向高等级交通干道，对该区域进行高标准绿化，将城市和郊区、山区和平原有机连接起来，充分发挥森林廊道的景观和生态功能。通过路网建设，形成"林田相映，林路相连"的森林生态网络体系。

《规划》提出黄石创森的四大体系（林业生态体系、林业产业体系、生态文化体系和支撑保障体系），五项指标（指《国家森林城市评价指标》中的城市森林网络、城市森林健康、城市林业经济、城市生态文化、城市森林管理五项指标大类）和十大重点工程规划。

"两核"城区绿量提升工程。是创建国家森林城市的重要组成部分，重点放在城区及城郊的城市森林建设，提升绿量，按照森林城市的要求将林木生态效益的发挥放在首位。黄石－大冶主中心城区绿核和阳新县城市副中心绿核今后的建设重点围绕城市外围的山水资源做文章，建设高品质的国家登山步道体系以及城市绿道体系，普及户外运动理念，倡导健康生活新方式，打造新城区休闲带，举办湖北省（黄石）园博会，为城镇人民开辟形式丰富的休闲功能区。

"三屏"造林绿化工程。以市域内黄荆山、东方山、七峰山、贾家山、吴山、排山山系等山体为主，其它丘陵山区为辅的森林生态屏障建设，工程设置的目的是进一步挖掘山区的造林潜力，对宜林荒山重点营造生态景观林，对生态脆弱区实施封山育林，通过该工程完善市域大型森林斑块的生态屏障功能，构筑市域强有力的生态安全体系。在绿化中积极响应湖北省"绿满荆楚"行动，以森林城市建设为契机，依托荒山造林、长江防护林工程、血防林造林工程、新一轮退耕还林工程等林业重点工程，通过人工造林和封山育林，实现坡耕地和宜林地全部绿化，火烧迹地、采伐迹地等无立木林地及时更新，增加森林面积，减缓水土流失，实现区域绿色全覆盖。

"一带四珠五廊"绿化工程。主要针对道路和水系绿化或提升设置，加快推进市域内以长江、大广高速、G106及新武九铁路、武汉至阳新高速、黄咸高速、杭瑞高速等主要河流、道路廊道及保安湖、大冶湖、网湖、仙岛湖等大型片状水域斑块为主，其它小型河流、库塘、道路为辅的通道绿化进程，对江、河、湖、库应注重自然生态保护，在不影响行洪安全的前提下，采用近自然的水岸绿化模式，公路、铁路等道路绿化注重与周边自然、人文景观的结合与协调，因地制宜开展乔木、灌木、花草等多种形式的绿化，形成绿色景观通道。规划主要公路等交通干线两侧宜林地林木绿化率近期达到83%以上，远期达到90%以上，营造"人在车中坐，车在画中游"的美妙境界；主要河流河岸绿化率近期达到83%以上，远期达到90%以上，形成"林水相依、以林涵水"的水网化、林网化格局，实现水清、岸绿、景佳的目标。

矿区生态景观修复工程。规划实施矿山地质环境治理示范工程和重点工程（三期），其中示范工程治理矿山（采石场、排土场）面积484.12公顷。其中大冶市还地桥镇390.82公顷，铁山区93.3公顷；重点工程（三期）治理西塞山区、下陆区、铁山区矿山（采石场、排土场）面积54.37公顷，其中西塞山区2.36公顷，下陆区23公顷，铁山区29.01公顷，重点工程（三期）建设内容主要是对采石场、排土场矿山地质环境进行治理，主要工程包括削（清）方、坡面整形、挡土墙、边坡绿化、排水工程、监测工程等。

美丽乡村建设工程。运用生态学、林学、美学原理和可持续发展理论，开展美丽乡村建设，让农民成为建设的主体和直接受益者，倡导乡村旅游、休闲农业，以多元化的功能取代过去专注粮食生产的单一发展模式，缩短城乡发展差距，重塑乡村价值。引导农民开展村庄绿化、美化，推进村庄绿化向森林提升、向生态转型、向自然发展。通过村内道路、房前屋后、空闲宅基、塘边、河边等地进行高标准绿化，构建村庄绿化网络。到规划期末，全市村庄呈现"村在林中，林在村中"的特色乡村风貌。

林业产业富民工程。规划在创森期间打造油茶、杉木及珍贵用材林、苗木花卉、水果中药材四大核心林业产业基地，到规划期末，形成50万亩油茶、40万亩杉木速生用材林及珍贵树种战略储备林基地、5万亩花卉苗木基地、5万亩水果及中药材基地的建设规模，实现规划期末林产品年产值50亿元的目标，建立具有现代先进技术水平和一定规模的名特优经济林果生产基地，充分发挥林业在农民增收致富中的作用，促进山区经济协调快速发展。

生态旅游建设工程。创森期间重点建设铁山国家级全域旅游示范区、陈贵镇省级全域旅游示范镇和雷山、龙凤山、上冯九古奇村、仙岛湖、枫林石田古驿、姜福村、新屋村等11个乡村旅游景点。按照各自不同特性建设城市综合公园型，景区景点型，休闲度假型，乡村旅游开发模式。加强基础设施建设，提高服务队伍素质，打造多元化的生态旅游产品。

森林健康经营工程。加强野生动植物资源和湿地、森林资源的生态保护和科研监测能力，争取建设项目资金投入，提升保护管理机构管理服务水平，完善各保护区基础设施和宣教设施建设，以维护湿地和森林生态系统的完整性和稳定性，加强地带性植被和珍稀、濒危野生动植物及其栖息地保护。

生态文化建设工程。进行特色文化主题园建设，规划在大冶铜绿山古铜矿遗址内增加矿冶文化体验园，介绍与矿冶文化相关的生态文化，规划中远期在黄石经济技术开发区建设1处植物园，规划面积20公顷。在已有的湖北师范大学生物标本馆等科普教育基地的基础上，完善博物馆、标本馆、宣教馆等各类场馆的科普设备和设施，并依托森林公园、自然保护区和湿地公园，规划建设生态文化科普教育示范基地8处。规划近期新建或扩建义务植树（纪念林）基地12处，植树基地面积38.5公顷。到规划期末，义务植树尽责率达到90%。

森林支撑保障工程。重点加强林业有害生物防控体系建设，健全林业有害生物防控目标管理责任制，稳定和健全森防队伍。规划到2018年，全市林业有害生物成灾率控制在3.4‰以下，到2025年，全市林业有害生物成灾率控制在3.3‰以下。

《规划》做了美好的展望。《规划》的实施将改善黄石的城市生态环境，通过森林景观与人文景观的有机结合，显著改善城市市域生态环境，满足经济社会发展需求，促进城乡统筹发展。是坚持科学发展观，构建和谐社会，全面推进城市走可持续发展道路的重要途径，是推进生态文明建设，弘扬生态文明理念，创造良好人居环境，提升城市品位，促进人与自然和谐，建设美丽中国的重要载体。

到那时，矿冶之都黄石将通过生态转型，打造成山水林城，绿满黄石的国家森林城市，黄石市民将因生态文明放飞新的理想而振奋骄傲。

蓝图已然绘就，行动只争朝夕。

（艾佳综合整理）

黄石市创建国家森林城市工作情况汇报

中共黄石市委 黄石市人民政府

（2018年5月）

黄石市位于湖北省东南部，长江中游南岸，是我国中部地区重要的原材料工业基地和沿江对外开放城市，先后获得"国家园林城市"、"国家卫生城市"、"全国水环境治理人居环境项目范例奖"、"水环境治理优秀范例城市"等称号，2009年被列为国家资源枯竭型城市。全市辖大冶市、阳新县、黄石港区、西塞山区、下陆区、铁山区和黄石经济技术开发区（国家级），总人口260万人，森林覆盖率达到37.3%。黄石是一个典型的缺林少绿的工矿城市，几千年的矿冶文明史，几百年的矿冶经济，造成了资源枯竭，生态破坏。为克服"恋矿情结"和"唯矿思维"，走出采矿经济时代，促进资源枯竭型城市绿色转型发展，2013年9月，市委召开十二届八次全会，作出了"生态立市，产业强市"的战略决策，明确提出了力争通过5年左右的努力成功创建国家森林城市的奋斗目标。

5年来，在国家林业局、省林业厅的正确领导和大力支持下，我市紧紧围绕创建国家森林城市目标，践行创新、协调、绿色、开放、共享五大发展理念，全市动员，全民动手，全社会参与，举全市之力建设森林城市，取得了显著成效。城市面貌发生了巨大变化，生态环境明显改善，市民生态意识显著提升，人与自然和谐相处，初步形成了林城相融、林水相依、林路相伴、林居相倚的森林城市格局，实现了由光灰城市向山水林城、由资源枯竭型城市向生态宜居森林城市的转变，为建设美丽黄石提供了良好的绿色支撑和生态保障。

一、森林城市建设成效

按照先创省森、再创国森的创建路径和2年创省森、3年创国森的时间节点，2015年11月我市成功创建湖北省森林城市，2015年底启动国家森林城市创建。目前规划的十大创森重点工程全部实施，各项创森指标全部达到甚至超过国森评价标准，具体表现为：

（一）林业生态体系不断完善。一是"两核"城区绿量不断提升。白马山—柯尔山山地生态公园、大众山森林公园、磁湖湿地公园上游段、大冶东港公园、青龙山公园、碧桂园湿地公园，阳新县莲花湖公园等一批城市公园相继建成，全市建成区新增绿地面积214.7公顷，新增公园绿地面积262.37公顷，建成区绿化覆盖率和人均公园绿地面积大幅提升，城市人居环境得到极大改善。创森以来，全市建设国家登山步道162公里，新建和改建城市休闲绿道39.48公里。2016年10月湖北（黄石）首届园博会在我市召开，园区占地面积135.4公顷，建设主题展园45个，种植乔木1.8万株。据测算，黄石建成区绿化覆盖率增加到41.72%，人均公园绿地面积达到16.28平方米。二是"三屏"造林绿化持续加强。我市通过开展绿满荆楚行动和精准灭荒工程，大力推进造林绿化，五年累计完成造林绿化76万多亩，比过去十年的总和还要多，全市森林覆盖率达到37.3%以上，生态环境持续改善。三是"一带四珠五廊"绿化稳步推进。新建长江防护林带11.6公里；新实施道路绿化311.96公里，全市高速、铁路、国道、省道、县乡道基本绿化，道路林木绿化率达到85.99%；创森规划的20条主要河流两侧适宜绿化的已全部实施了绿化，全市水岸林木绿化率达85.79%；建设环网湖、大冶湖、保安湖、仙岛湖等水源涵养林467公顷。四是矿区生态修复突破进展。近年来，我市投资十几亿元，通过客土喷播、飘台种植等工程技术措施，完成矿区生态修复治理面积662.53公顷，其中矿山地质环境治理示范工程109.93公顷、矿山地质环境治理重点工程492.6公顷、开山塘口生态修复60公顷，创造了我市在石头上植树造林的传奇。五是美丽乡村建设成效显著。功创建绿色示范村306个，其中省级绿色示范村126个，市（县）级180个，农村人居环境明显改善。陈贵镇、灵乡镇、刘仁八镇、枫林镇等6个乡镇被评为湖北省森林城镇。

（二）林业产业体系做大做强。一是林业产业基地快速发展。近几年来，我市把发展林业产业当作一项兴林富民，促进农民增收致富的重要工程来抓，大力发展油茶、白茶、黄栀子、杉木、花卉苗木、水果及中药材等特色林业产业，初步形成了多种产业齐头并进的发展格局。2015年以来我市新增林业产业基地11494.2公顷，其中油茶基地4180.9公顷、杉木等速生用材林及珍贵树种战略储备林基地3602.3公顷、水果及中药材基地1804.7公顷。二是生态旅游蓬勃发展。全市建设生态旅游景点100多处，年均接待游客1000多万人次，年均旅游综合收入13.85亿元。林业生态品牌建设成效显著，保安湖国家湿地公园、莲花湖国家湿地公园、仙岛湖生态旅游区、七峰山中国森林养生基地、龙凤山、黄荆山、小雷山中国森林体验基地、上冯中国慢生活休闲体验村和全国生态文化村、熊家境、坳上村中国慢生活休闲体验村、南市中国美丽休闲乡村等一批林业生态品牌相继建成，成为我市生态旅游的新亮点。保安桃花节、金山店香李节、茗山玫瑰花节、军垦农场葡萄节、网湖湿地观鸟节、黄石市樱花节、铁山槐花节、金海白茶节、河口荷花节、父子山登山节及乡村园博等各种林业生态节会蓬勃发展，每年举办各类节会近20次，年均接待省内外游客600多万人次，年均旅游总收入达到5.25亿元。三是龙头企业快速成长。全市已培育省级林业产业龙头企业12家，涉及木本油料生产加工、花卉苗木生产、林产化工、竹木加工等多个领域，全市林业总产值达到63.7亿元。

湖北瑞晟生物有限公司落户黄石后，已建成香料植物基地1.2万亩，致力打造亚洲最大的香料基地和国际香料产品贸易中心、展示中心。

（三）生态文化体系日益繁荣。一是生态文化基础设施建设不断完善。全市建设各类科普教育基地20个，创森两年多来共举办各类科普教育活动50场次。保安湖国家湿地公园、龙凤山农耕文化体验园科普宣教展馆及科普解说系统、网湖湿地自然保护区科普解说系统、市林业局野生动植物标本馆等林业生态科普基地相继建成。磁湖北岸、湖北理工、宏维小区、团城山公园、人民广场、柯尔山白马山公园、东方山等公共绿地场所已制作了植物和湿地知识科普系统和生态标识系统。二是认真组织开展全民义务植树。近两年全市共组织义务植树活动200余场次，351.67万人履行了植树义务，植树1088.67万株，新建和扩建义务植树基地321余处，义务植树尽责率达86.6%。三是大力开展生态文化宣传。为大力倡导生态文明，积极营造全民创森氛围，我市相继开展了创森征文比赛、摄影比赛、兰文化艺术展、摄影展、书画展、创森群众文艺活动、爱鸟周、义务植树活动、黄石国际马拉松长跑冠名、黄石户外登山活动冠名等活动，吸引了广大人民群众参与。此外，还编印了《黄石古树名木》、《山水林城、绿满黄石》画册、《黄石市陆生野生动物图谱》、《创森书画展作品集》、《兰花展作品选登》、《摄影比赛优秀作品集》等，印制发放《致市民朋友的一封信》和《黄石市创建国家森林城市宣传手册》各30万份，创森宣传手提袋3万个。2016年10月12日与省林业厅共同联合举办了第三届湖北生态文化论坛，论坛以"资源枯竭城市 绿色转型发展"为主题，共邀请了中国工程院院士、南京林业大学教授张齐生，当代著名作家、诗人、湖北省文联主席熊召政等6名国内知名专家学者作专题演讲，探讨资源枯竭型城市绿色转型发展的路径和措施，为生态文化引领产业发展、推进生态文明建设建言献策。四是加强古树名木保护。全市5684株古树名木全部实施了挂牌保护，190株一级古树还实施了围栏保护，保护率达到100%，并编制古树名木画册。

（四）森林支撑保障体系建设不断加强。一是森林资源保护工作不断加强。全市已建省级森林公园6个，国家湿地公园2个（含试点），其他湿地公园1个，省级湿地自然保护区1个，省级自然保护小区4个。网湖湿地自然保护区已成功申报国际重要湿地名录。积极开展生物多样性调查，与华中农业大学合作开展生物多样性本底资源综合调查，新发现国家珍稀植物南方红豆杉、香果树、蓝果树、红椿、青檀等，并编制了《黄石地区常见高等维管植物图谱》。二是森林防火体系不断完善。市委办、市政府办先后下发了《关于进一步加强森林防火基层基础工作的意见》和《黄石市森林火灾事故责任追究办法（试行）》，全市森林防火基层基础工作不断加强，初步建立了统一的应急指挥、宣传教育、应急救援、防火物资储备等体系。各地严格落实森林防火行政首长责任制、部门分工责任制和火灾责任追究制，加强组织领导，积极开展森林火灾预警监测和火源管理工作。修订完善了森林火灾应急预案，建立健全了扑火队伍，森林火灾隐患大幅减少。2013~2017年全市发生森林火灾起数由177起、71起、8起、24起，下降到今年的7起，森林火灾发生起数总体同比逐年大幅下降（2016年因极端天气原因略有上升），2018年春节期间实现了零火灾的历史性突破，全市森林火灾频发态势得到有效遏制。三是林业有害生物得到有效防控。林业有害生物防控目标管理责任制得到有效落实，全市林业有害生物监测预警体系、检疫监管体系和防治减灾体系不断健全，杨树食叶害虫、蛀干害虫、马尾松毛虫等主要林业有害生物得到有效监测预报和防治，全市林业有害生物成灾率控制在3.4‰以下。四是林业科技服务成效显著。举办林业技术培训100多期，培训林农6000多人次，开展技术咨询2500人次；编制印发了《黄石市林业技术手册》、

《黄石市村庄绿化指导手册》、《油茶高产技术》、《柑橘高接换种技术》、《杨树病虫害防治技术要点》等资料2万余份。五是林木种苗产业快速发展。全市登记在册各类苗圃120家，生产面积达4.5万亩，年出圃苗木3500万株，其中杉木苗1500万株、油茶苗400万株，年销售额突破1亿元。

二、主要经验与做法

（一）领导高度重视，强力推进森林城市创建。一是国家林业局和省林业厅领导大力支持。相关领导多次听取我市创森工作汇报。2016年3月份，宣传办原主任程红应邀在市委中心组扩大会议上作森林城市建设专题讲座，为我市创建国家森林城市传经送宝。2017年11月份国家林业局宣传办副主任李天送、管理处处长刘宏明应邀赴黄石指导创森工作。2014年刘新池厅长亲临黄石参加我市创森动员大会并讲话，创森期间多次带领各位副厅长和处长赴我市调研指导创森、绿满荆楚行动等工作，在造林绿化、产业发展和森林防火等林业项目安排上对我市予以重点倾斜。二是市委市政府高度重视。为积极推动创森工作，市委市政府高规格成立了创森领导机构——黄石市创建森林城市指挥部，书记亲自任政委、市长任指挥长。近年来，市委市政府相继召开了全市创森动员会、全市绿满黄石行动动员会、市委中心组森林城市建设专题学习会和全市创森工作会等专门会议，将会议一直开到基层乡镇，对创森工作进行全面安排部署，并相继出台了《关于加快林业发展的意见》、《关于加快推进绿满黄石行动的决定》、《黄石市创建国家森林城市实施方案》、《黄石市森林火灾事故责任追究办法》等多份涉林文件。市"四大家"领导多次调查研究、检查督办创森工作，有力推进了创森工作顺利开展。三是各县（市）区、开发区积极参与。各县（市）区党委政府、开发区管委会将创森工作作为一把手工程常抓常促，层层抓落实。全市形成了主要领导亲自抓，分管领导具体抓，林业部门牵头抓，相关部门配合抓的创森工作格局。

（二）坚持规划引领，科学推进国家森林城市创建。按照"一带串两核、三屏护四珠，五廊贯黄石"的总体布局，我市创森工作围绕实施"两核"城区绿量提升工程、"三屏"造林绿化工程、"一带四珠五廊"绿化工程、矿区生态景观修复工程、美丽乡村建设工程、林业产业富民工程、生态旅游建设工程、森林健康经营工程、生态文化建设工程和森林支撑保障工程等十大重点工程建设，进一步加大造林绿化力度，加快林业产业发展，加强森林资源管理，实现森林资源数量快速增长，森林质量稳步提升，森林保障体系不断完善，森林生态文化不断繁荣，为成功创建国家森林城市打下了坚实基础。

（三）加大资金投入，保障森林城市顺利创建。据不完全统计，2016年以来我市创森工作累计投入87.40亿元，其中财政投入73.86亿元，吸纳社会投入13.54亿元。从2014年起市财政每年安排1000万元创森专项资金进行以奖代补；各县（市）区分别设立创森专项资金，用于造林绿化奖补，其中大冶市每年5000万元以上，2016、2017年达到8000万元，阳新县每年3000万元以上，各城区（开发区）每年500万元以上。市政府积极整合涉农资金3亿多元，捆绑用于创森工作。在各级财政和项目资金的引导下，各类社会资本纷纷投资发展林业，名人、富人、干部、群众和外地商家等主体包山造林成为我市林业开发新常态。

（四）加强创森宣传，积极营造创建森林城市氛围。一是大力开展群众喜闻乐见的群体活动，充分调动广大群众参与创森的积极性。近年来，通过在全市范围内开展关注森林活动、"十大造林基地"、"十大造林标兵"、"十大护林标兵"、"十大示范苗圃"的评选活动、创森知识竞赛、创森征文比赛、创森摄影比赛、创森书画作品展、兰花艺术展览会、爱鸟周、元旦长跑、半程马拉松、户外登山等群众喜闻乐见的活动，广泛动员市民参与到创森工作中来。二是定期举办林业特色节会，广泛凝聚创森人气。通过举办首届湖北（黄石）园林博览会、生态黄石园林花卉展、磁湖樱花旅游节、乡村园博会等大型节会活动和白茶节、槐花节、桃花节、香李节等特色乡村节会，吸引周边群众和游客数百万人次参与和关注创森工作。三是广泛开展媒体宣传。与黄石日报、东楚晚报、楚天时报、黄石周刊、黄石广播电视台及东楚网、黄石新闻网、黄石声屏网等媒体开展创森宣传合作，开设创森专栏，对创森工作进行系列报道。充分利用微博、微信、短信、宣传图册、微视频、H5页面等媒介，宣传创森工作，打造创森文化。四是积极组织形式多样的社会宣传。市林业局、各城区制作安装30块大型户外创森宣传牌；出租车、公交车和单位电子屏滚动宣传创森；车站、码头等公共场所悬挂创森横幅；市创森办编发创森简报266期，发放创建森林城市致市民朋友的一封信和创森宣传手册各16万份，发放创森宣传环保袋3万多个。各社区利用宣传栏、横幅、广场活动大张旗鼓地宣传创森。五是深入开展"森林进单位、花卉进家庭"活动。为进一步加大创森宣传力度，扩大影响面，提高知晓率，充分调动全市人民参与创森的积极性，市创森办和市林业局在全市组织开展了"森林进单位、花卉进家庭"活动，一批社区、单位和家庭积极参与，既扩大了创森的宣传和影响，又使广大市民的生活环境得到了绿化美化，取得了良好的社会效果。

（五）强化考核管理，夯实森林城市创建成果。一是加强新造林抚育管理。林业部门每年组织技术人员对各地新造林抚育管理全程跟踪服务，指导造林业主做好新造林地浇水、松土、除草和森林防火、病虫害防治等抚育管护工作，提高幼树成活率，做到"栽一片，活一片，成一片"，确保造林绿化的成效。二是加强森林资源管护。严格执行林木采伐和征占用林地限额管理制度，加强生态公益林管理、天然林保护、湿地和野生动植物保护，组织开展"天网行动"、"砺剑行动"等林业专项整治行动，严厉打击破坏森林资源的违法犯罪行为，保证森林资源安全。三是加强森林防火工作。认真落实市委市政府《黄石市森林火灾事故责任追究办法》和《关于进一步加强森林防火基层基础工作的意见》，全面落实森林防火责任，加强防火宣传教育、预警监测、林火阻隔、预防扑救体系建设，严格执行火灾肇事者和事故责任人"双查"制度。四是加强目标考核管理。市委、市政府将创森造林绿化工作纳入县（市）区目标管理，与考核奖励挂钩。对造林绿化进度缓慢和未完成任务的地方，进行通报批评，对其主要领导实行约谈和问责。在春季造林和秋冬森林防火季节，通过造林进度等通报、现场会督办、领导批示督办、媒体督办、创森办成员单位分片督办等方式强力推进创森各项工作，有效促进了森林城市创建工作的顺利开展。

三、主要问题和下步打算

我市创森工作领导高度重视，资金投入巨大，社会广泛参与，创建效果显著，但与国家林业局领导的要求、与人民的期待相比还存在一定差距，尤其是森林质量和森林管理水平还有待进一步提高，林业发展体制机制创新和营造创森氛围还有待加强。

创森只有起点，没有终点。下一步，我们将借彭局长一行来黄检查指导工作的契机，在完成国家森林城市创建阶段性目标的基础上，继续开展森林城市提质增绿工程，积极开展环磁湖绿道建设、社区口袋公园建设、长乐山石质山地绿化、产业富民工程、绿色示范村创建、生物多样性保护等工程，加快实施长江沿线生态修复工程、精准灭荒工作、森林康养和慢生活基地建设工程，让黄石的天更蓝、水更清、山更绿、空气更清新，为把我市建设成为美丽宜居的国家森林城市而不懈努力，不辜负国家局和省厅领导的关心和期望。

基于生态文明建设的国家森林城市创建

国家林业和草原局　程　红

如何看待森林城市创建？如何谋划森林城市创建？如何搞好森林城市创建？我从三个方面向大家介绍一些情况，谈一些认识，供大家参考。

如何看待森林城市创建

这部分我主要讲三个内容：一是森林城市创建的由来，二是森林城市创建的历程，三是森林城市创建的成效。

一、森林城市创建的由来。森林城市的概念，是1962年美国政府正式提出，从那个时候开始，美国实施了全国性的城市森林发展计划。

我们国家的森林城市创建活动，是从2004年开始起步的，当时的目的可以用两句话来概括：第一句是造一些林子，让森林走进城市、让城市拥抱森林，更好地满足人民群众生产生活对森林绿地、良好生态的需要；第二句是搞一些宣传，传播森林、林业、自然等方面的知识和理念，促进植绿护绿爱绿社会风尚、关注支持参与林业建设局面的形成。

2004年，我们启动国家森林城市创建活动，是有当时的历史背景的。归结起来，有这么三个方面。

第一是2003年，中央颁发了《关于加快林业发展的决定》，其中明确"全国动员、全民动手、全社会办林业"为林业建设的方针。

第二是新世纪初，中央明确了林业要全面实施以生态建设为主的发展战略，要积极地推进百姓"身边增绿"，使城乡居民身边的森林绿地尽快地多起来、好起来，让老百姓更好地享受森林提供的服务。

第三是20世纪末以来，国际社会特别是联合国粮农组织，大力倡导城市森林建设。

二、森林城市创建的历程。回顾森林城市创建活动走过的12年头，我们大体经历了这么三个阶段：

第一阶段（2004～2007年），主要把森林城市创建定位为一项林业宣传实践活动。

第二阶段（2008～2012年），森林城市创建活动由点到面发展开来。

第三阶段（党的十八大以后），森林城市创建在经济社会发展和生态环境改善中的作用越来越凸显，可以说已经上升到了国家战略的层面，这主要有四个重要标志：第一个标志，是2014年开始实施的《国家新型城镇化规划》、《国家中长期改革实施规划》等，都把森林城市建设作为重要内容；第二个标志，是2015年5月国务院正式将国家森林城市称号批准列为政府内部审批事项，正式成为了国家林业局的一项行政职能；第三个标志，是2015年11月十八届五中全会正式对国家森林城市创建作出部署，标志着森林城市创建已经上升到了国家战略的层面；第四个标志，是2016年1月26日召开的中央财经领导小组会议，习近平总书记就森林生态安全提出了"四个着力"的要求，其中他特别强调要着力开展森林城

2016年2月，时任国家林业局宣传办主任程红在黄石市市委副书记杨军陪同下检查指导黄石创森工作

市建设。

三、森林城市创建的成效。森林城市创建活动开展12年来，得到了城市党委政府的积极响应，受到了城市居民的真心欢迎，呈现出蓬勃发展的喜人态势。

森林城市创建为什么能够持续发展到今天，并且越来越好，还进入到了国家的战略层面？我认为，可以从政治、经济、社会这三个层面来解读。

第一是从政治层面看，森林城市创建是建设生态文明和美丽中国的生动实践。第二是从经济层面看，森林城市创建是转变经济发展方式、推进绿色低碳循环发展的重要途径。第三是从社会层面看，森林城市创建是满足人们提高生态福利、保障健康长寿的有效举措。

如何谋划森林城市创建

在这部分，我重点讲四个内容：一是森林城市授予要符合三个条件，二是森林城市批准要履行三个程序，三是森林城市创建要处理好五个关系，四是森林城市创建要贯穿好五大理念。

这些年来，我们通过学习借鉴和探索总结，逐步形成了一套比较完善的森林城市创建所要坚持的原则、贯穿的理念、工作的要求。可以说，这些是谋划和实施创森的基本遵循。

一、国家森林城市批准要符合三个基本条件

第一是，要编制一个 10 年以上的森林城市建设总体规划。

第二是，要满足两个"2"的创建时间要求。

第三是，要达到国家森林城市评价指标的标准。

二、国家森林城市批准要履行好三个必备程序

第一个是由省级林业部门提出申请。

第二个是组织专家审评和核查。

第三个是提交局党组审定和社会公示。

三、国家森林城市创建要处理好五个重要关系

第一个是要处理好规划编制与规划实施的关系，这也是创森的前提问题。

第二个是要处理好大地植绿与心中播绿的关系，这也是关系森林城市创建的目标问题。

第三个是要处理好创森行动与区域发展的关系，这也是关系森林城市创建的定位问题。

第四个是要处理好政府主导与群众参与的关系，这也是关系森林城市创建的动力问题。

第五个是要处理好打攻坚战与打持久战的关系，这也是关系森林城市创建的态度问题。

四、国家森林城市创建要贯穿好五个重要理念

第一个是要贯穿好以人为本的理念。

第二个是要贯穿好综合治理的理念。

第三个是要贯穿好师法自然的理念。

第四个是要贯穿好城乡统筹的理念。

第五个是要贯穿好相依相融的理念。

如何做好森林城市创建工作

这部分讲三个方面。一是创建森林城市要提供好"三有"的基础保障，二是创建森林城市要在"三园"建设上下功夫，三是创建森林城市要在"三点"上见到实效。

一、要提供好"三有"的基础支撑。从森林城市创建的内涵和任务来看，需要来自各个方面的支持和保障，特别是城市党委政府要提出好三个方面的基础支撑，我把它概括为"三有"，就是有人做事、有钱办事、有地栽树。

二、要在建设"三园"上下功夫。从森林为人服务的角度来考虑，要在市域范围内的相应部位，努力去打造"三个园子"，也就是游憩小园、郊野公园、绿色庭园。

三、要在"三点"上取得明显效果。森林城市创建活动少则三年多则五年，要在这么短的时间内达到国家森林城市的标准，必须要切实强化工作措施，在"重点、难点、特点"上取得明显成效。

（此为作者 2016 年 2 月 29 日应邀为黄石市委中心组学习会上的辅导要点）

树立绿色发展理念 创建国家森林城市

湖北省副省长 周先旺

在今天的市委中心组理论学习扩大会上，我们邀请到国家林业局程红同志讲了一堂精彩的森林城市创建报告，这个讲座很生态、很绿色、很享受，我听得如痴如醉。程红同志是林业专家，是森林城市创建的标准制定者。他在讲座中就如何认识森林城市创建？如何谋划森林城市创建？如何实施森林城市创建？结合全国各地的成功经验和世界各地的先进案例，可以说是从理论到实践的一个好报告，使我们深受启发，对我市森林城市创建的路径、措施、工作部署更为明确。

美丽中国从林开始。这个林是森林，是绿色，绿色代表大自然的生机，乡村要绿起来，城市要绿起来，我们的生活也要绿起来。我们离不开山、水、林，只要有山、有水、有林，就有美景。你到黄石各地看看，无论是王英水库，还是仙岛湖，美景都是因为那里有山有水有林。再看外面的世界，湖南张家界的美也是因为有山有水有林。走出国外，巴厘岛、马来西亚尼春岛、南卡威、泰国的普吉岛、帕尼湾、苏梅岛无一不是山美水美自然美。北欧的美在于树多、林多。芬兰法律规定砍一棵树必须栽五棵树，没有任何余地。我们创建森林城市就是创建生态城市、创建绿色城市，一定要有"抓手"。我们的创森的"抓手"有四点。

创建国家森林城市，做好全民绿化工作

森林城市创建对我们来说是实践问题，不是理论问题。我们黄石创建国家森林城市就要多栽树。栽树，栽多少？国家森林城市创建有规定，不管你现在的存量是多少，以你申报国家森林城市创建开始为基数，至少要新增0.5%。黄石市有4600多平方公里，我们需要增加23平方公里，将近18万亩，就是这个数字。我们年年统计、月月统计，最后统计出来的面积加起来一定要大于这个数字吗？我们不需要这么做。我跟水生同志说过，跟郑治发同志讲过，要看我们的城区、乡村，哪些地方还可以栽树，只要是应该栽树的地方就一定要栽。如果是栽满了，那我们黄石的森林存量就大了。

城市绿化也要讲科学。我们市委大院的绿化是很不错的。2012年12月，我刚刚要调进黄石时，有领导朋友推荐我到黄石住某个楼区，说那地方有树有竹，全国像这样的小区很少，我当时是充满期待的。但到了市委宿舍区一看环境确实不错，有几棵樱花树，还有几棵梧桐树，后面确有几根稀疏的竹子。单看环境也很美，但要是跟森林比，那是不值一谈的，如果跟没有树的地方比，那是美景。市委院子的绿化确实不错，但还可以更多些、更好些，我跟秘书长邓新华同志商量再多栽点树。最后栽了五六百棵树，但这并不森林。我举这个例子，是说我们市委大院过去有那么多树，又栽了那么多树，但还是看不出森林的景象，这说明在我们身边，能栽树的地方还多得很。我们对照森林城市创建的标准，我们植树造林的阵地还大得很。

在我们黄石，植树造林的典范多得很。铁山是个工矿区，前两天国土资源部部长姜大明同志来实地考察，对光彩山、北纬30度公园给予了充分的肯定。我们全市没有任何一个地

方栽树能像铁山那么难。那里全部是石头山,在生态治理中,要把外面的土运进来,再用喷枪把它喷上去,把槐树籽、刺槐籽喷进去才能长出来。实施两年多,现在基本能见到林分了,刺槐树差不多有几厘米的直径了。创建森林城市就是要栽树。从城市到乡村,如果能在我们任上,把黄石所在的区、乡镇、社区的树栽满,就是最大的功绩与政绩,造福子孙后代,是值得奖励的。

没有树,就没有生机。环视世界旅游,你说哪个地方的美景没有树?包括庞贝古城火山遗址都是有树的,意大利罗马斗兽场也是有树的,遗址周边的松树苍天古木。今天说黄石市是资源枯竭型城市,在很大程度上讲也是森林资源在减少,绿色在减少。我举过很多极端的例子但都是事实。中建三局过去一直跟黄石合作,关系很好,他们以为黄石城市资源枯竭没有后劲了,没有合作机会了。2013年,三局董事长3次到黄石,看到黄石的大项目在全省最多,体育馆、综设馆、矿博园、园博园,一个接一个。他发现黄石机会不是这个事,如果凭老观念矿山开采的确是减少了,但其它的合作机会却很多。曾有新华社哈尔滨分社社长来黄石看我,他在香樟园坐了很长时间后,问我什么时候进"黄石城"?我说这就是黄石城。他说,不会吧,一个资源枯竭型城市还能这么好,这么美,全世界比这么漂亮的地方还有吗?就是因为我们的矿区绿色减少、森林减少,使得我们很多人认不黄石衰落了,没有后劲了,没有生机了。因此我们现在创建森林城市就要多栽树。

当初提出创建森林城市的时候,就连林业局自身都不同意。常委会讨论时,林业局不同意,个别领导同志也不同意,说不具备条件。铁人王进喜说,"没有条件创造条件也要上"。栽树也在讲究方法,地上栽不了可以向屋顶上栽,屋顶绿化、垂直绿化。西塞、下陆、黄石港要多栽树、栽好树。有人说黄石港不能栽树,其实黄石港能栽树的地方多得很。

抓森林城市创建就是要栽树。今天是个中心组学习会，也是个工作动员会，我们来的各级领导就是要回去栽树。水生同志跟我提过若干次要开次创森动员大会，我说不开，为什么不开啊，号令发出以后，大家都要在各自地方有作为，开会就得干事啊。我说，到时要抓反面典型，哪个地方比较好的到那去开现场会。噢，这回说大冶栽得慢，我就去大冶参加生活会。跟他们提示了下，后来水生同志跟我说大冶搞得最快，标准最高。我过去看了看，一看刘仁八确实标准很高。然后，我根据大冶 8 万亩的种植情况说，你就按这个标准搞，按照这个标准搞压力就大了，压力大并不等于不可为嘛。所以我们创森林城市首先就是要栽树，我们不要去玩概念，不要去运用一些华丽的词藻、慷慨激昂的语言来掩盖工作上的不足。

创建国家森林城，树立绿色发展理念

十八届五中全会《决定》明确提出支持智慧城市、绿色城市、森林城市创建。森林城市和绿色城市虽有交叉，但区别也很大，内涵不一样。绿色发展是理念，包括产业方向的选择和生活方式。

创建森林城市，是对整个绿色发展理念的宣传、普及和践行。在各个方面都要以绿色为标准，特别是在生态建设中，特别要防止伪生态、真破坏。

什么是伪生态？你把热带棕榈树挖到这里来栽种，很好看，像台湾歌曲里面遇到彩叶旗在月光下摇曳，但它不是你这个地方的树种，只要遇到零下八度以上的冬天，全部成为枯叶，这就叫伪生态。一棵古树长在乡间好好的，你把它以几万元十几万元的价格运到城市移栽，"无头无脑"、"无手无脚"，这只能是生态的破坏。一棵树花了几十万，一棵树长了几百年，栽到城市大院就是残疾树，就是病态树，这就是伪生态。龚自珍的《病梅馆记》，江宁之龙蟠，苏州之邓尉，杭州之西溪，皆产梅也，以曲为美，直则无姿；以欹为美，正则无景；以疏为美，密则无态。那就是批判的伪生态。

我们现在创建森林城市，不能这样干，是劳民伤财的事。以前建设团城山樱花园时，有人提出买一个大石头，跟我说花钱不多，只需要 30 万元，在上面刻些字留作纪念。30 万元，如果 1 万元一棵树能买 30 棵，弄个石头立在那里，既没有生命，又没有生机，这就是毫无意义的伪生态。在我们的生活中，生态比比皆是。我们一方面田地很少，另一方面又干了很多没有意义的事。比如，我们的一些河流、小溪，我们经常很多诗一般的语言，河水以它欢快的语言怎么怎么的游过来，现在我们的河流、小溪三面硬化，再也听不到哗哗的流水声了，既没有青蛙，也没有蟋蟀，与过去一些池子里面的青蛙一样，这就是对生态的破坏。

我们很多人到到美国波士顿的查尔斯河，哈佛大学穿校而过，波士顿政府是全世界最富的政府，整个查尔斯河全是自然的。我们读过徐志摩的《再别康桥》，把康河的柔波描写得多美啊，在康河的流波里，我甘心做一棵水草，我们去看看一下康河。自然的河堤才有水草，硬化过还能长水草吗？要把两边的河堤用水泥给它糊住，两边的垂柳还能生存吗？我们搞森林城市创建，就要按照生态的要求，以人为中心，师法自然。

栽树需要钱，但我们一栽树就想到从外面买，买一些山东枣树，大枣树在几年以后就老化了，老化了就要换掉，换掉就拉到黄石来。一看感觉奇形怪状的就买下来，高纬度树到低纬度树来，本身就已经老化了，过度木质化了，没有什么生命了，栽种这几年都不活，又几年都不死，说它死了吧，它又发了几个芽；说它长了吧，每年又只发几个芽，这是"以奇为美"，"以疏为美"吗？这就是伪生态。大树进城、古树进城、过度管护，都是伪生态。我们在创森中，包括城市园林管理，除了重要节点，一般不需要多层绿化，也不需要过度管护。

第一篇　卓识远见思想决定行动

　　有些伪生态的怪现象已经在波及乡村，有的乡村造假山，有的乡村栽病树。陈贵门口大道将近20公里全是栽的造型灌木和造型红叶石楠，如果不栽这些树种而改栽本地的樟树、梧桐等乡土树种，现在已经成林了。今天我们把中心组学习扩大到县市区的乡镇党委书记，一定要从理念上纠正过来，要师法自然、崇尚自然、顺应自然，把人类中心主义走向生态主义，要走向生态文化。

　　树木栽好之后是一劳永逸的。青山湖治理时，我定了一个原则，一年处理，两年美化。实施部门的方案体现出春季有什么花、夏季有什么花、秋季有什么花，虽然很好，但成本太高，我建议他们栽上一些好看的树，栽上一些竹子，既不要防虫，又不要治病，人与自然和谐。因为好看的树要剪枝，怕长虫要打药、打药不长虫但是人也跟着受害啊，环境就是这样一点一点破坏的。

　　我们创建森林城市要自觉避免这些问题，要自觉树立绿色发展理念，不要把森林城市搞得太具体，栽一棵树就完了，但又不能把这个东西搞得太抽象，前面要栽树，后面要树立绿色理念。绿色理念的内涵是非常丰富的，值得我们深思。森林城市最终不仅仅是多栽几棵树的问题，这是外在的，要有绿色理念。栽树不能只想到名贵树，或在小区弄些造型树，局部节点可以，多数不能这么干。我们要多栽种本地树种，如长得非常好的樟树，黄石地处北纬

2018年3月6日，黄石市四大家领导带头参加义务植树，为创森添绿

30度，自然落叶的树种有很多。

创建国家森林城市，创办乡村园博会

在当前的黄石，以区县为主创办乡村园博会，就是我们创建森林城市的重要标志、载体和平台。由黄石市承办的湖北省首届园林博览会，将于2016年9月26日开园对外开放。现在还有大量的落叶乔木没有栽种进去，至少3月12日植树节前一定要栽种好，再不栽进去就很难能保证它的成活质量。现在离植树节还有12天，还有40多种树苗要运达栽种，今天这个会也算是个园区植树动员会，会后要迅速行动，搞好全民义务植树活动的启动。

近段时间，市长、分管市长在全民植树方面采取了很多措施，抓得很紧，但季节不等人，要更加重视。当下，我们各个县市区都在争办不同形式的园博会，今年是我们承办的省首届园林博览会、黄石市第三届园林博览会，明年的市第四届园林博览会由下陆区在东方山承办。大冶市园博会已经进入到第三届，阳新创办的园博会进入到第二届了，三溪到王英水库这条线，各个乡镇都在创办自己的园博会。大家不要把园博会想得太高大上，要像市政府办园博会一样，要像北京园博会那样办。乡村园博会要顺应乡村特点，把农民种地的生产车间变成我们的公共客厅，变成我们的花园。大冶茗山镇举办的第一届乡村园林博览会就很有效果，农民种的玫瑰花、种的迷迭香，还有很多农民和农民企业家发展的苗圃地，还有一些有针对性的公园，大家在园区里栽了很多树，又好看，又增值，要提倡。

所有乡镇村组也要这样，家家户户种点花，房前屋后种好树。我觉得刘仁八镇天灯村稍加整理，引导村民在房前屋后种植几盆花，面貌就会有大改变。我们创建森林城市，各级要把园博会办好，包括社区和城市街办都可以大有作为。今天，全市各社区的党支部书记也来了，大家可以在各个社区里搞不同形式的花卉展、花卉比赛，动员女同志搞些插花比赛。各级妇联组织可以结合三八节，组织女同志搞点插花、烹饪、化妆、裁剪等赛事，既是技能，也是素养，还是品位。在日本和意大利，女士不会插花就得大打折扣，是她们的基本素养。茗山镇当结合办园博会，组织家家户户特别是女同志种点玫瑰花，消费玫瑰花，同时借用玫瑰花提高各自的经济收入，提高生活品质。如果能够一年一年，一代一代地坚持，那你就一定能成为一个很有品位的人，这种品位是一种竞争力，是我们发展的后劲，是我们经常说的软实力。

创建国家森林城市，自觉检验工作作风

党一直反对干部不作为、慢作为，我市也先后公布了三批不作为、慢作为的人和事。第一批中的黄石口岸，公布时市委常委会研究定调，让坏事变好事。现在仅用几天时间的苦战和改进，黄石口岸已经正式复关，相关企业和我们一样，大大超出意外。很多原先在海上漂行的和从海上进来的船只，纷纷修改他们的靠关路线，因为过去关停以后不能靠关，所以说是坏事变好事。这个丑事本不应该发生，涉及到黄石进出口岸的企业正常运转，通过整顿，最终变成好事，而且也实现了。市里的分管领导与相关的海关、商委、口岸办、国资委、港口集团等部门深入做工作，得到了相关企业包括大冶有色的积极支持。

通报的第二批是根据省委巡视组巡视汇报定下的名单，其中一个副区长被免职。昨天通报的第三批是市委组织部拟定的12个不作为、慢作为的典型，基层和群众反应强烈。本周还要公布一期，以后每周一可以对不作为的人和事集中公布。王岐山说，以问题为导向，动员千遍不如问责一次。我们在创森工作中要坚持这个原则，要在森林城市建设过程中检验我们的作风，新增0.5%的林地面积能不能够实现，我们各个地方能不能够把绿满大冶、绿满

富川、绿满黄石这个目标实现好，要看我们的作风。

下一步，市政府、市林业局、市创森办要加快组织一些必要的专项检查，要利用国家和省林业部门的卫星遥感资源，清清楚楚地查看哪些地方栽了树，利用这种先进技术，具体到一平方米以上就能遥感出来。不管你栽了多少树，主要是看你还有哪些地方没栽树，不要说你现在栽了5万亩还是8万亩，在该栽树的地方栽树是我们应该做的事，哪些地方还可以栽，就按这个进行检查，进行通报，倒查责任。

有人说，现在的干部太难当了，一会儿纪委找你，一会儿组织部门找你，看你是不是违纪，这是最基本的，基本工作做不好就应当免职。人穷也要洗脸，家贫也要扫地，全党抓作风建设，是要各级干部尽职尽责，按规矩办事，并不是要你24小时去当志愿者，并没有要求你把工资的一半捐出去，应该做的事都做不到，组织为什么不能问责呢？为什么不应该追究责任呢？有人说为官不易，官不聊生，那是从环境到观点的归位，我们要严格按照职责要求，以自身的能力尽职尽责，把我们的集中精力的创森工作做好，就是对工作作风的全面检验。

（本文是作者2016年2月29日在市委理论学习中心组扩大会上的讲话，题目为编者所加）

龙凤池景区

创建森林城市　建设美丽黄石

湖北省林业厅厅长　刘新池

今天到黄石来参加市委、市政府创建森林城市动员大会，我感到非常荣幸。近年来，黄石市委、市政府在生态文明建设，特别是生态林业、民生林业建设上的认识之高、动员之广、力度之大、投入之多，是走在全省前列的。包括市委、市政府短时间内就林业发了4个文件，书记市长召开会议进行最高规格的动员部署，全市"五边三化"生态修复和"八园六带"建设总投入近25亿元，全市上下就森林城市创建工作形成了共识。总的来说，参加今天的会议，我感触很深，收获很大。下面，我简要谈三点认识，供大家参考。

一、关于对黄石的认识

黄石是一座令人羡慕的城市，是中华民族青铜文化的发祥地，从殷商时期至今3000余年，矿冶炉火生生不息，拥有悠久的工业历史文化，故有"青铜古都"、"钢铁摇篮"、"水泥故乡"之称，被誉为"百里黄金地、江南聚宝盆"。

黄石是一座令人尊敬的城市，是我国近代民族工业的摇篮，张之洞创办的第一家矿业公司就在大冶。同时，黄石还是国家建设的奉献者，据统计，建市以来已累计向国家贡献2亿多吨金属矿、6亿多吨非金属矿，直接上缴利税300多亿元。可以说，黄石为中国民族工业成长和湖北的新型工业化发展作出了巨大贡献。

黄石是一座令人骄傲的城市。上世纪90年代以前，黄石的城市规模、工农业产值等多项数据一直稳居全省经济第二位，一路书写着"黄老二"的辉煌。进入新世纪以来，面对资源枯竭的残酷现实，市委市政府抓转型、闯新路，短短十几年时间，黄石跻身全国资源枯竭转型示范城市和国家新型工业化示范基地，这些都值得黄石人骄傲。

黄石也有自身的特殊性。过去因资源兴、因矿业盛，经过多年的建设发展，为国家建设发展作出了巨大的贡献，同时也由于采矿行业的弊端，为自身留下了很多生态欠账。过去有人形容黄石的一些矿区，是"千疮百孔的矿山，灰尘漫漫的山道，伤痕累累的土地，长满荒草的坑口"，虽然有夸大成分，但是也能从一个侧面窥见一斑。

今天，市委、市政府召开动员大会，启动森林城市创建活动，实际上是执政理念的一次重大突破，是向转型发展新的目标进发，是与中央和省委、省政府保持高度一致的具体行动。目的就是通过创建活动，实现经济与生态的良性互动，实现双赢，来补齐过去的生态欠账。这是践行科学发展观、追求民生GDP、绿色GDP的重大举措，是黄石转型发展的升级篇。我坚信，在市委、市政府的坚强领导和全市干部群众的共同努力下，黄石一定能够如期实现创建森林城市的目标，一定能够建成天蓝地绿水净的良好生态环境。

二、关于森林的功能和森林城市创建由来

森林是人类的发祥地，是人类的摇篮。森林在自然界中有三大重要功能：一是固碳释氧。

通过植物的光合作用，吸收并存储碳，释放氧气。据统计，1公顷阔叶林每天可吸收1吨二氧化碳，释放0.73吨氧气，森林每生长1立方米木材，可吸收大气中的二氧化碳约850公斤。二是净化和涵养水源。森林地表形成的腐质层如同一块巨大的海绵，具有很强的吸收存储水分、延缓地表径流、净化地下水质的能力，有森林的地方，水一般都会清澈见底，而没有森林的地方，水一般相对比较浑浊。黄河之所以比长江浑浊，其中一个重要原因就是黄河沿岸森林植被破坏严重，致使河水含沙量居高不下，甚至因为河沙逐年累月沉积抬升河床，枯水期时候还会出现断流。三是维护生物的多样性。生物多样性对自然生态系统的重要性不言而喻，森林既是多种动物的栖息地，又是绝大多数植物的生长地，是地球生物繁衍最为活跃的区域。无论是从自然界的食物链来讲，还是物种基因丰富性来看，森林在维护生物多样性、维持自然界良性循环等方面都起着非常重要的作用。

创建森林城市作为关注森林活动的一个重要内容和载体，1999年由全国政协发起，由全国关注森林委员会进行评选。全国关注森林委员会是由全国政协人资环委、全国绿化委、国家林业局、国家广电总局等6个部委组成的机构，机构设在全国政协，时任全国政协副主席赵南起担任第一届关注森林委员会主任。委员会下设执行委员会，设在国家林业局。截止到2013年底，全国有58个城市获得了国家森林城市称号，其中我省2个，武汉市和宜昌市。湖北省关注森林委员会执行委员会设在省林业厅。从这个意义上来讲，创建森林城市不是一个地方和一个部门的行动，是由多个部门联合参与评选，要求有很多相关荣誉称号作为支撑辅助，对城市相关建设的要求很高。

三、关于创建森林城市的几个要点

创建森林城市，用一句话来概括，就是"让森林走进城市，让城市拥抱森林，改善人居环境，使人们享受绿色生活、低碳生活"。就黄石市委、市政府开展创建森林城市，我简要谈四个方面的建议。

一要把握"两个遵循"。一是遵循创建森林城市的价值取向。习近平总书记2013年4月视察海南时指出，"良好的生态环境是最公平的生态产品，是最普惠的民生福祉。"习总书记说："既要金山银山，又要绿水青山，宁要绿水青山，不要金山银山，说到底绿水青山是最好的金山银山。"总书记还在中央政治局学习时指出：山、水、林、田、湖是一个生命共同体。人的命脉在田，田的命脉在水，水的命脉在山，山的命脉在土，土的命脉在树。简明扼要地阐述了五者的紧密联系，指出了森林的基础性、关键性地位。开展森林城市创建，目标不仅仅是为了"拿牌子"、"争荣誉"，真正的价值取向是通过创建发展生态林业民生林业，推动改善生态改善民生，坚持以人为本，实施群众身边增绿，改善人居环境，建设美丽中国。换句话说，开展森林城市创建的过程，就是推动自然环境变美变优、民生得到不断改善的过程。这与总书记"既要金山银山，也要绿水青山"等系列重要论述是相契合的。相信通过努力，黄石一定能够建成无山不绿、有水皆清、四时花香、万籁鸟鸣的人间美景，黄石人民也一定能够把"山河织成锦绣，把国土绘成丹青"，让"绿荫护夏、红叶迎秋"变成现实。二是要遵循生态林业的发展规律。俗话说：十年树木，百年树人。前人栽树，后人乘凉。树的成长需要一个较长的过程。放大来讲，林业是一项建设周期长、投资大、见效慢的基础性产业。在创建森林城市的过程中，也要遵循这个规律。特别是开展造林绿化要切忌追求短期效应，要注重积小功为大功，久久为功，要有功成不必在我的广阔胸怀。同时要注意防止两个关键问题，也就是绿化形式主义。第一是有绿无荫的问题。这是典型的绿化形式主义，过去有的地方为了追求短期效应,大量种草,短时间内确实有明显的效果,但是草的生态价值远低于树,而且草的建设和维护成本都很高,不适合普遍推广。因此,建议多栽乔木和乡土树种,适量栽植灌木和花卉树种,尽量减少草地面积。具体就市区来说,就是要多建林荫大道、林荫停车场、绿色公园等,最大化利用城市有限的空间资源。第二是贪大求洋。有的地方追求栽古树、栽大树,花很大代价从其他地方移植,既没有必要,因为古树、大树在原来的地方也能发挥生态价值;另外成本又很高,而且容易对珍贵树木造成伤害甚至导致死亡。因此,要倡导适地适树,大小适中,注重做好管护工作,保证树苗成活率。

二要编制"两个规划"。一是编制《国土空间利用规划》。党的十八大提出,编制生产空间、生活空间、生态空间利用规划,实行严格的用途管制。具体来说,就是要划分出生产、生活和生态空间,严格照规划实施,实现生产空间高效集约、生活空间宜居适度、生态空间青山绿水。在发达国家,生产空间与生活空间的比例一般为1:5,这一比例能够较好地实现生产与生活的平衡。当前,我国很多大城市雾霾问题趋于严重,与生产、生活、生态空间布局不合理密切相关。因此,前期的规划布局非常重要,要邀请高层次的专家,把空间规划布局好,做好顶层设计,高位推进实施。二是编制《创建森林城市行动规划》。创建森林城市是一项综合工程。要科学编制《创建森林城市行动规划》,明确创建的时间表、路线图、责任书,做到任务细化、责任明确,确保每个地方、每个部门都明确各阶段做什么,达到什么目标。相信只要合理制定规划并推进实施,通过4年努力,黄石的天空、土地、河流一定会发生很大改善。

三要培养两个主体。一是培育市场主体。大面积绿化仅仅靠老百姓房前屋后栽植是不行的,必须要引进大量的市场主体,所以林业生态建设必须要招商引资。二是培育群众主体。习总书记说过,"人民对美好生活的向往就是我们的奋斗目标","美好生活要靠劳动创造",老百姓参与是核心问题,创建不在乎老百姓投多少钱,在乎群众理解支持政府行为,绿色乡村、庭院绿化、社区绿化要进行补贴,依靠群众进行绿化、美化,重在培育群众主人翁意识,植绿、爱绿、护绿的好习惯,营造保护自然、尊重自然、敬畏自然、适应自然的社会气氛,群众主体必不可少,任何创建过程既是改善民生的过程,又是群众参与的过程,只要群众参与,我们创建的工作就好办。

四要加大两个统筹。一是统筹政府资源。公共产品是永久性的,需要政府整合各种资金、项目、资源,逐年推进。作为林业部门,我们要尽全力支持黄石创森,我们要在力度上要有明显加大,另外省委省政府下发绿满荆楚的实施意见,里面有很多资金可以利用,包括村级一事一议资金和省财政下发的美丽中国建设资金。二是统筹社会资源。要动员各种社会力量、社会团体、社会名人来加入绿满黄石公益性事业中来,营造名人林、企业林、青年林、三八林,形成强大社会力量,来推动山河绿化和生态改善,最终达到美丽黄石这个目标。

希望黄石如期实现创建国家森林城市目标,实现天更蓝、地更绿、水更清。

(此为作者2014年1月13日在黄石市委市政府创建森林城市动员大会上的讲话,根据录音整理)

推进绿满黄石行动　建设国家森林城市

黄石市市长　董卫民

今天，市委、市政府召开加快推进绿满黄石行动动员大会，主要任务是贯彻落实省委、省政府《关于加快推进绿满荆楚行动的决定》，动员全市上下加快推进绿满黄石行动，力争三年实现绿色全覆盖，为"生态立市、产业强市，加快建设鄂东特大城市"提供强大的生态支撑。刚才，有五个单位作了典型发言。它们的做法很有代表性，对其他地方的造林绿化工作也具有一定借鉴意义，希望大家相互学习，推进绿满黄石行动顺利开展。我先讲三点意见：

一、充分认识推进绿满黄石行动的重大意义，牢固树立绿色决定生死理念

绿水青山就是最好的金山银山。生态需求已成为最基本的社会需求和民生需求，良好的生态环境是最公平的公共产品。绿色是美丽中国的主色调，林业是生态建设的主战场，发展林业是应对生态危机和提高生态环境承载力的有效途径，在实现科学发展、建设生态文明、维护生态安全、应对气候变化、解决"三农"问题等方面发挥着重要作用。当前我市正在开展的创建森林城市活动是落实省委省政府绿满荆楚行动的具体行动和重要举措，二者是一脉相承、目标一致的。推进绿满黄石行动，创建森林城市是增加全市森林资源总量，提升森林资源质量的重要举措。森林对于一座城市来说具有特殊的意义，它是一座城市生态文明的重要标志，也是城市生态建设的主体内容，还是城市具有生命的基础设施。就我们黄石而言，建设森林城市是建设资源节约型和环境友好型社会的重要内容，是坚持生态立市、产业强市、加快建成鄂东特大城市的重要途径，是维护黄石山水风貌、改善人居环境、彰显黄石魅力的重要民生工程。

近年来，市委、市政府高度重视林业发展，不断深化林业改革，创新发展机制，林业建设取得了显著成效。但多年来的"采矿经济"给我市森林植被、湿地和野生动植物资源带来了严重破坏，森林总量不足，质量不高，林地、湿地保护滞后，森林、湿地生态系统功能退化，导致水土流失、水源枯竭、雾霾频发、灾害频繁、气候异常等生态问题还很突出，生态环境仍很脆弱，与全市经济社会健康发展的需要、与人居环境改善对林业的要求和森林城市建设的目标还有一定差距。因此，推进绿满黄石行动，创建森林城市，对我们黄石这座矿冶城市来说其意义显得尤为重大。各级党委政府和各级各部门要从贯彻落实党的十八大、十八届三中、四中全会精神和习近平总书记系列重要讲话精神和建设美丽黄石的高度，充分认识推进绿满黄石行动和创建森林城市的重大意义，牢固树立绿色决定生死的理念，把思想和行动统一到市委、市政府的决策部署上来，明确任务，落实责任，全民动员，加快推进绿满黄石行动，加强森林资源管护，加速实现绿色全覆盖，确保如期实现创建森林城市目标。

二、明确目标任务，加快推进绿满黄石行动

根据省委省政府的要求，结合我市实际，计划用3年时间，到2017年，实现全市宜林地、

无立木林地、通道绿化地、村庄绿化地应绿尽绿，新增有林地面积30.1万亩，森林覆盖率达到37.28%，森林蓄积量达到496万立方米。在此基础上，进一步优化生态空间布局，增加森林面积，提高森林质量，巩固绿化成果，提升生态承载能力和生态产品供给能力，努力建设黄石生态屏障。

为顺利推进绿满黄石行动，确保目标任务的全面实现，我提几点要求。

一是要坚持科学规划，实施规划引领。推进绿满黄石行动涉及面广，各项工作之间需要相互衔接，不同地区之间建设任务各有侧重，必须充分发挥规划的引领和规范作用，强化绿色发展的刚性约束，扎实有效地抓好落实。市里要将推进绿色发展纳入"十三五"国民经济和社会发展总体规划，完善功能区规划，制定绿化标准，强化规划引导。各地要结合本地实际，切实把绿色发展的要求贯彻到各项规划实施的全过程，贯彻到经济社会发展的各领域各环节，科学编制布局规划、产业规划，建设一批绿色示范乡村、绿色景观林带和林业特色产业基地，形成上下衔接又各具特色的生态空间布局。

二是要坚持因地制宜，实施分类推进。各地要根据自身的自然和经济条件，确定生态建设的重点和主攻方向。在加快推进绿满黄石行动中要统筹生态公益林、通道景观林、商品经济林等不同功能森林结构，注重生态增优、林业增效、林农增收的统一。加强林种树种结构调整，改善森林质量结构。要大力发展适合本地特点的主导品种，不搞不切实际的"奇花异草"，不搞"一夜成林、一日成景"的形象工程和"一刀切"的面子工程。荒山造林要重在建设林业特色基地，大力发展本地有特点、群众有种植传统的特色经济林，要将造林绿化与群众脱贫致富有机结合起来，在改善生态的同时使群众得到实惠。村庄绿化要结合发展庭院经济，多栽植果木林，使群众出门有绿，伸手有果。森林城镇创建和生态景观林带建设是提升各地绿化品位、展示城镇形象的窗口，也是改善生态的民生工程，要做到美观和实用兼顾、生态和经济并重。

三是要坚持城乡统筹，实行一体化发展。推进绿满黄石，实现绿色全覆盖，既包括山水林田路，又包括城市和乡村。黄石和大冶、阳新中心城区要加强公共绿地的绿化，加快建设森林城市和园林城市；小城镇要开展"森林城镇"创建活动，加强街道、社区、单位和庭院的绿化，提高城镇绿化美化水平；广大乡村要开展"绿色示范乡村"建设，见缝插绿，整村推进，使村旁、宅旁、水旁及零星空地全部得到绿化，做到常年绿树成荫，四季花果飘香，群众身边增绿，改善人居环境，建设美丽乡村。要加强沿路、沿江、沿湖的绿化，把各类交通连接线打造成连接城乡发展、展示黄石形象的生态景观。

三、创新体制机制，确保绿满黄石行动顺利推进

各地各部门要进一步深化改革、扩大开放，充分发挥市场在林业资源配置中的决定性作用，创新体制机制，调动社会各方面的积极性，确保绿满黄石行动的各项工作顺利推进。

一要建立多元化投入机制。要按照"政府引导、市场主体，以奖代补、转移支付，统筹整合、动态管理"的原则，多管齐下，不断增强绿满黄石行动的资金保障。一是要用好政府投入。要整合中央、省级、市级和县（市、区）财政资金，集中支持绿满黄石行动。宜林地和无立木林地造林及退耕还林等造林工程，要积极争取省林业厅支持，争取纳入国家林业重点工程范围，落实中央财政补贴政策。二是要大力吸引社会投入。要从政策扶持、林地流转、法律保护等方面入手，调动社会力量投资林业的积极性。要引导和鼓励企业通过林地流转，规模化发展商品林基地、特色经济林，使企业成为基地造林的主体。要加快培育林业专业合

作组织、家庭林场等新型林业经营主体,确立经营者在市场竞争中的投资主导地位。要以林业补贴、贷款贴息等扶持手段引导社会进入,拓宽社会融资渠道。三是要积极拓展金融投入。金融机构要积极开发适合林业特点的信贷产品,对造林绿化实行长期限、低利息的信贷扶持政策。降低银行信贷门槛,健全林业资源评估体系,加强涉林企业、农民与银行的对接,扩大林权抵押贷款规模。加大林业贷款财政贴息力度,对符合条件的企业和个人营造林项目贷款给予贴息支持。积极探索森林保险工作,提高林业抵御自然灾害的能力。

二要建立造管一体的管护机制。造林绿化建设必须持之以恒地推进。要实行谁造林、谁所有,谁投资、谁受益,确保造一片、活一片、成一片。要落实责任管好新造林,防止年年造林不见林。要完善包栽包活、责任到人的管护机制,"不栽无主树、不造无主林"。力争栽一棵活一棵,造一片绿一片。要加强森林资源保护和管理,科学划定并严格坚守林地、森林、湿地、生物多样性等生态"红线",实行林地用途管制,严格执行林地征占用和林木采伐限额计划,稳定林地保有量。严厉打击各种乱砍滥伐、乱砍滥挖、乱捕滥猎、违法征占用林地、侵占湿地等违法行为。加强生物多样性和古树名木保护。切实加强森林防火基层基础工作,将森林防火责任层层落实到基层,落实到具体的人和山头地块,层层明确责任、层层传递压力。严格执行《黄石市森林火灾事故责任追究办法(试行)》,严查肇事者,严查失职、渎职干部的责任,切实保护好绿满黄石建设成果。

三要建立全体动员、全民动手、全社会参与的推进机制。一是加强组织领导。各级党委

黄石市黄荆山北麓5号塘口生态治理范本,使千年矿山重披绿装

政府要把绿满黄石行动和创建森林城市工作纳入议事日程，在组织领导、政策落实、财力投入等方面，进一步加大力度。各级政府主要领导要亲自抓、负总责，全面落实造林绿化任期目标责任制。要把三年绿色全覆盖和创森任务纳入政府年度工作目标，层层签订责任状，一级抓一级，层层抓落实。二是强化部门联动。各级林业部门要做好统筹规划、组织协调、指导监督和工程造林实施等工作；发改、财政等部门要完善扶持政策，不断加大对生态建设的投入；国土、住建、交通、铁路、水利等部门要从各自职能出发，做好矿山植被恢复和城市社区、公路、铁路及江河堤渠、水库周围的绿化美化。各级各部门都要积极参加义务植树活动，以实际行动支持绿满黄石行动，形成加快推进绿满黄石的强大合力。三是动员全社会广泛参与。要加强宣传教育，强化舆论引导，增强全社会爱绿、植绿、护绿意识，增强全社会的生态文明意识。要抓好学生生态意识的培养，开展好"绿色文明校园"的创建活动。要抓好社会群团组织义务植树活动，不断创新形式、健全机制，使自觉参与林业生态建设成为人们日常生活中不可或缺的组成部分。

四要建立造林绿化督办和考核机制。各地要将推进绿满黄石行动与创建森林城市结合起来，将三年绿满黄石的任务分解落实到各乡镇（街办）、行政村，每年开展一次专项督查，年终对照目标责任书进行考评。从2015年起，市政府将加大对推进绿满黄石行动和创建森林城市工作的考核力度，增加造林绿化在政府整个考核体系中的比重，实行导向鲜明、评价科学、奖惩分明、问责严厉的绩效管理。对政策措施不到位、工作进度缓慢、年度任务不能完成的地方和部门，进行通报；对不能如期完成创森绿化任务和绿色全覆盖的，要约谈问责，确保省委省政府下达的绿化任务全面完成和创建森林城市目标的顺利实现。

实施绿满荆楚行动是省委省政府作出的重大战略部署，用3年时间实现绿色全覆盖，这是一项艰巨的任务，时间紧、任务重，但使命光荣，各级党委政府本着对党、对人民高度负责的精神，认真抓好绿满荆楚行动各项任务的落实，为实现我市绿色全覆盖，建设森林城市作出更大贡献！

（此为作者2015年1月18日在黄石市加快推进"绿满黄石行动"动员会上的讲话，题目为编者所加）

白鹭欢舞

全力补齐创森短板　如期完成创森重任

黄石市委副书记、政法委书记　杨　军

这次会议的主题是：以十九大精神为统领，坚持问题导向，突出项目建设、宣传动员、台账建设等重点工作，全力争取国家森林城市的金字招牌。我强调三点意见：

一、以十九大精神统领创森工作

党的十九大是在全面建成小康社会决胜阶段、中国特色社会主义进入新时代的关键时期召开的一次具有划时代、开创性和里程碑意义的重要会议。习近平总书记所作的大会报告，总结新成就、明确新使命、立足新时代、确立新思想、作出新判断、部署新举措、提出新要求、开启新征程，是一个举旗帜、指方向、明方略、绘蓝图的重要报告，是一篇马克思主义的光辉文献。

十九大报告站在中华民族永续发展的千年大计的高度，大篇幅论述生态文明建设，这是指导我们推进国家森林城市创建的根本遵循。习近平总书记指出：必须树立和践行绿水青山就是金山银山的理念，像对待生命一样对待生态环境。他特别谈到，要实施重要生态系统保护和修复重大工程，优化生态安全屏障体系，构建生态廊道和生物多样性保护网络。重点强调了开展国土绿化行动，推进荒漠化、石漠化、水土流失综合治理，完善天然林保护制度等。

当前，我们开展创森工作，必须以十九大精神为统领，把创建国家森林城市作为推进生态文明建设的重要载体，作为贯彻落实十九大报告的具体行动，通过认真学习领会十九大报

生态造福

告中关于生态文明建设的重要论述，把思想和行动统一到习近平新时代中国特色社会主义思想上来，统一到党中央的决策部署上来，统一到市委、市政府提出的创森目标任务上来，切实增强"四个意识"、坚定"四个自信"，把创森各项工作落到实处，以实实在在的效果，检验贯彻落实的成果。

二、以问题为导向全力补齐创森短板

近年来，全市各级各有关部门认真按照市委、市政府的决策部署，统筹开展"五城同创"，大力推进森林城市创建和国土绿化工作，取得了较好成绩，生态环境恶化趋势得到初步遏制，全市人居环境显著改善。当前，我市正处在全力冲刺国家森林城市的关键时期，对照国家森林城市的指标体系，创建任务依然十分繁重，形势不容乐观。主要短板集中在部分重点创森项目没有得到有效推进，部分关键评价指标与国森创建标准还有较大差距，创森台账资料收集整理工作情况不理想等。根据国家森林城市创建的最新规则，黄石要想成功创建国家森林城市，大冶市和阳新县必须要率先成功创建湖北省森林城市，否则黄石就不具备创建国家森林城市的基本条件。2017年10月中旬，大冶市已通过省林业厅专家组的考核评审，11月份可以正式授牌省级森林城市。目前，阳新县的创森进度明显滞后，离同大冶市同步创建、同步验收的目标有一定差距。明年是阳新创建省级森林城市的最终期限，如果还不能够顺利通过考核验收，我市的创森目标就要落空。希望阳新县引起高度重视，进一步明确任务、细化责任，举全县之力全面推进创森各项工作，为黄石成功创建国家森林城市作出应有贡献。同时，大冶市虽然通过了省级森林城市的验收，但工作仍然不能松懈，要把省级森林城市作为新的起点，认真按照国家森林城市建设40项指标，对照《黄石市国家森林城市建设总体规划》要求，查找差距、补齐短板，以更大的力度、更实的举措为黄石创建国家森林城市作出新的贡献。

一要对标创建，狠抓项目建设。据初步测算，全市建成区绿化覆盖率仍然不达标，还有0.61个百分点的差距；全市城区人均公园绿地面积仍差1.05平方米，上述两个指标的主要差距在阳新。全市主要道路和水岸林木绿化率也未达标，有3个百分点左右的差距。这些指标都是"硬杠杠"，必须全面达标。

项目建设是创建国家森林城市的基础工程，是完成创森指标的重要支撑。各地各部门要认真按照市政府印发的《创森实施方案》关于创森目标任务和工程建设项目分解表的要求，认真查找差距，加强问题整改，切实抓好创森重点项目建设。凡是创森规划中列入的创森项目要按照时间节点全面完成。对还没有动工或者完成情况不理想的项目，各地党委政府主要领导要亲自过问、亲自研究、抓在手上，该列入重点项目督办的要进行重点督办。要采取倒排工期、领导督办、定期通报等方式强力推进创森项目建设，确保项目建设按时完成。建议市政府对创森项目推进情况进行定期通报，实行挂牌管理。创森办要敢于向市政府提出挂牌建议，没有完成任务的单位要严肃问责。如果市创森办和市林业局一年一个挂牌问责建议都没提，而各项工程建设又没按时间节点推进，那首先就要问责市创森办和市林业局。

二要全民创建，狠抓宣传动员。当前，创森工作给我们最直观的感受是宣传氛围不浓厚，远不及创建国家文明城市和创建全国卫生城市。除大冶市、下陆区抓得比较主动外，其他城区和开发区，在创森宣传上的投入不多，主要道路、街道和乡镇较少有创森宣传标语和广告牌，创森宣传活动开展较少，市民群众的知晓度、参与度不高。

创森是一项全民受益的民生工程，理应得到广大市民群众的支持和参与，形成全民参与创森的良好氛围。各县（市）区、开发区要进一步加大创森宣传力度，开展多形式、多方面、多渠道的创森宣传活动，在主城区、主镇区、城市主要入口路段、重点交通路段和中心位置要设置宣传牌，火车站、汽车站、酒店、商场等人口密集的公众场所要滚动宣传创森标语。各县（市）区至少要有两块大型户外宣传牌，各乡镇、街道至少有一块户外宣传牌。要将创森与创文明城市相结合，相互配合，相互促进，营造浓厚的创森氛围，力争使广大市民人人知晓创森、支持创森、参与创森。请市创森办与宣传部文明办、城管局对接，拿出创森工作宣传方案，形成创森理念深入人心、群众踊跃参与的浓厚氛围。我们不仅要善于在有形的空间中植绿，更要在人民群众思想的无形空间中植绿，让绿色理念深植于全市人民心中。

三要规范创建，狠抓台账建设。目前，在创森档案资料收集整理方面，除大冶市和黄石港区完成情况比较好外，其他县、区完成的情况不理想。市直创森责任单位除少数部门积极配合外，一些单位的创森资料收集和建档工作基本没有开展，有的单位不按照要求提供资料，资料不详细、不系统、佐证性不强，有的单位提供的资料是无效的、不达标的。总的来看，我市创森资料收集整理和建档工作的任务十分繁重，需要各级政府和创森责任单位的大力支持和积极配合。

创森档案资料是创森工作的重要组成部分，是反映整个创森工作痕迹的主要证据，也是专家评审的重要内容。创森档案资料做得好不好从某种意义上说直接关系到我市能否成功创建国家森林城市。各地各有关部门要高度重视创森资料收集整理工作，认真按照市创森办制定的《黄石市创建国家森林城市工作档案资料收集内容及分类清单》的要求进行相关资料收集整理，本着"全面、真实、细致、统一、规范"的原则，做好创森资料收集建档工作，努力使我市创森各项指标数据经得起推敲和专家审查，实现创森档案资料建设不丢分的目标。

这里特别强调一下，台账建设规范与否不是一个能力问题，直接反映我们的工作态度和工作作风。在创森资料收集整理过程中，哪个部门、哪个单位拖了后腿，影响到创森考核验收的将从重追责。从现在开始，各地和相关部门要安排专人负责创森资料收集整理工作，力争今年11月份所有创森项目和创森指标资料全部收集整理到位，以便组织第三方对我市的创森工作进行全面评估。市创森办要每半月对创森项目建设情况和创森资料收集情况进行一次通报，通报直接发到各县（市）区、开发区党政主要领导，并报市委市政府主要领导和分管领导。

四要合力创建，狠抓部门联动。创森不是林业部门一家的事情，而是一项系统工程，涉及多个地区和部门，需要各地各部门的积极参与和相互配合。各地各有关部门要将创森工作与创文明城市等工作放到同等重要的位置，成立专门机构，落实专项经费，安排专门人员具体负责创森工作。林业部门要发挥牵头作用，切实加强对造林绿化等工作的指导，为创森工作提供技术支撑。财政、建设、发改、规划、交通、水利、旅游、科技、国土等部门要创新工作思路，紧密配合抓好创森工作。全市各有关部门要紧紧围绕创建国家森林城市这个目标，既要做到各司其职，各负其责，又要密切配合，齐抓共管，共同把创森工作搞好。

三、以落实责任确保创森任务如期完成

（一）明确任务抓落实。各级各部门要对照要求，狠抓任务的落实。各级政府主要负责同志是创森工作的第一责任人，要亲自抓、负总责；分管负责同志是直接责任人，要靠前指挥、具体抓。要按照属地管理、逐级负责的原则，认真分解细化任务，一级抓一级，层层抓落实。要制定路线图、工期表、责任书，把任务逐项落实到具体单位和具体人员，使每个环节、每个部位都清楚掌握具体措施、进度计划和质量要求。

（二）加大投入抓保障。要建立"政府引导、社会参与、市场运作、资金整合、各方联创"的投入机制，集中人力、财力、物力投入国家森林城市建设，确保创建工作稳步推进。对一些关键指标，既要舍得投入，又要坚持节俭原则，做到少花钱，多办事。要按照全国绿化委员会关于印发《全民义务植树尽责形式管理办法（试行）》的通知（全绿字〔2017〕6号）的要求，进一步创新全民义务植树尽责形式，鼓励适龄公民通过参加造林绿化、抚育管护、自然保护、认种认养、设施修建、捐资捐物、志愿服务等形式来履行植树义务。财政、水利、交通、国土、环保等部门要发挥自身优势，切实加大立项争资力度，积极争取国家造林绿化、生态环境治理恢复、城市建设、自然保护区建设等专项资金。建设、林业、城投等相关部门要坚持以市场运作为主、政府配套为辅的原则，积极探索与单位、企业共同开发、共同管理等新的投融资方式，鼓励和引导各类社会资本参与建设。各县（市）区、开发区要把森林城市建设作为城市基础设施建设的重要内容，安排专项财政预算，为创森工作提供必要的经费保障。刚才，我看了下问题清单，我们各城区每年200万的创森经费保障都没有纳入财政预算，这在创森检查验收中是要扣分的。希望同志们对照问题清单认真进行梳理，查短板、补漏洞，确保创森工作整体推进。各县（市）区创森办要对各县（市）区长负责，及时向各县（市）区长汇报，保持信息畅通，加强跟踪督办和信息反馈，不在任何一个环节上漏环断链。

（三）督查考核抓问责。创建国家森林城市是我市"五城同创"中的重要一城，是市委、市政府的重点工作，2018年要确保如期实现夺牌目标。对那些项目建设进展缓慢、创森资料收集工作不积极、创森宣传工作不力、影响创森考核验收的要严格实行追责问责。

习近平总书记号召全党：新时代要有新气象、更要有新作为。我们要主动担当、积极作为，共同做好创森各项工作，为成功创建国家森林城市，建设生态宜居黄石作出新的更大的贡献。

（此为作者2017年10月30日在全市国家森林城市创建工作推进会上的讲话，题目为编者所加）

山水共色　宫兵　摄

着力四个坚持　创建森林城市

黄石市委统战部部长　杜水生

阳春三月，草长莺飞，正是植树好时节。

今天是全国第 37 个全民义务树节，我们正处于成功创建省级森林城市的攻坚时期，同时向国家森林城市创建发起冲击。我们结合"绿满荆楚行动"，按照"四个坚持"要求，抢抓有利时节，全民动手，积极行动，迅速掀起造林绿化新高潮，确保创森工作全面完成。

坚持绿色全覆盖，强力推进创森工作

植树造林，是"创森"工作的基础性工程。全市各级各部门要抢抓全民义务植树活动的契机，凝聚力强、补足短板、强化示范，全力打牢创建森林城市基础。

一要营造全民参与范围。通过多层次、多形式、多渠道广泛宣传全民义务植树的法定性、全民性和公益性，使每一位适龄公民认真履行自己的职责和义务，全力参与植树造林和创森活动。要大力倡导种植"希望林"、"青年林"、"企业林"等活动，广泛调动社会各界参与植树造林、创森活动的积极性。要坚持典型引路，大力宣传推介一批植树造林、创森工作先进典型，曝光一批毁林、毁绿等行为，使知绿、播绿、爱绿、护绿成为广大市民的自觉行动。

二要补牢创森工作短板。坚持标准导向、问题导向，对照"创森"标准，重点是要抓好国道、省道、县乡公路、大冶湖沿岸绿化、长江沿岸的绿化补植，加快城市道路绿化改造升级、社区绿化改灌增乔等生态廊道建设，深入推进开山塘口、工矿废弃地的综合治理和复垦绿化，切实解决绿色覆面、生态廊道、立体绿化不够的问题，确保春季完成全年造林绿化任务的 80% 以上。

三要抓好创森示范工程。按照"点面结合、以点带面"的思路，大力实施封山育林工程，不断增加森林面积和森林总量。大力实施水网、路网和农田林网"三网互通"工程，确保水岸绿化率、道路防护林绿化率、农田林网控制率均达 85% 以上。大力推进"五边三化"、"八园六带"生态工程建设，努力把大棋路生态廊道、大广南高速连接线、国省道和县乡公路绿化、开山塘口综合治理等打造为高标准的创森示范工程。

坚持打造绿色产业，着力抓好富民工程

植树造林与发展林业产业相结合，既是解决牧村脱贫的有效手段，也是确保赋予植树造林生命力的重要保障。全市各级各部门要按照"生态建设产业化，产业建设生态化"的要求，以植树造林活动为抓手，大力发展林业经济，积极构建结构优化、优势突出的现代林业产业体系。

一要壮大特色林业经济。加快油茶、茶叶、楠竹、花卉苗木、杉木、香樟等特色林业产业基地建设。积极推广公司带基地、基地连农户的经营模式。大力发展林下经济，积极引导和扶持农民发展木菌、林离、林畜、林药、林油等林下种养业的发展，立体开发林地资源，

提高林地综合利用率和产出率。

二要做大林产加工产业。加大对林业发展扶持力度，积极实施退耕还林政策，不断拓展林业发展空间。重点抓好油茶精深加工、竹木加工、林产化工、森林食品、苗木花卉、中药材等加工产业的发展，不断提高林业产品附加值。大力实施林业产品品牌战略，奖励和扶持省级林业产业化龙头企业发展，做强做大黄石的林业产品品牌。

三要发展森林旅游产业。大力挖掘七峰山、东方山、小雷山、黄荆山等森林旅游资源，大力开发森林氧吧、户外探险、野营拓展、森林探险等旅游项目，做大做强黄石森林旅游品牌。以森林公园、湿地公园、国有林场、自然保护区和特色林业基地为载体，通过举办"槐花节"、"桃花节"、"樱花节"等活动，发展森林生态旅游、湿地观光旅游、观光采摘、休闲疗法等森林旅游业，帮助当地群众实现脱贫致富。

坚持植与管并重，不断提高造林质量

创森以来，我市植树造林力度很大、成果明显，但由于少数地方森林防火滞后、管护不到位，导致"年年植树年年荒，年年栽在老地方"。全市各级各部门要借助全民义务植树活动的时机，在做好人人爱护森林资源宣传引导的同时，不断提高造林质量，巩固创森成果。

一要落实管护责任。建立造林跟踪问效机制，将森林资源管护纳入党政目标管理，严格实行党政问责，形成一级抓一级、层层抓落实的责任机制，确保任务有人抓、质量有人管。坚持"谁造林、谁所有、谁管护"的原则，不栽无主树，不造无主林，确保栽一片、管一片、活一片、旺一片、美一片。

二要夯实基层基础。鼓励和引导社会资本投入森林资源开发建设，重点加强防火带、阻隔网、瞭望塔等基础设施建设。加强专业防火队伍和技防能力建设，不断提升基层指挥处置能力和快速反应能力。加强林区巡逻和野外火源管理，坚决杜绝人为损伤、破坏、盗伐林木和森林火灾的发生。

三要打击违法犯罪，按照原因不查清不放过、责任得不到处理不放过、整改措施不落实

农人春早　刘建　摄

不放过、教训不吸取不放过"四不放过"的原则。坚决打击破坏生态、破坏林木的违法犯罪行为，不姑息、不枉纵，达到惩处一个、震慑一群、教育一片的目的，千方百计维护森林资源安全。

坚持提档升级，打造生态宜居城市

城市因绿色而美丽，生活因绿色而美好，加快建成鄂东特大城市，生态绿色是最基本的底色。必须高举生态大旗，坚持绿化先行，从注重视觉效果向视觉与生态功能兼顾转变，从注重绿化建设用地面积的增加向提高土地空间利用效率转变，从集中在建成区的内部绿化美化向建立城区一体的城市森林生态系统转变，努力把黄石打造成为全省乃至全国最生态宜居的城市。

一要突出特色。按照森林城市总体规划的要求，重点打造"一核添两翼、两带多节点"的绿化格局。即以磁湖为核心，建设中心绿色核心区；以长乐山—东方山和黄荆山为两翼，建设两道森林屏障；依托黄石水系分布，建立沿长江生态间隔带，立足城市交通发展格局，建设大棋路至河西大道贯通性生态廊道；以滨水长廊、磁湖湿地公园等生态项目为重点，带动森林城市创建工作。

二要拓展空间。针对城市绿化空间不足的实际，要对城市边角地、弃置地全部实施绿化，对工业园区进行绿化增景，拓展未建设用地造林空间，推进工业园区未利用土地绿化造林；对厂区实施绿化增景，对影响景观的边角空地进行绿化全覆盖。结合市政基础设施建设，积极开展墙体、屋面、阳台、桥体、停车场等立体空间绿化。

三要提升品质。增加绿化的厚度和密度，在保证行人道路的基础上，增加绿化带的宽度。增加绿化的层次，按照高低搭配、错落有致的原则，让乔木、灌木合理搭配，建设有品位、有层次的绿化景观。增加绿化的色彩，注重植被的观赏性，增加植被品种，丰富植被花色，形成自然的、功能完备、丰富多彩的植物群落。通过植树造林，营造城市森林生态系统，打造城市生态景观，改善城市生态环境，提升城市品位，真正让森林走进城市，让城市拥抱森林。

植下一棵新绿，播撒一片希望。让我们珍惜当前大好时节，积极行动起来，从我做起，从现在做起，迅速掀起植树造林和创森工作新高潮，为黄石生态立市产业强市，加快建成鄂东特大城市作出新的贡献！

（原载2015年3月12日《黄石日报》）

山水林城，美丽黄石

创建国家森林城市　建设宜居美丽黄石

黄石市副市长　李　丽

黄石是一座因矿得名、因矿而兴的城市，曾依托丰富的矿产资源快速发展，跻身于湖北经济发展第一梯队。然而，作为一座典型的缺林少绿的"恋矿城市"，伴随矿产开发和基础设施建设的高速发展，资源枯竭、水土流失、环境污染等问题也日益凸显，黄石亦因矿而"痛"。2013年，黄石市委作出了"生态立市，产业强市"的战略决策，明确提出了力争通过5年左右的努力成功创建国家森林城市的奋斗目标。

4年多来，在国家林业局、省林业厅的大力支持下，黄石市紧紧围绕创建国家森林城市目标，践行创新、协调、绿色、开放、共享五大发展理念，全市动员、全民动手、全社会参与，举全市之力建设森林城市，取得了显著成效。城市面貌发生了巨大变化，生态环境明显改善，市民生态意识显著提升，人与自然和谐相处，初步形成了林城相融、林水相依、林路相伴、林居相倚的森林城市格局，实现了由"光灰城市"向山水林城、由资源枯竭型城市向生态宜居森林城市的转变，为建设美丽黄石提供了良好的绿色支撑和生态保障。

领导重视创森

上级主管部门大力支持。自创森行动启动以来，国家林业局副局长彭有冬和原宣传办主任程红多次听取我市创森工作汇报。2016年3月份，程红主任应邀在市委中心组扩大会议上作森林城市建设专题讲座，为黄石创建国家森林城市传经送宝。2014年刘新池厅长亲临黄石参加我市创森动员大会并讲话，创森期间多次带领各位副厅长和处长赴我市调研指导创森、绿满荆楚行动造林等林业工作，在森林防火等林业项目安排上对我市予以重点倾斜。

市委市政府高度重视。为积极推动创森工作，市委市政府高规格成立了创森领导机构——黄石市创建森林城市指挥部，书记亲自任政委、市长任指挥长。近年来，市委市政府相继召开了全市创森动员会、全市绿满黄石行动动员会、市委中心组森林城市建设专题学习会和全市创森工作会等专门会议，将会议一直开到基层乡镇，对创森工作进行全面安排部署，并相继出台了《关于加快林业发展的意见》、《关于加快推进绿满黄石行动的决定》、《黄石市创建国家森林城市实施方案》、《黄石市森林火灾事故责任追究办法》等多份涉林文件。市"四大家"领导多次调查研究、检查督办创森工作，有力推进了创森工作顺利开展。

各县（市）区积极参与。各县（市）区党委政府、开发区管委会将创森工作作为一把手工程常抓常促，层层抓落实。全市形成了主要领导亲自抓、分管领导具体抓、林业部门牵头抓的创森工作格局。

规划指引创森

优化空间布局，实施十大工程。2016年初，《湖北省黄石市国家森林城市建设总体规划》在北京通过专家评审。在规划指引下，黄石市按照"一带串两核、三屏护四珠、五廊贯黄石"

的总体布局，围绕创森工作实施"两核"城区绿量提升工程、"三屏"造林绿化工程、"一带四珠五廊"绿化工程、矿区生态景观修复工程、美丽乡村建设工程、林业产业富民工程、生态旅游建设工程、森林健康经营工程、生态文化建设工程和森林支撑保障工程等十大重点工程建设，进一步加大造林绿化力度，加快林业产业发展，加强森林资源管理，实现森林资源数量快速增长，森林质量稳步提升，森林保障体系不断完善，森林生态文化不断繁荣，为成功创建国家森林城市打下了坚实基础。近三年，我市成功创建绿色示范村261个，其中省级绿色示范村87个，市（县）级174个，农村人居环境明显改善。陈贵镇、灵乡镇、刘仁八镇、枫林镇等4个乡镇被评为湖北省森林城镇。

对标规划目标，狠抓项目建设。当前，黄石国家森林城市创建已进入冲刺阶段，各地各部门认真按照市政府印发的《黄石市创建国家森林城市实施方案》关于创森目标任务和工程建设项目分解表的要求，狠抓创森攻坚任务，认真查找差距，加强问题整改，保质保量按期完成创森重点项目。对还没有动工或者完成情况不理想的项目，各县市区政府、各创森责任部门主要领导亲自过问、亲自研究、抓在手上，对列入重点项目督办的进行重点督办。

投入保障创森

用好用活政府投入。各地各部门大力整合中央、省级、县（市、区）级财政资金，积极开展十大工程；积极争取省林业厅支持，争取纳入国家重点工程范围，落实中央财政补贴政策，确保创建工作稳步推进。

全力吸引社会投入。一是从政策扶持、林地流转、法律保护等方面入手，调动社会力量投资林业的积极性，引导企业通过林地流转、规模化发展商品林基地、特色经济林等使企业成为基地造林的主体。二是加快培育林业专业合作组织、家庭林场等新型林业经营主体，确立经营者在市场投资中的主导地位，以林业补贴、贷款贴息等扶持手段，引导社会投入，拓宽社会融资渠道。据不完全统计，2014年以来黄石市创森工作累计投入71.38亿元，其中国家和省财政16亿元，市、县（市、区）、乡镇财政20亿元，吸纳社会资金35亿多元。从2014年起，市财政每年安排1000万元创森专项资金进行以奖代补；各县（市）区分别设立创森专项资金，用于造林绿化奖补，其中大冶市每年5000万元以上，2016年和2017年达到8000万元，阳新县每年3000万元以上，各城区（开发区）每年500万元以上。市政府积极整合涉农资金3亿多元，捆绑用于创森工作。在各级财政和项目资金的引导下，各类社会资本纷纷投资发展林业，名人、富人、干部、群众和外地商家等主体包山造林成为黄石林业开发新常态。

宣传激励创森

大力开展群体活动。近年来，通过在全市范围内开展关注森林活动、"十大造林基地"、"十大造林标兵"、"十大护林标兵"、"十大示范苗圃"的评选活动以及创森知识竞赛、创森征文比赛、创森摄影比赛、创森书画作品展、兰花艺术展览会、爱鸟周、元旦长跑等群众喜闻乐见的活动，市民参与创森率极大提高。

定期举办特色节会。通过举办生态黄石园林花卉展、黄石园林博览会和磁湖樱花旅游节、首届湖北（黄石）园林博览会等大型节会活动和特色乡村节会，吸引周边群众和游客数百万人次参与和关注创森工作。

广泛开展媒体推介。市林业局与黄石日报、东楚晚报、楚天时报、黄石周刊、黄石广播电视台及东楚网、黄石新闻网、黄石声屏网等媒体开展创森宣传合作，开设创森专栏，对创森工作进行系列报道。充分利用微博、微信、短信、宣传图册等媒介，宣传创森工作，打造创森文化。

积极组织社会宣传。市林业局、各城区制作安装大型户外广告牌30个开展创森宣传。出租车、公交车和单位电子屏滚动宣传创森。车站、码头等公共场所悬挂创森横幅。市创森办编发创森简报163期，印发创建森林城市致市民朋友的一封信16万封，宣传册10万册。各社区利用宣传栏、横幅、广场活动大张旗鼓地宣传创森。

管护夯实创森

加强新造林的管理。林业部门对新造林地派驻技术人员全程跟踪服务，做好浇水、松土、除草和森林防火、病虫害防治等抚育管护工作，提高幼树成活率，真正做到"栽一片，活一片，留一片"。

加强森林资源管护。严格执行林木采伐和征占用林地限额管理制度，加强生态公益林管理、湿地和野生动植物保护，组织开展"天网行动"、"砺剑行动"等林业专项整治，严厉打击破坏森林资源的违法犯罪行为，保证森林资源安全。

加强森林防火工作。认真落实市委市政府《黄石市森林火灾事故责任追究办法》和《关于进一步加强森林防火基层基础工作的意见》，全面加强森林防火责任、宣传教育、预警监测、林火阻隔、预防扑救五大体系建设，实行火灾肇事者和事故责任人"双查"。

加强目标考核管理。市委、市政府将创森造林绿化工作纳入县（市）区目标管理，与考核奖励挂钩。对造林绿化进度缓慢和未完成任务的地方，进行通报批评，对其主要领导实行约谈和问责。在春季造林和秋冬森林防火季节，通过造林进度通报、现场会督办、领导批示督办、媒体督办、创森办成员分片督办等方式强力推进创森工作，有效保证了森林城市创建工作的顺利开展。

合力推动创森

部门联动，强化创森实效。各地各有关部门将创森工作与创文明城市等工作放到同等重要的位置，成立专门机构，落实专项经费，安排专门人员具体负责创森工作。林业部门积极发挥牵头作用，切实加强对造林绿化等工作的指导，为创森工作提供技术支撑；发改、财政等部门完善政策扶持，不断加大对生态建设的投入；国土、住建、交通、水利等部门从各自职能出发，做好矿山植被恢复和城市社区、公路、铁路及江河堤渠、水库周围的绿化美化。同时，全市各县（市、区）紧紧围绕创建国家森林城市这个目标，既各司其职，各负其责，又密切配合，齐抓共管，推动形成横向到边、纵向到底的工作格局。

全民参与，共创美丽家园。近两年全市共组织义务植树活动300余场次，270万市民群众自发参与，植树800万株，共建义务植树基地300余处，义务植树尽责率达85%以上。

（本文系作者在《领导科学论坛》杂志上发表的文章）

关于创建森林城市的实践和思考

黄石市林业局局长 郑治发

国家森林城市是指在市域范围内形成以森林和树木为主体，城乡一体、稳定健康的城市森林生态系统，服务于城市居民身心健康，且各项建设指标达到规定标准并经国家林业局批准授牌的城市。目前全国共有 96 个国家森林城市，其中我省有 6 个国家森林城市，分别是武汉市、宜昌市、襄阳市、随州市、咸宁市和荆门市。我市 2013 年提出创建国家森林城市，2014 年初启动森林城市创建。两年来，全市上下树立绿色决定生死理念，围绕 2 年创建省级森林城市、5 年创建国家森林城市和 3 年绿色全覆盖目标，全市动员，全民动手，全社会参与，全力实施绿满黄石行动，全力创建森林城市，取得了显著成效和阶段性成果。2014 年以来，全市投入资金 30 亿元，完成植树造林 29.6 万亩，完成"五边三化"和"八园六带"绿化面积 20 万亩，连续两年造林面积创历史新高；新发展油茶、杉木等基地 10 余万亩，全市林业产业基地达到 128 万亩，其中油茶 30 万亩；完成 23 个开山塘口生态修复和 0.9 万亩工矿废弃地复垦绿化，创造了开山塘口生态修复的"黄石经验"；2013 年、2014 年和 2015 年全市分别发生森林火灾 177 起、71 起和 7 起，森林火灾次数逐年大幅下降，频发态势得到有效遏制，同时严格控制林地征占用和林木采伐，严厉打击各类破坏森林资源的违法犯罪行为，森林资源得到有效保护；省级森林城市 36 个考核指标已全部完成，部分指标超过省级森林城市标准。主要指标市域森林覆盖率达到 36.09%（规划目标 35.87%），建成区树冠覆盖率达到 37.88%，80% 街道树冠覆盖率达到 50% 以上，水岸绿化率达到 94.6%，道路绿化率达到 96.05%，人均公园绿地面积达到 12.54m^2，立体绿化率达到 35.5%，新建停车场树冠覆盖率达到 37.79%，义务植树尽责率达到 84.5%，公众知晓率达到 90% 以上。

2015 年 10 月 16 日，我市创建省级森林城市通过省关注森林活动执行委员会组织的考核验收；10 月 26 日，省关注森林活动组织委员会授予我市湖北省森林城市称号。我市成功创建湖北省森林城市，为创建国家森林城市打下了坚实的基础，为建设鄂东特大城市提供了良好的绿色支撑和生态保障。

成功的实践

我市不到两年时间就成功创建湖北省森林城市，得益于省林业厅多年来的大力支持，得益于市委市政府的高度重视，得益于各地各部门的共同努力，得益于广大市民群众的积极参与。主要做法和经验：

加强领导，精心谋划，高位推进森林城市创建。省关注森林活动委员会、省林业厅高度重视黄石绿满荆楚行动和创森工作。2014 年元月，省林业厅主要领导亲临黄石创森动员大会并作重要讲话，2016 年 5 月，刘新池厅长再次来我市调研创森工作，表示全力支持黄石森林城市创建。省政协人资环委杨水晶副主任多次听取我市创森工作情况汇报。董祚华副厅长等厅领导多次到黄石检查指导工作。市委市政府将创森工作列入重要议事日程，成立了由党政主要领导亲自挂帅的"五城同创"领导小组。市委常委会、市政府常务会议多次专题研究创森工作。市委市政府主要领导和分管领导经常调研绿满黄石和创森工作。市人大、市政协多次调研视察创森工作，市人大常委会和市政协常委会分别听取和审议森林城市创建工作情况的报告。每年年初，市委市政府都组织召开全市三级干部大会安排部署创森工作。2014年初，市委市政府召开了全市创森动员会，出台了《关于加快林业发展的意见》、《黄石市创建省级森林城市实施方案》、《关于创建省级森林城市工作任务分解的通知》、《黄石市造林绿化验收督办办法》等文件，落实了创建责任单位，明确了目标任务和工作要求。2015年初，市政府召开了全市加快推进绿满黄石动员大会，印发了《关于加快推进绿满黄石行动的决定》和《关于下达2015年创森造林绿化和创森工作任务的通知》，进一步明确了我市创森工作的目标任务、工作重点和保障措施。市委、市政府在一年多时间内出台8份涉林涉绿文件，我市林业史无前例。各县(市)区党委政府、开发区管委会将每年创森工作任务层层分解，实行分级分部门负责制，把重点领域、重大项目建设时间分解到日，工作任务分解到部门到人，一级抓一级，层层抓落实。全市形成了主要领导亲自抓、分管领导具体抓、林业部门牵头抓、相关部门配合抓的工作格局。

规划引领，以点带面，统筹推进森林城市创建。一是认真落实创森总体规划。聘请省林勘院专家编制了《黄石市省级森林城市建设总体规划》。以"山水林城、绿满黄石"为主题，按照"一核添两翼，两带多节点"的总体布局，大力实施森林屏障、森林提质、水岸绿化、道路绿化、矿区植被恢复、村庄绿化、速生丰产林建设和产业林建设八大工程，建设规模7.9万亩，确保市域森林覆盖率达到35%以上。二是扎实推进绿满黄石行动。结合创森工作，开展绿满黄石三年行动，重点建设八大工程：即宜林荒山造林工程、森林城市创建工程、道路和水岸绿化工程、镇村绿化美化工程、绿色产业富民工程、封山育林工程、退耕还林工程、工矿废弃地绿化工程。目前，全市累计完成造林面积29.6万亩，成功创建省级绿色示范乡村6个，市级绿色示范乡村300个，完成大广、杭瑞、106国道等通道绿化里程500多公里，长江、富河、大冶湖、保安湖、仙岛湖、磁湖等水岸绿化200多公里，建设林业产业基地面积128万亩。三是统筹推进城乡绿化。将"五边三化"作为创森工作的重要内容，扎实推进长江边、河湖边、城区边、干道边和集镇边的绿化、洁化、美化工作。2014年以来，共完成"五边"区域绿化20万亩，建成区增绿6441亩。"八园六带"投资3.68亿元，完成牛头山、枣子山、骆驼山、柯尔山、白马山等山地生态公园、卫王湿地公园、北纬30度生态公园、团城山公园(扩建)等8园以及大广连接线下陆段"黄金带"、团城山公园滨水"樱花带"、磁湖南岸"芙蓉带"、大泉路"月季带"、光谷大道"合欢带"、河西大道"绿带"等6带建设任务，栽植各类苗木69663株。关停露天矿山92家、"五小"企业367家，整治尾矿库62座，完成村庄整治157个，有效巩固了创森工作成果。

整合资源，加强引导，创新森林城市建设投入机制。一是加大财政资金投入。在积极争取省财政绿满荆楚行动资金的同时，市财政从2014年起每年安排1000万元创森专项资金进行以奖代补；各县(市)区分别设立创森专项资金，用于造林绿化奖补，其中大冶市连续5年每年安排2000万元用于创建森林城市，阳新县每年安排不少于3000万元用于生态示范县建设和绿满富川行动，各城区(开发区)每年都安排1000万至3000万创森专项资金开展造林绿化。二是整合涉农资金投入。市政府整合涉农资金2亿元，捆绑用于创森工作。阳新县整合6000万元部门专项资金用于林业生态示范县创建。全市各乡镇(街办)也纷纷制定奖补措施，整合资金推进创森工作。市"三万"办组织76家市直部门(单位)驻村包保，每个单位建设至少10亩湾子林开展村庄绿化。市"四大家"领导带头,市直各部门、单位积极参与,深入开展形式多样的义务植树活动,部门、单位投入造林绿化资金累计1200万元。三是鼓励社会资本投入。通过深化林权改革、推进林权抵押贷款、制定出台扶持林业发展优惠政策,近年来社会资本投资造林热情高涨,名人、富人、干部、群众和外地商家等主体包山造林成为我市林业开发新常态。全市50亩以上大户承包荒山开发造林的占60%,大冶市保安镇、大箕铺镇、灵乡镇、金牛镇及阳新县排市镇、木港镇、洋港镇等地经营大户、林场主、林业合作社纷纷"抢山"造林,荒山荒地成为农村林业开发的热土。据统计,2013年以来,我市绿满黄石行动和创森工作累计投入资金30亿元,其中国家和省财政4.8亿元,市、县(市、区)、乡镇财政10.7亿元,吸纳社会资金14.5亿元。

创新形式,丰富载体,营造全民参与创森良好氛围。一是开展群众喜闻乐见的群体活动。近年来,通过在全市范围内开展关注森林活动、"十大造林基地"、"十大造林标兵"、"十大护林标兵"、"十大示范苗圃"的评选活动以及创森知识竞赛、"我心中的绿色家园"创森征文比赛、"山水林城·绿满黄石"创森摄影比赛、"保护野生动植物,建设鸟语花香的美丽黄石"爱鸟周活动、森林城市·绿满黄石兰花艺术展览会、元旦长跑等群众喜闻乐见的活动,广泛动员市民参与到创森工作中来。二是举办特色节会凝聚人气。先后举办生态黄石园林花卉展、黄石园林博览会和2015磁湖樱花旅游节等大型节会活动,同时定期举办特色乡村节会,如保安桃花节、铁山槐花节、开发区白茶节等,吸引周边群众和游客近百万人次参与和关注创森工作。三是利用各类媒体广泛宣传。在黄石日报、东楚晚报、楚天时报、黄石周刊、黄石广播电视台及东楚网、黄石新闻网、黄石声屏网等媒体开设创森专栏,对创森工作进行系列报道。充分利用微博、微信、短信、宣传图册等媒介,宣传创森工作,打造创森文化。四是组织形式多样的社会宣传。市林业局、各城区制作安装大型户外广告牌30个开展创森宣传。全市共有1000台出租车、500台公交车每天滚动播放创森标语。各单位利用电子屏滚动字幕宣传创森。车站、码头等公共场所悬挂创森横幅。市创森办印发创建森林城市致市民朋友的一封信16万封。各社区利用宣传栏、横幅、广场活动大张旗鼓地宣传创森。通过开展活动、举办节会、扩大宣传,提高了市民知晓率、参与率,营造了全民参与创森的浓厚氛围。

强化管理,严格考核,确保森林城市创建取得实效。一是加强新造林的管理。林业部门对新造林地派驻技术人员全程跟踪服务,做好浇水、松土、除草和森林防火、病虫害防治等抚育管护工作,提高幼树成活率,真正做到"栽一片,活一片,留一片"。二是加强森林资源管护。严格执行林木采伐和征占用林地限额管理制度,加强生态公益林管理、湿地和野生动植物保护,组织开展"天网行动"、"砺剑行动"等林业专项整治,严厉打击破坏森林资源的违法犯罪行为,2014年以来,共查处各类林业案件148起,其中行政案件83起,刑事案件65起,处理违法犯罪嫌疑人125人,依法取缔无证木材收购站和经营加工点36个。三是加强森林防火工作。认真落实市委市政府《黄石市森林火灾事故责任追究办法》和《关于进一步加强森林防火基层基础工作的意见》,全面加强森林防火责任、宣传教育、预警监测、林火阻隔、预防扑救五大体系建设。2014年以来,先后问责6人,处理火灾肇事者12人。全市共新建生物防火隔离带200公里,新开辟防火线800公里,组建了1200人的护林员队伍,有效提高了森林防扑火能力。四是加强考核督办。市委、市政府将创森造林绿化工作纳入县(市)区目标管理,与考核奖励挂钩。对造林绿化进度缓慢和未完成任务的地方,进行通报批评,对其主要领导实行约谈和问责。在春季造林和秋冬森林防火季节,通过现场会督办、领导批示督办、媒体督办、创森办成员分片督办等方式强力推进创森工作，有效保证了森林城市创建工作的顺利开展。

思考与建议

成功创建省级森林城市仅是创建国家森林城市的第一步，我市创建国家森林城市的任务还十分艰巨。全市上下要围绕市委市政府既定目标，正视差距，攻坚克难，进一步加强领导，加大力度，强化措施，确保2018年成功创建国家森林城市。

要注重学习借鉴外地经验。市政府、市创森办要组织各县市区、各部门赴省内已成功创建国家森林城市的兄弟城市和外省已成功创建国家森林城市的同类城市(资源枯竭城市)参观考察，学习借鉴创森经验，促进黄石创森工作。

要尽快编制国家森林城市建设规划。市创森办要加强与国家林业局宣传办的联系沟通，落实国森规划编制单位，迅速开展规划资料收集、外业调查、招投标及文本编制，尽快组织评审并上报市政府批复实施。

要进一步提高思想认识。各地各部门都要把思想统一到市委市政府的决策部署上来，咬定目标不放松，正视差距，克服困难，以对党和人民高度负责的精神重视创森工作，以决战决胜的勇气共同努力打好创森攻坚战和持久战。

要努力加大工作力度。各地各部门都要对照国森标准，找差距，找重点，加力度，添措施，抓落实。一是加大宜林荒山荒地造林力度。明后两年，全市要完成宜林荒山荒地造林25万亩以上，特别是大冶市要确保完成15万亩以上，各城区要全面开展封山育林和补植补造，确保全市森林覆盖率达到35%以上；二是加大道路、水岸、村庄绿化和农田林网建设力度。大冶市、阳新县要对各国道、省道、高速公路、县乡道进行绿化补植和提档升级，开发区要重点完成大棋路、金山大道、钟山大道绿化和补植，确保全市道路绿化率达到80%以上；要加快大冶湖、保安湖、网湖、富河流域沿岸造林绿化力度，确保全市水岸绿化率达到80%以上；要结合新农村建设、绿色示范村建设大力开展村庄绿化，确保全市村庄林木绿化率达到30%以上；要加大农田林网建设步伐，确保达到国家林业局相关建设标准；三是加大建成区绿化力度。各县市区要加大建成区广场、公园、道路、社区、庭院绿化力度，改灌增乔，减草增树，积极开展立体绿化和停车场绿化，加大工矿废弃地复垦绿化，确保城区绿化覆盖率达到40%以上。四是加大督办落实力度。各地各部门要加大创森工作的目标管理、检查督办、实绩核查、考核惩罚、舆论宣传力度，确保创森工作的顺利推进和创森任务的全面完成。

要继续加大资金投入。各地各部门要不断拓宽投资渠道，加大资金投入，确保创森工作需要。要积极向上争取各类生态建设项目资金，不断加大招商引资力度，鼓励和引导社会资金投入造林绿化。市及各县市区财政2016年起要确保创森工作投入比前几年有较大幅度的增加。

要着力营造创森氛围。各地各部门要继续开展各种形式的创森宣传活动，举办各类特色节会，利用各种媒体广泛宣传创森工作，进一步提高市民创森知晓率、参与率，进一步营造全民参与创森的浓厚氛围。

要切实加强成果保护。各地各部门要加强近几年新造林的抚育管理和补植补造，严控林木采伐和林地征占，加强生态公益林管理、湿地和野生动植物保护，严查涉林案件，严防森林火灾，切实保护好森林资源，切实保护好创森成果。

(本文选自2016年10月《黄石市创建国家森林城市论文集》)

[第二篇]

全民争创　共建美丽家园
QUANMIN ZHENGCHUANG　GONGJIAN MEILI JIAYUAN

　　如今被山水环抱的林城黄石绿美丰盈，而曾经冶炼"光灰"的黄石因为缺少树木而干燥粗陋。

　　自2013年开始，黄石市委市政府动员全民创建省级森林城市、国家森林城市，用森林为城市修补肺叶，给城市制氧，给城市过滤，装扮绿美黄石城乡。5年来，全市各县（市、区）按照市里统一指挥，依据规划创建，针对各自实际，积极扩展林地覆盖，共同创建国家级森林城市。在5年的全民创建中，各地都有自身特色，都有独特创建故事。有的城乡天生丽质，古木参天，林幽城静，是理想的绿色宜居养生之地。有的城乡自然环境相对劣势，绿化造林艰难，党委政府攻坚克难，想方设法植树造绿，为黄石创建国家森林城市和绿色发展增添了无限活力。

绿色全覆盖的大手笔——大冶市创建森林城市纪实
当好黄石创森排头兵——阳新县创建森林城市纪实
生态优先黄石港——黄石港区创建森林城市纪实
醉意山水间　何记思乡愁——下陆区创建森林城市工作纪实
西塞山前白鹭飞——西塞山区创建森林城市纪实
见证——铁山区创建森林城市纪实
以茶为媒金海加快绿色崛起——黄石经济开发区金海管理区创建森林城市纪实

绿色全覆盖的大手笔
——大冶市创建森林城市纪实

冶　创

湖北省大冶市积极响应省委省政府实施"绿满荆楚行动"的号召，以黄石市创建国家森林城市和我市创建"湖北省森林城市"为抓手，强力推进大冶绿色全覆盖，连续两年刷新大冶新造林资金投入、绿化面积历史纪录，两年超额完成湖北省下达的三年造林绿化总任务，并超过大冶前6年造林绿化面积之和。

以观念转变为先导，自我加压抓履责

生态建设是大冶社会经济发展的"短板"，只有补足"短板"，大冶才能走上协调、可持续发展的道路。为此，大冶在湖北省下达"绿满荆楚行动"造林绿化任务的基础上，不断自我加压，大幅度调高任务量，2015、2016年省下达我市的造林绿化任务均为2.5万亩，2015年我们调至4万亩，2016年先是调至6万亩，后来增至8万亩。2017年继续保持8万亩任务量。

黄石市政府副市长、大冶市委书记李修武（右一）带领机关干部绿化毛铺水源地

为确保造林绿化任务完成，一是强化绿化指标考核，把绿化建设作为"一把手"工程，实行党政同责。部门单位党政主职年度述职，要阐述抓单位绿色创建工作情况和义务植树尽责情况；乡镇党政主职述职要讲造林绿化任务完成情况和绿色创建情况；造林绿化完成指标是主职领导离任责任审计重要审计指标之一。二是保障财政投入，将造林绿化作为最大的社会公益事业建设项目，纳入全市财政经费优先保障之列。2015年市财政列支造林绿化奖补资金1100万元，后追加至3200万元，乡镇财政配套奖补资金1360万元；2016年市财政列支5000万元，乡镇财政列支1850万元；2017年市财政继续保持每年5000万元国土绿化支出，同时对城区绿化项目实行财政资金单列。市政府还作出承诺，造林绿化奖补资金上不封顶，有多少面积补多少面积。三是强化督办检查，市委督查室、市政府督办室联合市林业局派出5个督办核查组，长驻乡镇对造林进度和造林质量进行现场督办指导，为市委市政府掌握实情、及时采取对策提供准确信息。对进度缓慢的乡镇主职领导，市主要领导亲自进行约谈，对未完成任务的严格追责。

以工作创新为驱动，克难攻坚抓突破

政策引导，撬动民间资本造林。市委五届四次会议作出了《生态立市、产业强市、改革活市、建设美丽大冶的决定》，出台系列扶持政策，引导大户发展绿色产业。全市涌现540余户造林大户，撬动社会资本约9.6亿元，大户造林面积占全市完成面积的80%以上。

提高补贴，破解高山灭荒难题。由于高山远山的造林难度大、成本高，历来是难啃的"硬骨头"。我市将高山远山作为主攻目标，在绿满荆楚行动之初就列出了三年灭荒清单，实行荒山定点造林，并当成刚性目标检查验收。同时，明确定点荒山造林每亩补贴1200元，一

大冶杉木苗木基地

般荒山每亩补贴600~800元，激发了社会力量造林的积极性，高山远山荒山不再无人问津。近3年，我市高山远山造林6万亩，其中2017年完成造林3.4万余亩。

重点整顿，加快矿山生态综合修复。治理不力的不管税费贡献多大，一律关停整治。近年关停整治露天矿山40余家，生态修复矿山23家，矿山大户三鑫公司还被评为国家绿色矿山。

无偿支持，激励群众广泛参与。2016年春，市政府投入960万元资金，采购果树苗木120余万株，免费分发给广大群众绿化庭院。安排500万元的绿化大苗，无偿支持乡镇开展四旁绿化，乡村公路和村庄绿化水平明显提升。

以丰富载体为依托，打造精品抓提升

实施乡村园博绿化工程，打造生态旅游片区。以举办茗山"玫瑰花节"、刘仁八"果蔬节"等乡村园博会为载体，先后推进西线、南线、北线沿途8个乡镇76个行政村的国土绿化，兴建林业产业基地3万亩，绿化美化一方，产业致富一片。

实施示范乡村创建活动，树立绿色示范样板。明确高速公路、国省道绿化每公里奖补6万元，县乡道每公里奖补3万元，村组公路每公里奖补1.5万元。成功创建省级森林城镇一次性奖补50万元，省级绿色示范乡村一次性奖补10万元，市县级绿色示范乡村一次性奖补5万元的奖补标准。激励各乡镇、村大力开展集镇、村庄、庭院和通道绿化，积极开展森林城镇和绿色示范乡村创建活动。到目前为止，全市已成功创建省级森林城镇4个、省级绿色示范乡村55个、市县级绿色示范乡村31个。

统筹城乡绿化，建设宜居宜业大冶。采取财政投入、企业投入和城投融资等方式，已投资4.4亿元用于城区绿化，城市建成区绿化覆盖率达到36.5%，建成区绿地率达到31.6%，城市人均公园绿地面积达到12.78平方米。2016年一举夺得"国家级园林城市"荣誉称号。

如今的大冶，森林环抱、林道相通、林网相连、林水相依。

这座古老的城市正焕发出勃勃生机。绿色，铸塑了大冶的生态本色；绿色，成为大冶最大的产业优势；绿色，成为大冶最强的发展依托。

荷塘景色

当好黄石创森排头兵
——阳新县全面创建森林城市纪实

袁知雄　赵小涛　骆寒阳　艾前进

"山川毓秀连吴地，人物风流耀楚天"。东连江西，西望荆楚的古县阳新，盛唐命名富川，足见历史的荣耀和人文的厚重。

地处长江中游南岸，幕阜山脉北麓的湖北省阳新县，"五山二水三分田"，109万人民生活奋斗在2780平方公里的国土上，是一个集山区、库区、老区、血吸虫病疫区于一体的国家扶贫开发重点县。省委、省政府帮助阳新脱贫，将其列入幕阜山片区扶贫攻坚重点县。2013年春天，黄石市委、市政府启动森林城市创建，县委县政府顺应绿色发展的创森大势，确立"生态立县、产业强县、改革活县"三大战略，全力打造"两区一中心"，奋力实现"如期脱贫、全面小康"的宏伟目标。

奋进新时代，践行新思想，争创新作为。阳新县委书记王建华、县长明进华带领全县人民彻底摒弃"国贫县"的心理包袱，自立自强抢占发展高地。坚持生态优先战略，牢牢把握省政府"绿满荆楚行动"、"精准灭荒"和黄石市创建国家森林城市的大好机遇，阳新全面创建省级森林城市，以此融入大城黄石，把生态扶贫、增收增绿作为一个战场两场战役来打，以决战决胜的气魄奋力开启新时代全面小康、建设社会主义现代化强县新征程。

五城同创、绿满富川、生态阳新，争创省级森林城市，说到底是要阳新青山常在、清水长流、空气常新。阳新县林业局新任局长明正良承接前任建设成果，在奋力保护森林生态资源的同时加强创新建设，带领全县务林人深入领会国家和省市现代林业建设和全民创森的要求，着眼县委、县政府"如期脱贫、全面小康"的目标，完善"两区两线百新村"总体思路，强化"绿满富川"行动，筑牢"一山两湖"生态旅游区和"一江两河"生态经济区的绿色生态屏障；构建连通城乡的大广高速、杭瑞高速、106国道、武阳一级公路、武九高速铁路阳新段"五线"通道绿化，造福百姓民生；以"村在林中，路在绿中，房在园中，人在景中"的标准建设绿色示范"百新村"，现已实现全覆盖。

截至2018年4月，阳新县结合全民创森建成油茶、香樟、杉木、杨树、楠竹产业基地百万亩，基本建成"山水田林路协调、林业综合功能完备"的城乡一体化林业生态体系，森林覆盖率上升到42%。省林业厅厅长刘新池赞誉阳新全民创森的势头强劲，兴林富民，城市更像城市，农村更像农村，增添了浓浓的文化底蕴，阳新是绿满荆楚、精准灭荒和黄石创森的排头兵。

湖北省林业厅副厅长王昌友（左一）到阳新县调研创森造林绿化工作

上篇　用林业生态筑牢"两区"绿色屏障

"百湖之县"阳新的地形随幕阜山脉一致西高东低，由西向东呈现中低山—丘陵—平原湖盆三级阶地，开口向东直达长江西南岸。县境内有富水河、龙港河等大小河流365条，网湖等大小湖泊109个，名山、名水、名桥、名洞繁多，素有"山连楚峤，水接湘川，石壁峥嵘，林峦蓊郁，江山之胜，似杭之西湖"之誉。

处于鄂东南地区的阳新，自古扼守湖广与江西通道，地缘优势明显，而今又位列武汉"1+8"城市圈，是承接产业转移的黄金地带。区域版图由七峰山、仙岛湖、网湖"一山两湖"和长江、富水河、朝阳河"一江两河"构成。维系"一山两湖"和"一江两河"的山林面积221万亩，占全县国土总面积52.9%。阳新务林人深知，青山绿水是最大的财富，保护生态环境，"如期脱贫、全面小康"，是林业战线最艰巨的使命和最重要的责任。

发展现代林业，建设生态阳新。在以"绿满富川"行动为引擎的森林城市创建中，树立稍纵即逝的机遇意识，以抓铁有痕的决心加大生态建设和环境保护力度；树立责无旁贷的创新意识，以打破常规的方式加大科技兴林和政策扶持力度；树立如履薄冰的危机意识，以服务至上的观念加大亲民惠民和依法治林力度；树立锐意改革的引领意识，以不拘一格的机制加大招商引资和林权改革力度；树立产业优先的发展意识，以敢为人先的办法加大龙头培育和集群构建力度，突出"两区"作为生态林业建设主战场，围绕"一山两湖"建设生态旅游区，沿着"一江两河"打造生态经济区,筑牢一道保护阳新生态安全的绿色屏障。

以林为本 打造"一山两湖"生态旅游区灵魂

阳新县在"如期脱贫、全面小康"的创森道路上,把"一山两湖"生态旅游的开发看得很重。县委、县政府突出抓好国家4A级景区仙岛湖、省级湿地保护区网湖、省级森林公园七峰山和全国重点文物保护单位龙港革命旧址群等重点景区进出口道路及配套设施建设,全面融入到了鄂东、皖西、赣北和幕阜山区大旅游圈。

阳新务林人紧跟全县建设生态旅游的步伐,坚守生态底线,把林业生态环境作为全民创森的长远大计,打牢"一山两湖"生态旅游发展基础和灵魂。"绿满富川"工程聚焦"一山两湖"生态旅游区布局生态林业,以黄石市第一高峰——七峰山、国家4A级旅游景区——仙岛湖、省级湿地自然保护区——网湖为重点,发动区域内白沙、七峰山、王英、浮屠、陶港5个镇、场和47个村共同建设,巩固生态基础,丰富生态内涵,增加生态容量,为生态旅游提供了坚实的绿色保障。

阳新林业引领"一山两湖"生态旅游企业全面开展库岛绿化、林分改造、控制采伐,使林地休养生息,按照规划实施"森林再造"工程,建设景区景点风景林,扩绿提质优化服务生态旅游业。同时对区域内的天然林和适合封育的人工林进行封育管护,有效地增加了森林面积,提高了森林质量。

七峰山是黄石第一高峰,七峰山林场担起景区生态林业建设和资源管护的主体责任,全面加速生态旅游风景区的开发建设,修筑森林氧吧步游道,建设高山有机茶园,修复建造景观林,使逶迤几十公里的七峰林海总面积6万多亩,森林覆盖率83%。秀美的七峰山四季风景随时而变,春天杜鹃火红,夏日绿荫滴翠,秋季枫菊迷人,冬野景趣可人。七峰山风景区所在的白沙镇结合生态旅游和"绿满富川"工程,两年建设生态走廊50多公里,沿旅游线两边的山林规模建设油茶、白茶基地,绿化美化村庄,引导村民依托七峰山生态旅游风景区,开发林家乐、生态林庄等新兴旅游项目,成为湖北旅游新镇和重点中心镇。

由1002个岛屿组成的仙岛湖,接点相连地镶嵌于4.6万亩水面上,恰似银河星座,胜似人间仙境。这个国家4A级旅游风景区的库容量6.36亿立方米,水质优良,风光旖旎,是大冶和黄石、阳新、咸宁的饮用水源和备用水源。为使仙岛湖流域保持更好的生态环境,阳新林业和王英镇优先建设流域生态,连续3年绿化库岛900多亩、荒山荒地1.5万多亩。创森5年来,县、镇两级强化库岛造林绿化,恢复部分小岛植被,鼓励群众开发荒山,房前屋后植树造林。县里引进品牌旅游企业开发仙岛湖景区,投资20亿元建设"蓝海一号"等7大旅游项目,没有破坏库岛环境,而使景区生态变得更加秀美。

阳新境内的网湖湿地,犹如长江"腰带"上的一颗绿珍珠,阳新林业对网湖、猪婆湖、下羊湖、夹节湖、戎湖、赛桥湖、宝塔湖等浅水型湖泊的30多万亩湿地进行体系保护,建成了省级湿地自然保护区,组织湿地区域内的8个镇区和26个村退围、退垸、退田、退塘还湖,修复水生植被,营建滨湖植被带,恢复自然景观,对湿地周边按规划建造水土保持林和水源涵养林。

以林为本的生态建设,打造出了"一山两湖"生态旅游区的灵魂,仙岛湖和七峰山生态旅游总体规划通过评审,七峰山三教文化园、仙岛湖水上乐园等项目相继开放,网湖湿地生态环境变优,正在申报国际重要湿地。2017年全县接待游客数、生态旅游综合收入分别增长30.6%和34.3%。生态旅游区的建设成效得到各级党委政府肯定,王英镇新屋村等9个村入列全国乡村旅游重点村帮扶规划，2015年，阳新县承办第二届园林博览会，办出了一届"出彩园博"，更新更美地展示了"一山两湖"生态旅游区和全民创森的建设成就。

以水聚气　贯通"一江两河"生态经济区经脉

长江黄金水道流经阳新45公里，富水河是阳新人民的母亲河，朝阳河是阳新县的重要河流。防洪灌溉，地下补源，生态景观，转型发展，哪一个都离不开水。阳新跳出窠臼，以更为宏观的视野，把"绿满"与"富川"摆在创森的同等重要位置，以水聚气，贯通"一江两河"生态经济区的经脉。

阳新沿"一江两河"流域，严格保护森林生态资源，合理开发利用森林资源，以市场需求为导向，重点培育和发展油茶等特色经济林、用材林、原料林、花卉苗木、林产工业等绿色富民产业，构建惠民、富民的绿色产业经济发展框架，为生态文明建设提供经济活力，将富池、黄颡口、半壁山、洋港、木港、韦源口、太子、大王、金海、军垦、浮屠、龙港、排市、荆头山14个镇区193个村建成了持续发展的生态经济区。

背依大山，三面临水，长江边的古镇富池率先垂范，自觉担起全民创森的"绿满富川"神圣责任。发动林农建设特色基地，五庄、林岩、上巢等村因山制宜，开发荒山，发展油茶、意杨、香樟、银杏等经济林木。港下村投资100万元建设香菇种植基地，年产值200万元。丰山村投入200万元，建成了2000亩标准化油茶基地。富池镇围绕山水做文章，美化镇村单位庭院，绿化长江防护林，建成了农林生态、生物医药等6大生态经济园，荣获第四届全国文明村镇荣誉称号。

《水经注》中称为长河的富水河，是长江中游南岸的重要支流，流经阳新81公里，依山筑建的富水湖，是荆楚水利建设中的标志性工程。驻守阳新的富水水库管理局在全民创森中不做"局外人"，融入阳新生态经济区建设，深挖水库资源优势，以环境保护为前提，走水库发展与旅游相结合的道路，探索发展富水湖水利风景区新路，开辟凤栖洞、钟繇墨池等人文风景线和水上观光绿色风景线，参与投资开发阳辛古镇、石角圣旨坊等名胜景点，将秀山碧水变成造福阳新的不竭资源。管理局主动帮扶库区阳辛村的林农发展山林经济，大量种植柑橘等经济林，阳新县政府在创建省级生态县工作推进会上专门推广了他们的创建经验。

朝阳河的主干在阳新。阳新在生态经济区建设中，一大批务工返乡的成功人士瞄准林业经济，全力建设经济林。创森期间，洋港镇田畈村开荒造林，武汉宗欧公司流转林地2400亩，荒山造林1100亩。潮坑村村民余荣豹在龙港镇经营家电超市，看到城里老板进山务林，他回村里承包荒山种植400亩油茶，带动当地林农掀起一轮"抢山"潮，全镇一个春天建造经济林4700多亩。

以水聚气，贯通经脉，"一江两河"生态经济区大势已然，千名"老板"加入全民创森的"绿满富川"行动之中，造林专业户鄢志勇在泉口村斑鸠洞栽植油茶630亩，像他这样回乡"绿色创业"的林农大户全县有1200多户，共计投资7000多万元，建成了"香樟路"、"枫香园"、"桂花街"等各具特色的示范林700多片，面积9万多亩，是新造经济林面积最多的一个时期。

以树为针　缝合乡村工业矿区矿点生态屏障

连接湘鄂赣的幕阜山是长江中游城市群的绿心，可谓中国绿心，是国家重要的生态功能区。紧邻世界铁城大冶的阳新是全国有名的富矿县，矿藏种类多，煤铜储量大，石材用途广。阳新县曾经一时过度采矿，致使一些道路两侧出现露天废弃区，部分村庄水土流失严重，出现地面沉陷、崩塌基岩裸露……2010年一份工矿废弃地专项调查显示，阳新县历史遗留工矿废弃地总规模7.87万亩，占土地总面积1.89%，其中2.1万亩具有可复垦潜力。阳新将此全部纳入"绿满富川"行动，力争在2017年前得到生态治理，项目涉及富池、白沙、源口、黄颡口、浮屠、枫林、洋港和金海开发区8个镇、区31片地。

树是林业生态修复的"缝山针"，缝合矿山矿区生态屏障。阳新县把生态修复工程作为全民创森的重要动作，对门户公路两侧的露天采矿区、水土流失区、沉陷区、崩塌基岩裸露严重地区"青山挂白"，每年采用鱼鳞坑整地植苗、客土回填植苗等方法恢复植被5000多亩。对网湖湿地保护区核心区采取水体静养、自然养殖、补植水生植物等措施，促进天然植被恢复。

在全民创森特别是省级森林城市创建中，阳新县注重环境保护，加快淘汰落后产能，全面整治露天矿山，关闭100多家"五小"企业，整治交通干线、河流湖泊沿线矿山地质环境，林业修复废弃矿点。县政府出台"减点、控量、集聚、生态"整治意见，赋予林业审核审批采石企业征占林地，查处违规违法行为，加强生态修复，创建绿色矿山。

5年来，阳新县争取项目资金近3亿元，实施七约山、赤马山等工矿废弃地的复垦利用，复垦总规模超万亩。径源村晒谷场是七约山工矿废弃地生态治理的杰作。这个用废弃地修建的晒谷场位于村中心，县、区、村作为生态治理试点，对这个地方进行田、水、路、林、村综合整治，平整土地5000多亩。七约山煤矿的长年废渣和硫黄水把中寨湖变成了只长芦苇、水蜡烛的荒湖，茅草荆棘密密麻麻，水窝深浅不一，人畜难进。阳新通过割草、粉碎、暴晒、火烧、除根、填土复垦的生态治理，将"沼泽窝"修复成为种植油菜的"黄金窝"。

鑫成矿业是一家在阳新从事铜矿采选和电解铜制造、销售企业，他们参与建设"绿满富川"，做到采治同步，恢复生态，在石缝里栽树，被评定为省级绿色矿山。走进浮屠镇白云山，山坳中的鑫成矿区周边森林环绕，尾矿库绿树成荫，他们先后投资900多万元建起了7大地质灾害隐患防护工程，近两年投入50多万元对废弃矿区矿点林业生态修复，植树造林，减少水土流失，堪称一座花园式、园林式矿山，生态治理成果得到董卫民市长的高度赞誉。

富池镇"靠山挖矿"的经济一度红火，但生态破坏也很严重。县委、县政府引导富池镇修复矿山生态，转型发展生态经济，创办循环产业园区，有效承接了武汉的产业转移，被省政府批准为建设长江经济带省级滨江工业园。

以树为针，三年苦战。全县累计投入造林绿化资金67809.45万元，完成造林绿化面积21.88万亩，其中宜林地和无立木林地造林20.02万亩。2018年3月14日，阳新县政府在全省精准灭荒工作现场推进会上介绍了宣传动员精准、项目投入精准、造林主体精准、领导责任精准、指导服务精准的建设经验。

全民创森，重在精准。阳新县林业局长明正良是军人出身，身上始终有一股"征战制胜"的劲头，他把自己视为全县生态建设主力军的一名攻坚"营长"，只要有时间，他都在巡山护林，决心把荒山精准绿化好，把现有资源保护好，绝不在任期内出现任何生态建设的责任事故。在他的执政视野和工作布局中，最放心不下的是10万亩各类荒山，且大都为高山远山、村集体组织和群众基础比较落后的村组山场、火灾频发或有权属纠纷的荒山。他说，全省精准灭荒现已开局，阳新县2018年担负精准灭荒造林任务4.2万亩，今年必须不折不扣地完成灭荒任务，为未来两年打好精准实施的基础，确保"精准灭荒三年行动"如期完成首战，为长江打造一段安全的阳新生态屏障。

中篇 以民生优先提升"五线"通道品质

城乡环境无小事，林业民生大过天。黄石创森实施5年来，阳新县委、县政府用林业建设促民生改善，将"五线"通道绿化列入"绿满富川"的全民创森之中，让人民群众在宽阔美丽的城市绿道上，在四通八达的交通干道上，在阡陌纵横的乡村通道上，实实在在地体验感知到了民生林业看得见、摸得着的"生态红利"。

阳新县在"如期脱贫、全面小康"的道路上坚持生态优先战略开发沿江，打好工业"环保牌"、农业"绿色牌"、旅游"生态牌"、城镇"园林牌"。党的决心就是林业的要求，他们把城乡群众的呼声作为第一信号，把城乡群众的需求作为第一选择，把城乡群众的满意作为第一标准，突出做好满足群众民生的"五线"绿化，即以大广高速、杭瑞高速、106国道、武阳一级公路、武九高速铁路阳新段等五条总长266公里的交通干线为重点，呈现出城区路园绿美举新城、干道绿化连城乡、农村通道美家园的民生和谐色彩。

路园绿美举新城

让城镇融入大自然，让居民望得见山、看得见水、记得住乡愁。阳新县以城镇大小通道应绿皆绿的新思路、新做法，一步步改变了千年古城的风貌。

"半堤杨柳连波绿，万亩荷花绕郭红"。阳新县城三面环山，东濒网湖，西连十里湖，从传承保留下来的八景胜迹和一些古建中，足见古诗"山水城市"之美。

新时期，阳新珍惜优越的区位优势，将中心城区扩建至16平方公里，人口接近20万，在新型城镇化建设中加大龙港、富池、枫林、浮屠等口子镇和中心镇发展力度，形成了县城—中心镇—集镇联动发展的城镇体系。

创森实施5年来，县委、县政府将老城区和新城区一体化建设森林城市和园林城市，用新视野全新科学描绘城市总体规划，做出了中心城区"东连、西延、南控、北扩"的战略部署和建设思路。"东连"是把老城区和新城区通过兴富公路、阳新黄颡口快速路与滨江地区连接成一个整体；"西延"指现有城区向荻田区域延伸；"南控"则是保护富河流域发展现代农林经济，为子孙留"饭碗"；"北扩"是现代城市建设集中向北部白沙、浮屠、父子山区域拓展。

阳新林业配合园林、住建、环保等部门，按照"东连、西延、南控、北扩"的思路，组织民众在城镇内的纵横通道植树播绿，建设宜居宜业的美丽家园。县政府在生态县创建"十大工程"中把城区绿化、城东新区绿化、马蹄湖公园、荻田产业园、城镇道路与街区绿化作为建设专项。

改造老城不忘绿。老城区空间狭窄，基础建设滞后，居民出行不便。县委、县政府花大力气改造老城，偿还欠账，林业和园林部门紧密配合，跟踪主干道扩建和背街小巷改造工程进行绿化、美化、亮化，使6万多居民享受到了生态改善的林业民生之福。

建设新区生态城。阳新走产城一体的道路，将新城新区和"一区四园"完美结合，体现出了"山水、宜居、生态"的现代理念。"一区"是莲花湖风景区，保留较好的原生态植被，建有一条观景廊道和一个观景平台，行人在廊道慢游悠然享受山水的宁静和自然，平台眺望老城区，街道绿化耳目一新。"四园"中的莲花湖公园是新城的亮丽风景，沿着秀美的绿道进入广场休闲娱乐，登上湖边观光亭台体验复古胜景，漫步休闲长廊品味时尚气息，园内树木错落有致，花木一片葱茏；明月湾公园是健身怡情的好去处，这里建有一条3米多宽的自行车骑行绿道，每天都有大量健身爱好者骑车游览；马蹄湖公园是一个社区环绕的便民公园，位于美丽的马蹄湖畔，陆地公园面积45公顷，沿湖景观亮丽，总投资7000多万元，集广场、公园、商业娱乐、康体休闲、文化展示功能于一体，是阳新的绿色城市客厅和中央花园；生态园博园专为黄石市第二届园林博览会而建设，位于城东新区之东，是阳新城的东面门户，园区占地17.3公顷，体现了阳新的人文山水特色和传承创新的诗意精神。

改造老城，建设新城，修建公园，通道扩绿，阳新下了城镇绿化"大本钱"。5年拆除房屋1700多栋，迁移坟墓8000多棺，铺设污水管网30公里，绿色道路120多公里，"一区四园"环湖相连，面积3000多亩，全部免费开放。有开发商估算，仅这4个公园的风水宝地，如果开发房地产，政府唾手可得30亿，而政府却"倒贴"了3亿多建设资金。

以城带乡建重镇。"绿满富川"着力太子镇、大王镇、金海开发区绿化提质，建设黄石市区与阳新县城之间的"中心镇区"。尽管这两镇一区只是阳新托管，但生态建设者都认为它们的根在阳新，同步绿化建设，地位都能得到强化，阳新通过与两镇一区的合作互通，加快迈向了鄂东特大城市的步伐。

干道扩绿连城乡

夯实绿色基业，统筹幸福民生。从老区振兴到生态经济区建设，阳新生态林业承载着百万富川儿女的民生梦想，绿色通道工程在新型城镇化建设中起到了统筹城乡的作用，扩展了人民群众的生活空间，使城乡居民更加宜居适度。

放眼阳新，青山保护，江湖福佑，秀美的城镇乡村节点相连，突显出强大的承载力和辐射力。如何让绿色发挥作用，为新型城镇化建设提供强有力的生态支撑，阳新务林人在现代林业建设中探索出了自己的答案：提质绿色通道，共创森林城乡，政府主导推进规划升级，企业主体提升建设质量，社会共建优化宜居环境。

经过阳新的大广高速、杭瑞高速、106国道、武阳一级公路、武九高速铁5条干线交通，总长266公里，是阳新连接城乡、纵横发展的重点轴线，给阳新带来了全新发展机遇。他们在林业生态示范县创建中，放大通道绿化的城乡统筹功效，县城、镇区、乡村共同发力，一线平推，淡化了人们潜意识中习惯的行政区划，融合城乡资源，形成了强有力的通道生态林业产业带。城乡同步绿化，实施各有分工，功能有配套，协调有互动，更加优化了阳新以城

阳新园博园

带乡沿江开发的龙头，加强区域协调，拓展了攻坚进位的新领域。

由"夹河两岸皆有市"而名的排市镇，历史上人们进进出出靠富河，交通并不方便。现在因为大(庆)广(州)和杭(州)瑞(丽)两条国家高速公路在这里交汇，106国道和316省道穿境而过，把排市变成了阳新乃至湖北有名的"交通枢纽"。镇党委和镇政府抢抓通道绿化机遇，动员镇内实力企业、林业专业合作社在通道两边山体建设油茶、杉木等经济林和速生林，组织沿线村民配合林业、交通植树管护。硖石村放活林地经营权，降低荒山承包价，鼓励村民在通道沿线荒山造林，结合创森建造4000多亩。

绿色通道建设在过去的几年里已经形成基本骨架，这一轮提质提升，是为了建设更好的绿化景观、更强的生态功能、更高的综合效益。县政府出台8项优惠政策，对"五线"范围内符合要求的坡耕地纳入退耕还林，造林超过1亩全部纳入林业工程项目扶持，绿满富川资金向"五线"范围造林倾斜，资助建设生物防火线，给造林经营者免费办理林权证，5年后优先安排森林抚育项目，对造林面积50亩以上的全部列入"新型农业经营主体"推介林业项目贷款。

"五线"造林绿化的8项优惠政策，创新了通道绿化的建管模式，建立长效机制，使已有建设成果得到巩固，农民利益受到保护。近几年来，涉及"五线"绿化的木港、洋港、龙港、枫林、王英、白沙、排市7个镇，对通道沿线造林成活率不高的地段进行了补植补造，提高了绿化的档次和水平。

放眼阳新版图，全县集中力量推进新一轮通道绿化工程，围绕河道、公路、铁路，打造出了一批精品工程。我们沿着绿化提质后的高速公路行走，充盈眼帘的是道路两侧的树有高度、林有厚度、景观无限。从阳新新城到龙港镇，一路上公路两侧的绿化美化彩化不断档、不断带、不断线，乔灌花搭配，不同树种搭配，层次丰富，各有风貌，赏心悦目。通道绿化为阳新打造出了一条条秀美的绿色走廊、景观走廊和旅游走廊。

村道绿韵新家园

山区阳新农村是主体，全县16个镇392个村，农村人口80多万。

美丽乡愁是国家的生态建设梦，是民族的发展强盛魂。阳新县委、县政府不因为区域内的生态基础好而忽视农村环境建设与保护，牢固树立"绿水青山就是金山银山"理念，将全民创森与"绿满富川"行动紧密结合，每年绿化300多公里通村入户道路，以此保护古村、建设新村，让群众抬头看得见山水、俯首记得住乡愁。

在阳新林业的领航人看来，绿色新村建设的生态更具体，必须主动挑起这副建设重担，与其先建村庄后建绿道不如先建绿道，以此牵引新农村良性发展。在全民创森中，阳新林业指导各镇村着力开展村道绿化，为村民建设舒适便捷的绿色家园。

农村通道绿化有项目，建设实施有标准，帮扶配套有资金，各镇、场、区、村优化资源配置，强化建设效果，探索新方式，运用新手段，挖掘新功能，有力地推进了村道绿化建设的提档升级。在全县农村全民创建绿色通道的有利形势下，为村村通客车提供了现实基础，县运管局调拨120多辆客车，开通了所有行政村的客运线，全部实现了"村村通"。

基层镇村紧扣"绿满富川"建设要求，抓住关键，结合实际，突出重点，全新打造精品村道，得到村民赞扬。三溪镇姜福村、白沙镇平原村、富池镇金堡村等6个村入选全省绿色示范乡村。三溪镇整村推进乡村通道绿化，实行镇、村、组道路绿化三位一体，点、线、面整体推进的绿化格局。近几年来，全镇完成了2米宽以上的道路绿化50多公里，农田林网沟渠路绿化60多公里。姜福村曾叫"幸福村",因为20世纪60年代山林破坏,地力减弱,得不到幸福而改回原来的"姜福村"。改革开放后,村里有了宽阔的穿村公路,林改盘活了山水经济,他们响应县里号召,利用通村入户的大小道路和庭院四周,栽种枣树、枇杷、柑橘等经济果木和大规格乔木风景树,建成了洁净美丽的村庄,开办了多家农家餐馆,重新找到了绿色生活的真正幸福感。

全区域的村道绿化,让群众身边增绿,使人居环境得到改善。王英清潭湾和三溪枫杨庄成功入选"中国传统村落"。我们沿着美丽的枫杨绿道走进木林村枫杨庄,看到一条条规则的绿色村道和一些高大的古枫老樟把这里的古民居、古建筑映衬出浓浓绿意。6栋保存较好的老建筑,总面积3500平方米,在绿树包裹下展现出"四水归堂"与天人合一的生态理念,吸引了不少慕名的游客。

下篇　靠林业产业助推"百新村"跨越赶超

随着城镇化建设与外来文化的冲击,我国诸多传统村落及其文化正面临严峻的生存挑战,呈现空壳化趋势。中央布局"四个全面",把全面建成小康社会置于引领地位,各级党委政府精准扶贫,目的是不让困难地区和困难群众掉队。

农村要振兴,生态是基础,林业须先行。建设绿色乡村是"绿满荆楚行动"和全民创森的重要目标和重点指标。阳新县深入挖掘集体林改成果,引领山区农村壮大林下经济,增加农民务林收入。县委、县政府在"绿满富川"行动中定位建设"百新村",大力开展村庄绿化美化,改善农村人居环境,5年内全部建成"村在林中,路在绿中,房在园中,人在景中"的绿色示范村185个,确保2020年前实现绿色示范村全覆盖。

找准路子,突出特色。阳新县不追求造景式的"新农村",而是发展林业产业优先的"绿富美"式新农村。他们保护和合理开发森林资源,以市场需求为导向,重点培育和发展油茶等特色经济林、用材林、原料林、花卉苗木、林产工业等绿色富民产业,构建惠民、富民的绿色产业经济发展框架,为生态文明建设提供经济活力。

因地制宜,科学规划,分类指导,因势利导。阳新林业针对农村经济社会发展步入新阶

亦梦亦幻　郭衍昌　摄

段、林农生产经营方式发生变化、林农生产致富需求加速升级的现实,"扶大、扶强、扶优",推进"企业+基地+协会+农户"经营模式,提供覆盖全程、综合配套、便捷高效的林业产业社会化服务,帮助乡亲们寻找依林靠山脱贫致富的好路子。建成了富川油脂、三元实业等省级林业龙头企业,形成了20万亩油茶、20万亩楠竹、20万亩意杨、20万亩香樟和20万亩杉木大基地,富池、黄颡口、半壁山、洋港、木港、韦源口、太子、大王、金海、军垦、浮屠、龙港、排市、荆头山共14个镇区涌现出了200多个绿色新村,林业产值超过17亿元。

一柱擎天油茶梦

面对连片的荒地,成善安踌躇满志。"这是近几年建设的2000多亩油茶林,林下种植中药材,药材短期两年有收入,油茶8年能稳产。"龙港镇黄桥村支书成善安宏图正展。在阳新林业建设新农村的"能人引领"战略棋局里,他是重要的一粒子,林农都指望跟着他耕山致富。黄桥村党支部顺应民意,成善安组织村民采取股份制创办油茶园,召集在外"下苦力"的农民回村管护油茶。短短5年时间,全村40户村民入股近200多万元,种植油茶4000多亩。县林业局提供优质种苗,安排专家指导,油茶长势良好,让入股村民看到了共同富裕的希望,"空壳村"变成了绿色村。

林业兴村,油茶飘香。阳新县近几届班子接力抓油茶产业,大力度地搞了10多年,立志打造湖北油茶第一县,形成了种植规模和油茶品牌。在全民创森和省级林业生态示范县创建中,省市每年下达造林任务5万亩,县里每年新造油茶1.8万亩左右,占总面积的30%多,截至2018年4月,阳新老油茶林面积4.5万亩,新发展油茶面积25.3万亩,油茶总面积达到29.8万亩,提前3年实现了油茶发展目标。

区域发展,龙头引领。排市镇西元村林农明春桃,承包荒山种植油茶2.1万亩,年产油茶籽3000吨,形成了三元实业。如今,年产精炼茶油120多吨,优质油品旗舰店开到了省城,他们还通过电商开通国际贸易,把阳新产品销到了海外。专心油茶产业,排市镇多个村庄集约发展,连片种植,带动了一方百姓致富。

精准对接,延伸链条。富川油脂有限责任公司是阳新的本土企业,日处理油茶籽100吨,是省林业产业化重点龙头企业,荣获中国绿色食品、国家地理标志保护产品、消费者满意产品称号,多次在国家和省级林博会夺金奖。县林业部门帮助企业加大科技投入,共同做强做大,使富川山茶油产品走出黄石,占领了武汉、北京、上海等重点城市的超市和卖场。运用"专家技术顾问+公司+基地+农户"的产业化经营模式,示范建设自有基地过万亩,在全县各乡镇培植重点油茶专业合作社,共建油茶基地5万多亩。公司与陶港镇政府辖区内2万多亩挂果油茶户签订收购合同,先期垫付管理资金,指导林农绿色管理,每公斤高出市场0.4元价格回收,辐射带动油茶面积10多万亩,使加工原料得到基本保障。

富川油茶不仅荣获了湖北省著名商标,俏销产品走红新加坡、日本等10多个国家和地区,圆了阳新务林人的油茶梦,收益期长达七八十年的"铁杆摇钱树",为龙港镇、木港镇、白沙镇金龙村等集中发展油茶的乡村撑起了强壮的经济"擎天柱"。

一树速生杉木梦

伟岸、正直、朴质的杉木是世界分布较广、适应性较强的树种。由于生长迅速、繁殖容易,生态防护林、农田防护林和工业用材林以及道路绿化、园林景观都有它的身影。杉木高大雄伟、迅速成林,在雾霾横行的当下,能防风沙、吸废气、净空气,工业用途极其广泛。

杉木在阳新县有举足轻重的地位，国家和省市在这里建成了全国最大的杉木良种园。作为县里造林的当家树种，县政府把杉木作为林业百万亩基地的"五大工程"，给予专项扶持资金，规划建设20万亩。

一树速生富乡村。我们走进曾经贫穷的木港镇枣园村，看到这里群峦起伏，叠绿拥翠，一片片杉木林郁郁葱葱，一排排路渠杉木风景树挺拔有序，杉木环绕的村庄、农家秀美多姿。

镇党委委员、原枣园村党支部书记柯金华告诉我们，枣园没矿可采，无商可招，只有连片的荒山荒地，在林业产业政策的鼓励下，他带领村民专业化、规模化植树造林。他和村民清楚，杉树生长快、周期短、价值高、前景好，适合枣园村的土壤和气候条件，连片造林有未来。在县镇林业部门的支持帮助下，村里利用闲时垦荒种树，每年建造杉木林几千亩，培育出吴高梓等一批造林大户。

榜样力量无穷，村民会算"绿色银行"账。杉木10年成材，每亩纯利润过万，平均每年每亩净赚1300元，无风险而且稳定省心。近些年来，不断有村民找村委承包荒山，不断有外出务工人员回乡投资造杉木林。仅枣园一个村的杉木资产在500万以上的大户有3家，百万以上的有30多家。5年新造林地1.5万多亩，宜林荒山荒地全部绿化，新增林地4649亩，绿化率高达78.46%，全村绿化面积27670亩，道路沟渠绿化32.5公里；新建公共绿地2600平方米，各项指标全都超过省"绿色示范乡村"的要求。

农业大镇龙港，山场面积27万亩，资源丰富，可是11万农民长期守着山场"要饭吃"。如何将荒山变成金山银山？阳新县林业局指导龙港镇开发山林资源，奖补造林资金，近3年来，上曾、上泉、马岭等每年各村新增杉树林1200多亩。朝阳村原本荒芜的山头，现已开发1300多亩，种植杉木林40多万株。

杉木圆梦绿色新农村，阳新有20多个村依靠杉木产业脱贫致富。县政府做出规划，把阳新山区杉木产业化建设与新时期绿色新村建设结合起来，把杉木产业打造成为阳新山区又一林业主导产业。县镇以此为重点，在制定政策和资金投向朝杉木产业倾斜，林业部门具体抓落实，各镇都有示范村，对现有杉木林全部进行低产改造，不断推进阳新县的绿色新村建设进程。

一山一水景区梦

青山常在，清水长流，空气常新，阳新的美好生态正在逐渐变成绿色新村的现实，"两湖一山"旅游开发的蓝图带动了山区林农生产方式和生活方式绿色化。

仙岛湖国家4A级旅游景区和七峰山国家3A级景区的创建，"三王"公路的改扩建，仙岛湖核心区、中心码头改造以及蓝海一号、龙港红军街、半壁山古战场遗址等景点景区的保护与开发，带动了林区和河湖湿地农民从事生态旅游开发，形成了一些生态旅游服务的专业村。

王英镇围绕县委、县政府生态优先、沿江开发的战略布局，确立"生态美镇、产业兴镇，奋力打造鄂东南旅游名镇"的理念，动员人民群众建设仙岛湖，享受生态福。全民创森唤醒农村的生态流放梦想，隧洞村林农徐红星一家人走进仙岛湖的后背山，将山中的"珍珠泉"开发成一个旅游景点。隧洞村地处仙岛湖库尾两岸，与通山县交接，因村中隧道而得名。全村17个村民小组，580户2600多人。过去，一到洪水季节，村庄洪水漫浸。村里多数劳动力远赴江浙等地打工，徐红星也曾是打工大军中的一员。

创森5年来，阳新县开发仙岛湖旅游风景区，通过实施生态林业资源保护、生态修复和生态景观提升工程，建成了国家 4A 级风景区，隧洞村成为国家第二批乡村旅游扶贫重点村。全村现有生态林 1.8 万多亩，长期封山育林 5000 亩，山山水水皆成景，山野养眼，旅游舒心。徐红星从打工地回乡，投资 10 多万元在离景区码头不远的山坡上辟出一块空地，建了一座农家乐小楼，当年就赚了个盆满钵满。现在，他开发的新瀑布景观已经成型投入运营。近几年来，隧洞村像徐红星这样的创业者有 200 多人，有的兴办生态旅游项目，有的发展林下种养，有的从事林特加工。

县城西北黄姑山下的玉堍村则是另一种生态旅游富民的方式。玉堍村人文传承 400 年，明清特色民居流光溢彩，"玉堍油面制作技艺"被列为第三批省级"非物质文化遗产"，村子入列首批中国传统村落名录。满目青翠的玉堍，黄姑山喀斯特岩体时有裸露的石岩如白玉般镶嵌在绿毯中，村前细流大泉溪，左拥鲤鱼山、右伴虎山相，40 多户青瓦土墙的明清古居高低起伏，在山间缓冲地带如同一块未经雕琢的玉璞。

全民创森，"绿满富川"。阳新林业注重保护旅游区的生态资源和传统村落的生态环境，防止景区生态和传统村落因过度开发而失去"生态富集"和"传统村落生态文化"的原本内涵，甚至变成"流行文化"的大卖场。创新管理体制，在保护培育的前提下，进行有限、有效的开发利用，既防止村落"空心化"，又能够因为绿色新村建设让原住民"留得住"。阳新珍惜秀美的山水生态环境，吸引了源源不断的中外游客。

春风浩荡凭借力，绿水青山正当行。

一切正在改变，一切都将改变。照着"绿满富川"这条路走下去，全民创建森林城市，阳新既保护了绿水青山，也赢得了金山银山；照着"绿满富川"这条路走下去，阳新不仅能够尽早实现"如期脱贫、全面小康"的目标，还将打开更具想象力的生态建设新未来！

网湖新貌

生态优先黄石港
——黄石港区创建森林城市纪实

港创森

东依长江、西挽磁湖、南接西塞、北邻鄂州的黄石港区，32个社区的25万民众生活工作在44平方公里"半城山色半城湖"的绿美家园里。千年矿冶炉火和繁忙粗放的矿铁输运，曾使黄石港呈现出灰蒙蒙的天、坑洼洼的地、浑浊浊的水……近5年来，黄石港区委区政府响应市委市政府创建省级森林城市和国家森林城市的号召，发动带领全区人民扩绿提质，绿化通道、美化家园，合力创建使黄石人民的中心城区头顶蓝天、绿满港城。

森林城市创建期间，黄石市加快绿色转型，提出建设鄂东大城目标，区委书记陈汉华、区长徐莉按照国家和省市森林城市建设与经济转型发展的要求，以生态优先为理念，作出了建设"鄂东商贸物流中心、科教创新中心、文化旅游中心、健康运动中心"等"四个中心"决定，将黄石港区打造成现代化幸福城区。

创出新容颜，建出新景观，管出新生态。黄石港区创森办组织带领全区干部职工、基层民众，把区委区政府的执政要求与创建森林城市的任务科学破解融合，在山林面积有限、城区无地可用的情况下，将绿满黄石、精准灭荒和森林城市创建完美结合，想方设法优化造林、扩绿提质、绿美家园。5年累计新造林2000多亩，新增建成区绿化覆盖面积25公顷，新增城区、续建牛头山山地生态公园，建成大众山登山步道30多公里，改造磁湖北岸绿道4.5公里，绿

温室育苗

黄石港区召开创建森林城市工作部署大会

道绿化50多公里，发动群众义务植树6公顷，创森投入近千万元，"绿色进社区、绿色进单位、花卉进家庭"的全民共创热情高涨，所有创森项目任务都超额完成50%～200%。区长徐莉在2018年政府工作报告上说：全民创森推动黄石港区实现了转型发展、创新发展、民生发展、美丽发展、开放发展，进一步提升了城区发展质量和人民群众的幸福感。湖北省委书记蒋超良、省长王晓东先后视察黄石港区，看到这里的生态环境山青、天蓝、水净、地洁，高度赞誉他们用绿美的创森行动托起了黄石这颗"江南明珠"。

创出绿水青山生态画廊

黄石港区着力建设商贸物流、科教创新、文化旅游、健康运动的中心城区。创森5年来，区创森办紧跟区委、区政府施政思路，加大青山湖综合生态修复，提升城区绿化绿美工作。设立热线电话，多渠道听取民声，成立社情民意调查中心，汇集数万条群众意见和建议，为建设森林城市出谋划策。区委、区政府支持区创森办采取农林水综合治理建设的方式兴生态，使生态建设与经济社会发展完美结合，由此拉开了全区推进城市森林、通道森林、水系森林等多种创森工程的序幕。

城区用地非常紧张，营林造林十分有限，黄石港在森林城区的打造上，全面推进造林绿化工程，在城区森林公园及社区公园建设、道路交通廊道及节点绿化、长江绿色屏障、湖区水系林带建设、楼房屋顶墙面等立体绿化建设上大做文章，大力增加绿量，提升林木品质，完成了一大批民心工程和亮点工程，在不到5年的时间里，全区人均公共绿地面积达到15平方米。

牛头山变身生态公园

牛头山是黄石港区内的一个以樟树为主体的秀山福地，区委区政府结合森林城市创建，利用山林本身的优势，将其开发建成了拥有13.81公顷的森林生态公园，在江南水乡是一个很有影响力的香樟森林公园。

公园建设前，这块宝地被当地群众生活陋习所遮掩，最大的问题是附近居民随意开荒种菜，违章建筑"见缝插针"，致使垃圾堆放多，污水向下流。2014年黄石森林城市创建大幕拉开后，市委市政府将牛头山公园纳入"八园六带"建设，开发建设生态公园。

宜林则林，宜建则建。区创森办主力主为，按照区委要求科学规划，保持山体内现有的山水草木，动员全区机关干部和区内人民群众上山清运垃圾，栽植大树，提升景观，美化道路，综合建设。

我们在牛头山生态公园看到，树木栽种标准高，精细管理效果好。区创森办主任熊明说，短短几年把牛头山变成一座秀美公园，区委政府和全区人民为此做出了全力奉献。公园体现出了"绿色港区，生态新城"的黄石港区森林城市创建主题，以此带动了辖区内山边、干道边、长江边、湖泊边的绿化工作；使森林真正进单位、进学校、进社区、进庭院，2014年植树造林绿化近千亩。

如今的牛头山生态公园，成为周边居民健身休憩的好去处，得到城区内老百姓的肯定和欢迎。

绿色步道通向大众山

大众山位于黄石港区中心位置，南临磁湖，西连花湖，北与青港湖（鸭儿塘）相邻，并与凤凰山、盘龙山、斋公山、蜈蚣山等多座山峰相连，最高处鹰嘴岩海拔197米，最低处青港湖南侧海拔20米，相对高差177米左右。大众山与磁湖、青山湖、青港湖形成了"一山拥三水"的自然山水格局，充分地展现出黄石"背靠山峰观湖浩，半城山色半城湖"的山水城市特色，2013年成为省级森林公园，规划面积390公顷。

结合森林城市创建，区创森办在区委区政府指导下，在省市生态保护和建设要求下，科学调规，在2.67平方公里的森林公园内，根据现状和景观资源分布特点，结合公园性质与功能区划原则，划分为生态保育区、核心景观区、一般游憩区和管理服务区"四大功能区"。位于青龙寺西北侧的山体为生态保育区，总面积27.1公顷，区域内森林茂密，天然常绿与落叶阔叶混交，林相整齐，生态涵养功能完备，实施封育管理，不对游客开放；核心景观区总面积51.6公顷，林相整齐，林木葱翠，大树参天，景观多样；一般游憩区总面积183.3公顷，占园区68.6%，风景秀丽，景观自然，人文美好，是旅游娱乐主体；管理服务区仅占园区2%，交通便利，管理科学。不过度开发，而又以完善的基础设施满足市民、游客休闲需要，受到董卫民市长高度赞誉。

2016年年初，黄石提出建设"运动之都"，黄石港区自我加大创森力度，制定登山健身步道规划，倒排工期，加快推进长达 30.5 公里的大众山步道建设，确保当年年底全面完工向大众开放，并承接全市 2017 年山林式元旦长跑项目。大众山登山健身步道以原土路面为主，保持了山体的原始风貌。他们根据每条线路的不同自然景观，设计建成集田园农趣、时尚小镇、山林禅意于一体各具特色、别有风情的观景路线。根据步道的缓急程度，可以在这条步道上比赛竞技、休闲漫步和日常健身，既可让市民徒步登山，又能举行各类行动的体育运动。

如今，黄石港区放大大众山步道功效，结合生态治理和绿化美化，根据全区体育分布一张图，对区域内的 17 类体育项目、197 个体育场地、258 片体育场地进行学优化，对重点场馆、场所纳入创森工程重点投资、重点增绿，并向市民免费开放。区政府对"长江—青山湖—大众山—磁湖"这条贯穿全区的中轴线为主，开辟出一条生态景观运动长廊。登山步道、健身长廊、湖边绿道三条步道合龙，为户外休闲运动营造出了广阔的健身空间。沿登山步道游览，空气新鲜、风景秀美。现在，市区每年都联合举办磁湖户外运动节、磁湖国际马拉松、万人大众山长跑等品牌赛事。

江滩植树绿化长江

长江是黄石港区人民群众生活生产的重要支撑。创森 5 年来，黄石港区重视长江屏障绿化，2017 年 3 月 3 日，区机关干部和数百名人民群众与市领导一起来到黄石港江滩（老造船厂段）义务植树。一位参加植树造林的群众回忆说，他与市区领导近距离植树，一言一行看得真真切切。他说市领导与干部群众一边植树，一边交谈，详细了解造林绿化、生态保护等方面的情况。现已提升为副省长的周先旺说，全市上下要认真贯彻落实习近平总书记关于长

大众山绿佑黄石港

江"共抓大保护、不搞大开发"的指示精神,把修复长江生态环境摆在压倒性位置,广泛动员、积极引导市民参加义务植树和国家森林城市创建,把黄石长江大桥和鄂东长江大桥之间的江滩空地打造成为绿色、生态、自然的休闲公园,努力建设黄石长江沿线绿色大屏障。仅这一天,大家在林业专家的现场指导下,栽种乌桕、水杉3000多棵。

近5年来,江滩绿化都是区委区政府植树节的重点活动。区直机关、街道、社区和驻区单位都自觉按照区创森办的统一要求,深入现场植树造林,装扮绿色长江,既美化了家园,锤炼了意志,又为长江防风固沙、稳固江堤献出了自己的一份力量。几年来,江滩造绿500余亩,如今绿树成荫、花香四溢,与大自然浑然一体的"江滩绿化",成为黄石港区一个亮丽的"创森品牌"。

建出生态时尚现代城区

民生为大,幸福为本。黄石港区结合全民创森,集中全区力量,把黄石港区建设成为鄂东商贸物流中心、科教创新中心、文化旅游中心、健康运动中心。区委区政府带领全区干部职工和人民群众创建森林城市,改善民生,让老百姓享受到更多的生态之福。

百姓幸福是生态建设的最终目的,是森林城市创建的内驱动力。近5年来,黄石港区坚持城区绿化精益求精,围绕"四个中心"的建设格局,以"规划见绿、见缝插绿、拆墙透绿、协力植绿"原则,使重点道路形成景观、重点部位形成亮点、广场绿地形成精品,扎实做好城市空点补植、补栽工作,缺什么补什么,确保城区绿化不断档、不断线、不断景,力争出精品、成亮点。黄石港区用绿色的点、线、面,汇成了黄石港生机勃勃、绿满大地的优美画卷。

林中漫步

生态提质拉升商贸物流中心投资价值

黄石港城区面积小,可用土地少。但黄石港区位优越,是长江中下游的重要港口,黄石长江大桥、鄂东长江大桥贯通南北,国、省干道纵横交织,沪蓉、大广、杭瑞、京珠等高速公路穿越而过,承东启西、连南接北的战略枢纽地位突显。距离武汉近,中心城区的商贸基础厚实,转型发展生态经济的投资价值高,区委区政府主导建设商贸物流中心。

有林业生态建设修复的成功经验,也有绿化提升国土价值能力的绿化人,主动响应区里号召,率先配合商贸物流中心的基础设施建设,在主要商圈和重要商贸地段的绿化中精耕细作。联合市区交通部门,重点围绕区内主干道路进行绿化景观建设,提升连接通道的绿化美化水平,指导商贸物流中心内的商家绿化,使绿随城美,价随景升。

黄石港区的土地十分珍贵,寸土寸金,为了提升商贸物流中心招商引资的环境,区政府走市场化道路,对重点公园重点修建。生态景观的改善,更加优化了区域内的投资环境,引进了万达广场、国药控股、湖北网安、维达通科技等10多家投资过亿的市场主体商家。人福医药投资过亿建设黄石公司,在优美的绿化环境中建成了集医药销售、医疗器械、日用百货、信息服务、仓储物流、商务管理于一体的大型商贸物流集散基地。不比块头比质量,不比规模比增幅。商贸物流中心发挥生态价值,重点发展现代商贸、物流、房地产等第三产业,成为黄石港经济发展的新增长极。

扩绿增效集聚科教创新中心科技资源

黄石港区科教文卫资源丰富,拥有13所中小学、1所高等院校、3所大型医院,而且各自的发展基础雄厚。黄石港区通过创森加大生态建设力度,对这些科研单位和学校落实创森的专人专班,引导他们在创森中发挥自身的扩绿增效作用。

科教创新中心是黄石港区和黄石全面对接大武汉的"桥头堡"。为确保中心内的主体教育科技实体单位参与森林城市创

城区古树

建，区创森办提前谋划、主动对接，帮助各重点主体单位争取创建工程，对校区、院区林地林木规划更新和提升，实现快速的扩绿增效。

精细服务使绿色生态环境得到改善，科教创新中心更具规模，引来更多资本"大鳄"投资兴业科技实体。不少投资者说，他们是通过生态改善而看到黄石港区的"大科技"观念和产业结构调整的行动。扩绿增效使黄石港区在科教创新中展露出一种现代气质。如今，在生态建设的托举下，科技科教稳步跨越，使黄石港区日渐成为投资的洼地、兴业的热土、创业的乐园、安居的家园。

彩色绿化助推文化旅游中心做强做优

把城市融入大自然，让居民望得见山、看得见水、记得住乡愁。一心建设和提升城市林业生态的黄石港区对城市绿化的觉醒很早，绿化彩化城市的行动一直没有间断过。

早在2013年绿满黄石行动一启动，区委、区政府就加大投入改变城区环境，高标准实施区内和联通外面的国道、省道及区内主干道路、公交停车场等工程绿化，对城区主要街景和各个社区环境综合整治，实现城区环境面貌提档升级。加快城区彩色绿化工程建设，新增绿化面积10万多平方米，使建成区内的空闲地全部得以绿化。

黄石港区把"森林进城"作为创森中心点，以城市建成区为重点，加大规划建绿、开发带绿、改造扩绿、拆围透绿的工作力度，构建城市园林绿地系统，大力推进绿地升级改造，营造以乔木为主错落有致的城区森林景观。

加大广场、公园、庭院、小区、企业、学校等绿化力度，新建各类小型森林公园和景观带，实施减灌增乔、减草增树，增加乔木大苗，形成片林，提高森林覆盖率。区政府要求新建小区绿化率不低于30%，旧城改造中的开发用地绿化率不低于26%。区绿化部门调整森林工程规划，提升绿化档次，对主城区的重点商业区域和步行街进行特色生态改造，实施立体绿化工程，突出生态商圈特色，让市民有机会感触林业生态。

黄石港区加大城区主干道路和景观道路扩绿改造，对原有的树木进行单排改双排、多排改造，增加乔木常绿阔叶树种。近几年来，每年投入城市绿化资金过千万元，固定建设绿化管理队伍。近几年来，黄石港区创新城市森林建设，发动全区单位和民众对屋顶、墙面等建筑物立体绿化，加大城区山体绿化力度，重点抓好城区空点造林绿化。

提升群众生态幸福指数

抓住机遇，建管并重，提升人民群众的生态幸福指数。创森5年来，黄石港区攻坚生态建设，紧紧围绕建设森林城市目标，树立机遇意识和创新意识，团结全区民众结合项目造林、项目创森，打好公园之城、磁湖美景、生态黄石港建设三张牌，进一步拓展绿化空间，提升绿化品质，巩固绿化成果，促进区域性可持续性发展。

有影响的群众创森宣传、大型植树造林活动一个接一个。区委、区政府四大家班子领导率先垂范，带头参加义务植树活动，每年组织适龄公民每人每年栽植3～5株大苗。全区人民认栽、认养、认建，形成了读者林、青年林等10多个造林点，3个义务植树基地。

全力创森，全区每年都有近20万人义务植树，尽责率92%，建卡率95%以上。区创森办出台绿化考核管理办法，对各责任单位"定单位、定任务、定时间、定地点、定人员、定奖惩"，把任务落实到山头地块，责任落实到单位人头，"全民植树"和"专班管理"模式使成活率高达95%以上，保存率超过90%。

创森宣传形式多样

统一思想定调子，明确任务下单子，重要地段上牌子，扩大影响见影子，全民参与进房子。创森5年来，黄石港区紧紧围绕创森目标要求，上下联动，大幅度增加投入，在宣传教育上下功夫，突出主题、全面覆盖，形成了全民参与的良好局面。

丰富形式，加大创森宣传。黄石港区在万达金街常设国家森林城市创建群众文艺大舞台，活动一月两场，年年持续不断，仅2017年便组织市民、居民群众演出12场，演职人员400多人，场面空前活跃。活动通过舞蹈、歌唱、戏曲等多种形式向广大市民群众展示近年来黄石港区创森所取得的成效，通过有奖问答形式让广大市民群众亲自参与到创森工作中来，极大提高了创森的知晓率，扩大了创森的影响，深得广大市民喜爱。区建设局发挥创森的职能作用，广泛动员各社区、单位、家庭参与创森群众宣传，在各社区主要出入口、道路出入口、广场、公共场所等显要位置设置创森宣传牌、张贴创森宣传标语，单位电子屏滚动宣传创森，做到创森宣传家喻户晓，累计投入创森资金500万元。

为使创森宣传根植人心，提升人们内心永久的生态价值观，区委宣传部、区建设管理（农林水利）局、区文体局、区文联联合举办的"创建国家森林城市暨党风廉政宣传书画展"活动反响强烈。活动自2017年6月20日开始，到2017年7月10日结束，一个月收到作品近千幅，组织编辑出版，有序发放市民，受到全民喜爱。在区政府组织的"森林进单位、花卉进家庭"活动中，南岳社区结合市民"创森"实际，请区建设局副局长陆兵和园林处的专家深入社区宣传指导，提高了市民的创森知晓率、支持率和满意度。

堤防林

人人共享生态幸福

水润万物生辉,最美上善若水。长江自北向东流过黄石港境内,辖区水网纵横,磁湖是黄石港人民的母亲湖。磁湖水面10平方公里,宛如一颗嵌于市区的璀璨明珠。

被青山环绕的秀美磁湖,在全民采矿的岁月里,一度成为整个石料山、胡家湾、陈家湾地区的工业废水和生活污水汇集处,污泥淤积导致水质恶化,泛滥的水草几乎覆盖整个湖面。

黄石市构建"一区两轴五环六片"生态体系时,将磁湖水体保护和林网建设纳入"五环"湖区建设体系。黄石港人像爱护自己的眼睛一样,珍视本辖区内的磁湖绿色生态。通过多年持续不断的生态治理,发动驻区机关、企事业单位和沿湖民众在湖畔植树护绿。现在的湖区道路宽阔平整,绿满两旁;湖内水碧鱼跃,美景怡人;周边山体俊秀,绿意茫茫。每到春夏交错季节,环湖槐花漫山,花香沁人心怀,生态之福人人享有。

检验创森的终端在人心。黄石港区从曾经的港口矿材"吞吐之地"到今天的"四个中心"生态魅力之都,一步步实现"蜕变",全区商贸物流便捷化、科技教育现代化、医疗卫生保障化、公共服务均等化等走在全市前列。他们创新思路,转型发展,从"经济文明"向"生态文明"跨越,高增长的城市森林覆盖使市民有更优质的生存环境。沐浴生态建设和森林城市创建的黄石港区,犹如一轮浴火重生的朝阳,冉冉升起在大城黄石的山川上。

美丽黄石港

醉意山水间 何记思乡愁
——下陆区创建森林城市工作纪实

陆创轩

青山叠翠醉云海，碧水绵柔荡湖舟。
东方晓月丹霞映，春风抚后绿满丘。
——题记

滔滔长江，奔流不息，在这片土地上演奏着一支流动的歌。

片片绿野，四时花开，在这片土地上描绘着一幅多彩的画。

东方山拥翠，磁湖岸赏景，在这片土地上，幸福的人们工作在景中，穿行在林中，他们自豪地说：我们是下陆人！

家园，山水寄情织绿毯

下陆，地处黄石的中心腹地，东接黄石港、西塞山区，西连铁山区，南邻大冶市，北靠鄂州市，是黄石重要的交通枢纽、冶金机械建材工业基地，也是享誉鄂东南的佛教旅游胜地。

下陆之名，始于唐德宗建中元年（公元780年），唐代丞相陆贽之弟陆迥在磁州担任刺史，70岁退休归田，在东方山附近定居。千百年来，陆姓子孙繁衍遍居东方山西南麓，俗称"东

绿满下陆

方山下一片陆"，下陆之名由此而来。

今天的下陆，东西长13.5公里，南北宽5.09公里，总面积68平方公里，人口18万。作为黄石的中心城区，下陆拥有的不仅仅是得天独厚的区位优势，更有着优良的生态环境：东方山森林公园、柯尔山－白马山公园、团城山公园、磁湖湿地公园……每到春天，绿色就像一片海洋，把下陆的街道、房屋簇拥在自己的怀抱之中，点缀上红的、粉的、黄的花朵，让每一个来到下陆的人都能感受到一股赏心悦目的清新，享受到一份沁人心脾的花语。

多年来，通过下陆人的不懈努力，下陆区逐步建设成为生态系统完善、绿化美化为一体的森林之城、生态之城。青山绿水间，街巷房屋旁，处处回响着绿的旋律：春有花烂漫，夏栖荫郁浓，秋看色绚烂，冬赏景秀美，森林之美，生态之优，让来到下陆的每一个人都流连忘返；鸟瞰下陆，磁湖静卧，东方矗立，城在林中，路在绿中，人在景中——好一幅"水天一色、满城皆绿"的山水画卷。仅2017年，下陆就完成造林绿化面积1993.8亩，其中成片造林面积303.51亩，通道绿化面积25.8亩，森林抚育面积1664.49亩，下陆，高擎起"首善城区"的大旗，正在为全区居民提供更好的人居生态环境而努力奋斗。

目标，高位推进绘青山

2014年1月12日，中共下陆区委、下陆区人民政府作出了"关于加快生态建设，率先建成国家森林城区的决定"，并于当年的2月20日召开了创建国家森林城区动员大会，全面启动了下陆的创森工作。活动以来，下陆把"生态立区"作为长期坚持的总体发展思路之一，秉承"山青、水秀、宜居、宜游"的特色创森理念，举全区之力，奋力攻坚，高标准、高要求推进国家森林城市的创建，奏响了创森强音。

在创森工作中，我们始终坚持区委的坚强领导和区政府的强势推动，成立了以区委书记为组长的创建国家森林城市工作领导小组，制定下发了活动方案，明确了成员单位工作职责。区委、区政府把创森工作列入政府实事，每年年初结合全年的目标考核工作，给相关部门下达植树造林的目标任务，年终考核计入总分；在城市建设和规划上，充分考虑森林城市创建的各类因素，依托城区现有的山峰和绿地，建设城市"绿肺"，让绿色成为下陆的特色景观；在城市管理上，坚持道路绿化和道路美化的提档升级，用丰富多彩的各类树木扮靓整个城区，一改过去品种单一的行道树结构，做到了道路街巷多姿多彩，步步有景；在氛围营造上，充分调动市民的积极性，开展"森林进单位，花卉进家庭"、"我爱森林小学生绘画活动"、"创森知识竞赛"等专题活动，多渠道全方面地宣传国家森林城市的创建工作，激发了下陆区社会各界积极了解创森、支持创森、感受创森、参与创森的热情。

国家森林城市是城市生态文明建设的最高荣誉，也是体现一个城市科学发展水平与和谐发展程度的重要标准和对外形象的"金字名片"。为了国家森林城市这个金字招牌，创建以来，下陆区已累计投入5000多万元用于植树造林。除政府财政投入外，还积极引导企业、社会团体及个人通过认建、认养、捐建等方式，捐资绿化建设；另一方面，重点建立多元化投入的森林城市创建机制，积极建设森林公园、湿地公园、生态观光园、生态文化创意园、登山步道等，引导社会资金、民间资本参与森林城市建设。森林绿化面积有效增加，生态环境得到进一步优化。

"我们对境内的国道、省道、背街小巷等道路两侧进行了全面绿化，对已绿化道路缺株断带处进行补植和改造提升，形成绿色景观通道，道路林木绿化率达95%。"从下陆区创建国家森林城市办公室了解到的数据显示，下陆区已经打造出覆盖全区的绿色廊道体系，无论在何处，无论在哪条道路，绿色的植物一直都陪伴在您的身边。

昂扬，初心不改大有为

"森林城市建设，我们广泛应用彩叶树种与珍贵树种、落叶树种与常绿树种、针叶树种与阔叶树种等搭配的模式，乔灌草多层次绿化，使城市森林树种结构丰富多样。"在下陆创建国家森林城市的过程中，下陆人不再是仅仅只追求绿色，他们更加注重在森林城市创建中把下陆扮得更美，让下陆"山分五彩水清莹，一年四季皆是景"。

东方山，海拔475米，位于下陆区西部，总面积18.6平方公里，由走马寨、曼倩垴、揽胜垴三大主峰组成。东方山景区风景秀丽，旅游资源丰富。景区内古木参天，景色别致，森林覆盖率面积达到90%以上，植物种类多达3200余种，是黄石城区的天然"氧吧"。作为黄石的后花园和黄石市区唯一的"AAAA"级风景区，东方山无疑是下陆创建森林城市的重头戏。在东方山上，下陆人优先使用适生性好、群众接受度高的乡土树种，如香樟、塔柏、红叶石楠、樱桃、樱花等，还成片种植一些经济型树木，如桃树、李树、梨树、海棠等，形成规模景观效应；在山地造林中，对立地条件差、治理难度较大的地块，采取适地适树、土壤改良等方式进行绿化改造，提升保水固坡能力，增强景观效果，使东方山东、南麓直观坡

林水相依，林城相融

面与环山旅游公路沿线景观交相辉映，打造良好的郊野旅游环境。在东方山山脚沿线，着力发展乡村旅游、农家乐等依托山林的无污染项目，不仅让当地居民能够合理地利用山水资源发展经济，在自己家中就能赚钱，更提高了他们爱护山林的意识，使他们亲身投入到爱林、护林的队伍当中，形成良性的森林经济发展循环。

每年还是春寒料峭的时候，东方山都会迎来一批又一批的志愿者，他们有的是企业职工，有的是院校的师生，有的是社区的居民，还有的是社会各类社团、群众组织，他们都有一个共同点：参加义务植树。据统计，从2014年到现在，平均每年有近万名干部职工和志愿者参加下陆的义务植树活动，每年平均绿化荒山2000亩，栽种树木5万余株，在东方山麓先后形成了政协林、宗教林、有色林、志愿者林、商贸林、青年林、巾帼林、环保林等义务植树基地和植树责任区20多个，责任区里栽种的树木成活率高达90%以上。2018年3月，团省委、省民宗委、省委统战部等省直部门和40多个市直部门纷纷组织干部职工到东方山山脉沿线开展义务植树活动，在黄石市掀起了一个创建森林城市的活动热潮。

在用绿色扮靓荒山的同时，下陆区针对森林防火和病虫害的防治也下足力气。几年来，每年年均投入35万元对当年新造林及未成林林地进行不间断防火巡查和除草，年均除草面积1000余亩；2017年投入20余万元聘请专业队伍对东方山疑似松材线虫实行了有效防治，投入1.32万元在东方山、江洋、蜂烈山等处安装天牛诱捕器30余个；投入1.95万元对蜂烈山社区松毛虫防治200余亩；对东方山千年古银杏及弘化禅寺周边感染大蚕蛾虫害的树木进行了有效防治。在森林火灾的预防上，做到了广泛宣传发动，以刷固定标语，发《给全区中小学生的一封信》和《给全区居民的一封信》等宣传资料的形式做好森林防火宣传；在强化

城市绿化建设

火源管理方面，凡与山地、林地相邻的耕地禁止烧荒，落实护林员管理制度，对全区 90 名护林员实行规范化管理。

下陆区还依托机关、企事业单位组建了应急队伍 30 支，600 多人。他们均以机关和社区干部、基干民兵、团员青年为主要力量，做到"召之即来、来之能战"，应急队伍在东方山、马鞍山等重点区域开展经常性的森林防火宣传、巡查。在每年秋冬季节，下陆区还要投入 30 余万元，组织专人对辖区范围内 70 多公里的防火道进行开辟，坟头杂草割除 500 余亩。

从 2014 年到现在，下陆没有发生较大森林火灾，2017 年更是实现了零火灾的好成绩。辖区内森林覆盖率进一步提高，植树造林的成活率一直保持在 85% 以上，造林保存率达到 95%。下陆区的森林覆盖率已达 42.6%，城市建成区绿化覆盖率达 36%，城市人均公园绿地面积达到 10.8 平方米。通过下陆人不懈的努力，下陆的森林正在以每年 1000 亩的速度递增，下陆境内已经形成了"景点+公园+绿廊"的创森格局。

秀美，身入画中醉人眸

如果说，东方山是下陆一张代表性的名片，那么，柯尔山-白马山公园、骆驼山公园、磁湖湿地公园、团城山公园等等就是下陆创建国家森林城市所带来的丰富的内涵。

每天清晨和傍晚，柯尔山-白马山公园的绿道上人流如织，熙熙攘攘，跑步、骑车、带孩子游玩的、领老人看风景的，人流络绎不绝。可谁又能想到，这里在几年前还是两座无人问津的荒山。

柯尔山—白马山生态公园总面积达 76.7 公顷，是一个运动健身与休闲旅游相结合的城市生态公园，成为城市中心的天然氧吧。在这里，市民可以在休闲步道上穿行林海，在观景平台上眺望长江，在海棠海、樱花谷中赏飞花拂面，在 7 公里长的环山自行车道上挥洒激情。

把森林变成公园，让绿地变为景点。在创森的工作中，下陆再次尽情地发扬了自身的特点，让市民在创森中享受到了最直接、最具体的"生态福利"。

翻开下陆的地图，你可以发现，西有连绵的东方山景区森林公园，东有团城山公园山水一体，南有黄荆山登山步道和磁湖湿地公园，北有磁湖西岸北岸的滨水景观带，中有骆驼山、柯尔山-白马山公园……无论是身处下陆何处，出门不用 10 分钟，你肯定可以到达一个绿树环抱、鲜花簇拥的公园景点，想走遍下陆大大小小的公园起码得花上三天时间……

"加快建设磁湖湿地公园二期，建设王寿特色文化小镇，打造江洋美丽新村，加快建设青龙山公园……"在 2017 年 12 月 26 日的下陆区第十届人民代表大会第二次会议上，下陆区区长郭波为我们描绘出了下陆进一步打造森林城市、建设生态之区的蓝图。在下陆人的眼中，还有很多可以变成景点景观的地方，还有很多能够给这座城市带来变化的风景。

"我 30 年前在这个公园旁边的下陆灰石厂上班，每天上下班都要经过这里，原来这里都是鱼塘、水坑，到处杂草丛生，港里面都是污水，经过时发出阵阵臭味。现在变化真是太大了，污水港不见了，变成了水面干净的景区小河，公园到处都盛开着鲜花……"2018 年 3 月 22 日，78 岁高龄的空巢老人刘玉兰在胜利社区志愿者的帮助下，在这个踏春的好时节来到刚刚建成的磁湖湿地公园。面对着公园里的红花绿草、处处皆景，他不禁万分感慨。无独有偶，4 月 11 日，下陆福利院的 37 名老人也在社区志愿者和工作人员的陪伴下，到湿地公园春游踏青。4 月初的湿地公园，小桥、流水、绿荫，百花争艳，生机盎然。96 岁的老人卫春娇非常激动："这次真开心，下陆变化真是太大了，我们这些老人赶上了好时代。"

从烂泥塘变成百花园，磁湖湿地公园的变化让下陆的市民眼前一亮：原来，美好的变化其实就在我们身边。从单一的"绿化"到综合性的"生态化",下陆人渴望通过创森来改变下陆的形象,摘掉黄石"光灰城市"的帽子。一批又一批生态环保的项目开工建设,一个又一个污染环境的污染源被连根拔除。"把下陆打造成为黄石的首善城区,其中非常重要的一点就是生态的首善。"下陆区委书记胡楚平对下陆创建国家森林城市信心十足,他希望下陆能在黄石所有的城区中脱颖而出,在创森上能够成为黄石市的"首善"。

共享,湖光山色忘乡愁

建设生态文明是关系人民福祉、关乎民族未来的大计,是实现中国梦的重要内容。习近平总书记在纳扎尔巴耶夫大学回答学生问题时指出:"我们既要绿水青山,也要金山银山。宁要绿水青山,不要金山银山,而且绿水青山就是金山银山。"

生态,即是生命,即是发展,即是民生福祉。森林城市,不仅是一个地方生态环境的集中体现,更是当地居民幸福感的重要来源。自下陆区创建国家森林城市以来,黄石在变,下陆在变,我们都在变。

昔日的湖滩烂泥变成风景如画的湿地公园,原来布满荆棘杂草的荒山变成市民乐享休闲时光的天然氧吧,一条条普普通通的湖边小道成为黄石最有代表性的景观之路……下陆人,牢牢抓住"五边"(水边、山边、路边、屋边、地边)"三化"(绿化、洁化、美化)的治理升级契机,让森林城市带来的变化就在你我的身边。

小手牵大手,师生同植树

让我先带你逛一逛下陆的四季吧：

春天，我会先带你去团城山公园滨水樱花带，几万株樱花树在磁湖的岸边摇曳着身姿让你目不暇接，步步是景，然后再带你去柯尔山的海棠花海和樱花谷，置身在铺天盖地的海棠花、樱花丛中，处处有景；保证你连人都感觉变得更美了。

夏天，我会带你去爬东方山，山上的温度常年比山下低5℃，让清凉的山风为你驱走炎炎的酷热，在山林里静静地聆听佛堂里传出的悠悠钟声，感受时光的岁月静好。

秋天，我会带着你爬上黄荆山，沿着延绵的登山步道去看一看高山草甸，体会秋高气爽的心胸开阔；下山后，顺着磁湖湿地公园走上一走，秋日的斜阳让绿道金光闪闪，映衬着金色的果实和红叶，欣赏色彩斑斓的公园倩影。

冬天，我会带你去骆驼山公园的球场健身，会带你去磁湖西岸北岸晒太阳，会带你去青龙山边听雪花飘落的声音，会带你去"三楚第一山"感受清凉世界的自在……

如果你生活在下陆，你会说：下陆真好！

如果你来到过下陆，你会说：下陆真美！

如果你邂逅了下陆，你会说：下陆真棒！

"半城山色半城湖，皓月骄阳流连空。物我偕忘乡思绪，只缘满城入画中。"今天的下陆，自然生态、绿色环保与现代工业、都市生活在这片美丽的土地上交相辉映；开放、文明与活力、秀美在这座充满生机的小城里和谐统一，一个充满着活力、魅力、合力的新的森林之城、生态之城、秀美之城正行进在中国梦的发展轨道上，成为人民安居乐业的福地。

在下陆，我会流连忘返，忘却乡愁……

下陆区志愿者义务植树基地

西塞山前白鹭飞
——黄石市西塞山区创建森林城市纪实

陈福军

"西塞山前白鹭飞,桃花流水鳜鱼肥。青箬笠,绿蓑衣,斜风细雨不须归。"这幅人与自然和谐相处的优美图景让人们传诵千年,也成为西塞人引以为傲的绿色生态蓝图。

西塞山区地理位置得天独厚,东起河口镇牯牛洲,与阳新县韦源口镇交界;西止白塔岩,与下陆区和团城山开发区为邻;南依黄荆山,与大冶市汪仁镇相连;北与黄冈市的浠水县、蕲春县隔江相望;西北与黄石港接壤,拥有襟江、怀湖、依山、临港的战略区位优势。

区内人文荟萃,石龙头遗址发掘石制品年代距今约30万年;西塞山以"势从千里奔,直入江中断"的独特地理地貌与地域文化影响成为城市地标。自南北朝以来,孟浩然、张志和、刘禹锡、韦庄、苏轼、陆游、王世贞等历代文人墨客,在这里留下千古流传的文字诗篇;八泉街、和平街是历史悠久的繁华古街,是重拾黄石人乡愁的源头所在;西塞"神舟会"被联合国教科文组织批准列入《人类非物质文化遗产代表作名录》。朱元璋避难遗存、"纤洞飞云"、"兔儿望月"、"飞云瀑布"等"黄石老八景",是都市健身和市民登山休闲、观光旅游的"后花园"。

区内矿产资源丰富,矿产冶炼历史悠久。近代,在"湖北铁政局大冶铁矿运道处修理厂"基础上,建立了大冶铁厂、华新水泥厂、富源煤矿,从而成为中国近代工业发祥地之一。新中国成立后,国家在辖区内投资兴建了湖北红旗水泥厂、湖北水泥机械厂、黄石锻压机床厂、华新水泥等一大批国有中型企业。西塞山区形成了以矿冶立区,矿产立市的经济格局,为黄石经济社会的发展作出了积极贡献。但是,长期大规模、高强度的采矿、冶炼,也催生了严重的生态创伤,留下了巨大生态赤字,已经到了必须转型发展的重要关口。

转型发展,需要更加关注民生。随着生活水平的逐步提高,人们对生活品质的要求更加强烈。绿色生活、绿色元素、绿色文化已经融入了时代发展的潮流,生产发展、生活富裕、生态良好是人民群众的热切期盼。在经济发展的同时,人们更期盼自己生活的热土天更蓝、地更绿、山更青、空气更清新。

人民对美好生活的想往,是十九大提出的新时代发展的方向,也是我们全区广大干部群众努力的方向。全区广大干部群众牢固树立党的十八届五中全会提出的创新、协调、绿色、开放、共享"五大发展理念",积极投身国家生态城市创建工作,加快产业转型升级,加快区域环境治理,加快区内基础设施建设,特别是加快黄荆山城市森林公园、西塞山风景区、滨江大道防护林和城市慢行道建设,大力实施"一区"、"两带"、"三景观"工程,努力构建西塞山区城市森林体系,绘就和谐美丽新西塞蓝图,让老百姓有更多的幸福感和获得感。

2014年以来,在区委区政府正确领导下,在上级部门支持下,全区以"沿江复绿、沿山增绿、

西塞山区政府区长周军（中）带头参加义务植树

沿湖护绿、沿港兴绿"的方法创建国家级森林城市，取得优异成果，各项工作指标已经完成，为全市森林城市创建打下坚实基础。一是黄荆山沿线菜地复绿工程完成，4年来共造林4500亩，因地制宜立足于"造林惠民又富民"，实现经济发展与生态治理有机结合。二是治理城市伤疤，全区对15个开山塘口、4个煤矿煤矸石堆积区治理已经完成，复绿治理面积10余万平方米，让黄石这座山水城市重新披上绿装。三是大力开展城区绿化及公园设施建设，结合创建卫生城市活动几年来，全区新增城市绿地面积240亩，建设各类休闲生态游憩公园小区5个，使绿色小区在市民休闲500米范围内全覆盖，基本形成了林在城市中、城市在森林里。四是开展水岸绿化工程，全区长江干堤、水库岸线、磁湖夏游湖岸线绿化全长15公里，合计面积1200余亩；同时正在进行长江码头整治工程，将呈现黄石市又一个集健身、生态、休闲的场所，"西塞山前水拟蓝，乱云如絮满澄潭"美景将再次回归。五是实施道路通道绿化工程，全区铁路、新建公路绿化长度22公里。六是精心打造黄荆山森林公园，完善盘山公路及登山步道建设15.3公里，建设樱花赏花基地300亩，使100里黄荆山成为黄石市民休闲后花园。

通过几年的努力，截至2017年底，全区森林覆盖率达到36.6%，城市绿化率达到40%以上，人民生活环境得到极大改善，生态理念持续深入群众心里。为了广集民智推进西塞山区绿色发展，我们开展了创森工作书画、征文征集工作，并将成果汇编成了创森书画征文集。征文集或建言献策，或描绘蓝图，体现了全区各界对创森工作的思考，展现了全区人民对美好生活的向往。值得我们好好研读、深思。

西塞山区将在十九大精神指引下，进一步明确建设生态文明、建设美丽西塞的要求。在体现尊重自然、顺应自然、保护自然，在体现绿水青山就是金山银山的绿色发展观，在体现良好生态环境是普惠的民生福祉基本观，在体现治理生态的法律观实现山水林田湖草生命共同体的指引下，继续推进全区森林生态建设。

见 证
——铁山区创建森林城市纪实

铁闯

北纬30度是一条神秘的纬线，世界上的许多奇迹就发生在这条纬线上。

它是世界最高峰珠穆朗玛峰、世界最低谷马里亚纳海沟的贯穿线，更是四大文明的古河入海口、百慕大三角的集中带。

湖北黄石铁山区，就在这条纬线上，虽无大江大河，但境内山峦遍藏铁铜之矿。她的神秘之处不仅在于人类文明史上1700余年不灭的冶炼炉火，更在于今天她由一座曾经寸草不生的荒废矿山变成了一片绿洲，一片花海。

年月飞逝，步履匆匆。当年"大干钢铁"求开采，今天"修复生态"讲保护。今日铁山，山水绵绵，风情翩翩。

大美铁山的构想

党在十八大报告中明确提出："把生态文明建设放在突出地位，融入经济建设、政治建设、文化建设、社会建设各方面和全过程。"从"四位一体"拓展到"五位一体"，总体布局的变迁充分说明了党和国家对生态环境的重视，也说明了人与自然和谐共生、全面发展、持续繁荣已成为全党共识。

党在十九大报告中勾画出"绿色路线图"，中国开启生态文明建设的新时代。习近平总书记指出，要加快生态文明体制改革，建设美丽中国。他还指出，人与自然是生命共同体，人类必须尊重自然、顺应自然、保护自然。生态文明建设功在当代、利在千秋。我们要牢固树立社会主义生态文明观，推动形成人与自然和谐发展现代化建设新格局，为保护生态环境作出我们这代人的努力。

为了更好地贯彻落实党的十九大精神，铁山区委区政府正以更大的政治勇气、更强的工作举措，大胆探索，勇于创新，开创生态文明建设新局面。在继成功创建"国家卫生城市"和"国家园林城市"之后，2014年，铁山开始向"国家森林城市"这一新的目标发起冲锋。2016年，黄石市被授予省级森林城市，随即提出在2018年摘到国家森林城市的桂冠的总目标。

国家森林城市是国家最能反映城市生态文明建设整体水平的荣誉称号。创建国家森林城市是铁山践行"绿色发展"理念的必然要求，是系统推进"品质铁山"建设的有效载体，是提升群众幸福指数最有效的手段。

区委书记张育英调研创森工作时多次强调，要进一步坚持问题导向，突出重点，精准发力，迅速抓好落实，补齐工作短板，坚决打赢创森工作"最后一场仗"；要以保目标为基础，做好创森工作宣传、创森知识普及等薄弱环节，为全市创森工作添砖加瓦；要以创建国家森林城市为契机，结合老城区提质升级，建设更多绿地公园，提供更多休闲场所，实现铁山城市建设管理"再革命",以更良好的基础设施、更优质的市政服务满足群众日益增长的美好生活需要。

区长晏勇要求通过实施乡村振兴战略,将创森工作和全域旅游示范区创建结合起来,让森林走向城市、让城市拥抱森林。

铁山区提出了按照"大美铁山,绿满铁城"的建设理念,以城区增绿工程、绿色廊道工程、绿化美化工程、生态修复治理等重点工程为抓手,以森林文化和生态文明为内涵,积极打造良好人居环境,弘扬城市绿色文明,提升城市品位,促进人与自然和谐共处。

创建国家森林城市工作中,铁山始终坚持区委的坚强领导和区政府的强势推动。在领导干部的带动下,全区"创森"氛围浓厚,区级各部门分工明确,持续发力。区农林水利局大力实施绿化工程,持续推进特色经济林果产业基地建设;区建设局重点加强城区绿化、道路绿化为重点;区文体局旅游局以国家A级景区的培育创建为抓手,各部门各司其职,有力地推动了创建工作。

白志民的相册

马队搬运树苗上山造林

第二篇　全民争创共建美丽家园

槐林四月漾琼花，郁郁芬芳醉铁城。黄石国家矿山公园里万亩槐花迎风怒放，淡淡馨香沁人心脾。

槐林深处，一位头发花白的老矿工手拿望远镜，欣赏着这万亩槐林美景，引人注目。

老矿工叫白志民，是黄石国家矿山公园万亩槐林的一名义务管理员，在林下的大冶铁矿工作了几十年，年轻的时候开垦矿石，年老了继续守护这片宝贵的生态资源。

在白志民眼里，这里就是黄石的"西双版纳"。凝望着这片芳草萋萋的槐花林，何曾想，这片366万平方米的槐花林曾经是一片废矿渣堆积、寸草不生的荒山。

白志民珍藏着的一本相册，记载了20多年来废石场从寸草不生到绿树成荫的蜕变历程。

20多年前，这片366万平方米的槐花林是一片废矿渣堆积的荒山，矿工们路过这里，都不愿多看一眼。

为恢复生态，20世纪80年代，大冶铁矿派出6名工程师，前往俄罗斯的复垦基地进行考察，发现那里的矿区在废石缝里填土种树。"我们要在石头上种树！"当白志民第一次听到这个想法时，就觉得简直像是天方夜谭。

1990年，大冶铁矿组建一支100余人的专业绿化复垦队伍，白志民作为最早的一批绿化工人，开始了长达13多年的种树之旅。

他们不畏艰辛，充分发扬特别能吃苦、特别能忍耐、特别能战斗、特别能奉献的精神，奋力运土、铺土、挖坑、栽种，然而栽下去的树苗死了一批又一批，但绿化工人们没有放弃。功夫不负有心人，经过反复地试验，他们最后采取在废石场上挖大坑，再回填矿渣及生活垃圾的复垦方案，并有针对性地选栽根须发达、耐干旱、耐贫瘠、固氮力强的豆科乔木——刺槐，将它的根须沿着石头的缝隙深深地扎下去，不几年，这里便成了一片树林，在废石场上傲然

铁山区107工矿废弃地生态治理修复

耸立。

试验成功了，大冶铁矿开始实施"修复环境，改造、治理、再造"的生态整治，组织上千人上山植树造林。

春去秋来，经20余年的不懈努力，铁山人守山住、伴山眠，让366万平方米的槐树林在复垦基地上扎下了根，它的面积相当于10个天安门广场，它创造出"在石头上种树"的奇迹，终成为亚洲最大的硬岩绿化复垦生态林。

如今矿区的刺槐团团锦簇，连成了一条深绿的蟒带，紧紧把矿山缠绕。有了刺槐林，矿区的生态环境大改观。春露秋霜，莺啼燕语，姹紫嫣红的槐花在阳光下临风怒放，香飘四溢，蔚然大观。白色的，犹如一簇簇雪莲，品质高洁，让人赏心悦目；紫红色的，犹如一串串葡萄，秀色可餐；黄色的槐花，犹如金灿灿的珠链，迎风摇曳，雍容典雅。这些槐花已然成为装扮矿山的一道靓丽风景。

每年阳春4月，到铁山看槐花已成为黄石及周边市民最好的踏春选择。继武大樱花、荆门油菜花、麻城杜鹃花、东湖梅花之后，湖北的"第五朵金花"在铁山绽放。铁山的槐花不仅被列入了中国赏花旅游线路图，还成为全省4月主推的赏花线路之一，每年一度的槐花节已成为黄石各处旅游资源整合的"引爆点"。

历史底蕴，好似玄铁厚重；时代风采，莫如槐花芬芳。铁山人用钢铁毅力、璀璨梦想，让冰冷的石场焕发出蓬勃的生机，这是真正的传奇。铁石与繁花相映，成就了铁山最美的风景。此刻，传奇之花迎春怒放，铁山之春暖意融融。

熊恭祥的坚守

黄石鄂州交界处深山绵延。

铁山区海拔480多米的北峰山笼罩在一片大雾中，64岁的林场场长熊恭祥照例去巡山。

头戴草帽，身着迷彩服，手拿砍刀，肩背一个塞得鼓鼓囊囊的老旧军挎包，这就是熊恭祥的全部行头。

大概因为每天都上山的缘故，虽已年过六旬，但熊恭祥脚下的步伐却跟年龄一点不相称。

20世纪70年代的北峰山林场怪石林立、野兽出没，80年代末的一场大火烧掉了林场的树木。住在山脚下的熊恭祥看着被烧掉的山林，从小心中就有一个梦想，就是亲眼目睹这片山林重新披上绿装。

1983年，铁山区在这里成立北峰山林场，熊恭祥便主动申请到林场去种树，当时和他一起到大山去的还有6名护林员。

"那时候北峰山上石头荆棘多、树木少，护林员的主要工作就是在石头缝里种树。"熊恭祥回忆当时种树的艰辛时说，虽然很累但心里很充实。

石头缝里栽树难度大，存活低，往往栽种几次都没能成功。而且，山上没有通水电，只有一座简陋的土坯房，做饭只能用山泉水，但是熊恭祥就像认准死理一样，不管刮风下雨，还是严寒酷暑，年复一年地移栽补栽。

如今，松树、茶树、杉树等几十种树木种满山林。山上林子渐渐密了，但陪伴他的6个护林员因为各种原因离开了山林，只有熊恭祥还在坚守。

30多年来，熊恭祥每天重复着同样的工作，植树护林巡山，守卫着一望无际的山林。脚的茧子厚了，鞋的底子薄了，但对山林的感情却深了。

从30岁到64岁，熊恭祥将自己的一生奉献给了这片山林，一花一草一鸟一兽，对于熊恭祥来说都格外珍惜。

熊恭祥的坚守是铁山多年来打造绿色铁城的缩影。

爱绿护绿是铁山人的优良传统。历届区委、区政府都把"生态优先"当作一场绿色接力，一棒一棒传递下来。区委、区政府对各责任单位实行了"定单位、定任务、定时间、定地点、定人员，定奖惩"的"五定一奖惩"措施，把绿化责任落实到山头地块，落实到单位人头。先后制定了《铁山区绿化考核管理办法》、《铁山区古树名木管理办法》等一系列地方性法规，对重点造林绿化工程采取"领导挂点"、"部门挂号"的办法，督办绿化任务的完成，为创建绿色城区工作提供了强有力的政策支持。

习近平总书记在参加首都义务植树活动时强调，绿化祖国要坚持以人民为中心的发展思想，广泛开展国土绿化行动，人人出力，日积月累，让祖国大地不断绿起来美起来。

习近平指出，各级领导干部要率先垂范、身体力行，以实际行动引领带动广大干部群众像对待生命一样对待生态环境，持之以恒开展义务植树，踏踏实实抓好绿化工程，丰富义务植树尽责形式，人人出力，日积月累，让我们美丽的祖国更加美丽。前人栽树，后人乘凉，我们这一代人就是要用自己的努力造福子孙后代。

铁山区贯彻落实总书记讲话精神，十年寒暑汗水林成海，七万铁人人勤遍地金。

2018年3月10日，铁山区机关干部来到上白石山矿山地质综合治理示范工程现场开展植树造林活动，200余机关干部共栽植了柏树、海棠等乔木树种800余株，为黄石市创建国家森林城市贡献一份力量。

3月16日下午，铁山区农林水利局联合盛洪卿街道、区文体旅游局一起，在走马坪开展义务植树活动。当天，共栽植香樟树200余株，用行动共创生态文明，做植绿的参与者、引领者。

2017年3月9日，铁山区组织500多名干部职工来到熊家境国家登山健身步道开展植树造林活动。仅仅两个多小时，步道两旁就种下了2000株杏树、桂花2000余株……

近年来，铁山区投入资金近2.2亿元，完成植树造林和封育改造面积4756亩，形成了矿山废石场为主体、林业工程为骨干、城镇绿化为景点、道路绿化为主线、乔灌花草相结合、产业生态齐发展的城区绿化格局。近年来，栽植了樟树、楠竹、刺槐、松、杉、柏等树种60余万株。完成荒山造林、边坡绿化、矿山植被恢复等面积达3000余亩。

截至目前，全区有林地面积1.7万亩，活立木蓄积量4.5万立方米。森林覆盖率达到36%，城区绿地率38%，绿化覆盖率达到42%，宜林荒山绿化率达98%以上。人均公共绿地12平方米。

铁山人20年播撒绿色的执着，"全国绿化模范县（市区）"、"中国慢生活休闲体验区、村（镇）"、"中国最具特色旅游城市"、"全国和谐社区建设示范城区"、"全国科技进步城区"、"全国科普示范城区"、"全国社会治安综合治理先进集体"等8个国家级美誉是对她最大的褒奖。

107废石场的变迁

探春时节，铁山北纬30度生态广场槐香园香气扑鼻。

谁会想到这个百花园原来竟是铁山区一片废弃地。

由于大冶铁矿的长年开采，剥离的废石堆在龙衢湾旁，长年累月，这里成为一个形似富士山的废石高陡边坡——107废石场。

由于这些年生态修复不断推进，铁山人决定将这一废石场重新披上绿装。

时间倒回到2013年，铁山的北纬30度生态广场槐香园，被人声鼎沸的义务植树劳动场面所感染；尤其是80多名解放军官兵，有序地栽树动作在北纬30度生态广场槐香园处，顿时形成一道奉献社会、奉献铁山人民的风景。

两个多小时的辛勤劳作，一棵棵即将带给铁山绿色的树木，在北纬30度生态广场槐香园处的一片工矿废弃地面上昂然挺立，在春风的轻拂下，黄花槐、刺槐、樱花、碧桃、桂花树、乐昌含笑等4000余株，向劳动者张开生机般的笑容。

同年9月30日，"生态黄石"2013园林花卉展在这里启幕，铁山区北纬30度广场完全淹没在一片花的海洋中。

四面八方闻名而来的男女老少，一只脚刚踏进园林花卉展，就被眼前的恢弘气势瞬间折服，抬眼间，已徜徉花海。

园外，清秋凉意习习，草木萧瑟；园内，却是红花绿草簇拥，美色盎然，生气勃勃。

插花花艺、根雕奇石、园林小景、诗画盆景……移步换景，尽是花香花色，赏心悦目。

观者甚众，如织如潮。形只影单者寥寥，多见亲朋好友结伴来游。也许是花太香景太美，恨不得时光停留在此时此刻。于是，每至一处，纷纷拿出相机，推出镜头，摆好姿势，咔擦一声，美人美景收入囊中。

5年过去了，虽然这里不再有游人如织的景象，只有鸟儿不时从头顶掠过，蝴蝶在花丛中飞舞，反而给这里增添了静谧美。

拾阶而上，一个以槐花为主的槐香园展现在眼前，这里不仅有种类繁多的槐花，还有向日葵、波斯菊，呈现出五彩缤纷的花海景观。

远处107废石场已经披上了新"绿装"，这里成为黄石最美的风景之一。

在工矿废弃地上建成的黄石北纬30°生态公园

近年来，铁山区综合利用 23 宗全区工矿废弃地，面积 1.2 万多亩，通过环境的治理，铁山区建设了两个矿冶文化广场，整治出 1200 多亩建设用地，引进 4 家亿元以上规模企业，工矿废弃地的综合开发试验成果日益显现。

走进铁山尖林山石料厂厂区内建森生态庄园，狗血桃已挂满枝头。

庄园主潘龙建原是铁山尖林山石料厂厂长，年轻时通过做铁矿生意积累了一些资金。2003 年，他正式承包尖林山石料厂，采石厂生意一直不错。2014 年，我市决定关停所有的"五小"企业，尖林山石料厂也在关停之列。

2015 年初，为响应政府政策，潘龙建主动关停了开采了十几年的采石场，将采石场设备全部拆除。

采石场该往何处去？潘龙建提出了采石场转型的疯狂思路——在废石场上建生态园。

石料厂位于大冶铁矿尖林山车间后面，如果在这里种树，要经过矿石开垦区，交通非常不便。同时先要把采出的废石全部碾平，再在上面培土。最关键的是废石场上无法涵养水源，培植树木难度更大。

潘龙建与家人一合计，大家都觉得生态转型是一条不错的选择。说干就干！当年春，潘龙建开始开着铲车将原来高耸的废石堆慢慢移平，硬是在废石场上腾出 30 多亩的"高山平原"，然后他将山下的土覆盖到场地上，在上面种上了枣树、柑橘、油茶、樱桃等树苗。

"石头上种树、废弃地上建公园"，国家省市林业局领导来铁山调研考察，对铁山区工矿废弃地综合利用表示高度肯定。

千年银杏的新生

"四壁峰山，满目清秀如画。一树擎天，圈圈点点文章。"这是苏东坡对银杏"一树擎天"的敬慕之情和审美情趣。

在铁山区铁山古刹旁的一棵千年银杏树，高约 30 余米，树干约 2 米粗，4 个成人难以合抱。每到深秋，金灿灿的树叶随风飘落，地面上犹如盖了一张黄金毯。

前些年，这棵古银杏由于藏在深山人未知，也发生过病虫害。近些年，铁山区实施古树保护计划，全区 30 多棵 100 年以上古树成为宝贝得到挂牌保护。

除虫，修筑观景台，这棵千年银杏再次焕发着新的光彩。同时这里已成为铁山区国家登山步道的一个美丽驿站。

沿着落叶缤纷的林间幽径，穿过翠绿竹海，饮一掬山涧清泉，吹一阵岭上的清风，流一身畅快热汗，留一段悠闲自由的时光。这就是铁山区熊家境国家登山健身步道给人们带来的体验。

从熊家境古皂角树出发，沿着高峰山山脚而行，走过近千米用碎石水泥浇筑而成的路面后，来到一片开阔地，不禁眼前一亮：远处的鄂州石桥水库若隐若现，笔直的水泥路，美丽的村落，好一幅水墨山水画。

一路前行，经过一片板栗林、竹林，来到慈云古寺。历经岁月的洗礼，古寺香火已没有往日旺盛，只有几棵古樟树默默守护在寺旁。

远处一个亭子古色古香，这就是北峰山观景台。站在观景台，可以看到黄石国家矿山公园的矿冶大峡谷全貌。

沿着指示牌沿北峰山而上，经过千亩古茶林、松树林，枯黄的松针散落一地，就像踩在柔软的地毯上，疲劳顿时消散。

爬上海拔400多米的走马坪山顶，东方山水库偎依在群山之中，古竹槽村落的炊烟已经升起，好一幅山水美景。

美景的取得得益于熊家境社区对森林的爱护，更得益于铁山区创森工作的持续开展。

近年来，铁山区将全民健身事业作为发展旅游的引爆点，积极响应国家"加快发展体育事业"的号召，筹资2000万元建设熊家境登山步道，按照"建一物，添一景"的理念，用登山步道将熊家境片区的古树、古井、古战场、古学堂等历史古迹和自然景点串联在一起，成功打造熊家仙境体育休闲度假区。

漫步熊家境，健康好心情。每到周末便有2000多户外爱好者在熊家境登山步道健身。2015年10月28日，该步道经国家体育总局登山运动管理中心、中国登山协会考察验收，同意授予熊家境登山步道"国家登山健身步道示范工程"称号。

登山步道的开放

沿着曲折小道、潺潺溪水，走进翠绿的竹林，有一处伫立着"古竹人家"招牌的小庭院，这是东方山景区的一处游客定点就餐的农家乐，开办农家乐的是熊家境社区"80后"女青年陆燕。

中专毕业后，陆燕就在东方山景区从事导游工作。她热爱自己的事业，曾参加全市导游大赛获得"优秀导游员"称号。性格开朗的陆燕精心服务，受到游客赞誉。

在钻研导游业务之余，陆燕还饶有兴致地钻研起做菜的技巧，她的梦想是在旅游中干出自己的一番事业，闯出自己的一片天地。在得知铁山区熊家境被评为"最美乡村"，区里对乡村、农家乐等创业大力扶持后，她扎根家园的想法更坚定了。

2014年，陆燕离开旅行社，投资10万元创办具有农家特色的"古竹人家"，在自家的庭院内，装修房屋，搭建凉棚，栽树种果。当年10月，"古竹人家"在鞭炮声中顺利开业，一时间游客纷至，生意红火。

现如今，她在"熊家仙境"开办的农家乐年收入达4万元，带动多名失业人员就业。

如今，陆燕与旅行社合作，开辟到达古竹槽湾的旅游线路，大力宣传这处"中国最美乡村"的优美环境和古典风貌。

铁山熊家境国家登山健身步道自开放以来，每到周末吸引几千人前来登山赏景。

一条步道带活了步道沿线的龙衢湾、熊家境，社区居民自发组织起来，通过举办糍粑节、年货节等方式，积极发展旅游经济，沿线居民真正尝到了旅游开发带来的福利。

国家级登山健身步道成为一条致富路，让当地的乡村旅游、农家乐风生水起，带动了当地户外运动产业和休闲旅游业，越来越多的居民享受到"创森"红利。

铁城人的绿意生活

在铁山区友爱街社区，有一处别致的小院，院内梅兰竹菊一应俱全，各色花草次第绽放，让人心旷神怡。

73岁的邵承立就是这间小院的主人，他与妻子余明枝退休后便醉心于种花养草。如今，每当春暖花开的时候，生机盎然的小院成了邻居常来游玩的地方。不仅如此，邵承立还热心帮助周边居民种养花卉，为创建国家森林城市贡献一份力量。

出门见绿，转身即景。如今在铁山，无论是走在繁华的城市主要街道，还是小街小巷，很容易就能找到可供停留休憩、健身娱乐的公园、游园，让市民多了几分惬意。

植树硕果丰,铁城绿意浓。铁山区绿化工作通过庭院绿化、绿地认种认养和树木"三包"等多种有效形式,号召广大市民积极参与,为绿色铁城尽心尽责。

铁山先后完成了九龙洞广场、美丽广场、向阳路广场等处绿化,面积达112896平方米,建有国家矿山公园、鹿獐山公园、蔡家山公园、后地山等4个面积在3公顷以上的公园,总面积达220公顷,公园绿地率达85%。

走进绿色铁城,碧水蓝天山河锦绣,各种植物在这里争相繁衍,乔、灌、藤、草本植物共繁共荣,天然林、人工林相得益彰,每一处绿意都散发着幽远的历史气息。

一个城区公园化、园地绿地化、道路林荫化的建设布局合理、生物多样、景观优美、特色鲜明和功能齐全的绿化体系,在这里彰显得淋漓尽致。

十年树木,百年树人。绿化工作离不开广大群众的支持和参与。在全区中小学生中开展了"我与小树同成长,倡导生态文明新风尚"活动,通过老师带学生、学生联家长、学校系家庭、家庭通社会等方式,让全社会都了解生态文明、重视生态文明;区老年艺术团还采用喜闻乐见的宣传形式,通过自编自演的文艺节目,通过一系列宣传,广大市民植树护绿爱绿意识和尊重自然、顺应自然和保护自然的理念已深深地扎根心中,融入血脉里。

满园春光关不住,红花绿树入眼来。当你漫步在熊家仙境的山水间,徜徉在绿树成荫的城市街道,一定会豪情万丈,大声呼喊:大美铁山,幸甚至哉!

乘风破浪会有时,直挂云帆济沧海。铁山人正满怀豪情和信心,用智慧和汗水在国家森林城市创建征程中奋勇前行。

曲径通幽

以茶为媒 金海加快绿色崛起
——黄石经济开发区金海管理区创建森林城市纪实

杜 鹏 费三河

金海，黄石经济开发区一个以"金山煤海"而得名的管理区。

早在明朝，金海就开始开采煤炭。20世纪90年代建区之初，凭借3500万吨探明储量、2300万吨保有储量，金海一举跻身全省勘探程度最高、赋存条件最好、煤炭质量最优的煤田之列，是鄂东南最受瞩目的"煤都"。

时过境迁。2013年5月，包括金海在内的大冶湖南岸"两镇一区"划归黄石经济技术开发区托管，与大冶湖北岸的汪仁、金山、章山一道，举起绿色发展的令旗，共同组成全新的大冶湖生态新区。从此，曾经的"金山煤海"慢慢退去身上的"黑色"，开始烙上"绿色"的发展印记。

"市场和现实逼着金海变，不仅要主动变，还要赶紧变、加快变。"金海管理区主任刘浩说，随着生态文明建设地位日益突出，加之煤炭市场产能过剩、煤炭经济瓶颈日益凸显的大背景下，金海因多年粗放开采、生态历史欠账较多所暴露出来的问题越来越多，转型发展、绿色崛起成为一种必然的选择。

不破不立。2015年年底，金海开展为期3个月的"打非治违"专项行动，对辖区内所有煤矿实行停产，停止一切井下活动。对此前废弃的48个井口全部实行"不留矿井、不留工棚、不留尚存的建筑设施，井口实行回填"的"三不留、一回填"措施，确保彻底关停；对仍在作业的6对煤矿16个井口实行打闸封闭，实现全区煤矿全部关停。同时，对辖区内的屋边冶炼厂、西山造纸厂等"五小"企业也实现彻底关停。

重点整治工业污染源。督促辖区内的新冶钙业公司投入资金改造风机系统和破碎生产线的封闭生成，新建蓄水池，购买洒水车，实施降尘处理，有效防止对周围村庄的粉尘污染。要求该公司加大技术和设备设施投入，进一步提高资源利用率，提升产品附加值，创建市级绿色矿山。

同时，以国土资源部批准实施七约山工矿废弃地复垦利用试点工程为契机，积极争取各级补助资金，抓好工矿废弃地整治和地质环境治理，全面推进工矿废弃地复垦利用，解决煤矿多年粗放开采的历史遗留问题。

"一收一放之间，腾出了绿色的发展空间"。最新统计数据显示，金海已全面完成工矿废弃地复垦利用试点工程的各标段整治工作，复垦利用面积达5000亩，并通过了国土部门达标验收。眼下，金海正在根据实际情况对复垦区的土地进行瓜果蔬菜种植、植树造林等有效利用，谋求实现更大的经济效益。

"过去，在很多时候这里的空气中是弥漫着粉尘和煤灰的。现在，这里的空气很新鲜，深吸一口还会觉得甜润润的。"金海管理区党委书记刘浩说，对于"绿色决定生死"这一理念，金海是有着切身体会的。金海的绿色转身，让人们看到了发展的希望，同时也坚定了发展的信心，鼓足了向前向上的干劲。

"白茶梦"点亮新希望

事实上，金海的转身比大多数人所想的要来得更早一些。

2006年，当时矿井开采整合后，煤老板黄平国便将他的事业由地下转到地上，"以前是在地下挖煤，现在是在山上种树"。他最先是种植水栀子，后经人介绍，开始尝试从有着"中国白茶之乡"美誉的浙江安吉引进种植白茶。

不想，辖区内濒临大冶湖的女儿山，雨量充沛、光照足、无霜期长，不仅非常适宜白茶生长，甚至出茶期比安吉当地的白茶还要早出茶一周左右。"上好的白茶价格在每斤1000元以上，'明前茶'的价格更高，我们金海白茶出茶早就是天然的优势。"黄平国说。

很快，黄平国开始扩大自己的种植规模，从最初的300亩到500亩，再到目前的1000多亩；从一开始的一个人单干，到发起成立合作社带着本村的村民合伙干，再到引导周边的农户一起参与，共同打造"金海白茶"品牌。

"目前，黄平国在女儿山上的白茶基地是金海白茶连片种植面积最大的一块，占到了全区总量的三分之一。"刘浩介绍，经过多年建设，"金海白茶"种植总面积已超过万亩，随着所种植的茶树逐渐进入丰产期，2016年"金海白茶"的产量实现翻番2万多斤，产值达1200万元。

白茶种植的快速推广，不仅带来了采茶制茶的兴起，万亩茶场辅以秀美多姿的女儿山，金海的生态农业、休闲观光旅游业也悄然勃发，"以茶兴旅、以旅促茶、茶旅并进、齐步发展"的发展思路逐渐走入现实。

2016年，金海着手进一步加大土地流转力度，集中连片开发白茶1000亩，进一步增加白茶产业园种植面积，同时完善1000亩油茶基地、新建200亩花卉苗圃基地、300亩大棚蔬菜基地、500亩狗血桃基地、500亩黄金茶基地。同时，设置白茶产业发展带头人、白茶产

白茶基地

采茶姑娘

业发展特别贡献奖等奖项，进一步加大政府补贴服务力度，助推白茶产业的发展壮大。

在更大的场景里，面积不断增加的茶场、女儿山上的国家级登山健身步道和山下日渐成型的蔬菜瓜果采摘体验园相互融合、相互呼应，一个集茶文化体验、蔬菜瓜果采摘、生态产品销售、观光旅游于一体的农业生态观光体验园区即将在金海完美呈现。

"下一步，将建设配建茶街、茶园山庄等，利用规划的特色茶街，结合农业生态观光园，把功能较单一的白茶开发成以茶文化为主题，茶的展示、贸易为主要功能，以生态农业产品的展示、销售、餐饮为辅助功能的综合性、多功能商贸娱乐街区，让金海成为黄石地区白茶产业的发展交流中心、技术支撑中心、销售集散中心，让更多的群众在白茶产业中得到效益、收获幸福。"刘浩这样描述着时常在他脑海中浮现的"白茶梦"。

"城市绿叶"的加速生长

"蝶舞湖城，双叶映城。"按照大冶湖生态新区的总体规划，金海是大冶湖南岸"城市绿叶"的重要组成部分。在全市"四化同步"的工作部署中，金海又是精准扶贫精准脱贫的重点区域。

双重使命之下，瞄准方向的金海自然也有着不一般的担当。

在初步奠定白茶作为现代农业主导产业地位的基础上，近年来，金海新发展水栀子中药材基地500亩，花卉苗木基地400亩，有机蔬菜基地100亩，新增农业专业合作社9家，家庭农场3家，农业产业化项目吸纳就业200余人。

同时，推进配套基础设施建设，新修通村通组公路3.7公里，硬化联户通道30公里，安装太阳能路灯290盏，新建群众活动广场2处，投资200万元新建金海幼儿园及改造维修小学危房，金海卫生院门诊综合大楼也正在建设之中。近年来，金海实施农业产业化、农村基础设施建设、美丽乡村建设等各类项目56个，总投资1500多万元。

继续着力擦亮绿色发展的生态名片。近三年来，金海开展"绿满金海"行动，集中连片推进荒山、荒坡、工矿废弃地的造林绿化，荒山荒地植树造林5000多亩，新造湾子林230亩，农田林网绿化8公里，重点打造左竹公路8公里樱花迎宾生态景观廊道。以见缝补绿、拆墙透绿方式做好门前庭院绿化，完成村庄绿化50处。通过自然生态的绿色发展，进一步强化绿色发展理念和意识，让绿色成为金海经济社会发展主色调和对外名片。

进一步加大集镇村庄整治力度。2015年以来，金海在全区推进街道路边房屋立面整治，共美白房屋1000户，粉刷外墙3000余平米，拆除土坯房、空心房、危房29处，清理沟渠14350米。新建垃圾中转站一座、垃圾池97个，聘请保洁员32名，建立健全由环卫所、专职村干负责管理的卫生保洁长效机制。同时对控违拆违保持高压态势，不在没有规划的地方建房、不建没有规划的房。全面建立农村住房信息台账，有序推进农房报批。全区386户1336贫困人口将确保如期脱贫，目前全区23户土坯房改造、64户改厨、62户改厕工作已全部完成。

不断加大文明创建力度。结合精准扶贫，金海开展新风新貌工程创建，积极宣传社会主义核心价值观、中国梦和五大发展理念，引导群众投身文明城市的创建工作中去。加强科普知识、科技种养技术培训，进一步完善村规民约，大力提倡勤劳创业，积极倡导崇尚科学、诚信守法、抵制迷信、移风易俗，养成健康文明生活方式。在重要节日结合当前重点工作，举办内容丰富的文艺汇演活动，丰富群众文化生活。

"金海，优势在绿色，出路在绿色，希望还在绿色。"刘浩说，建设"富裕金海、生态金海、和谐金海、平安金海"，必须突出生态优先和绿色发展。同时，重点抓好精准扶贫、四化同步、农业农村、基层组织建设等各项工作，通过不断的努力，来实现金海在开发区乃至在全市的提质进位。

金海开发区以茶为媒加快绿色崛起，黄石经济技术开发区坚持绿色发展理念、建设绿色生态新区的一个缩影。坚持两绿发展，绿化辖区，建设绿色生态新区。2014~2017年开发区累计投入资金3400余万元用于新造林以及封山育林，完成新造林3.8万余亩、封山育林2.5万余亩，全区森林覆盖率逐年稳步提高。实施两山灭荒，以黄荆山脉、笏山山脉为依托，做好重要道路、城镇周边、县道两边、水系沿线可视范围内的荒山绿化，从2018年开始，在三年时间内完成辖区内全部3618.5亩宜林荒山灭荒工作，推进开发区国土绿化再上新台阶，实现绿色全覆盖。道路绿化提档升级，2016~2017年开发区投入5000余万元，对开发区内主要道路、企业外围、园博园配套道路的绿化景观进行升级改造，城区道路绿意盎然。不遗余力推进全区开山塘口治理；2017年开发区投入资金2900余万元，全年共完成13个塘口共计149亩矿山治理，昔日裸露的山体重披绿装。此外，开发区新建省园博园，打造父子山登山步道以及父子山休闲绿道等美丽乡村体验工程，真正提高了群众绿色获得感。

创森者说

努力当好新时代乡村振兴的奋进者

黄石经济开发区金海管理区党委书记　　刘　浩

"新时代要有新气象，更要有新作为。"这是习近平总书记向全国人民发出的新时代进军号令。作为乡村振兴的一线前沿指挥所，我们当有看齐意识，紧盯新使命，干出新气象，做出新作为。

屈指一算，我们金海从煤矿开发转型绿色经济，经历了从矿业基地向农村乡镇再到经济开发区的托管转隶。地处开发数百年、到处都是采煤塌陷区域的穷山沟里，停止煤炭开发倒是可以结束"黑、脏、乱"的面孔，但随之而来却是区内农民失去生活依靠。好在我们党委动手早，10多年前便开始尝试引进安吉白茶规模化转型发展。因为我们行政级别低，实力不够，可动用的资源力量有限，早期并没有大开发、大发展的高远理想和梦想，只是将其作为改善民生、生态、扶贫、致富的产业通道，想用有市场前途的农林生态经济产业留住"弃山抛荒"农民的"乡愁"。因为我们工作的扎扎实实，引导过去的矿业老板实实在在地投入真金白银，农民们看到了改变家乡和脱贫致富的真正希望，大家跟着我们一起干，成为生态经济发展的坚定者、奋进者、搏击者。如果说，今天的发展很快速，虽有自身的付出，更重要的是我们赶上了全面创建森林城市的大好机遇。黄石市委市政府和市林业部门看到我们真心实意地为国家增加生态资源，为政府增加产业财源，为农民增加致富来源，给予了厚重的关怀和帮助，并将我们划归市经济开发区管理，给我们赋予相关优惠政策，特别是农林部门给了我们许多建设与科技实施项目，全力推广我们的产业发展模式，使白茶产业在全山区农村连片快速扩展。对此，金海人民深怀感激之心，深怀感恩之心。

历史本无岁月静好，也从未有过现成的康庄大道，任何一项历史成就的取得，都靠奋进者知难而进，将绊脚石一块块踏为铺路石。创森5年来，我们金海管理区围绕区内资源禀赋，科学规划白茶产业发展蓝图，按照"项目带动、聚集资金、整体打造、集中连片、综合示范"的原则，一边以"挖深填浅、分层剥离、交错回填"为核心的土壤重构技术，进行采煤塌陷破坏的土壤重构生态治理，一边在生态恢复的土地上科学连片种植优质白茶。为了打响"金海白茶"品牌，打开市场通道，提升产业经济，我们在市区帮助下，走市场之路，成功地举办了4届金海白茶文化旅游节，引入生态旅游项目，既提升了生态经济的品牌之效，又增添了创森的文化功能。在我们的绿色转型意识中，资源枯竭，思想不能枯竭；发展白茶，不能只图种满荒山。我们正与区内主力企业一道，加大白茶产业的种植、加工、科研和文化旅游开发，探索更加开放的产业推广发展合作模式，为金海白茶产业走向全市全省乃至走进周边江西、安徽奠定稳定的发展根基。

发展白茶产业，是金海之愿，是百姓之福，是扶贫之责，是创森之需。作为新时代乡村振兴的奋进者，我们肩负着产业振兴的历史使命，一定找准前进的方向，鼓足奋进的动力，为跟随发展白茶产业的人民群众当好主心骨和引路人。在产业发展中遵循市场规律，结合精准扶贫和全民创森，以科技为支撑，紧紧围绕农村经济结构调整、生态工程建设、农林综合开发，结成政企民利益共同体，把金海白茶产业打造成精准扶贫和全民创森的典范，把金海管理区建成高新科技实体区，用高品质的白茶深加工产品，助力国家绿色发展。金海管理区党委、区管委会将以永不懈怠的精神状态和一往无前的奋斗姿态，保持创森成果，投身乡村振兴，把人民群众对美好生活的向往作为奋斗目标，在山川田园的产业建设中服务人民，在产业振兴的征途上成就自我。

[第三篇]

科学推进　十大工程显效

KEXUE TUIJIN　SHIDA GONGCHENG XIANXIAO

　　黄石市在创建国家森林城市中，紧紧围绕《市委、市政府关于坚持生态立市产业强市，加快建成鄂东特大城市的决定》，推进生态文明建设，改善城乡生态环境，提升城市品位和综合竞争力。对照《国家森林城市评价指标》，结合黄石实际，在成功创建省级森林城市的基础上，全市人民通过3年努力，各项指标达到或超过国家森林城市评价指标。近3年来，对照《黄石市国家森林城市建设总体规划》，全市对各县市区分解任务，实施"十大重点工程"，使全市森林覆盖率达到37.3%，城区绿化覆盖率达到41.72%，城区人均公园绿地面积达到16.28平方米，城市重要水源地森林覆盖率达到72%，村庄林木绿化率达到41.5%，古树名木保护率达到100%，力争完美地通过国家林业和草原局2018年的国森创建验收考核。

第一章　"两核"城区绿量提升工程务实推进
第二章　"三屏"造林绿化工程持续加强
第三章　"一带四珠五廊"绿化工程科学延伸
第四章　矿区生态景观修复工程创新突破
第五章　美丽乡村建设工程成效显著
第六章　林业产业富民工程稳步提升
第七章　生态旅游建设工程蓬勃向上
第八章　森林健康经营工程有序发展
第九章　生态文化建设工程不断加强
第十章　森林支撑保障工程不断健全

黄石市创建国家森林城市指标体系

（截至 2018 年 5 月）

第一部分　城市森林网络

1. 市域森林覆盖率国家标准：市域达到 35% 且三分之二的区县达到 35%。黄石现状：37.3%。
2. 新造林面积国家标准：自创建以来，评价每年完成新造林面积占市域面积的 0.5% 以上。黄石现状：2.64%。
3. 城区绿化覆盖率国家标准：40%。黄石现状：全市 41.72%。
4. 城区人均公园绿地面积国家标准：11 平方米。黄石现状：16.28 平方米
5. 城区乔木种植比例国家标准：60%。黄石现状：80%。
6. 城区街道树冠覆盖率国家标准：25%。黄石现状：52.1%。
7. 新建停车场乔木树冠覆盖率国家标准：30%。黄石现状：42.8%。
8. 城市重要水源地森林植被覆盖率国家标准：70%。黄石现状：73.26%。
9. 休闲游憩绿地国家标准：城区市民出门 500 米有休闲绿地，郊区建有 20hm^2 以上郊野公园。黄石现状：达标。
10. 村屯林木绿化率国家标准：集中型 30%，分散型 15%。黄石现状：41.5%。
11. 水岸林木绿化率国家标准：80%。黄石现状：85.79%。
12. 森林生态廊道建设国家标准：森林、湿地等生态区域建有贯通性生态廊道。黄石现状：达标。
13. 道路林木绿化率国家标准：80%。黄石现状：85.99%。
14. 农田林网建设国家标准：符合《生态公益林建设技术规程》要求。黄石现状：达标。
15. 防护隔离林带国家标准：城市周边、城市组团之间、城市功能分区和过渡区建有防护绿化隔离林带，缓解城市热岛、净化污染效应等效果显著。黄石现状：达标。

第二部分　城市森林健康

16. 乡土树种使用率国家标准：80%。黄石现状：90%。
17. 树种丰富度国家标准：同一树种使用率不超过 20%。黄石现状：16%。
18. 郊区森林自然度国家标准：0.5。黄石现状：0.52。
19. 苗木规格国家标准：以苗圃培育的大苗为主，不能从农村和山上移植古树、大树进城。黄石现状：达标。
20. 森林保护国家标准：申请创建以来，没有发生严重非法侵占林地、破坏森林资源、滥捕乱猎野生动物等重大案件。黄石现状：达标。
21. 生物多样性保护国家标准：注重保护和选用留鸟、引鸟树种植物以及其他有利于增加生物多样性的乡土植物，营造能够为野生动物生活、栖息的自然生态环境。黄石现状：达标。
22. 林地土壤保育国家标准：积极改善与保护城市森林土壤和湿地环境，减少城市水土

流失和粉尘侵害。黄石现状：达标。

23. 森林抚育与林木管理国家标准：采取近自然的抚育管理方式，不搞过度的整齐划一和过度修剪。黄石现状：达标。

第三部分　城市林业经济

24. 生态旅游国家标准：加强森林公园、湿地公园和自然保护区的基础设施建设，注重郊区乡村绿化、美化与健身、休闲、采摘、观光等多种形式的生态旅游相结合，积极发展森林人家，建设特色乡村生态休闲村镇。黄石现状：达标。

25. 林产基地国家标准：建有特色经济林、林下种养殖、用材林等林业产业基地，农民涉林收入逐年增加。黄石现状：达标，基地建设完成率达150%，；林业产值达63.7亿元。

26. 苗木自给率国家标准：80%。黄石现状：89%。

第四部分　城市生态文化

27. 科普场所国家标准：在森林公园、湿地公园、植物园、动物园、自然保护区等公众游憩地，设有专门的科普小标牌、科普宣传栏等生态知识教育场所。黄石现状：达标。

28. 义务植树尽责率国家标准：80%。黄石现状：86.6%。

29. 每年市级生态科普活动举办次数国家标准：5次。黄石现状：20次。

30. 古树名木保护率国家标准：100%。黄石现状：100%。

31. 市树市花国家标准：已确定市树、市花，并在城乡绿化中广泛应用。黄石现状：市树为香樟，市花为石榴。

32. 公众态度国家标准：≥90%。黄石现状：95%。

第五部分　城市森林管理

33. 组织领导国家标准：政府高度重视、大力开展城市森林建设，创建工作指导思想明确，组织机构健全，政策措施有力，成效明显。黄石现状：良好。

34. 保障制度国家标准：国家和地方有关林业、绿化的方针、政策、法律、法规得到有效贯彻执行，相关法规和管理制度建设配套高效。黄石现状：良好。

35. 投入机制国家标准：政府主导，多渠道投入，把城市森林作为城市生态基础设施建设的重要内容。黄石现状：良好。

36. 科学规划国家标准：编制《森林城市建设总体规划》，并通过政府审议、颁布实施2年以上，能按期完成年度任务，并有相应的检查考核制度。黄石现状：完成。

37. 科技支撑国家标准：制定了包括森林营造、管护和更新等技术手册，有一定的专业科技人才保障。黄石现状：良好。

38. 生态服务国家标准：市政府财政投资建设的森林公园、湿地公园以及各类城市公园绿地全部免费向公众开放。黄石现状：全部免费。

39. 生态监测国家标准：开展城市森林生态功能监测，准确掌握和核算城市森林生态功能效益。黄石现状：达标。

40. 档案管理国家标准：城市森林资源管理档案完整、规范，城市森林相关技术图件齐备，实现信息化管理。黄石现状：良好。

（原载2018年5月23日《黄石日报》）

【第一章】
"两核"城区绿量提升工程务实推进

　　《黄石市国家森林城市建设总体规划》要求,"两核"城区绿量提升工程,通过各类公园、绿地、登山步道、绿道及园博园建设,进一步增加绿化覆盖面积和公园绿地面积,提升黄石—大冶同城化主中心绿核和阳新县城市副中心绿核的绿量。近期(2016~2018年)全市新增绿化覆盖面积178.24公顷,新增公园绿地面积252.5公顷,新建国家登山步道137公里,新建和改造城市绿道11条39.48公里,成功举办湖北省(黄石)首届园博会。

　　截至2018年5月底,白马山—柯尔山山地生态公园、大众山森林公园、磁湖湿地公园上游段、大冶东港公园、青龙山公园、碧桂园湿地公园、阳新县莲花湖公园等一批城市公园相继建成,全市建成区新增绿地面积240.7公顷,新增公园绿地面积360.3公顷,建成区绿化覆盖率和人均公园绿地面积大幅提升,城市人居环境得到极大改善。创森以来,全市建设国家登山步道162公里,新建和改建城市休闲绿道39.48公里。2016年10月,湖北(黄石)首届园博会在黄石市召开,园区占地面积135.4公顷,建设主题展园45个,种植乔木1.8万株。据测算,黄石建成区绿化覆盖率增加到41.72%,人均公园绿地面积达到16.28平方米。

马旭明同志要求我市全力争创国家森林城市

　　2017年9月14日,市委书记马旭明在市委办公室第78期《每日要情》上就我市创建国家森林城市进入冲刺阶段作出批示:请李丽同志重视,要全力争取此殊荣。

　　为了认真贯彻落实市委书记马旭明关于我市创建国家森林城市的批示,力争2018年成功创建"国家森林城市",目前全市上下正紧锣密鼓地推进国家森林城市创建各项工作。一是城区绿量提升工程顺利推进。新建白马山—柯尔山山地生态公园、磁湖湿地公园上游段等公园绿地面积222.92公顷;建成国家登山步道202公里、城市绿道63.78公里;建设黄石园博园135.4公顷,种植乔木1.8万株,黄石建成区绿化覆盖率增加到42%,人均公园绿地面积达到16.39平方米。二是"三屏"造林绿化工程持续加强。两年累计完成造林绿化32.14万亩,全市森林覆盖率达到37.3%。三是"一带四珠五廊"绿化工程稳步推进。建成长江防护林带

黄石市原副市长薄银根（右二）赴市林业局调研创森工作

11.6 公里；已对网湖、大冶湖、保安湖、仙岛湖周边山体水源涵养林 467 公顷进行补植补造与封山育林；完成大广高速、106 国道等主要道路绿化 433.53 公里和富河、三里七港等主要河流水岸绿化 36.6 公里。四是矿区生态景观修复工程突破发展。完成工矿废弃地生态修复治理 662.53 公顷，生态修复开山塘口 60 公顷，创造了"石头上种树，石头上开花"的黄石奇迹。五是美丽乡村建设工程成效显著。成功创建绿色示范村 261 个，其中省级绿色示范村 87 个、市（县）级 174 个。六是林业产业富民工程快速发展。近 3 年新增林业产业基地 13498.7 公顷，其中油茶基地 6345 公顷、杉木等速生用材林及珍贵树种战略储备林基地 5757.2 公顷、水果及中药材基地 1396.5 公顷。发展苗圃 120 家，面积 4.5 万亩，年出圃苗木 3500 万株，年销售额突破 1 亿元。七是生态旅游建设工程蓬勃发展。成功举办了湖北省（黄石）首届园林博览会、三溪乡村园博园、大冶第四届乡村园博会·金牛养老文化旅游节等各种林业生态旅游节会近 20 次，吸引省内外游客 1000 万人次，旅游总收入达到 60 亿元。已建省级森林公园 6 个、国家湿地公园 2 个（含试点）、省级湿地自然保护区 1 个、省级自然保护小区 4 个、省级森林城镇 4 个、全国生态文化村 1 个、中国美丽休闲乡村 1 个、国家森林体验基地 1 个、中国慢生活休闲体验村 2 个、国家森林康养基地 1 个。目前，网湖湿地自然保护区正在积极申报国际重要湿地名录，七峰山正在申报国家森林公园。雷山、黄荆山国家森林体验基地和七峰山国家森林养生基地正在迎接国家考核验收，金牛、还地桥、大箕铺、三溪、木港、陶港、兴国等乡镇已申报省级森林城镇并进入最终评选。八是森林健康经营工程有序开展。已完成青山湖青港湖生态修复 7.58 公顷；积极开展高等维管植物本底调查；完成中幼林抚育管理 1530 公顷。九是生态文化建设工程不断加强。新建保安湖国家湿地公园、龙凤山农耕文化体验园科普宣教展馆及科普解说系统、网湖湿地自然保护区科普解说系统、市林业局野生动植物标本馆。投入 30 多万元在磁湖北岸、湖北理工、宏维小区等地制作了植物和湿地知识科普标识牌300多块。组织108.84万市民群众自发参与全民义务植树200余场次，植树462.59万株，共建设义务植树基地150余处，义务植树尽责率达85%以上。成功举办了第三届湖北生态文化论坛。开展了创森征文比赛、摄影比赛、兰花文化艺术展、摄影展、书画展、创森群众文艺活动等活动，编印了《黄石古树名木》、《山水林城、绿满黄石》、《黄石市陆生野生动物图谱》、《创森书画展作品集》、《兰花展作品选登》、《摄影比赛优秀作品集》等。对全市4340株古树名木进行了统一挂牌管理，古树名木保护率达到100%。十是森林支撑保障工程不断健全。全市已初步建立了统一的森林防火应急指挥、宣传教育、应急救援、防火物资储备等体系，建立健全了扑火队伍，森林防火体系建设得到进一步完善。林业有害生物监测预警体系、检疫监管体系和防治减灾体系不断健全，林业有害生物成灾率控制在3.4‰以下，并完成了《黄石市第三次林业有害生物普查成果汇编》。举办了林业技术培训100多期，培训林农6000多人次，开展技术咨询2500人次。编制印发了《黄石市林业实用技术手册》、《黄石市村庄绿化指导手册》、《油茶高产技术》、《柑橘高接换种技术》、《杨树病虫害防治技术要点》等资料2万余份。

  虽然我市创森工作取得显著成效，但离国森创建标准还存在一定差距，为确保各项创森指标如期实现，必须强化责任意识和政策保障，形成工作合力，重点抓好以下工作。一是进一步加大创森宣传力度。各地要充分利用广播、电视、报纸、网络等媒体，以户外广告、小区广告、电子显示屏、海报、短信、公开信、画册等形式，广泛宣传创森基本知识、创森进展和成果。要在主城区、主镇区、公众场所、交通干道、主要出入口（火车站、汽车站）设立创森广告牌和标语；在城区广场、大型商场门口、公园、公交车站、自行车租赁点等位置设置创森公益广告；各县（市）区至少要有2块大型户外宣传牌，各乡镇、街道至少有1块户外宣传牌。通过移动、电信、联通等向所有手机用户发送创森短信。积极开展"森林进单位、花卉进家庭"、创森知识竞赛等形式多样的创森宣传活动，提高广大市民群众对创森的知晓率、支持率和满意度。二是进一步加快推进创森工程项目建设。要迅速启动磁湖南岸景观带、磁湖南岸生态修复工程、磁湖湿地公园下游段、大冶市文化馆二期绿化工程、台湾风情街绿化工程、阳新县双港绿地、莲花湖公园、马蹄湖公园等建设，加速推进下陆区黄荆山国家登山健身步道、矿山地质环境治理重点工程（三期）、矿山地质环境治理示范工程等建设，加快道路绿化、水岸绿化提档升级。三是抓紧做好创森档案资料收集整理工作。目前，创森指标台账建档工作仅完成目标任务的三分之一，任务十分艰巨。各地各部门要高度重视，抓紧时间，倒排工期，认真对照40项创森指标资料收集清单，尽快收集整理相关台账资料，建好创森档案，按时上报市创森办，为2018年创森考核验收做好充分准备。

（原载2017年9月26日黄石林业网）

黄石市召开创森迎检工作会议

2018年2月9日上午，黄石市召开全市农村工作、扶贫开发、"四个三重大生态工程"建设暨创森迎检工作会议，通报目前全市创森工作进展情况，研究部署下一阶段各项迎检工作。会议由市长董卫民主持，市委书记马旭明出席会议并讲话。

会上，市林业局局长郑治发通报了目前全市创森工作进展情况以及创森迎检筹备工作的重点。

市委书记马旭明对我市2014年以来的创森工作表示肯定，要求各地各部门：一是要高度重视创森工作。创森是市委、市政府作出的重大战略部署，各地各部门要提高政治站位，切实增强创森迎检工作的紧迫感和责任感，立即行动起来，全力做好迎检备检工作。对因工作不力而影响国森考核验收的将严肃追责问责。二是要加大工作力度。各地各部门要加大工作力度，倒排工期，确保5月底前完成所有创森工程项目建设和建好指标台账。三是加强创森宣传。目前我市创森知晓率还有待提高，各地各部门要借鉴创卫和创文的经验，加强创森宣传，要形式多样，生动活泼，做到家喻户晓，营造人人参与创森的浓厚氛围，进一步提升市民群众对创森的知晓率、支持率和满意度。

市长董卫民在主持会议时强调，一是要进一步提高认识。创森迎检事关我市能否如期顺利成功创建国家森林城市，时间紧，任务重，要背水一战，全面扎实做好考核验收各项准备工作。二是要进一步压实责任。各地各部门要把握迎检工作的重点，制定周密迎检工作方案，进一步压实责任，层层分解任务，落实责任到单位、到点、到人，对照指标找差距，做好查缺补漏工作，确保在验收前所有创森任务圆满完成。三是要进一步形成合力。各地各部门要在市委、市政府的统一领导下，在市创森办的统一协调下，上下整体联动，加强协调配合，形成工作合力，确保顺利通过国家考核验收。

会上，市委副书记、政法委书记杨军传达中央、省委农村工作会议精神，市委常委、统战部部长杜水生部署精准扶贫工作。市领导叶战平、李新国、吴之凌、李修武、李丽、黄曲波、市政协秘书长万建新出席会议。

（原载2018年2月12日湖北林业网）

黄石市四大家领导带头参加义务植树为创森添绿

为认真做好2018年我市国土绿化工作，全力推进国家森林城市创建，喜迎第十五届全省运动会在黄举行，积极打造美丽宜居生态黄石。3月6日上午，市四大家领导带领市林业局、市体育局、黄石众邦公司部分干部职工共计100余人来到黄石奥林匹克公园景观轴参加以"创建国家森林城市，喜迎十五届省运会"为主题的全民义务植树活动启动仪式，为我市2018年全民义务植树活动拉开了序幕。

在植树活动现场，参加义务植树的市领导和干部职工干劲十足，大家互相配合，挥锹培土、扶植苗木、踩土围堰，栽下一株株树苗，植下一片新绿。经过半个多小时的努力，栽下香樟、栾树、桂花、樱花等绿化大苗300余株，株株树苗昂首挺立，迎风招展，生机盎然。

今年是我市创建国家森林城市夺牌之年和三年精准灭荒开局之年。为让广大市民和全社会都关心、关注、支持我市创森和国土绿化工作，形成人人知晓、人人参与创建国家森林城市和国土绿化的良好氛围，市绿化委下发了义务植树通知，要求全市上下要深入开展全民义务植树活动，结合精准扶贫，大力开展村庄绿化和荒山绿化，发展庭院经济和林业产业。同时积极开展认建认养和植纪念林活动。

周蔚芬、罗光辉、杨军、陈丰林、钟丽萍、叶战平、徐继祥、李丽等市领导参加此次义务植树活动。

（原载2018年3月7日《黄石日报》）

"绿满荆楚"调研组来黄实地调研

方　驰

"原来黄石这么美，和印象中的重工业城市完全不一样。"这是"绿满荆楚"调研组组员发出的感叹。

2017年8月24~25日，在市林业局领导班子成员的陪同下，省林业厅副厅长姜必祥以及《中国绿色时报》、新华网湖北频道、《湖北日报》、湖北电视台等多家媒体记者组成的调研组来到黄石，对我市"绿满荆楚"造林绿化工作进行专题调研。

在为期两天的专题调研中，调研组一行先后来到市规划馆、黄石园博园、父子山绿道、德夫村油茶基地、金海白茶基地等地开展实地调研，并对我市绿色转型的成绩给予了充分肯定。

中国绿色时报社党委书记陈绍志告诉记者："通过这两天的调研，我们看到黄石在生态转型方面的决心和成绩,以得天独厚的生态条件,结合山、水、林、城,打造了一个宜居的城市,把城市建设、城乡统筹和绿色转型发展结合在一起,在当前城市转型发展中找到了一条非常好的路子。"

据了解,近几年来,我市按照全省绿满荆楚行动的统一部署,强力推进绿满黄石行动和国家森林城市创建,取得了明显成效,四年累计完成造林绿化44.6万亩,占省厅下达我市绿满荆楚行动总任务的185.36%,实现了绿满荆楚行动三年任务两年完成的目标,造林面积连创历史新高。近四年来,我市在创森方面的投入累计达71.38亿元,森林覆盖率达到37.64%,黄石建成区绿化覆盖率达到42%,人均公园绿地面积达到16.39平方米,生态环境得到极大改善。

(原载2017年8月29日《黄石日报》)

副市长李丽一行来铁山调研创森工作

2017年12月7日,副市长李丽到铁山区调研创森工作,市政府副秘书长吴大洪、市林业局局长郑治发、市林业局副局长石章胜、区工矿办主任祝冬桥、区创森办负责人等陪同调研。

李丽一行先到我区南区工矿废弃地生态修复示范工程查看了创森项目进展情况,并听取了相关部门责任人的创森工作汇报。李丽对铁山区创森方面的工作给予了充分肯定,一是铁山区在工矿废弃地生态修复示范工程方面有亮点、有特色,对铁山区生态修复方面做出了积极贡献。二是铁山区将创森工作与全域旅游相结合。铁山区将国家矿山公园打造成黄石工业旅游示范点,有力地推动了铁山区创森工作的开展。三是铁山区持续发挥石头上种树的精神,大力开展创森宣传工作,充分发挥了全国绿化模范城区的优势。

在听取了铁山区创森工作专题汇报后,李丽对铁山区创森工作寄予期望,同时就铁山区创森工作李丽提出了三点要求,一是要加大宣传力度。当前铁山区在创森宣传工作方面略显不足,创森宣传氛围不浓,要进一步加大创森宣传力度,提高群众对创森的知晓率和满意度,做到创森工作家喻户晓。二是要推进示范工程进度。铁山区工矿废弃地生态修复示范工程是铁山区甚至整个黄石市的生态修复样板,接下来要继续以高标准、严要求持续推进示范工程项目建设,加快铁山区创森进度,为明年创建国家森林城市验收做充分的准备。三是要加快国家登山步道建设。在全市创森会上,铁山区国家登山步道建设任务已进行多次督办,铁山区要提高认识,加快建设,继续推进剩下的建设任务,确保项目任务如期完成。

(原载2017年12月8日黄石林业网)

吴大洪带队赴淮北、莱芜、日照三市
考察学习石质山造林绿化经验

黄石市创森办

  为做好我市国家森林城市创建迎检工作，进一步加大国土绿化、积极推进长乐山开山塘口治理和石质山地造林绿化，2018年3月19~23日，市政府副秘书长吴大洪带领市林业局、下陆区、铁山区相关人员一行8人，赴淮北、莱芜、日照三市考察学习创森迎检及石质山造林绿化工作经验。

  考察组一行先后实地考察了淮北市、莱芜市石质山地造林绿化现场，淮北、莱芜、日照三市创森现场，重点就石质山地造林绿化、创森项目建设、创森台账建档、创森迎检等工作开展了学习交流。考察组对三地市委、市政府领导对创森工作的重视程度，对创森工作的投入力度和创森宣传的广度和深度印象十分深刻，认为领导重视是顺利推进创森工作的重要保证。三地市委书记、市长高度重视创森工作，亲自主持召开创森工作会议，经常检查督办创森工作。市政府每年安排大量创森资金，有效地推进了创森项目建设和其他各项工作的顺利开展。三地均高度重视创森宣传，采取多种措施推进创森宣传工作，将创森宣传覆盖到全市各乡镇（村）、到户、到人，实现了人人知晓创森、人人参与创森的目标。

  通过实地考察，我们既认识到了自己工作的差距与不足，又进一步明确了努力的方向。我们将认真消化吸收外地先进经验，结合黄石实际，采取超常规措施推进创森项目建设和创森台账建档工作，确保《创森规划》的所有项目和创森台账建档工作全部完成，积极做好创森迎检准备工作，力争2018年成功创建国家森林城市。

（原载2018年3月27日《创森简报》第254期）

产业发展从黑色到绿色、从制造向创造转变
创森助力湖北黄石开发工业旅游

郑明桥   丁元拾

  近年来，湖北省黄石市以五大工业遗址为核心，将刚性的矿冶文化与柔性的生态环境无缝对接，一方面将遗址保护起来，申报世界级、国家级工业遗产；另一方面开发工业旅游，形成工业文明的集群效应。

  如今，走进湖北省黄石市大冶铁矿，已经听不到机器的轰鸣声。记者看到，厂区里绿荫环绕，巨大的采矿机械、成为记忆的蒸汽机车安静地停放在公园里，"诉说"着矿冶文化。

与此同时，围绕东西长 2.2 公里、宽 900 米、截面 108 万平方米、最大垂直高达 444 米的采坑，游客们纷纷拍照合影。

占地 400 万平方米、被称为亚洲第一人工"天坑"的大冶铁矿东露天采矿场曾经寸草不生。有人建议，将武汉及当地的固体垃圾填埋于坑中，能用近百年，矿坑回填还可减少矿区地质灾害的发生。然而，独具慧眼的黄石人却另有"打算"，他们对这一独有的工业文化遗产实行发掘保护、创新开发，精心将"天坑"打造成以汉冶采坑观光区、复垦生态观光区为核心景区的黄石国家矿山公园，并成功将其创建为国内工业旅游景区中为数不多的 4A 级景区之一。

借助资源谋转型

"从探矿、采矿、深度加工矿到发展工业旅游，大冶铁矿走出了一条'借助资源谋转型，跳出资源谋发展'的新路。"黄石市委书记马旭明说，以工业旅游引领城市转型，黄石要积极探索绿色生态城市建设和工业遗产保护与再利用的有效途径。

3000 多年的铜矿采掘冶炼史，1700 多年的铁矿采掘冶炼史，600 多年的石灰石矿采掘冶炼史，100 多年的现代钢铁和水泥制造史……因矿设厂、因厂设市的黄石，是我国近代洋务运动和汉冶萍公司的重要发祥地之一，也是我国重要钢铁水泥生产摇篮。专家指出，在全域旅游和旅游 + 的发展趋势下，我国工业旅游面临着前所未有的发展机遇。未来 5 年，我国工业旅游将进入一个黄金发展期，接待游客总量将超过 10 亿人次，旅游直接收入总量超过 2000 亿元，发展前景巨大。

美丽磁湖

为抢抓这一契机，近年来黄石以五大工业遗址为核心，将刚性的矿冶文化与柔性的生态环境无缝对接，一方面将遗址保护起来，申报世界级、国家级工业遗产；另一方面开发工业旅游，形成工业文明的集群效应。

作为老工业基地，黄石工业旅游资源体系完备，既有3000多年工业文化沉淀的铜绿山古铜矿遗址，也有近代工业文明成功的华新水泥、汉冶萍钢铁厂等旧址，还有当前享誉全国的劲牌、新冶钢、三鑫金铜公司等知名企业，并建设了黄石矿博园、黄石地质博物馆等特色场馆。全市现有国家工业旅游示范点1个，湖北省四星级工业旅游景区1家。黄石矿业工业遗产是湖北省唯一被列入《中国世界文化遗产预备名单》的工业遗产。

寻找新产业突破口

黄石先后投入旅游项目开发建设资金54.5亿元，对位于大冶铜绿山的商朝早期至汉朝采铜冶铜遗址开展考古发掘和保护开发；对湖北新冶钢现存晚清时期的汉冶萍公司冶炼原址修复完善；将中国近代最早开办的三家水泥厂之一的华新水泥厂旧厂区建成矿冶文化博物馆，同时推进黄石国家矿山公园、世界铁城旅游综合体、登山步道等重点项目建设。

"发展工业旅游也倒逼着黄石由工矿城市向生态城市转型；产业发展从黑色到绿色，从制造向创造转型。"黄石市市长董卫民介绍说，5年来全市累计投资600多亿元支持产业生态化改造升级，推动产业发展从"地下向地上、黑色向绿色、高碳向低碳、制造向创造"转变。其中，有色产业跻身千亿元产业集群；电子信息、新能源汽车等新兴产业从无到有、从小到大，印刷线路板产能将达到2000万平方米/年，黄石正成为全国第三大印刷线路板产业聚集区。同时，建成万达、沃尔玛、武商、中商、亿赞普跨境电商平台、华中矿产品交易中心等一批服务业项目，区域服务业聚集区加速形成。

工业旅游的主要景点企业转型升级步伐加速。新冶钢通过实施技术革新，企业特钢生产能力、实现利润、吨钢利润均位列全国第三位；大冶有色率先在全国实现铜冶炼清洁生产，

黄石国家矿山公园槐花林

生产能力由全国第五位跃至第三位;"百年老店"华新水泥公司通过技术创新,进军污泥、垃圾处理行业,其"水泥窑高效生态化协同处置固体废弃物成套技术与应用"成果拿下2016年国家科学技术进步奖二等奖,成为环保型领军企业。

迈向生态城市

发展工业旅游,守住青山绿水成为不可逾越的红线、底线、生死线。今年5月份,黄石"河长"正式走马上任,开始了治污水、防洪水、排涝水、保供水、抓节水的"五水共治"。"宁可经济指标掉一些数据,也坚决不要黑色污染的GDP。"继前几年壮士断腕关停了1000余家"五小"企业、实现全域无"五小"后,黄石持续下重手,先后否决了有重大环保风险的工业项目100余个。

发展工业旅游,黄石让绿色浸润到城市的每一个角落和日常的生活细节。西塞山电厂、华新水泥的烟尘污染物排放数据实时公开,供人监督。人们还欣喜地看到,新冶钢公司污水处理池中,20只黑天鹅怡然游弋;东贝公司厂前的废水池中,嬉戏着五颜六色的金鱼。近年来,黄石累计投入资金30多亿元,造林绿化面积49.6万亩,发展林木基地10万多亩,生态修复开山塘口300余处,复垦绿化工矿废弃地0.9万亩。

如今,黄石中心城区环境空气质量好于国家二级标准的天数连续7年达到310天以上。放眼望去,远山如黛,碧水如镜;侧耳倾听,草木拔节,渐次花开。昔日"光灰"城市,如今已是"半城山色半城湖,碧水蓝天如画图"。

(原载2017年12月1日《经济日报》)

春有花 夏有荫 秋有果 冬有景
西塞山区打造家门口的"口袋公园"

这是黄石市西塞山区十五冶社区牧羊园,人们坐在广玉兰树下的木质围栏座凳上,享受着温暖的阳光。半人高的四季青吐出如花般黄色枝芽,成排成列地向着居民区延伸着。枝叶茂密的樟树、浓绿舒展的铁树以及花坛里马尼拉草皮、波斯菊、大花月季,层次分明,构成了一个微缩的公园。这个公园的边沿是一条15米长的廊道,廊道上新设了一排座椅,几位老人正聚在一起悠然自得地聊着天。和谐宁静的氛围,让路过的人们不禁放慢了脚步。

牧羊园,是西塞山区打造家门口的"口袋公园"的一个缩影。今年来,西塞山区以推动老城区升级美化为目标,开展"园艺社区、美化家园"创建行动,掀起全民绿化美化家园的行动热潮。

园艺社区群众点赞

西塞山区襟江、环湖、枕山有得天独厚的自然优势,但老城区脏乱差的困局长期影响西塞山的发展。该区下定决心,要让城市融入大自然,让居民望得见山、看得见水、记得住乡愁。

以美化城区和提升社区生活幸福感为目标,西塞山区结合实际,制订出台《关于开展"园艺社区、美化家园"活动的实施方案》。区委书记朱宏伟要求,从大处着眼,从小处着手,将自然美与城区美相融合,把管长远与打基础相结合,推进生态文明建设,美化社区家园。活动启动以来,共完成申报园艺社区(小区)示范点9家、园艺示范单位17家、园艺庭院(阳台、屋顶)73家。

漫步十五冶社区金枣苑月亮湾小区的主次干道上,虽是冬季,这里仍然满目苍翠。0.3平方公里的社区里,一处处质朴无华的亭台楼榭与绿色园艺景观及充满现代气息的居民建筑交相辉映,一步一景。河口园、黄思湾园、八泉园、江龙园、牧羊园等各具特色的微园林景观散布其间,令人陶醉。这里还有一条优雅别致的"好人路",社区书记袁利华告诉记者,社区把居民楼下破损的路面进行了修缮,在路边修建了花坛并设置了长椅,还在椅背上端安装了"身边榜样"的宣传板,这里成为老人们最喜欢来的地方。有园、有廊、有亭、有凳、有道,居民群众对居住环境满意率高达93.6%。

城市整理美化家园

"园艺社区、美化家园"创建行动仅仅是西塞山区在城市建设管理、生态环境建设中的一个剪影,通过这个片段,看到的是一个"富强和美"新西塞正在崛起、正在勃发。区委副书记、区长周军如是说。

我们来到陈家湾天桥下,铁路两侧8000平方米的土地上,新种植的600多株乔木和花灌木在微雨中挺立,厚厚的草皮孕育着勃勃生机。

在附近开店的店主陈世文告诉记者,以前这一长溜围墙,给人一种压抑感,如今墙拆了,

青山绿意

树种了，一下子清爽了许多。路过的市民万金国高兴地说，这是政府办的一件大好事，大家都拍手叫好。

西塞山区行政综合执法局负责人介绍，原先这里是垃圾场和菜地，建筑垃圾成堆。围墙拆除后，除了在空地种上香樟、桂花等苗木外，沿着这段围墙原址，还将新建一排石凳，修筑 30 厘米高的可供行人坐下休息的花坛。空地的草坪上，也会有小径供市民进入休闲，一个新的"口袋公园"亮相在即。

记者从西塞山区城建局了解到，未来三年，该区将着力对城区背街小巷、老旧住宅小区、城建基础设施、微循环道路等进行综合提升，还将完成黄荆山飞云公园、园艺社区建设及枣子山公园提升，并在沿湖路、枣子山路等街头路口打造一批城市"口袋公园"。这些都将切实改善老城区居民生活环境，塑造良好的城区形象。

共建共享人人参与

西塞山区大力引导和发动全区各级组织和广大市民积极参与，掀起全民绿化美化家园的行动热潮。区委副书记严荣勇表示，"共建共享，党委政府为主导、社区单位是主体、居民群众唱主角、社会力量齐参与，逐步推进，最终实现'一轮明月'和'满天繁星'交相辉映的效果。"

60 多岁的崔金仙听说澄月社区建了一个供居民休闲的玫瑰园，从广州赶了回来，成为一名党员志愿者，运用自己的园艺知识帮助社区管理玫瑰园里 11 种颜色 50 丛玫瑰花。有空时，她还把园艺知识传授给居民，社区里搞绿化的志愿者也越来越多。澄月社区书记明岚说，到明年，玫瑰园将成为居民们的乐园，大伙可以看书、聊天、喝茶。闻着四溢的花香，居民都不想在家里呆着了。

有着 5000 多户居民的花园路社区，缺乏绿化的空地，许多居民主动绿化自家的阳台，打造着一个个阳台小花园。

记者看到，桃树、樱桃树、苹果树、李子树、石榴树、梨树、枣子树、山楂树、板栗、葡萄、桑葚、柚子，一盆盆花草果木，错落有致，俨然就是一个果园。虽是冬季，梨树和樱桃已吐出花蕾。市民郭卫如兴奋地说，樱桃树这个时候最好看，红艳艳的一整株。在郭卫如的精心打造下，阳台果园一年比一年好看。在今年西塞山区第一届园艺社区评选中，他家获得"园艺示范庭院"奖。花园路社区还特地组织了居民、党员到郭卫如家参观学习，希望带动其他居民参与到园艺社区的建设中来。

西塞山区 30 个社区（村）党员、志愿者、群众积极参与、自觉行动、自愿服务。全区 200 余名党员带头认领、养护树木 260 棵，花坛 50 余处，让一棵棵树木、一片片苗圃有人管、有人护、有人养，使苗圃为常绿，树木常青，花儿常艳，美景常驻。全区近千名群众自发在庭院、阳台、屋顶养花种草，推门可进园，开窗即见景。生活环境的改善，带来了全区群众思想观念、生活方式大转变，乱扔垃圾者少了、毁损树木者少了、乱贴乱画者少了、乱搭乱建者少了。

在"园艺社区、美化家园"创建行动中，西塞山区积极吸纳社会市场主体参与。黄石市江龙市政建设工程有限公司主动免费为社区园艺节展会各园提供设计方案，主动捐建江龙园，园内错落有致的树木，怪石嶙峋的假山，芬芳娇艳的花朵，让人流连忘返；十五冶公司的金馨物业有限公司、社区园艺协会主动参与社区环境整治，组织开展园艺知识培训，为创建行动的开展既起到示范榜样作用，又起到知识传递作用，获得干部群众的一致好评。

（原载黄石日报 2017 年 12 月 14 日）

【第二章】
"三屏"造林绿化工程持续加强

《黄石市国家森林城市建设总体规划》要求,"三屏"造林绿化工程,以建设黄荆山—东方山、七峰山—贾家山和吴山—排山山系三大森林生态屏障为重点,开展人工造林和封山育林,增加森林面积,提高森林覆盖率。2018年年底前全市完成宜林地和无立木林地造林面积4647公顷,一般灌木林封育面积633公顷,新一轮退耕还林面积1033公顷。

截至2018年5月底,黄石市通过开展绿满荆楚行动和精准灭荒工程,大力推进造林绿化,5年累计完成造林绿化76万亩,比过去10年的总和还要多,全市森林覆盖率达到37.3%以上,生态环境持续改善。

黄楚平副省长来我市调研精准扶贫和精准灭荒工作

2017年10月23日,省委常委、常务副省长黄楚平到我市阳新县调研精准扶贫和精准灭荒工作。省政府副秘书长王太晖、吕江文,省残联理事长陶慧芬,省扶贫办主任胡超文,省政府研究室副主任刘月明参加了调研工作,市领导董卫民、杨军、杜水生和阳新县领导王建华、明进华、万鼎、刘晨等陪同调研。

黄楚平一行实地查看了大广高速龙港段可视范围的荒山绿化情况,并深入龙港镇白岭村茶叶基地、龙港镇月台村禾田食品厂等地开展调研,了解林业产业扶贫情况。

在调研座谈会上,黄石市和阳新县主要领导分别就精准扶贫和精准灭荒工作作了专题汇报,龙港镇政府介绍了荒山绿化情况,省直相关部门负责人就如何支持黄石市、阳新县开展精准扶贫和精准灭荒工作作了表态发言。

黄楚平强调,关于精准扶贫和精准灭荒工作,各级党委政府要做到"四个清醒",采取切实有效措施,全面完成省委省政府精准灭荒三年行动任务。一是工作大局要有清醒觉悟,要坚持以党的十九大精神和习近平新时代中国特色社会主义思想为指导,牢固树立"绿水青山就是金山银山"的绿色发展理念，认真贯彻落实省委省政府精准灭荒重大部署，以钉钉子精神，努力实现生态保护和绿色发展的双赢。二是工作方向要有清醒把握。今年是我省绿满荆楚行动延期三年和精准灭荒开局之年，要坚持质量导向，大力实施森林质量精准提升工程，科学合理选择造林树种、造林方式和经营管理措施，提高造林成活率和保存率；要坚持效益导向，把精准灭荒和精准脱贫有机结合起来，集中优势兵力做大做强绿色生态富民产业，为贫困户持续绿色增收打下坚实基础。三是工作落实要有清醒担当。各级政府要承担主体责任，把精准灭荒列入重要议事日程，压实工作责任，担起担子，层层传导压力，层层落实责任，做到人员到位、责任到位、工作到位；坚持以重点突破带动整体推进，紧盯省界门户绿化，重点消灭高速、国道和铁路沿线可视范围荒山。四是工作机制要有清醒认识。精准灭荒是一项复杂的系统工程，要充分发挥财政投资"四两拨千斤"的杠杆作用，采取市场化运作的方式吸引企业和社会投资，多形式、多渠道筹措建设资金，各部门也要按照职责分工，上下联动，齐抓共管，形成合力；强化考核问责，扬起问责之鞭，注重问题整改，消除懒惰思想，克服形式主义。

　　黄楚平要求，各级干部要保持激情、保持力度、保持韧劲，确保今年的精准扶贫和精准灭荒工作取得好成绩。

（原载2017年10月26日黄石林业网）

黄石政协林

刘新池厅长到大冶市调研精准灭荒工作

2018年2月27日，省林业厅党组书记、厅长刘新池、副厅长陈毓安、造林处处长蓝太刚等一行到大冶市调研精准灭荒、全省造林绿化现场推进会准备情况。黄石市副市长、大冶市委书记李修武、黄石市林业局局长郑治发等领导一同参加了调研。

刘新池一行到刘仁八镇东山村、大董村、大段村、大庄村等地，实地查看了大冶市精准灭荒工作进展、全省造林绿化现场推进会现场准备情况，并详细询问了荒山形成的原因和各乡镇精准灭荒进度。刘新池对大冶市精准灭荒行动和全省造林绿化现场推进会准备等工作给予了充分肯定，并对当前林业工作提出了三点要求：一是要高质量完成精准灭荒任务。精准灭荒是省委、省政府作出的重要决策部署，各级党委、政府要提高政治站位，高度重视精准灭荒工作，坚持"成活"是硬道理、"成林"是硬政绩的总体要求，创新精准灭荒机制，采取有力举措，确保按期高质量完成精准灭荒工作。二是要坚持科学生态造林绿化。各级党委、政府要坚持科学规划，生态造林，因地制宜，根据不同立地条件，选择不同的造林方式和造林树种，严禁实施全垦整地，减少水土流失，尽量保留原有乔灌木，努力营造混交林，确保栽一片、活一片、成一片。三是要创新造林管护机制。各级党委、政府要严格落实"三分造林七分管护"机制，严把管护关，坚持造管并重，不断探索和创新造林管护新机制，引导业主加强新造林抚育管护，力争栽一片、成一片、绿一片，为"美丽中国"建设作出湖北贡献。

黄荆山山顶造林

据了解，省政府下达给大冶市的精准灭荒任务是5.2万亩，涉及1068个小班。截至目前，大冶市已完成精准灭荒整地2.1万亩，占全年计划2.6万亩的81%，其中已完成新造林1.56万亩。

（原载2018年2月28日黄石林业网）

省林业厅副厅长王昌友一行到阳新督办精准灭荒工作

2017年9月15日省林业厅副厅长王昌友带领省厅规划院、设计院负责人到阳新督办精准灭荒工作。

王昌友一行到大广高速沿线和龙港、洋港、富池等镇实地了解当地荒山情况，并仔细询问当地荒山形成原因，认真听取乡镇政府的精准灭荒措施和推进过程中存在的困难。一再叮嘱当地政府一定要提高认识，把精准灭荒工作纳入党委政府重要议事日程，及早召开专题动员会，深入宣传发动，拿出有力举措，确保消灭当地余量荒山。

在听取了阳新县精准灭荒工作专题汇报后，王昌友对县领导重视、思路准确、措施有力给予了充分肯定，并就精准灭荒工作提出了五点要求，一是要切实提高站位，精准灭荒是省委省政府的政治任务，阳新县一定要高度重视，要把精准灭荒当作"绿满富川"行动的重中之重，加大县级投入，及时成立高规格的工作领导小组，周密部署，优先推进。二是要突出重点、循序渐进，按照先易后难、由近及远、全面绿化的灭荒原则，紧盯省界门户绿化，不偏不倚精准发力，全面绿化大广和杭瑞高速、106国道两旁可视范围荒山。三是要坚持规划引领，要全面准确地摸清阳新荒山家底，认真分析荒山成因，针对不同的立地条件，按照适地适树、乡土树种为主的造林原则，制定切实可行的荒山绿化规划设计。四是要创新造林机制，要多元化引资造林，引导鼓励公司造林、大户造林、合作社造林，对于高山远山和"石头山"，要有针对性地聘请专业造林公司开发造林。五是要强化资源管护，要坚持造管并重，不断探索造林管护有效机制，加强抚育管护力度，确保造林成活率，要严防森林火灾，确保人民群众生命财产安全。

阳新县县长明进华、副县长刘晨、黄石市林业局副局长石章胜、阳新县林业局局长汪海等一起调研。

（原载2017年9月18日黄石林业网）

精准灭荒　绿美阳新

阳新县县政府

阳新县位于湖北省东南部、长江中游南岸、幕阜山北麓，与江西等一省七县市毗邻，大广、杭瑞两条高速路和武九高铁穿境而过，铁路、航运四通八达，既是湖北的"东大门"，也是全省38个山区县（市）之一。全县国土总面积417万亩，其中林业用地221万亩，占总面积的53.1%，国土构成为"五山两水三分田"，既是山区、老区，也是疫区、贫区。全县活立木蓄积294.8万立方米，森林覆盖率39.12%。

近年来，县委、县政府认真贯彻落实省委、省政府《关于实施绿满荆楚行动的意见》和黄石市委《关于坚持生态立市产业强市加快建设鄂东特大城市的决定》精神，先后启动实施创建全省"林业生态示范县"和创建"省级森林城市"建设，扎实推进"绿满富川，美丽乡村"建设。三年全县累计投入造林绿化资金67809.45万元，完成造林绿化面积21.88万亩，其中宜林地和无立木林地造林20.02万亩，建成省级绿色示范村62个。

阳新县"绿满荆楚行动"虽然取得了一定的成绩，但我县仍有各类荒山10.05万亩，且大都是高山远山、村集体组织和群众基础比较落后的村组山场、火灾频发或有权属纠纷的荒山。今年是全省精准灭荒开局之年，我县2018年精准灭荒造林任务4.2万亩，截至当前，我县共完成精准灭荒范围内整地面积38967.3亩，占任务计划90.5%；完成栽植20941.7亩，占任务计划49.8%。我们主要采取"五个精准"措施，确保"精准灭荒三年行动"首战告捷，为实现三年绿色全覆盖打下扎实基础。

一、宣传动员精准。自2017年11月10日全县精准灭荒动员会以来，县里连续召开了3次精准灭荒现场会，县四大家领导多次带队深入各地调研指导精准灭荒，所有乡镇政府都召开了镇一级动员会，大部分灭荒任务较重的村组也召开了动员会，广泛宣传了"精准灭荒"的重要意义、优惠政策和具体要求。同时结合精准灭荒、绿色基地示范点创建，我们在今年植树节前后相继开展了形式多样的义务植树活动，掀起了全民植树造林热潮，共组织干部职工、农村党员、群众7000人次，新建义务植树基地100余个，折合面积7000余亩。真正形成了全县各级各部门和广大群众干部支持、关心"精准灭荒"的有利氛围。

二、项目投入精准。精准灭荒是一项投入较大的社会公益事业，也是提高阳新形象的政治工程。三年灭荒期内，县政府每年预算财政资金1500万元，整合国土、交通、水利、扶贫、发改等部门资金1500万元，用于精准灭荒。把全县精准灭荒范围内荒山造林全部纳入林业工程项目给予扶持，油茶造林每亩补贴资金不低于800元，其他树种每亩补贴资金不低于500元，新造林建设防火线的每亩补助1000元。同时紧密结合我县脱贫攻坚实际，贫困户新造林享受扶贫项目资金外，再发精准扶贫资金，油茶造林补助400元/亩，杉木造林200元/亩，林下种植中药材100元/亩。

三、造林主体精准。落实造林主体，不栽无主树，不造无主林。一是深化林权制度改革，依法推进林地流转，实行荒山"限期绿化"措施，坚决制止囤山不造林行为。二是实行专班跟进，全程代理，比照招商引资政策引进湖北旭舟公司和省林勘院公司专业造林，签订造林合同面积 2.5 万余亩；引导支持"专业合作社造林"、"大户造林"和"回乡创业造林"；解放思想，放宽政策，鼓励机关、企事业单位干部职工"租赁承包造林"。

四、领导责任精准。县委县政府将"精准灭荒"列入 2018 年的重点工作，作为"一把手"工程，纳入各镇区和县直部门经济社会发展目标管理考核和党政主职责任制考核，组织专班巡回督查，并将督查结果和精准灭荒任务完成情况每周通报一次，对工作推进缓慢，影响整体工作进度的主要责任人进行工作约谈，限期整改。大力推行实施乡镇精准灭荒行政包保责任制，按照"紧盯重点镇村，党委成员包保，行政强力推进"的原则，今年落实镇区行政包保责任人 63 人、包保面积 4.78 万亩，并在县电视台向全社会公布包保责任人名单，接受群众监督。同时，我们每日都在县电视台和《今日阳新》报刊通报精准灭荒造林整地情况，切实增强了各地精准灭荒工作的紧迫感和责任感。

五、指导服务精准。为了确保全县精准灭荒任务圆满完成，我们实行县四大家领导包镇区、镇区干部包村组、村组干部包山头的办法，一级包一级，一级替一级负责。同时严格落实"成活是硬道理，成林是硬政绩"的灭荒标准，林业部门组织全系统专业技术力量，采取局党组成员带队包片、技术人员包镇区、林业站技术人员包山头的办法，实行全程监管，跟踪服务，切实把好整地关、种苗关、栽植关。

（此为 2018 年 3 月 15 日阳新县委县政府在崇阳县召开的湖北省精准灭荒工程现场推进会上的经验介绍。题目为编者所加）

我市三个单位荣获全省"绿满荆楚行动"先进集体荣誉称号

黄石市创森办

2018 年 4 月，省政府下发《关于表彰绿满荆楚行动先进集体和先进个人的通报》，我市大冶市和大冶市刘仁八镇人民政府、阳新三元实业有限公司等 3 家单位荣获全省"绿满荆楚行动先进单位"荣誉称号。

实施绿满荆楚行动 3 年来，我市各级党委政府积极响应省委省政府的号召，牢牢把握"绿满荆楚行动"和创建国家森林城市的大好机遇，驰而不息地狠抓林业生态建设，带领全市人民大力开展造林绿化，发展林业产业，3 年完成造林绿化面积近 50 万亩，提前一年超额完成省政府下达的绿满荆楚行动造林绿化任务。

3 年来，我市将造林绿化与美丽乡村建设、地方产业发展和精准扶贫战略相结合，实现了良好的生态效益、经济效益和社会效益，初步构建了比较完备的森林生态屏障体系，建成了一批油茶、白茶、杉木、苗木花卉、经济林果、中药材等特色林业产业基地。一批房前有果、屋后有林、四季有景的森林城镇和绿色示范村相继建成。其间也涌现出了一批造林绿化先进典型，大冶市和大冶市刘仁八镇人民政府、阳新三元实业有限公司就是其中的佼佼者。

当前，我市全社会参与绿化国土和生态文明建设的热情日益高涨，爱绿植绿护绿的氛围更加浓厚，为推进国家森林城市创建和精准灭荒工作营造了良好的社会氛围。

（原载 2018 年 4 月 20 日《创森简报》第 263 期）

【第三章】
"一带四珠五廊"绿化工程科学延伸

　　《黄石市国家森林城市建设总体规划》要求,"一带四珠五廊"绿化工程,重点抓好沿长江,环网湖、大冶湖、保安湖、仙岛湖、富河、王英河等水岸绿化和316国道、106国道、308、315、413等省道和大广高速、黄咸高速等道路绿化,提高全市水岸和道路林木绿化率及城市重要水源地森林覆盖率。2018年年底前,全市营造长江防护林带6公里、水源涵养林320公顷,完成水岸绿化68.63公里,新增道路绿化里程264.75公里。

　　截至2018年5月底,新建长江防护林带11.6公里;新实施道路绿化311.96公里,全市高速、铁路、国道、省道、县乡道基本绿化,道路林木绿化率达到85.99%;创森规划的20条主要河流两侧适宜绿化的已全部实施了绿化,全市水岸林木绿化率达85.79%;建设环网湖、大冶湖、保安湖、仙岛湖等水源涵养林467公顷。

绿色长廊　曹中阳　摄

省林业厅厅长刘新池
来黄调研门户绿化和通道绿化工作

2016年12月15日至16日,省林业厅厅长刘新池率领副厅长洪石、办公室主任严世辉、造林绿化处处长蓝太刚、计资处处长王润章等人来我市阳新县调研门户绿化和通道绿化工作,黄石市副市长薄银根,市林业局局长郑治发,副局长石章胜,阳新县县委书记王建华,县长明进华,县委副书记、政法委书记万鼎,县林业局局长汪海,网湖湿地保护区管理局党委书记明丹陪同调研。

刘新池等人现场察看了大广高速、杭瑞高速阳新段沿线两侧可视范围内荒山造林绿化情况,龙港、洋港、排市、枫林等处门户绿化情况,网湖省级湿地自然保护区建设与保护管理情况,并在阳新县林业局召开座谈会,研究部署门户绿化和通道绿化工作。

阳新县林业局局长汪海首先就绿满荆楚造林绿化、通道绿化、门户绿化、护林防火、资源管护等方面进行了汇报,提出阳新目前面临高山远山造林难、通道绿化难、纠纷调处难、资金筹措难等四大难处,恳请省厅加大对阳新县绿满荆楚项目、通道绿化、油茶产业发展的资金支持力度。随后市林业局副局长石章胜发言说,要充分理解灭荒概念,根据不同立地条件采取不同造林方式和管理方式,石头山和高山远山等造林困难的地方要提高造林补贴标准。市林业局局长郑治发发言说,我市高度重视门户绿化和通道绿化工作,将荒山造林绿化,特别是国道、高速、省道等通道两侧可视范围内荒山造林绿化和省市之间、乡镇之间门户绿化纳入2017年造林绿化工作重点,市政府即将召开专题会议研究部署门户绿化和通道绿化工作。

刘新池听取汇报后,对我市门户绿化和通道绿化给予充分肯定,认为我市门户绿化和通道绿化行动迅速、政府重视、情况掌握清楚,要求要按照省长王晓东的要求和全省国土绿化现场推进会精神,迅速行动起来,缩短与周边省市的差距,坚决在2017年底完成门户绿化和通道绿化任务,并强调:一是进一步把情况搞清楚。要找遍每个山头,摸清有多少荒山,哪些是石头山,哪些是土山,针对不同立地条件采取不同造林方式。二是进一步把灭荒方案搞具体。要区划不同荒山小班,针对不同荒山小班拿出具体造林绿化方案。三是进一步把灭荒措施搞落实。要发动广大群众积极进行灭荒,对于立地条件好的荒山可以引进企业老板、个体大户进行造林绿化,对于立地条件差的荒山要聘请专业造林队伍进行造林绿化。四是进一步把政策研究好。要落实好"谁造林谁受益"政策,把国家、省、市相关政策搞具体。最后他要求要结好年终账,做好预算,整合资金,提前预拨资金进行灭荒,并保证当地政府重视程度有多大,省厅就给予多大的支持。

16号中午离开黄石之前,省林业厅厅长刘新池与黄石市委书记周先旺、副书记杨军交换了门户绿化和通道绿化情况,周书记对省林业厅一直以来对黄石林业发展的关心和支持表示衷心感谢,并承诺黄石市将认真贯彻王晓东省长指示精神和全省国土绿化现场推进会精神,按照省林业厅部署,按时完成门户绿化和通道绿化任务。

(原载2016年12月16日《创森简报》第135期)

马旭明 董卫民在大冶湖新区规划、老城区改造专题汇报会上强调

坚持新区建设与老城区改造并重
着力打造优美宜居的滨水城市

侯 娜

2017年19日上午，市委书记马旭明、市长董卫民专题听取大冶湖新区规划、老城区改造工作情况汇报。马旭明强调，要坚持新区建设与老城区改造并重，明确滨水城市的定位，努力把黄石打造成为全国最优美宜居的滨水城市之一。

会上，市规划局汇报了大冶湖新区规划方案，市建委汇报了老城区基础设施改造提升三年行动方案，市众邦公司、开发区、发改委、黄石港区、房产局等单位作了发言。

认真听取大家的发言后，马旭明说，大冶湖新区是引领黄石发展的未来之城，是推进全域一体化发展的重要纽带，也是对接大武汉、服务大武汉的休闲度假之地。要有"百年不过时"的规划理念，邀请国际顶尖城市规划机构，高标准、前瞻性地做好规划，融合产业、居住、公共服务、商贸会展、生态旅游、休闲康养等功能，让新区有活力、有人气、有凝聚力。要坚持"开门做规划"，充分征求各方面意见，充分了解社会和市场需求，充分彰显黄石特色，决不给子孙后代留下遗憾。

马旭明说，老城区改造是一项民生工程，要与大冶湖新区建设并重。要转变观念，不搞大拆大建，用较少成本进行特色整理改造，美化城市环境，保留历史记忆。要下定决心，列出改造计划、时间表，克难攻坚，消灭黑臭水体、完善慢行系统等。要重视规划，合理规划利用地上与地下空间，保持建筑与山水环境、自然景观相协调，充分展现滨水城市的风格。要加快进度、减少审批环节、简化办事程序，加快启动一批老城区改造项目。要保障资金，创新融资方式，鼓励央企和社会资本参与城市建设。要加强领导，坚持全市"一盘棋"，齐心协力、密切配合，加强新闻宣传，用实际行动赢得群众的支持和参与。

董卫民要求，大冶湖新区规划是百年大计，要保持定力、高起点规划，从宏观、中观、微观等不同层面做好相应规划。要遵循城市发展规律，稳步推进各方面工作。老城区改造要注重大型改造工程，特别是道路、隧道、有轨电车等工程要加快推进。要调动全市各方面积极性，让城区、街办、社区等全部参与进来。

副市长吴之凌主持会议。市领导叶战平、刘昌猛，市政府秘书长许卫参加会议。

（原载2017年9月20日《黄石日报》）

黄石市林业局
开展"长江生态大保护"林业专项行动

根据省林业厅、黄石市林业局统一部署，我市于2017年9月21日7时至22日凌晨2时开展"长江生态大保护"林业专项行动。

9月20日下午，市林业局局长郑治发主持召开会议，研究部署专项行动方案，明确行动目标、工作任务和责任划分。此次行动安排部署分为日间、夜间，日间行动重点主要清查路边市场、集贸市场、花鸟市场、餐馆等经营出售、驯养繁殖野生动物、木材经营加工市场等场所。夜间行动重点是在高速公路出口设置卡点，查处违法运输木材和野生动植物等违法犯罪行为。

市林业局日间行动人员安排共分三组，分别对中心集贸市场（联合工商部门）、武汉路集贸市场、花鸟市场、黄思湾餐饮一条街、木材市场等重点区域展开清查。夜间在武黄、下陆高速出口联合市公安局直属分局警力开展卡口检查车辆；大冶、阳新夜间分别在大广高速金湖、殷祖、枫林、龙港设置了4个卡点。21日晚，省林业厅蔡静峰副厅长代表省林业厅对大冶金湖卡点进行现场督导检查，蔡厅长一行对我市此次行动的组织开展工作表示了肯定。

截至22日凌晨2时，全市共查获青蛙220只、鹦鹉60只、蛇类活体24条、斑鸠19只、白鹭6只、刺猬6只、野鸡5只、野兔5只、猪獾1只、狗獾1只、竹鼠1只、野鸭1只、

通道绿化　叶建平　摄

松鼠 2 只、杨树原木 1 车，全市共立案 5 起。市森林公安局民警及市野保站工作人员在清查西塞山区黄思湾附近餐馆时，民警将阻碍执行公务的田某某依法强制带离并行政治安拘留 7 日。

（原载 2017 年 9 月 25 日黄石林业网）

大棋路和大广南高速铁山连接线绿化提速

  2015 年 4 月 12 日下午，杜水生副市长在副秘书长刘海平陪同下检查市花卉苗木高新技术示范中心防汛工作，实地察看圃地积水受灾和泵站建设等情况，要求开发区和相关部门高度重视防汛工作，加强督办协调，抓紧围地积水抽排，加快泵站建设进度和及时上报灾情。随后赴大棋路和大广南高速铁山连接线检查道路绿化工作。在大棋路汪仁、章山和金山段绿化现场，杜水生要求施工单位要按设计要求选用苗木，做好土地平整，注重栽植质量，开发区各镇、街办要加强工农关系协调，加快施工进度；在大广南高速铁山连接线现场，杜水生要求大冶市、下陆区和铁山区在所属路段道路两边水沟以外 5 米范围之内各栽植 2 排 8 厘米以上香樟，插花地由所插地的市、区负责绿化，分车带绿化由铁山区负责完成，所有路段

青山碧水映蓝天

苗木栽植工作5月15日前完成。大冶市、下陆区、铁山区、开发区、章山街办、市大桥局、市民政局、市农业局、市水利局、市林业局、市城投公司相关负责人参加检查。

（原载2015年4月14日《创森简报》第80期）

阳新县大力开展道路绿化

道路绿化是创建森林城市的重要组成部分，体现一个城市的形象与特色，为了全面完成黄石创建国家森林城市的任务要求，提升城市形象，自创国森以来，阳新县委、县政府高度重视道路绿化工作，早规划、早准备、早行动，大力开展道路绿化，保证全县各道路绿化率均达到83%以上。截至目前，投入3300万元，完成道路绿化里程76.5公里，占创森规划任务89.45公里的85.5%，其中106国道两侧栽植3排胸径在12厘米以上香樟、广玉兰、栾树、乌桕、湿地松、桂花等苗木，绿化里程5.8公里；308省道兴富线两侧栽植2排胸径在8厘米以上樱花、红叶石楠等苗木，绿化里程20公里；413省道大三线两侧栽植2排胸径在8厘米以上樱花、红叶石楠等苗木，绿化里程13.2公里；在033县道龙港至洋港镇公路两侧栽植2排胸径在10厘米以上香樟、桂花、石榴、樱花等苗木，绿化里程26.3公里；其他公路绿化11.2公里，两侧栽植樟树、桂花等大规格绿化苗。剩余2.08公里的316国道已完成绿化设计，计划于10月开始绿化施工。

（原载2017年6月21日《创森简报》第182期）

省政府第二督察组来我市督查精准灭荒工作
黄石市创森办

2018年4月2日至4日，由省政府办公厅巡视员林竹青、省林业厅资源处调研员沈仟伦组成的省政府第二督察组到我市开展精准灭荒专题督查。市林业局总工程师范柏林、阳新县林业局副局长袁知雄、大冶市林业局副局长江学华等陪同。

督察组检查了阳新县龙港镇上曾村、高黄村、河东村、白沙镇山口村，大冶市金湖街办狮子山，殷祖镇塘下村、畈段村、刘仁八镇东山村、大段村、八角亭村等，共计10多个精准灭荒造林现场。通过现场访问项目业主，查阅相关文件资料，查看造林工程质量，组织座谈等形式，对精准灭荒造林进度、栽植质量、地方政府组织实施情况、造林业主落实情况等进行了详细了解。

督查组对我市精准灭荒工作给予了肯定，认为我市贯彻省委、省政府关于精准灭荒工作的总体部署积极主动，领导高度重视，规划科学，工程施工规范，检查督办得力，任务完成情况较好。树种选择合理，苗木质量较高，长势良好，成活率较高，为三年全面灭荒打下了坚实基础。督查组建议我市再接再厉，抢抓4月上旬有效造林时间，加快造林进度；加强协调服务，落实好未实施小班造林主体；严格执行技术规范，注重整地质量；创新投入机制，积极引进社会资本投入精准灭荒。

我市三年精准灭荒总任务15.25万亩，其中2018年任务6.8万亩（大冶市2.6万亩，阳新县4.2万亩）。截至目前，全市已完成苗木栽植6.02万亩，占年度任务的88.5%。

（原载2018年4月10日《创森简报》第259期）

阳新着力打造高速公路"绿色门面"

黄石市创森办

高速公路出入口是一个地方的门面，是展示一个地方形象的重要窗口。为了改善阳新县境内大广、杭瑞两条高速沿线宜林荒山荒地、5个路口和一个互通的绿化面貌，阳新县委、县政府决定借创建森林城市和实施精准灭荒之机，加大资金投入，全面消灭道路两侧宜林荒山荒地，完成绿化高速出入口和高速互通绿化任务。

高速公路绿化一直是阳新县国土绿化的短板。大广高速、杭瑞高速建成通车运行10多年以来，高速沿线绿化状况不很理想，部分路段杂草丛生，严重影响阳新县的形象。为了改变这一现状，新上任的林业局局长明正良同志主动向县政府请缨，承揽大广和杭瑞2条高速5个出入口和一个互通的绿化达标任务，着力扮靓森林城市绿色通道"窗口"。

为了加快工程建设进度，阳新县林业局克服高速公路车辆流量大、安全系数不高、施工难度大、立地条件差、造林成本高等重重困难，由一名副局长带一名技术骨干具体负责高速公路绿化相关协调、安全施工及技术指导工作。通过与高速公路主管单位和高速交警、高速路政、高速养护等部门的多次沟通，及时编制施工安全实施方案，申报高速公路绿化施工许可手续；同时组织施工单位现场规划，并组织施工人员安全教育培训，确保施工安全，文明施工。

经过一个多月的努力，阳新县共投入150万元，全面完成5个高速出入口和一个互通的绿化任务，完成绿化面积479.3亩，栽植大叶女贞、柏树、杜英、柳树等绿化苗木56890株，为阳新县高速公路门户打造了一块块永久的绿色门牌。

（原载2018年4月13日《创森简报》第261期）

西塞山区码头复绿工程效果初显

黄石市创森办

为贯彻落实长江大保护精神，深入推进创建森林城市活动开展，全面改善长江沿线生态环境，西塞山区将长江沿线已拆除码头列入生态整治重点计划，启动 12 处已拆除码头复绿工程。复绿工程采取两种方案：一是可复绿码头进行造林绿化；二是不宜复绿码头进行综合规划，建设成群众休闲娱乐场所。

为抢抓造林季节，3 月上旬西塞山区启动了适宜复绿码头造林绿化工程。西塞山区创森办联合河口镇、西塞山工业园区综合执法大队等相关单位制定了码头复绿规划，计划栽植适宜水岸绿化胸径在 5cm 以上竹柳，栽植密度合理。截至目前，西塞山区已完成码头场地平整 108 亩，栽植竹柳 6000 余株，合计复绿面积 110 亩。按照属地管理的要求，河口镇落实了后期管护养护责任，确保造林一片、成林一片，还群众一片碧水蓝天。

下一步，西塞山区将启动不宜绿化码头的规划设计工作，通过林业综合工程、运动场所建设等综合措施，建设高标准的群众休闲运动场所，将长江沿线建设成为天蓝水净、绿树依依、花草缤纷的优美休闲娱乐区域。

（原载 2018 年 4 月 17 日《创森简报》第 262 期）

【第四章】
矿区生态景观修复工程创新突破

《黄石市国家森林城市建设总体规划》要求，矿区生态景观修复工程，在保护好前期工矿废弃地复垦绿化和开山塘口生态修复成果基础上，继续实施矿山地质环境治理示范工程和重点工程，努力恢复矿区植被。2018年年底前，全市治理矿山（采石场、排土场）面积538.49公顷，其中示范工程484.12公顷，重点工程（三期）54.37公顷。

截至2018年5月底，黄石市投资十几亿元，通过客土喷播、飘台种植等工程技术措施，完成矿区生态修复治理面积662.53公顷，其中矿山地质环境治理示范工程109.93公顷、矿山地质环境治理重点工程492.6公顷、开山塘口生态修复60公顷，创造了黄石市在石头上植树造林的传奇。

薄银根副市长检查开山塘口抗旱保绿情况

2016年8月18日上午，薄银根副市长深入黄荆山北麓各开山塘口检查抗旱保绿情况，强调各牵头责任单位要高度重视抗旱保绿工作，采取非常措施保住塘口植物，保住生态修复成果。薄银根一行深入2号至14号等13个塘口现场，仔细检查各塘口通水通电和浇水抗旱情况及植物复绿情况，听取各牵头责任单位相关情况汇报，对塘口抗旱保绿工作给予肯定。目前，绝大多塘口复绿效果明显，市水利局和市科技局塘口部分植物存在泛黄情况，正在加大浇水时间和浇水量。

目前各塘口植物均未完全复绿，且未来一段时间我市继续出现高温晴热天气，塘口抗旱形势依然严峻。薄银根要求：各牵头责任单位要继续加大塘口抗旱保绿工作力度，坚决克服靠天、等天下雨思想，做好持续抗旱准备；要继续坚持浇水抗旱、科学抗旱，已经开展浇水抗旱单位做到上午8点以前和下午6点以后浇水，并浇足浇透，尚未浇水抗旱单位要采取非常措施，迅速检修、安装水电管线设施设备，或协调消防车、洒水车供水，确保迅速通电通水和浇水抗旱，尽最大努力降低旱灾损失。

（原载2016年8月18日《创森简报》第127期）

塘口披上绿装　建设美丽黄石

黄石市林业局

黄石市具有三千多年的矿冶史，经过多年开采，全市留下开山塘口 400 多个，总面积 120 万平方米。2009 年 10 月，市委召开全市绿化工作会议，部署开山塘口生态修复工作，按照政府主导、部门负责、企业参与、市场运作、规范管理的原则，落实相关市直部门、辖区政府、企业共 39 家责任单位对黄荆山北麓 15 个开山塘口进行生态修复。经过 4 年多的探索和实践，已取得阶段性进展。截至目前，共投入治理资金 5900 万元，完成治理面积 60.1 万平方米，共栽植各类乔灌苗木 50 万株，藤蔓攀缘植物 60 万株，喷种高羊茅、多花木兰、紫穗槐等灌草植物 20.1 万平方米，各类植物经过高温、低温考验基本达到了自然生长，塘口平均绿化覆盖率达到 80%，取得了明显治理效果，获得了国内外广泛关注和好评。德国萨克森州政府代表团和荷兰 SEE 公司先后来我市考察，对我市困难立地条件的开山塘口生态修复做法给予了充分肯定。我们的主要做法是：

一、科学编制治理规划

2009 年 8 月至 9 月，黄石市组织工作专班，对黄荆山北麓沿线 26 个开山塘口进行了详细调查摸底，在此基础上由市规划设计院编制了开山塘口生态修复专项规划。各牵头责任单位结合各塘口地质和生态环境状况进一步编制了塘口生态修复规划设计和治理方案。2009 年 12 月，市绿化委员会邀请省内绿化、林业地质、水保、建设等方面的专家，对各塘口规划设

黄石市黄荆山北麓 3 号塘口治理后美景

计方案进行评审。各责任单位根据专家组评审意见进行修改完善,按程序开展工程招标,组织施工。治理措施有"上爬下挂法"、"客土喷播法"、"飘台法"、"燕巢(鱼鳞坑)法"等4种治理措施,每个塘口采取其中2~3种方式进行综合整治。治理过程中,结合各塘口治理实际,各责任单位又进一步优化治理方案,求实效。

二、多方筹措治理资金

市财政每年安排开山塘口生态修复专项资金750万元;各责任单位筹资1000多万元;市水利、林业、国土、环保、科技等部门积极向上争取项目资金,整合项目资金3000余万元;相关企业出资1000多万元。

三、规范组织工程施工

各责任单位都按规定程序开展了工程招投标,落实了具有较高资质的施工单位和监理单位,市绿化委员会办公室(塘口办)及时印发《关于加强黄荆山北麓开山塘口生态修复工程建设施工管理的通知》,各责任单位按照通知要求建立健全了完备的工程管理制度和严格的工程监理制度,落实了安全生产管理制度和文明施工制度,在工程档案管理上实行专人、专柜和分类管理,保证了工程质量、进度和安全。

四、建立明确的奖惩机制

在每年的绿化工作考核中,市绿化委员会将按时完成塘口治理任务的责任单位优先考虑作为先进单位,按《黄石市绿化工作考核办法》的规定进行奖励;对每个牵头责任单位给予启动和以奖代补资金不少于50万元;对塘口生态修复工作先进单位和先进个人给予通报表彰和奖励;将开山塘口生态修复工作纳入市政府对各责任单位的年度目标考核内容,将责任

黄石市黄荆山北麓6号塘口治理后的绿色生态

单位优先作为优秀档次进行考核。市绿化办（塘口办）制定了检查验收办法，定期和不定期督促检查塘口治理工作进度和质量，并在全市进行通报。对工程质量不达标的单位及时下达整改通知书，重新编制优化治理方案，重新组织施工。各责任单位按设计要求完成施工后才予以竣工验收并安排工程审计。

五、着力抓好后期管护

各责任单位在与施工单位签订施工合同时明确由施工单位维护和管护2～3年，苗木成活率和绿化覆盖率不达标的不予验收，不支付工程款，责任单位不能评优；各责任单位在责任塘口都安装了灌溉设施，落实了专人维护和管理，确保所栽植的各类植物能安全成活；高温晴热天气合理调整施工时间，科学浇水抗旱，确保植物安全度夏。

（此文系黄石市林业局2014年1月在全省林业局长会议上的典型发言材料）

废弃采石塘口绿化治理对策

黄石市林业局副局长 石章胜

黄石以矿兴市，采石开矿有3000多年的历史，全市共有废弃矿十几万亩，其中位于黄石市区黄荆山北麓自上窑到下陆牛角山颈，全线14公里范围内共有26处采石塘口，这些塘口除3家仍在开采外，其余23家已全部关停废弃，塘口掌子面面积30多万平方米。

废弃采石塘口是一大公害，如何进行生态修复治理是世界性的难题，黄荆山北麓的塘口修复尤为困难。目前，国外先进国家或国内大型企业一般采用阶梯式开采，既安全也便于绿化修复，但黄荆山采石塘口除华新水泥厂采取的是阶梯式开采外，其余塘口开采以取石最大化为原则，造成塘口坡面陡峭，坡角大多在60度左右，有的达到70～90度，甚至还有负角，难以承载土壤。另外这些塘口均为地质坚硬的石灰岩，植物不易扎根，有的还由于爆破，岩面震裂松动，需进行地质灾害清理。还有一个特点是塘口边坡高度一般在70～110米，施工非常困难。面对这样的立地条件，如何进行生态修复，使之恢复良好的有利于植物生存的生态环境呢？答案是，根据森林生态系统演替的规律，通过创造有利于植物生存的环境，进而利用植物来改善生态环境，从而达到生态修复的目的。

绿化的目的或适应新时代要求的绿化是真正意义的绿化

一般来说，或到目前为止，所谓绿化是指形成或维持绿色，形成美丽的视觉景观。这样的绿化并不是真正意义的绿化，这仅仅是为了满足人类的视觉欲望所制造的暂时的效果，仅仅是改善了景观，而不能改善生态环境并形成永续生存发展的植物生态系统，有的绿化还破坏生态环境。举例来说，爬山虎、常青油麻藤等植物具有非常好的垂直绿化效果，但是永远不可能形成乔灌草相结合的具有生物多样性并对土壤等局部环境产生改良效果的植物生态系统，这样的绿化不是好的绿化。再比如城市绿化中的大苗栽植，大多数人认为大苗栽植对改善生态环境见效快，实则不然。这是因为其一，为了提高成活率，大苗栽植要去掉主根，增加更多的侧根和细根，因为根系过短、过密，一方面由于缺乏主根，由于重力的原因，根系深入土壤较浅，改良土壤结构和固定土壤的能力减弱；另一方面由于根系过密，使毗邻植物之间的根系不易互相交叉生长，不能形成有利于土壤稳定的网状根系构造。其二，大苗栽植会修剪掉大量的枝叶，从而释放二氧化碳。因为植物只能在自然生长过程中吸收固定二氧化碳，所以必须进行不需修剪的绿化，反之，则是破坏生态环境的绿化。其三，植物对环境的改善是从小到大在生长的过程中逐步产生的，栽植的大树在很长的时间里，叶片的光合作用和呼吸作用很少，对改善环境几乎不起作用。因此，适应时代要求的今后的绿化或真正意义上的绿化应该是以恢复和维持生物能够生存和栖息的环境为目标，并形成有效的绿色。这是绿化的新定义。而美丽的景观应该是在恢复和改造生态环境中自然形成的，所谓自然的，就是美丽的。

废弃采石塘口的绿化

塘口绿化的目的，是恢复被改变和破坏的生态系统，形成和维持可持续发展的自然生态环境；控制或消除水土流失和地质实害；维持或形成较好的景观效果。采石塘口主要有5种绿化方法。

一是台阶复绿法。是指在开山采石的过程中，通过工程措施，使塘口呈梯形台阶，然后在台阶上覆土，种植乔灌木和藤蔓攀援植物。一般要求台阶有3米以上的宽度，台阶高差10米左右，台阶法适于种植乔木植物，形成森林景观，便于绿化施工。主要适用于已有台阶的塘口或坡度较缓的塘口，对于坡度大于60度的陡峭坡面不适合。

二是燕巢或鱼鳞坑复绿法。在坡度不太陡、石质易碎、风化程度较高的塘口，利用微凹地形或破碎裂隙发育环境筑巢或建成鱼鳞坑，回填种植土，种植灌木、藤木植物或小乔木，必要时可以采用微爆破技术加大燕巢和鱼鳞坑的面积，这种方式施工灵活，因地制宜，岩土结构比较安全稳定，不会产生地质灾害，但短期内难以形成覆盖率较高的植物景观效果。

三是板槽复绿法。按等高线以一定的角度，安装水泥预制板，板与石壁之间形成水泥种植槽，在种植槽内装填土壤，再种植藤灌草等植物。这种方法主要用于坡度大于70度、坡面光滑、不易附着土壤的塘口。这是对于陡峭之岩面非常简单易行且见效快的一种复绿方法，但最大的缺点是不可持续，因为水泥预制板在若干年后可能会垮塌，产生地质灾害。

四是绿色罩面网复绿法。在坡面上安装三网土工网，材质为高密度聚乙稀，加抗老化剂和阻燃剂，在坡脚种植藤本植物，主要有爬山虎、常青油麻藤、美国凌霄、牵牛花、葛藤等，混合种植。该法施工简便，成本低、见效快，适合于坡面陡峭、坡高30米左右的塘口，缺点是藤本植物对改善生态环境作用很小，且大多数藤本植物适于阴坡生长，阳坡生长不良。

五是客土喷播复绿法。利用专门的混合喷射机械，将种植基质（客土、大地土、固化剂、保水剂、肥料和植物种子）搅拌混合均匀，加水加压，通过管路、喷枪、喷敷在土壤、土夹石或挂网处理的岩石表面，形成松软而稳定的植生覆盖层，在适宜的条件下草灌木种子便会萌芽生长，达到快速绿化防止水土流失的效果（草本植物当年可覆盖，灌木植物第二年可基本覆盖，三年之后基本上不需人工养护，可自然复绿）。客土喷播是20世纪日本研究发明的一种岩石边坡绿化施工技术，它是较多塘口绿化方法中对改善生态环境、形成和维持永久性的植物生态系统最有效的一种绿化方法，缺点是成本较高（一般需每平方米200元左右），对60～70度以上的陡峭边坡不适用。

上述塘口绿化方法各有利弊，由于不同的塘口条件各异，具体采取什么方法应该因地制宜，一口一策，综合运用。从最有利于改善生态环境的绿化目的考虑，客土喷播复绿应是优先选择。需要强调的是，对陡峭的坡面不必强调完全的绿化覆盖，在岩面上树木稀疏地存在也是一景，我们在秦岭、桂林、庐山、黄山都看到了很多没有完全覆盖岩面而景色优美的景观，这些植物群落虽然稀疏，却是经过千百万年的演替而形成的非常稳定的植物生态系统，是需要我们在建设人工植物生态系统中必须借鉴的。

采石塘口绿化植物的选定

植物选定的原则，一要尽可能使用乡土植物；二要积极采用先锋植物，所谓先锋植物是指常在裸地或无林地上天然更新、生长成林的植物，一般为更新能力强、竞争适应性强、耐干旱瘠薄的阳性植物，由于不耐蔽荫往往在成林后被其他植物逐渐代替，比如在我们大冶的南部和阳新县，经常看到大片的马尾松林在成林后逐渐被中亚热带的代表性植物，如壳斗科、樟科、山茶科、木兰科植物代替；三要为了形成多样性植物群落，应采用先锋植物、地带性代表植物、灌木草本混交。

客土喷播要注意植物根系的特点。我们观察斜坡上的草本植物根系就会发现，坡度越大根系越浅，因此，在陡峭的坡面上如果仅只有草本植物群落，随着时间的推移表土层就有滑落的危险。那么在客土喷播的初期为什么要播种大量的草本植物呢？这是因为草本植物生长快，能迅速覆盖表土，防止雨水冲刷，造成土壤流失，另外，已形成的草本群落还能改善陡峭坡面上的气候，有利于灌木或其他乔木植物的生长。这一点对处在季风气候带，雨水比较集中的我们南方地区尤为重要。比如，我市李家坊隧道左侧的建委塘口一期工程在2009年春天喷播，草本植物很快覆盖了坡面，2016年已经被灌木全覆盖，客土喷播基本成功。但是第二期工程是在2016年7~8月雨季喷播，草本植物来不及生长覆盖，造成已喷上的土壤被雨水冲刷，绿化效果不好。

城市增绿

与草本植物的根系不同，树木均有主根，主根由于重力作用会向下垂直生长，而侧根为了保持植物的平衡则会向山侧延伸，从而增强土地的切断抵抗力，起到抑制表土层滑落的作用。树木根系还有一个特点就是根系越粗，从土壤或岩石中的拔出抵抗力就越大，对土壤的保全能力越强。也就是说有主根的树木对土壤的保全力大。而须根由于粗度小，土壤保全力就弱。因此要保证树木长出主根，就必须采取播种的方法，而不能采用植苗的方法。因为在我们的植树实践中，由于植苗的成活率低，为了提高成活率，就必须切断主根，增加须根。树木根系的第三个特点是会向松软的地方侵入，因为土壤越松软，切断抵抗力越低，根系易于侵入；土壤越硬，拔出抵抗力越低，根系对土壤的保全能力也越低。也就是说，随着坡面岩石风化，根系会自然延伸侵入，这就起到了通常土木工程也无法起到的自然加固作用，而锚杆只能在固定的范围内起到切断抵抗力的作用，这就是自然界生态平衡的奥妙。树木根系（播种苗）的第四个特点是根系与根系之间会形成互相交叉的网状构造，因为播种苗的根系一般的特点是根系粗、长、数量较少，由于根系少，土地中的根系之间有充足的氧气和水分，根系生长迅速，易于形成网状结构，从而固定土壤。而植苗根系由于数量多，根系细、短，不能充分吸收营养，难以形成健康的网状根系结构，土壤保全力弱。我们观察盆栽植物就会发现，培养了多年的植物换盆时它的根系是卷曲状态的，不能正常自然生长。因为盆栽树木都是去掉主根的。这就是我们在采石塘口坡面进行绿化时只能选择客土喷播而不能采用客土植苗的植物学原因。

客土喷播植物选择和组合。客土喷播的最终目的是要在塘口坡面形成既改善生态环境又能长期存续的近于天然林根系构造的植物群落，这是真正的绿化。为达此目的，我们应该选择草本植物、灌木植物、先锋植物、地带性代表植物进行混合喷播。适于黄石地区的草本植物有护坡型高羊茅、狗牙根、白三叶、紫花苜蓿；灌木植物有多花木兰、黄荆、紫穗槐、胡枝子、云实、构树、山胡椒、盐肤木、小叶女贞、野花椒等。这些植物基本上为先锋植物，另外还须搭配少量的山茶科、木兰科、壳斗科、樟科等地带性代表植物。具体的配比为第一年草本植物覆盖率占80%，其他植物占20%，第二年灌木植物要达到50%以上，几十年以后，地带性代表植物要基本覆盖，从而形成永续发展的森林植物生态系统。

（本文选自2016年10月《黄石市创建国家森林城市论文集》）

黄石市黄荆山北麓开山塘口生态修复治理初报

黄石市林业局总工程师 范柏林

黄石市因矿兴市，因矿立市，具有3000多年的矿冶史。黄荆山位于黄石市西塞山区与下陆区之间，绵延24公里，石灰石、碎石等建材资源十分丰富。经过几十年开采，留下了大量开山塘口。其中黄荆山北麓东起西塞山区上窑建化总厂，西至下陆区谈山隧道，沿线共有15处开山塘口，总面积60.1万平方米。这些塘口边坡垂直高度70～130米，坡角65～90度，森林植被全部被破坏，严重影响城市生态环境和形象，也给沿线有关企业的安全生产和人民的生命财产安全带来较大威胁。黄石市委、市政府2000年3月陆续予以关停，

2009年10月22日部署实施生态修复。

方法和特点

重视程度高。黄荆山北麓开山塘口生态修复治理是市委书记王建鸣亲自倡导发起，并在2009年10月19日的市委林业工作会议上重点部署的，成立了王建鸣书记任政委、杨晓波市长任指挥长的黄荆山开山塘口生态修复工作指挥部，林业部门负责塘口生态修复治理总协调。市政府专门印发了《关于开展黄荆山北麓开山塘口生态修复工作的意见》。王书记和杨市长不仅定期听取塘口治理工作情况汇报，还不定期深入塘口检查指导塘口治理工作。市政府定期召开塘口生态修复治理工作现场督办会和协调会，及时解决了工作中遇到的各种困难。市人大不定期对塘口生态修复治理情况进行视察，市政协提出了塘口生态修复治理的议案。

治理规模大。黄荆山北麓开山塘口生态修复面积60.1万平方米，从西塞山区上窑建化总厂至下陆区谈山隧道，全长达10公里，涉及西塞山区、下陆区和黄石经济技术开发区（国家级）。

参与单位多。黄荆山北麓开山塘口生态修复治理按照政府主导、部门负责、企业参与、市场运作、规范管理的原则，由市林业局等15个单位牵头，39个单位参加，其中市直单位23个（含2个区政府，1个开发区），企业12个，社区4个。

治理方法实。各塘口主要采取了客土喷播法、飘台燕巢法、上挂下爬法、绿色覆盖法和雕刻法等方法进行治理，每个塘口采取其中2~3种方法进行综合治理。各塘口的治理方案都经过了省内绿化、林业、地质、水保、建设等方面的专家论证和评审。

投资强度高。每个塘口治理投入都在400万元以上，总投入8500万元。主要由各责任单位筹措，目前已投入4500万元，其中市财政投入750万元。

检查验收细。2009年5月该市绿化委员会印发了《黄荆山北麓开山塘口生态修复治理工程检查验收办法》，主要检查塘口治理的工程措施落实情况和生物措施落实情况。工程措施方面明确了种植池、挡土墙、排水沟、种植穴的检查验收标准。生物措施方面分2010年夏、2010年秋和2011年秋三个阶段，分别明确了藤蔓攀缘植物的密度标准；成活率标准和延伸长度标准；保存率标准、延伸长度标准和绿化覆盖率标准。2010年7月21日，根据塘口治理实际情况，市绿化委员会办公室印发了《关于开展黄荆山北麓开山塘口生态修复治理工程第一阶段检查验收工作的通知》，主要检查各塘口工程措施完成率、植物成活率、绿化覆盖率及其他指标（是否发生安全事故和优化塘口治理方案），分四个指标明确了评分标准，分别按40%、25%、25%和10%的权重实行百分制考核，综合评分少于80分的为不合格，80~89分的为基本合格，90分以上的为合格。2010年8月中旬开展了第一阶段检查验收工作，绝大多数塘口第一阶段治理任务已经完成。

奖励政策新。市政府与各塘口治理单位签订目标责任状，明确治理目标、治理责任和奖惩措施。经检查验收合格的，参照绿化先进单位考核奖励标准，于2011年奖励编内在岗干部职工一个月基本工资。

工程管理严。为确保塘口治理工作的质量、进度和安全，2010年1月，市塘口生态修复工作指挥部办公室下发了《关于加强黄荆山北麓开山塘口生态修复工程建设施工管理的通知》。各塘口施工单位基本建立健全了完备的工程管理制度和严格的工程监理制度，完善了安全生产管理责任和文明施工制度，既保证了工程质量和进度，又做到了安全生产零事故。

进展与效果

14个塘口生态修复治理工程措施都完成了90%以上。共计完成坡面地质灾害清理8.2万立方米，客土喷播9.21万平方米，建飘台、燕巢、鱼鳞坑4.51万平方米，修挡土墙2613米，修排水沟2493.1米，建种植池(穴)1770米，建蓄水池14个，蓄积525立方，建喷、滴灌系统8套。其中2号、5号、6号、9号、14号塘口飘板、燕巢、鱼鳞坑施工质量较高，5号、6号、10号、11号、14号塘口客土喷播效果较好，5号、6号、10号、11号塘口喷灌系统安装比较到位。各塘口生物措施也完成了60%以上。

14个塘口生物措施初见成效，开始逐步复绿。共计栽植各类植物508173株，其中香樟、刺槐、泡桐、大(小)叶女贞、意杨、火棘、红叶石楠、凌霄、黄馨、芭茅、凤尾竹等乔木和灌木76982株，油麻藤、爬山虎、葛藤、扶芳藤、五叶地锦等藤蔓攀缘植物431191株。实施平台植树的4号、5号、7号、8号、12号、13号、15号塘口树木成活率达90%以上；实施上爬下挂的2号、4号、5号、6号、7号、8号、12号、13号、14号、15号塘口种植池(穴)内藤蔓攀缘植物生长已超过0.5米，有的达1米以上；实施客土喷播和飘板燕巢的3号、5号、6号、7号、8号、9号、10号、11号、12号、14号塘口已部分被灌木和草本植物覆盖。

问题与风险

少数塘口工程措施尚有部分未完成，各塘口之间生物措施差距也较大。主要原因是3月份以来雨天较多造成的。

技术方案还需进一步优化。少数塘口存在治理面不到位等问题，掌子面等部位还可以采用相关技术措施进行治理。

后期管护任务十分艰巨。主要是各类植物浇灌用水量大，水源没有解决，水价高，管护成本高，各责任单位难以承受。

技术风险大。开山塘口生态修复属世界性的难题，没有现成的经验和模式可供借鉴。由于塘口地理位置的特殊性，夏天塘口掌子面温度高达70℃以上，植物能否成活是一个很大问题，夏秋干旱问题尚无根本解决的好办法。

治理投入大，资金筹措难。15个塘口总投入达8500万元，目前已投入4500多万元，缺口达4000万元，在没有项目支撑的情况下各责任单位面临较大筹资压力。

建议与对策

加快塘口治理工作进度。各责任单位要在2016年底前完成所有工程措施，2017年3月份前完成所有生物措施。

进一步优化塘口治理方案。2号和8号塘口要增加飘板、燕巢和鱼鳞坑数量；3号和10号塘口要进行补喷；7号塘口要抓紧客土喷播、增加飘板密度和挂网爬藤施工；12号、14号塘口要增加飘板密度；13号塘口坡面要采取客土喷播、飘板和挂网爬藤方法治理。

进一步加大植物补植补种力度，提高绿化覆盖率。所有塘口都要在10月份以后进行补植补种，提高植物成活率和绿化覆盖率。

继续筹措塘口治理资金。各责任单位要继续争取国家项目资金，为塘口治理进一步争取政策和资金支持，建议市政府加大塘口治理以奖代补额度。

切实加强后期管护。各责任单位要切实做好灌溉系统安装和维护工作，与有关部门协调解决塘口用水问题。落实专人定期浇水，确保栽植的各种植物安全度夏。同时注意做好安全保卫工作，严防破坏，切实保护塘口治理成果。

（本文选自 2016 年 10 月《黄石市创建国家森林城市论文集》）

生态立市 产业强市 绿色成为发展底色
——湖北黄石借力园博谋转型

李艳芳

金秋时节，行走大冶湖边，湖光山色，灵气袭人，宛如画中游。2016 年 9 月 26 日，首届湖北省（黄石）园博会暨矿博会将在黄石大冶湖生态新区拉开帷幕。

五步一景，十步一观，鲜花遍野，芳香四溢，五彩斑斓，美轮美奂……漫步园博园，便能感受到黄石这座城市无穷的生态魅力。

园博会的举办，正是黄石这座传统矿冶名城转型发展的华丽一笔。借力园博会，黄石正在探索一条绿色发展的转型之路——以园博为支点，撬动生态产业的未来；以园博作翅膀，扇动产业强市下的"园博效应"；以园博刻印记，标注工业绿色转型的路径步伐。

近年来，黄石以理念之绿实现发展之绿，以绿色产业支撑绿色发展，按照绿色标准推动传统产业、新兴产业、环保产业、新能源产业等加快发展，构建绿色、低碳、可循环的产业体系，让绿色成为城市发展的主色调。

一场绿色盛宴正在摆开，一座生态大城正在崛起。

"绿心"绽放 污泥滩上建成生态新区

在黄石城中湖磁湖，岸边垂柳千丝，湖底水草入眼。散步于此的游客、市民，留下了一幅幅人与自然和谐相处的美景；在黄石大冶湖生态新区，碧水蓝天，路阔林密，花团锦簇……

如今的黄石，城市"绿心"正在从磁湖向大冶湖绽放。首届湖北省（黄石）园博会暨矿博会的举办，正是这一战略的金字招牌。

这是湖北首次举办省一级的园博会，是对"绿色决定生死"的鲜明亮旗；这是黄石首次承办省级园博会，是向外展示经济社会发展成就的"时间窗口"，也是"转型黄石·灵秀湖北"的全新生态宣示。

园博园选址在大冶湖北岸的污泥滩，不占用耕地，在土壤处理、植物选择等方面充分尊重生态条件，将荒滩打造成生态园林景观。园博园的设计理念是"双叶映湖、蝶舞湖城"。将"山、水、田"等景观要素作本底，提出三山三水四分田的设计格局，并融入吴楚文化、宝石文化，为市民打造一个观光休闲的好去处。

在园博园的建设中，融入了"海绵城市"理念，全园绿化景观及配套设施如同一块弹性十足的巨大海绵，在下雨时饱吸雨水，在干旱时"吐"水浇灌花草树木。园区地表径流通过遍布园区的生态草沟，有的被收集到弃流池，经初步沉淀、过滤后，汇入湖中；有的被雨水花园收集贮存起来，通过湿地植物净化后，用来浇灌花木。园博园主会馆的屋面充分引入了海绵城市理论，屋顶绿化率达到98%，建筑钢架外部全部使用特殊木材，并可实现对雨水的反复利用。

园博园坚持绿色发展观，批准红线范围为2031亩，保留永久性展园1200亩。为发挥本地矿产资源优势，配套建设超10万平方米的矿物晶体奇石文化博览园，打造华中地区最大的矿物产品交易市场。

黄石将以湖北省首届园博会为引爆点，加快推进大冶湖生态新区建设，使之成为绿色发展的样板、特大城市的绿心。

大冶湖生态新区按"一片城市金叶，一片生态绿叶"的绿色生态理念设计。金叶，城市化集中地区；绿叶，绿色GDP培育地区。在南北两个叶片中，构筑风与水的循环脉络。

如今，借助园博会，大冶湖生态新区正渐入佳境：首期总投资130多亿元的"三园"（园博园、矿博园、奥体公园）、"三馆"（生态馆、地质博物馆、城市综合馆）、"三中心"（市民中心、鄂东医疗中心、社会福利中心）等项目全面推进；大冶湖跨湖大桥、黄阳快速路也在紧锣密鼓地建设。

污泥滩上，一座生态新城喷薄欲出。

绿创未来 "光灰城市"变身生态大城

黄石的绿，来之不易；黄石的生态建设，更是经历了一场深刻的思想"交锋"。

黄石，华夏青铜文化的发祥地，中国近代工业的发源地，一度被称为"光灰城市"。

但是，在摆脱"光灰"底色、重构绿色未来方面，黄石交出了一张完美答卷……

让森林走进城市，让城市拥抱森林，采取规划增绿、建景显绿、见缝插绿、拆墙透绿、拆危还绿等措施，全力推进"绿满黄石行动"。

让"山区"变"景区"、"林场"变"公园"、"砍树"变"看树"，黄石加大投入，绿化荒山、退耕还林、创办基地、兴办园林……

两年多来，黄石累计投入资金30多亿元，造林绿化面积49.6万亩，发展林木基地10万多亩，生态修复开山塘口23处，复垦绿化工矿废弃地0.9万亩。

两年多来，黄石城区立体绿化率达到35.5%，市域森林覆盖率提高到36.09%，水岸绿化率、道路绿化率均达80%以上，人均公园绿地面积达12.54平方米。

从"十二五"到"十三五"，黄石立下了包括创建国家环保模范城市在内的国家卫生城市、国家森林城市、国家生态市、全国文明城市等"五城同创"目标，确保尽快实现生态环境质量的突破性改善，让人民群众在青山绿水中享受全面小康的成果。

高举生态建设大旗，黄石在湖北省率先提出实施"生态立市、产业强市"战略，大力实施治山、治水、治土、治气等一系列生态建设工程，走出了一条"谋划持续发展、实现绿色增长"新的发展路子，并成功获批国家生态文明建设先行区称号。

"光灰"底色正逐渐被满眼的绿色替代，这座曾步履蹒跚的老工业城市，重现生机，摇身变为中部生态大城。

绿色发展 工业转型蹚出"黄石模式"

日前，由工信部主导，省级工信主管部门协调，中国工程院、国家发改委能源研究所等机构支撑，我国11个首批区域工业绿色转型发展试点城市将整合资金、技术、规划、培训等资源,探索建立联动机制推进工业绿色转型发展。

在这 11 个试点城市中,黄石市被专家院士们称为工业绿色转型发展的"黄石模式"。

黄石工业的绿色转型,背负着沉重的历史包袱,也有着急迫的现实考量。

黄石的光辉史与"光灰史"相伴相生,采矿经济推动这座城市发展的同时也带来了生态赤字,生态环保和产业转型的压力逐渐从"迫在眉睫"发展到了"火烧眉毛"。

"黄石要实现换道超越,最根本、最彻底的出路就是走出采矿经济时代,换绿色发展之道。"生态立市,产业强市。一场关于产业结构优化升级的"硬仗"在黄石迅速打响。

一方面,壮士断腕。2014 年以来,黄石关停采选、冶炼等"五小"企业 367 家,年减少产值 200 亿元。在还生态旧账的同时,黄石还先后放弃了一大批污染大、能耗高的项目。去年,全市万元工业增加值能耗与 2010 年相比累计下降 20.4%,工业废水排放达标率达 99.1%,工业固体废物综合利用处置率达 93.4%,危险废物综合利用处置率实现 100%。

另一方面,"褪黑着绿"。"十二五"以来,累计投资 600 多亿元,提升传统产业的规模总量和发展质量。同时积极寻找接续产业,形成服装、模具、化工医药、铜冶炼及深加工产业、饮料食品、高端装备制造、汽车零部件等 7 个省级重点成长型产业集群。打造绿色品牌,全市企业标准化覆盖率达 99% 以上,累计采用国际标准 110 项,指导企业累计参与制(修)订国内外标准 141 项。

"举办园博会将促进黄石的改革开放、经济发展、城市转型、生态建设、民生改善。"园博会将把绿色发展的丰硕成果转化为加快黄石改革开放的新优势,开创黄石绿色发展的新局面。

"城市是一部打开的书,从中可以看到它的抱负。"黄石,这座工业重镇,如今正在破蛹化蝶,华丽转身。

(原载 2016 年 9 月 23 日《人民日报》)

铁灰尽 绿茵披
——"亚洲第一坑"涅槃重生

田豆豆

编者按:湖北黄石著名的"矿冶大峡谷",最高落差 444 米,居世界露天矿坑边坡之最。曾经的废弃矿坑如何变身鸟语花香的人气公园?请听它的自述。

我在晨曦中醒来,耳畔萦绕着鸟儿欢快的啁啾。深吸一口气,清新、香甜、沁人心脾。这是我睽违百年的气息,和我这一身绿衣一样,让我沉醉、欣喜。再过不久,就有美丽的导游小姐带着可爱的孩子们来看我了。孩子们叽叽喳喳、活泼跳跃,让我忘却自己的年纪。仿佛,我重生了。

我是谁?

我叫"亚洲第一坑",又叫"矿冶大峡谷"。据人类测量,我坑口面积达 108 万平方米,海拔 276~168 米,最高落差 444 米,为世界露天矿坑边坡之最。

何时出生？

已不可考。我所在的地方名叫湖北黄石矿山公园。其实，这是最近才起的新名字，过去，就叫大冶铁矿。

我的出生，便是人类持续千百年在此挖掘铁矿的结果。最近两次大规模开采，一次是清朝末年，一次是从 20 世纪 50 年代至十几年前。终于有一天，人们惊奇地发现，我不是"无底洞"，我也有枯竭的一天。

突然身处无边的寂静中，没有人再来看我一眼。身边，连一棵树、一朵花、一只小鸟都没有。陪伴我的，只剩满山尘埃。

"哎呀！这么大的坑，可以填埋多少垃圾啊！"一句话，突然将我从沉睡中惊醒。

那是 2003 年，一些专家说，城市里垃圾太多，我这个坑，可以填埋垃圾 100 年。

100 年的开采将我掏空，100 年的垃圾将我填埋？

不！我悲愤莫名。

幸运的是，更多人说："不！"他们想出了个好主意：把我这里，变成一个鸟语花香的矿山公园。

在"石头上种树"，并不容易。由于多年开采，我的身上、身边都是大石头。石头上几乎没有土壤，树能活吗？一些面貌黝黑的园丁来到我身边。他们带来了很多树苗，小心翼翼地种在我身上。我激动地等待着，呵护着……

"刺槐！这里适合种刺槐！"园丁们也和我一样激动。

终于，他们找到了合适的树种。多年过去，我身边 366 万平方米、相当于 10 个天安门广场的废石堆放场，变成了亚洲最大的硬岩绿化复垦基地。

我，重新披上了绿装。每年春天，当刺槐林变成一望无际的花海，就有好多游客来这里踏青、赏绿。人们和我一样深吸一口气，说："空气好清新啊！"

我由衷地笑了。我为人类贡献的历史，成为让人景仰的一段记忆。

（原载 2017 年 8 月 28 日《人民日报》）

探访黄石国家矿山公园
工业伤疤变身绿洲宝地

赵 珊

全国工业旅游发展创新大会召开之际，记者在湖北工业重镇黄石看到，曾经的露天采石场变身国家 4A 级旅游风景区，石头上种树造就万亩槐花林，工业伤疤成为绿洲宝地……黄石国家矿山公园带给我一个大大的惊喜。

承载历史 荣耀和沧桑

到访黄石之前，我早就听闻其大名鼎鼎的工业。黄石这个名字，最早见于北魏郦道元的《水经注》："江之右岸有黄石山，水迳其北，即黄石矶也。"黄石是中国近代工业的摇篮，是中部地区重要的原材料工业基地,湖北省最早的铁路、最早的水泥厂、最早的电厂、最早的煤厂都诞生于黄石。

如今,黄石已从重工业基地变身为中国工业旅游胜地,黄石国家矿山公园被评为国家工业遗产旅游基地之一。重工业基地如何蝶变为旅游景区?带着疑问和期待,记者走进了矿山公园。

乘坐工业旅游专列火车行驶大约半小时,我们就从市区来到黄石国家矿山公园。下车后进入北纬30度广场,这是矿山公园第一个景点。满眼的绿树和鲜花,让人很难想象这里曾是寸草不生的矿山硬岩废石堆放场。

广场中轴线的矿冶文化雕塑群向游客诉说着黄石那段辉煌的历史。黄石国家矿山公园隶属于武钢大冶铁矿。大冶铁矿是中国近现代钢铁工业发展的缩影,开采历史悠久,文化底蕴深厚。自三国时期开采迄今,已有1700多年的历史。吴王孙权在这里曾造刀剑,隋炀帝杨广在这里铸过钱币。1890年,湖广总督张之洞兴办钢铁,在这里建成了中国第一家用机器开采的大型铁矿山,成为汉阳铁厂的原料基地。1908年,盛宣怀成立亚洲最早最大的钢铁联合企业——汉冶萍公司,大冶铁矿是汉冶萍公司的一个重要组成部分,在当时曾为世界瞩目。

日出东方广场矗立着毛泽东主席手托矿石的雕像,这是目前中国最大的毛泽东石雕像。

生态绿道

山水林城 美丽黄石
湖北省黄石市创建国家森林城市纪实

1958年9月15日，毛泽东视察大冶铁矿，这是他一生唯一到过的铁矿山。雕像的两边有14组铜浮雕，都是由大冶铁矿的精铜制成，展现了新中国工业文明的辉煌史。环顾四周矿山上葱郁的槐树，听着这些讲解，我更加想了解这背后的绿色生态转型之路是如何走过来的？

生态复垦 探寻转型路

走过雕像，世界第一高陡边坡、被誉为"亚洲第一天坑"的大冶铁矿东露天采坑惊现在我眼前。太壮观了，形似硕大的漏斗，犹如古罗马的斗兽场，但更深更宽。据介绍，整个采坑东西长2400米，南北宽900米，坑口面积达108万平方米，形成了一个落差达444米的世界第一高陡边坡。专家称，这样规模的露天采场，是世界矿业史上的一个奇迹。这也是黄石矿山公园的最大看点。

自1958年投产到2005年结束露天开采，大冶铁矿东露天采坑累计剥离岩石3.64亿吨，若将这些岩石铺成标准路基，可环绕赤道一圈多；采出的铁1.3亿吨，若将这些铁矿石全部炼轧成钢轨，可铺设220多条京九线；生产的矿山铜32.5万吨，若将这些铜全部制作成工业常用电缆，可以从地球牵到月球。

新世纪以来，当地矿产资源逐渐枯竭，但矿山人并没有因此消沉，而是走上了"修复环境、改造环境、治理环境、再造环境"的科学发展之路，全力打造"森林化矿山"，形成了"矿在园中、园在绿中、绿在画中"的生态环保格局。大冶铁矿联合相关科研院所，成立专业绿化队伍，累计在露天采矿废弃的岩石堆上种植生态复垦林，创造出在石头上种树的奇迹。

"天坑"建有一条长1800米、逶迤5个水平面的栈道，其中数段从巨石中开凿。峡谷栈道的终点是"石海绿洲"，为绿化复垦，矿山人在废石场上种出了面积达247万平方米的刺槐，一跃成为亚洲最大的硬岩复垦林。每年槐花绽放时节，这里便成为了游客赏花观景的热闹去处。

2007年4月22日，在世界地球日当天，黄石国家矿山公园开园迎客，这是中国首家国家矿山公园。从矿坑到公园，黄石国家矿山公园在工业伤疤——露天矿坑上建起人工的"自然绿色景观"。随后，黄石国家矿山公园又获得了全国工业旅游示范点、全国科普教育基地、国家4A级风景区等荣誉。

工业旅游 伤疤变绿洲

曾经的世界级规模的黄石矿山露天采石场，如今已变身为以"天坑"为中心，拥有矿冶博览、井下探幽、天坑飞索、石海绿洲等十大景观的矿山公园。"井下探幽"由712级台阶直通地心，游客可零距离观看现代采矿工艺流程，感受百米井下隆隆炮声，并可进入"矿冶峡谷"底部，仰望大峡谷之雄奇伟岸。"天坑飞索"斜跨两峰之间，长446米，落差48米，是目前华中地区跨度最长的索道。此外，游客走在工业观光廊道，可以近距离地观看来回穿梭的矿车，了解大冶铁矿采矿过程。

往日的矿工变成了旅游从业者。一位原大冶铁矿矿工、现矿山公园职工说，2007年转型到矿山公园工作，内心忐忑，对角色的转换不适应。慢慢接受了新的工作状态。现在来看，当初的决定没有错。做旅游业从业者，角色转换、工作范围不同，眼界有了很大提高，既是锻炼也是成长。

矿山公园的游客量从最初的一年2万人增长到现在20万人左右，旅游让矿区人看到新希望。矿山公园又相继开发了楚天香谷、田园亲子游等项目。昔日的荒山变成花海，过去的采矿人变成采花人。楚天香谷四面环山,地处北纬30度附近,特别适合芳香植物的生长。楚天香谷芳香文化博览园将芳香植物种植、工业生产、旅游服务创新融合,打造了一个以"芳香"为主题的工业旅游基地。

黄石矿山公园通过工业游与生态游的双轮驱动,走出了一条生态修复、可持续发展的新路子,缓解了"资源不足,产业结构单一"的矛盾,形成矿业生产为旅游开发提供资源,工业旅游为矿业经营提高知名度的优势互补格局,构建起人与环境和谐共生、资源与自然协调发展的循环经济模式,为百年老矿可持续发展注入活力。

(原载2017年12月15日《人民日报海外版》)

从"光灰城市"到光辉城市

华中师范大学　李明月

金秋时节,头顶着蓝天白云,行走在宽阔整洁的杭州中路上,伴着波光粼粼的磁湖,感受迎面而来的微风……这是大学生记者团看到的黄石市容,也是黄石市民平日里开门即见的风景,但多年前,这样的居住环境遥不可及。

黄石市坐落于湖北省东南部,长江中游南岸,是闻名遐迩的矿冶名城、青铜故里。作为华中地区重要的原材料供应基地,黄石的矿产资源开采历史长达3000年,为湖北省的经济发展立下过汗马功劳。

然而,经过长期大规模、高强度的开采和冶炼,新世纪之初,黄石的矿产资源走向枯竭,生态环境更是遭到严重破坏。

"黄石过去有一个称号——'光灰城市',形容到处都是灰。"提起黄石的变化,在这里生活了40年的矿工老邱很有感触。

17岁时,他从老家江西赣南来到武钢金山店铁矿打工,住着用芦苇盖的草棚,每月工资18块钱。6年前,他用一辈子的积蓄在市区买了一套商品房,现在领着3000元的退休金,享受着齐人之福。

老邱回忆说,2010年之前,黄石的环境非常恶劣,磁湖的水又脏又臭,有时,湖面上还漂着死鱼,"这几年政府对卫生环境非常重视,比之前强多了。"

周六,老邱会和老伴儿一起,带着10岁的孙女四处转转,为她写日记寻找素材。

"90后"小伙儿彭照是土生土长的大冶人。在他的印象里,小时候家乡的路都是土路,晴天,呼啸而过的货车会带起一阵灰尘,雨天,泥泞不堪的道路常导致交通瘫痪。而现在,新冶钢的污水处理池内可以养殖黑天鹅,尹家湖被风光秀丽的绿化景观带环抱着。

"1995年之前,我们这里有200多个烟囱,现在只剩下两个,磁湖的水质从劣五类到五类再到四类,越来越干净,市民可以在里面游泳……"黄石在环境治理上取得了一系列成果,这几年,黄石宁肯放慢发展速度,也要实现绿色发展。

从2014年开始,黄石市政府以壮士断腕的勇气和决心,狠抓环境治理。一方面,大力实施"五边三化"生态修复治理工程和"八园六带"创森示范工程,使得森林覆盖率达到33%,造林绿化面积达49.6万亩。另一方面,彻底关停1000多家"五小"企业,拆除长江沿线123个非法码头,关闭131家露天采石场等,倒逼传统工业转型升级,促进电子信息、装备制造、新能源汽车等新兴产业发展壮大……

"刮骨疗毒"的作用非常显著，如今，黄石市中心城区环境空气质量好于国家二级标准的天数连续7年达到310天以上，3个国控和3个省控跨界考核断面水质均为三类，达标率100%。

"光灰城市"的绰号一去不复返，取而代之的是"国家园林城市"的美誉。今年4月22日，黄石成功获批国家首批老工业城市和资源型城市产业转型升级示范区。

在黄石，铜草花依然盛放，矿产资源过度开采留下的累累伤痕正在愈合，青铜故里的未来可期。

（原载2017年11月16日《中国青年报》）

"石"全"石"美

中国地质科学院　　杨帅斌

走出湖北省黄石市黄石北站，从西到东跨越整个城区时，汽车从一个大湖中间穿过。听当地人介绍，因古代湖边产磁铁石，此湖得名磁湖。很羡慕城中心有湖的城市，夜幕下能看到灯光在湖面的动人倒影。作为地质学专业的学生，之前就多次听闻黄石，前两年更有很多好友来参加这里的矿物展览，这次借参加大学生记者团寻访中国（黄石）地矿科普大会活动，我也终于能零距离接触这座城市。

市民在湖北瑞晟生物有限责任公司玫瑰基地摄影留念

来黄石寻访的第一站是南临大冶湖的矿博园。从卫星地图上看，这里几年前还是一片荒地，如今众多各具特色的建筑已拔地而起。

矿博园的展馆内，展示着来自世界各地的"奇珍异宝"，我们从最引人注目的"矿物世界之最"看起。巨大的晶洞，里面满是漂亮的晶体，晶体的光泽好似鱼的眼睛，所以被称为鱼眼石。还有重达69公斤的狗头金，如果不是亲眼所见，真不敢相信。

从石英到红硅钙锰矿，从石膏到菱锰矿，囊括了众多的矿物门类。看到后面已经分不出是什么矿物了，只顾惊叹于它的形状和颜色，大自然竟能造出这样神奇的矿物晶体。

还没从矿物的美轮美奂中清醒过来，又进入了化石的神奇世界。原本需要到实地才能看到的化石，现在一个个全摆在了眼前，这对想了解中国著名化石的人来说，实在是太难得的机会了。

相比常规的矿物和化石展厅，更吸引我们的是一楼的各种矿物交易展台。里面的矿物虽然没有世界之最那么震撼，却各有各自精致玲珑的地方，也能够买得起，离我们的距离更近些。一块产自本地的孔雀石蓝铜矿小标本，让我动了心，在孔雀石铺就的绿色背景上长出三朵形态各异的蓝铜矿小花，就像水墨画的渲染，最具有黄石特色。

在观看展览的过程中，我不时与同行的地学小伙伴交流，对自己以前没见过的奇异矿物颇感兴趣。之前见到的菱锰矿多为方形，今天竟见到了如同玛瑙一般圆润多样的形状。还有一个神奇的硅化木，外形看起来与普通的没什么两样，截面上却拥有如同八卦一般的纹路。

离开矿博园，下午我们又去了大冶铁矿，这里现今又多了一个黄石国家矿山公园的名号。进入这个独特的公园，能看到许多由铁材钢料制成的艺术品。还有报废的采矿车，光轮胎就有一人高，想象从前这些巨型的采矿车开动起来，该是如何在矿坑里咆哮。铺就地面的沙石里，能随手捡到许多不错的矿石。

从清末张之洞创立汉阳铁厂，大冶就已经开始了铁矿的开发，经历百年沧桑。现今的大冶铁矿已今非昔比，它创造的经济奇迹不仅是每个当地人的骄傲，也是我们全中国的骄傲。

近百年的开采，让矿坑变得无比巨大，周边能看到一圈一圈自上而下的道路，那些巨大的挖掘机和运载车就是在这样的路上行驶开采。道路越盘越小，越盘越深，最终造就了天坑。现今开采仍在进行，只不过已转入地下深处和旁边的隧道中，露天开采已全部停止。曾经裸露的岩石被绿化植物所覆盖，只剩下F9断层里破碎的岩石，彰显铁矿的沧桑岁月。

观景台所在的岩石是大理岩，布满了丰富的条纹。大理岩是曾经水火交融的最好例证，几亿年前的地心岩浆向上涌动，在这里与中生代浅海底部形成的灰岩相遇，将其内部的小方解石颗粒重新结晶成大块方解石，变成焕然一新的华丽大理岩。几亿年前的"水"成岩与"火"成岩相遇，水火交融之下，不仅形成了大理岩，也伴生了大量的铁矿和铜矿等多种类型矿床。

第二天一早，我们来到期待已久的铜绿山古铜矿遗址。进入博物馆，印入眼帘的就是一片古铜矿开采巷道，有引水渠、有支撑木架，当时的人们已经掌握了排水、通风等多种采矿所需的技术。开采的铜矿制造了大量的青铜兵器、乐器和礼器，深刻改变了楚国的战略地位。铜绿山现在仍然是中国重要的铜矿资源地，这里历经3000年开采不绝的重要原因在于，现今人们开采的矿石已不再是孔雀石、蓝铜矿等矿物，而是更深部规模更为庞大的黄铜矿。

走出铜矿遗址博物馆，一片紫红色的铜草花开放在眼前，它的学名叫海州香薷。一般有它生长的地方都有铜矿分布，古人正是凭借这一生物特征来寻找铜矿，当地流传着很多与找矿相关的民歌谣，悠久的历史赋予当地悠久的文化，连大冶的地名都是南唐后主李煜所赐，取大兴炉冶之意。

石灰石也是黄石的重要矿产之一，是制作水泥的重要原料。著名的华新水泥厂就坐落在黄石东部的西塞山前长江之畔，其生产原料正是西塞山的灰岩，品质非常好。这里是建国初期的十大建筑水泥供应地，直到现在依然供应航天所需的高端水泥。在厂区旧址建起的博物馆内，曾经制作湿法水泥的回转窑中巨大的管道展现在眼前，参观通道就在两条平行的巨大管道中，大家边走边拍照，被眼前雄壮的景观所震撼。最后一个展厅内，小清新的水泥制品引起了我的兴趣，从工业重镇向旅游城市转变，从第二产业向第三产业转变，在这些小小的工艺品上得到了很好的体现。

如今，黄石修建了诸如城市展览馆、科技馆、博物馆、规划馆等众多展馆，吸引着来自全国各地的大量游客。置身其中，我们看到了这一青铜古都一步步崛起的历程。在黄石市博物馆，我们看到了这座城市和乒乓球文化的深厚渊源。在黄石规划展示馆，我们还看到了市政府对未来城市的规划，震撼的纪录片展示着未来的美好面貌。今天的黄石，让我们有理由相信蓝图正在成为现实。

黄石，有着品类齐全的矿物与岩石，是天然的地质博物馆。小的标本，让人们品味何为精美；大的山石，让人们体验壮美的气魄。东方山、黄荆山、西塞山，在磁湖、大冶湖边矗立，这里既有金山银山，也有绿水青山，真是个"石"全"石"美的好地方！

（原载2017年11月16日《中国青年报》）

铁山区矿山地质环境治理示范工程建设基本完成

为持续推进国家森林城市创建工作，铁山区紧紧围绕国家森林城市评价指标、国森总规及铁山区的实际，以绿色发展为主线，高标准、严要求深入推进创森重点项目工程——矿山地质环境治理示范工程的建设，持续打造矿山修复样板，努力恢复矿区植被，构建完善的生态系统。截至目前，铁山区地质环境治理示范工程一期已经完工，治理面积1648.8亩，恢复林地775.03亩；二期共分为7个地块，治理面积约3750亩，治理后恢复林地约1322亩。通过实施生态修复工程，铁山区由采矿遭到破坏的林地将逐步得到恢复，为下一步生态环境的发展提供充足的空间。

（原载2017年7月26日《创森简报》第190期）

【第五章】
美丽乡村建设工程成效显著

《黄石市国家森林城市建设总体规划》要求，美丽乡村建设工程，以创建"最美乡村"、"绿色示范村"、"森林城镇"等活动为载体，进一步推进美丽乡村建设。2018年年底前，全市新建绿色示范村140个，绿化面积280公顷。

截至2018年5月底，黄石市成功创建绿色示范村306个，其中省级绿色示范村126个，市（县）级180个，农村人居环境明显改善。陈贵镇、灵乡镇、刘仁八镇、枫林镇等6个乡镇被评为湖北省森林城镇。

绿美振兴大王镇
黄经宣

自2013年9月黄石市委提出"生态立市、产业强市"开始，一股创建省级森林城市的热潮就奔涌而来。为了响应这个号召，开发区在规划上把大冶湖南岸定为"绿叶"加以发展，生态文明被提上政府工作的重要内容。

大王镇地处父子山脉向大冶湖缓冲地带，全镇国土面积82平方公里，山场、水域与田地村庄约各占三分之一，发展空间十分有限。但是地不分大小，人不分老少，"创森"工作积极行动起来。通过宣传，吸引了一批回乡创业的人士直接参与到林业建设上来。玉兰苗圃场、友缘苗圃场、天铮永鑫家庭农场、卫兵种养殖合作社等，一时间如雨后春笋应运而生，先后有30余家从事林业种植的团体和大户注册经营，还有近百户个体农户踊跃参与，从2014年至2017年这4年间，大王镇上报的新造林面积8000余亩，验收合格面积达6000余亩，合格面积比2014年之前10年的总和还要多。

思想是行动的指南。大王镇政府在"创森"宣传上下足了功夫。除了刷写宣传标语、发放宣传单、制作固定宣传牌、召开专题会议外，还通过短信平台不定期发送信息，将"创森"知识纳入教学和考试等形式，将宣传工作做到家喻户晓，做到全方位不留死角。正因为有了全面的宣传，群众的生态意识和绿色发展理念有了明显的提高。从各村加强村庄绿化入手，在此期间平均每个行政村都绿化美化了两个以上的自然湾，切实改善了农村"脏、乱、差"的现象，其中我镇的南山村和继武村被省绿化委授予2016年度"湖北省绿色示范乡村"称号。

环境的改善让群众感同身受，群众的生态意识被不断唤醒，农村里养花种草的闲情逸致被激发出来，庭院绿化和室内绿植养护在老百姓家里慢慢兴起，家居建设都把种花栽树当作标配内容，2017年我镇就有三个家庭获得"黄石市绿色示范家庭"称号。许多学校社团和机关单位，也把购买或租摆鲜花盆景等绿植当作日常必备开支，办公室和房间里都能找到生命的绿色。于是，下堰村花卉盆景市场开了起来，集市上也开起了鲜花专卖店。这一切细微的变化，都昭示着"创森"宣传产生的明显效应，人们的绿色意识有了明显提高。

随着农村农业的转型发展，以及习总书记提出"绿水青山就是金山银山"的理念不断深入，人们对生态文明的认识有了明显加强，将生态结合产业同步发展有了更多尝试。上堰村玉兰苗圃场就是典型的例子，创办人程玉兰女士原本在广东与丈夫一起从事运输行业，收入颇为稳定。但她认识到生态与环保的严峻形势和将来的潜能，毅然决定回乡种植苗圃，搞绿色产业发展。她从一个外行一步步学习，一步步探索，一个300亩的苗圃场说办就办了起来。目前，10余种绿化苗木和水果长势喜人，看着这一大片生机勃勃的绿色，给人以生命的激情和美好的希望。而这只是她走的第一步，继而又成立了"玉兰绿化工程有限公司"，将自身的生产向销售延伸，使苗木价值得到更大提升。通过苗圃生产获得销售和服务的信息，起到抛砖引玉的效果，同时又能在工程施工上推销自己的产品，提高知名度，相得益彰。在大王镇这种以生态助推产业发展、"产销一体化"经营模式的还有友缘苗圃场。

而"创森"的目的除了改善生态环境，提高生态文明的意识，更重要的是让大家享受到森林般的美景、绿色清新的空气和拥抱绿色自然的感受。因此，在这种精神指导下，市委市政府又把父子山纳入国家级登山健身步道规划建设，在开发区、大王镇政府及各级共同努力下，登山步道和休闲绿道相继投入运行。这一切发生在我们身边，能亲身体会的巨大变化，潜移默化地让人深切感受到生态与人类的密切关系，深切感受到生态发展给我们带来的福利。习总书记说"良好的生态环境是最公平的公共产品，是最普惠的民生福祉"，生态旅游发展趋势和人们对生态效益的认知便有了进一步的提高，爱绿护绿渐成共识。

乡村绿美

通过全市上下的不懈努力，计划三年冲刺"省级森林城市"的壮举，用两年半时间就达成所愿。市委市政府再接再厉，再向创建"国家级森林城市"发起冲锋。有了前期的基础和充分的认识，结合全国精准扶贫和精准脱贫的不断深入，把脱贫"九有"标准与生态文明统筹兼顾，通过将贫困户纳入生态护林员队伍，通过"六步工作法"建设一批"当家林"，通过"五个一批"生态补偿脱贫一批等方式，更深一步地推进绿色理念教育和绿色产业发展。近年来，大王镇又在产业带动贫困户的行动举措上，新发展林业产业的白茶种植、杂柑基地1000余亩。

我们要把过去环境恶化与经济发展之间的矛盾，转化为生态保护和产业发展相协调的关系上来，由此，我们尚有大量的工作要做。大王镇党委政府将竭尽全力，常抓不懈，把大王镇建设成为山青水绿地洁天蓝的美丽宜居家园。

绿色金牛的金色梦想

殷　珂　余锦杰

鄂王故里，楚源福地。说的就是金牛。

对于没有工业优势的金牛来说，经过转型的阵痛，金牛人深深地意识到，农业的发展已经不能仅仅依靠自身，急需拓展农业的外延才可能攫取更多的资源，要把产业链进一步延伸，走三产融合的发展之路。

绿水青山就是金山银山。为了重塑金牛绿色梦想，近些年来，按照大冶市委加快发展生态文化旅游、健康养生养老产业的要求，金牛发挥生态优势，抢抓产业机遇，致力打造养生养老特色小镇。

据金牛镇镇长吴飞介绍，金牛聘请中国地质大学专家团队编制了生态文化旅游和健康养生养老产业发展总规和详规，总体布局"一主一副两轴四片区"的发展格局。

金牛将以镇中心区为龙头，通过优化产业结构，重点发展服装、电子、食品、建材、纺织产业；以高河村为镇域副中心，重点发挥高河村承接生态景观发展轴的服务功能，突出生态文化中心发展特色，促进金牛产业转型；以大金线横向穿越北部粮食种植示范区及中部产城融合示范片区为经济发展轴，以西侧高河港及镇域主干道南北延伸为生态景观发展轴。经济发展轴重点发展现代商贸、现代物流、电子商务、新型建材、纺织服装等产业，加快培育食品饮料、纺织服装、电子信息等替代产业；生态景观发展轴重点发展种植养殖、苗木观光、休闲农庄、生态文化旅游等；以全国重点镇建设为总抓手，致力建设中部产城融合示范区、北部粮食种植示范区、西部农副产品生产外贸区、南部庄园生态旅游区。

与此同时，金牛以生态文化旅游和养生养老产业为发展导向，以境内的金华庄园、铭浩山庄等八大山庄为资源基础，以中高端养生度假为核心，努力将金牛镇打造成集观光、游乐、运动、养生、度假等多功能于一体的旅游综合服务小镇。

为了建设"绿色金牛"，近些年来，金牛以大金省道、高桥河和虬川河镇区段为重点，大力开展通道植树造林活动，造林面积近万亩，荒山绿化98%以上。同时，金牛还通过举办蓝莓、猕猴桃等采摘节会活动,吸引了武汉等地大量游客。在此基础上,金牛按照"拉开城镇框架、提升城镇品位、打造特色小镇"的总体思路,加快推进养生养老特色小镇的建设进程,投入8700万元,先后完成了虬川大道、环镇东路、金牛大道和学府路的改造升级,形成纵横交错的交通路网,基础设施得到极大改善,镇区面貌焕然一新。

金牛,是大冶民间资本最为雄厚的地区之一。为了激励"金牛客"回家创业,该镇将制定相关产业政策,围绕生态文化旅游和健康养生养老产业链,开展专业招商活动。

正在建设的美联仿古街占地260亩,15万平方米,是按照明清建筑风格统一布局、高标准建设的商贸旅游古街,是湖北省首个乡镇版的"楚河汉街"。

重振千年古镇辉煌,实现"美丽金牛"梦想。金牛镇党委书记梅相东说,下一步,金牛将抢抓建设通用航空机场的机遇,大力发展临空经济,全力打造航空小镇;加快鄂王城城址的保护开发,全力打造鄂王风情小镇;围绕虬川河"一河两岸景观带"工程,打造具有江南水乡特色的魅力小镇。同时,金牛将以大冶乡村园博会金牛养老文化旅游节为契机,抢占行业高地,打造湖北养老第一镇,努力擦亮养生养老品牌。

(原载2017年9月26日《黄石日报》)

坚持生态引领 促进转型发展

陈贵镇地处世界青铜文化发祥地大冶市中心腹地,距大冶市区17公里,地势以低山丘陵为主,境内有省级4A雷山旅游风景名胜区(下辖天台山景区、小雷山景区、大泉沟风景区),大泉沟植被保护完好,一年四季溪水常流,被称之为大冶的"九寨沟"。全镇辖19个行政村、2个社区(居委会),总人口6.66万,版图面积160平方公里,其中林地面积53800亩,森林总蓄积量97104立方米,森林覆盖率35.49%。先后荣获"湖北省农业标准化示范镇"、"湖北省森林城镇"、"湖北省旅游名镇"等多项荣誉称号。

作为湖北省首强镇,近年来陈贵镇党委政府高度重视绿色发展,紧紧围绕"生态立镇、产业强镇、改革活镇,建设美丽陈贵"的总体思路,大力弘扬"敢于担当、勇于跨越、永争第一"的陈贵精神,以生态转型引领新一轮发展,坚定不移地走"绿色发展"之路,推动经济社会的科学发展和跨越式发展。

一、突出顶层设计,优化产业布局

坚持"一优三化"发展战略,推进生态绿色发展。该镇以"绿满陈贵行动"为引领,突出"扩绿、提质、增效"目标,大力发展绿色产业,全力推进荒山荒坡造林、道路景观林带建设、村庄绿化、庭院绿化、工矿废弃地植被恢复等重点生态工程建设,着力构建以"生态陈贵、绿满陈贵"为重点的林业生态文化体系,努力建成生态优美、产业发达、人居和谐、绿色发展的林业生态示范镇。

为统筹林业产业布局,该镇聘请北京清华同衡规划设计研究有限公司高标准编制了《陈贵镇林业生态示范镇建设总体规划》，紧紧围绕"生态立镇、产业强镇，改革活镇，建设美丽陈贵"的发展战略，严格遵循"四个规划合一"（城镇建设规划、土地利用规划、产业发展规划和生态建设规划合一）、"三大产业发展"（现代农业、新型工业和现代服务业共同发展）、"三大功能共生"（经济、生态和宜居功能共生）原则，体现了陈贵发展的前瞻性、协调性和可操作性。该镇以全省"四化同步"示范镇试点建设为契机，大力推进"绿满陈贵"行动，开展荒山造林绿化、房前屋后四旁绿化、绿色示范村和美丽乡村建设。

二、突出造林特色，创新发展模式

一是创新企业推进模式。大力开展林业招商引资，先后引进了上海绿亚公司、湖北楚天实验林场有限公司等绿化公司，并建立战略合作伙伴关系。建立了花卉研发和生产基地，推进以"美丽陈贵·生态陈贵·幸福陈贵"为主题的林业生态园建设；湖北楚天实验林场有限公司、湖北德勤花卉苗木公司等4家林业产业化龙头企业与省林业生态学院先后建立了合作关系，合力推进造林绿化。

二是倡导合作社推进模式。引进了大冶市大林红豆杉种植专业合作社，在欧家港村、上罗村发展红豆杉种植。按照"基地+合作社+农户"的模式，推进红豆杉种植、深加工一体化生产产业链。预计三年内建设1.5万亩红豆杉原材料基地，生产红豆杉浸膏1000千克，年可实现产值1.5亿元，创税3872万元，可直接安排就业300人，带动4000余户种植户增产增收。通过示范引领，该镇已发展8家林业专业合作社带动花卉苗木产业发展，较好地整合土地、信息等资源，促进资源增量，林农增收。

三是发展大户推进模式。全镇已发展20多户规模超过200亩的林业大户，如：泽善居生态农业庄园、金良庄园、永欣公司等大户，积极投身林业生态建设和绿色产业发展，有力地助推了林业生态建设步伐。

四是探索多方联合推进模式。采取包联单位资助一点、项目支持一点、村集体筹集一点、农户自筹一点的办法，实施资金整合，全面推进省级绿色示范乡村创建工作。

三、突出保障机制，实现增绿扩绿

该镇高度重视造林绿化工作，在落实造林主体的同时，全面组织开展单位绿化、庭院

金海白茶

绿化、港渠绿化、通道绿化、村庄绿化等各类造林绿化活动。为推进造林绿化工作顺利开展，陈贵镇出台了《关于实施绿满陈贵行动的意见》。镇政府安排财政专项资金100余万元支持林业生态示范建设，并整合发改、财政、林业、国土、农业及"四化同步"造林等项目资金，支持绿色示范乡村建设。同时加大社会投入，林业龙头企业、专业合作社和林业大户等社会主体年均投入造林绿化资金达2000多万元。

据统计，三年来陈贵镇共完成荒山造林1.2万余亩，栽植苗木150余万株，共建立速生丰产林示范基地8000亩，高产油茶示范基地4000亩，高效花卉苗木示范基地4000亩，推进了绿色产业发展。2015年陈贵镇被湖北省绿化委员会、湖北省林业厅授予"湖北省森林城镇"称号；陈贵、天台山、南山、华垅、江添受、官堂垴等6个村被评为省级绿色示范乡村；13个田园型、生态型、文化型等各具特色的美丽新村焕发新姿。积极倡导全镇添绿，全民动手，建设绿满陈贵镇。发动群众在房前屋后空闲地建设一批小果园、小花园，打造一批人与自然和谐相处的森林村庄。完成沟渠绿化45.6公里，栽植苗木128万株。建设小果园53个，小花园140个，庭院绿化面积达65万平方米。

（原载2017年6月9日《创森简报》第180期）

还地桥首届桃花节开幕　三万游客情醉漫山桃林

2018年3月24日上午9点，大冶乡村园博城山·花海知音景区暨首届桃花节在还地桥镇盛大开园，来自武汉、黄石、鄂州的游客三万余人参加了活动。

活动当天，除了举办文艺节目《盛世花开》、《梨花颂》等文艺演出外，还组织QQ群、微信群等团体负责人去景区采风和150个家庭体验农家生活。桃花节后，还将举行采摘节和垂钓节等活动。

花海知音景区位于我市千年古镇还地桥境内，总规划面积约4235亩，利用"山、水、林、田、湖"独特的生态优势，打造以桃花、彩叶及花卉观光为主题的花海休闲农业景区，景区核心区建有"爱情谷"、"亲情谷"、"友情谷"三个"主题谷"。目前，景区已投入9000万元，积极从江苏阳山和山东寿光引进桃树新品种，种植水蜜桃和寿桃1020余亩，丹参等中药材800亩，紫薇园400亩。预计到2019年，可实现年产桃2000吨，年产值8000万元以上，带动农户1500户，4500人就近就业，人均年增收800元。

近年来，还地桥镇借创建国家森林城市契机，以"推动乡村振兴，促进生态富民，建设森林城镇，打造花木小镇，发展全域旅游"为目标，举生态大旗，念人文真经，打山水品牌，走旅游之路，不断完善旅游设施建设，大力开展造林绿化，改善生态环境，提升旅游服务质量和水平，打造区域性旅游品牌，把旅游朝阳产业做大做精做强，带动群众增收致富。

（原载2018年3月24日《黄石日报》）

【第六章】
林业产业富民工程稳步提升

《黄石市国家森林城市建设总体规划》要求，林业产业富民工程，重点打造油茶、杉木速生用材林及珍贵树种战略储备林、苗木花卉、水果及中药材四大核心林业产业基地，努力促进林业增效，林农增收。2018年年底前，建设各类林业产业基地6740公顷，其中油茶基地3000公顷，杉木速生用材林及珍贵树种战略储备林基地2500公顷，苗木花卉基地520公顷，水果及中药材基地720公顷。

截至2018年5月底，黄石市把发展林业产业当作一项兴林富民、促进农民增收致富的重要工程来抓，大力发展油茶、白茶、黄栀子、杉木、花卉苗木、水果及中药材等特色林业产业，初步形成了多种产业齐头并进的发展格局。林业产业基地总规模达10.52万公顷。2015年以来，黄石市新增林业产业基地11494.2公顷，其中油茶基地4180.9公顷、杉木等速生用材林及珍贵树种战略储备林基地3602.3公顷、水果及中药材基地1804.7公顷。全市已培育省级林业产业龙头企业12家，涉及木本油料生产加工、花卉苗木生产、林产化工、竹木加工等多个领域。湖北瑞晟生物有限公司落户黄石后，已建成香料植物基地1.2万亩，致力打造亚洲最大的香料基地和国际香料产品贸易中心、展示中心。

黄石开发区金海管理区
白茶产业助力绿色发展转型

李文雄

2018年4月20日"全民饮茶日"，由黄石经济开发区金海管理区及黄石市供销合作社主办、黄石经济开发区金海白茶协会承办的"第四届金海白茶文化旅游节暨第二届户外运动嘉年华"活动在金海管理区女儿山白茶生态休闲观光产业园开幕。当日上午，来自周边地区近万名游客参加了开幕式活动。

开幕式上，黄石市供销社党组书记、主任方朝阳为黄石经济开发区金海白茶协会授匾牌，宣布其成为黄石农村专业合作社联合会副会长单位。现场还安排了观众抽奖、互动品茶、茶艺表演、书法表演、茶王颁奖等环节。当日，游客可以免费采茶，组织方安排了现场免费炒茶服务。阳新采茶戏非物质文化传承人费丽君也率阳新采茶戏剧团参加了本届白茶节，现场献艺，将节日气氛推向高潮。

金海管理区位于黄石经济技术开发区大冶湖生态新区南部，面对父子山，濒临大冶湖，辖区面积21.4平方公里，下辖7个行政村和1个社区居委会，规上企业1家，人口1.8万。东接新港物流园区，西南到106国道，紧邻黄阳一级快车道、大冶湖特大桥和正在规划建设的太子临港临空产业园，驱车到黄石和阳新城区仅15分钟，3分钟可直上在建的黄咸高速、棋盘州长江公路大桥，交通十分便利。境内旅游资源十分丰富，有大冶湖、女儿山等自然景观，有北峰尖、大立井、观音洞等遗址，还有西山寺、金华寺、塔时寺、双径堡等人文景点，是广大市民、游客户外运动健身和休闲游玩佳地。

近年来，金海按照黄石市委、市政府提出的"生态立市、产业强市"发展战略，加快产业转型，充分利用本地的山水资源优势，率先在全省实现煤炭产业全域清零的同时，积极培育新的经济增长极，建成了女儿山万亩白茶生态产业园，10公里的黄石市首条国家级登山健身步道蜿蜒于白茶园中，同时配有2.5公里的标准化旅游公路和8公里樱花迎宾大道、世外桃园、观景台、农家乐等服务设施。金海白茶生态产业园被湖北师范大学定为"大学生户外运动基地"、黄石市团市委定为"少先队实践基地"。并从2015年起已成功举办了三届金海白茶文化旅游节，吸引市内及武汉、黄冈、咸宁等地游客近10万余人，有效推介了金海白茶品牌；引入社会资本建设茶叶加工厂10家，借鉴外地先进经验，主动优化白茶产品结构，提升产品价值链，开发多种新产品，2017年全区白茶总面积1.5万亩，销售茶叶9万斤，实现产值6200万元。

近年来，管理区投资数千万元推进美丽乡村建设，对镇区和各村实施"亮化、绿化、美化"工程，镇区环境和村容村貌得到极大改善，凡庄、径源、屋边等村庄先后被评为省绿色示范村、市级宜居村庄、市级文明村和"四化同步"示范村。如今的金海，集乡村休闲旅游、茶文化体验、蔬菜瓜果采摘于一体的特色产业链初见雏形。

金海管理区正围绕建成"鄂东白茶特色小镇"的目标，计划通过3～5年的时间，建成

茗山玫瑰基地

集种茶、采茶、制茶、售茶、休闲、旅游、健身、观光为一体的白茶产业生态观光示范园区，打造成鄂东南地区规模最大的白茶产业文化特色小镇。

本届文化旅游节活动由第四届金海白茶文化旅游节开幕式、2018年"金海杯"白茶茶王赛、黄石市特色农副产品及茶叶展销会、户外帐篷音乐晚会、茶园秀（含袍秀、摄影秀、风筝秀、运动秀等）等系列子活动构成。

（原载2018年4月21日《湖北日报》）

湖北大冶借瑞晟"芳香产业"强势突围

尹永光

自从湖北瑞晟生物有限责任公司在大冶茗山乡投资芳香产业之后，这个曾经在黄石地区最穷的乡镇，就一跃成为了当地的产业明星。

"芳香产业已经成为茗山乡的支柱产业"，茗山乡乡长余显军向长江商报记者证实。

据记者了解，2012年瑞晟公司成立后，在茗山乡大力发展芳香产业，种植玫瑰、薰衣草、洋甘菊等多种作物，带动茗山经济不断发展。2014年，茗山财政收入增长11.5%，规模以上工业增加值增长27.5%，固定资产投资增长65.9%，农村人均纯收入增长12.6%。

一个令主管部门感到欣喜的事实是，芳香产业对茗山乡的改变渗透到各处，农家乐餐厅以玫瑰花的品种命名、葡萄改名玫瑰果、乡村道路两旁到处竖立着乡村园博园的广告牌……

长江商报记者在采访中看到，当前以瑞晟公司香料种植基地为主的芳香产业集群正为大冶茗山的产业、旅游良性循环带来更多的可能性。

被彻底改变的茗山乡

数年前提起大冶茗山乡，当地村民都会说"最贫穷、最落后"。然而，短短数载，返乡创业的茗山村民已经高达80%。

8月27日，长江商报记者来到在湖北省大冶市以西约25公里的茗山乡。记者看到，当地新修的公路边种植着玫瑰、薰衣草等芳香植物，道路两旁散落着几十家农家乐，不远处，各个村庄一眼望去全是崭新的楼房，其"繁华"程度完全不像农村。

当日，多位当地居民以及茗山乡干部均向长江商报记者介绍，这里以前是大冶市乃至整个黄石市最贫穷、最落后、最闭塞的乡镇之一。资料显示，大冶是一个典型的资源型城市，60%左右的工业增加值来源于铁矿采选业、钢铁行业和水泥行业三大行业。作为整个大冶市唯一一个没有矿产资源的乡镇，茗山乡此前的窘况可谓非常严重。

2012年瑞晟公司成立后，在茗山乡大力发展芳香产业，种植玫瑰、薰衣草、洋甘菊等多种作物。茗山乡一跃成为当地的产业明星。

茗山乡乡长余显军8月26日告诉长江商报记者："今年的黄石市镇域经济工作会议上，我们作为转型发展的典型上台发言，在以前这是不可能的。"

大冶市茗山乡提供的数据显示：2012年全乡财政收入为1109万元，2013年增长6.7%达到1183万元，2014年增长11.5%达到1319万元；茗山乡规模以上工业增加值2012年为

8820万元，2013年为1.02亿元，增长15.6%，2014年增长27.5%达到1.3亿元；农村人均纯收入也伴随着芳香产业的发展而不断增长，从2012年的6159元连续两年增长12.6%，到2014年达到7813元。

"芳香产业已经成为茗山乡的支柱产业"，余显军告诉长江商报记者，这还带动了茗山乡的回乡就业、回乡创业潮。

据不完全统计，茗山乡返乡人员高达3000人，其中也包括瑞晟公司副总裁汪启胜。汪启胜此前在广州待了15年，从事化妆品相关行业，2014年回家乡加入瑞晟公司。

也有一部分人选择创业。茗山乡老厨子农家乐餐厅程经理8月27日告诉长江商报记者，生意最差的时候一天也能赚1000元。程经理介绍，老厨子农家乐以前开在外地，因为家乡的发展势头很足，最终选择回到茗山。

芳香产业也带动了整个茗山乡的投资氛围。数据显示，2012年茗山的固定资产投资为2.89亿元，2013年和2014年分别增长了58.5%和65.9%。其中颇为引人注目的是位于晏庄村的吉森制衣，这是一家中日合资的服装代工工厂，能为当地解决100多人的就业。

探索合作社新模式

在芳香产业的发展过程中，瑞晟公司与茗山乡也探索出新的种植合作社新模式。据余显军介绍，茗山乡已成立各类专业合作社20余家，晏庄英才种植合作社就是其中的典型代表。

位于茗山乡东北方向的晏庄村虽然离茗山最近，但之前却是茗山乡最穷的村之一。晏庄

油茶基地

村村支书、晏庄英才种植合作社理事长柯才胜8月27日向长江商报记者介绍,他接手村支书时村里欠有外债49万元,2012年之前晏庄村没有一条硬化道路,村里楼房不多,大部分村民都外出打工。

但是现在,不仅村民收入上升,98%以上的家庭建了楼房,外出务工的村民有80%回乡工作,村里集体经济也能赚钱,不仅还清了借款,还有结余用于修路、修水塘、改造电路、扶贫。"今年10月1日,我们村投资100多万元的文化活动中心就能投入使用了。"憨厚的柯才胜在描述家乡的变化时,甚至用上了他并不熟悉的"幸福感"一词。

3月18日,英才种植合作社正式开始运行。柯才胜将村里闲置的土地进行整治,然后流转到瑞晟公司。瑞晟公司将土地层层分包给村民,提供种苗、肥料等生产要素,将种植过程中的排涝、除草、施肥、剪枝等劳务承包给村民,每亩劳务费用630元,种花和采花的费用另行计算,每块土地根据产出付费——也就是说,村民的收入与土地的产出挂钩。

村民的收入分为三个部分:流转土地每亩240元、国家补贴每亩160元,在合作社工作一般一年2万元,另外还有村集体经济的收入。

由于合作社带活了乡村经济,晏庄村已经发展起8家企业,村合作社都在其中占有股份。

"45岁到70岁的村民就在种植合作社上班,45岁以下的年轻人就安排到村里面的其他企业。"柯才胜介绍。

瑞晟公司管理员陈海华8月27日接受长江商报记者采访时表示,儿子儿媳之前在广州工作,收入一般,回家后三个人在瑞晟公司工作,每个月收入加在一起有7000元,去年家里花30多万元建了一栋新房子。

市场前景广阔

芳香产业不仅改变了茗山乡的经济结构,改善了茗山人的生存环境,也为瑞晟公司带来可期待的前景。

2012年,茗山芳香产业项目由农业部农业工程研究设计院设计完成后,2013年开始种植,目前已经种植5900亩,共栽种16种芳香植物,主要以大马士革玫瑰、格拉斯玫瑰、紫枝玫瑰、迷迭香、薰衣草、洋甘菊为主。

汪启胜介绍,依据植物生长规律,在逐步进入盛花期过程中,瑞晟公司前期已经开发出天然、绿色化妆品。在未来几年,随着开花量逐年递增,将进一步开发出天然绿色食品、保健品等。

农业产业是长线投资,瑞晟种植园的盛花期预计将从2017年开始,显然瑞晟公司也给予了足够的耐心。"这些有利于地方经济的产业,必须要有市场化的力量在其中。"这是长江商报记者在采访中听到瑞晟公司高层讲过最多的一句话。

在杨桥水库附近的种植园中,记者见到了瑞晟公司种植的主要品种——大马士革玫瑰,它的花瓣更多、颜色更深。为了更高的市场价值,瑞晟种植的更多的是花期短但出油率高的大马士革玫瑰,而不是市面上常见的花期更长的紫枝玫瑰。

国际知名咨询公司Freedonia的最新研究报告显示,国际市场对天然玫瑰精油的市场总需求量达13吨以上,而实际供应量只有3吨左右,大约缺口达10吨;根据推算,未来三年,国内日化市场将突破4000亿元、化妆品市场将突破2500亿元、复方精油市场将突破500亿元、单方精油市场将突破100亿元、保健品市场将突破2000亿元。

"中国即将成为全球化妆品第二消费大国,市场潜力巨大。"瑞晟公司营销总监徐松8

月 27 日告诉长江商报记者，这是瑞晟公司的机会所在。

事实上，除了茗山乡的玫瑰种植园，当地也有意将毛铺生态示范园、青松生态采摘园、长鹿樱花园统一纳入到这个芳香产业集群中。

据悉，除了瑞晟公司，目前湖北洪湖、鄂州等地都有企业进入芳香产业。

旅游、产业良性循环

在茗山乡，随处可见乡村园博会的广告牌，杨桥水库坝下的园博园成为与瑞晟公司现代化工厂遥相呼应的地标建筑。

2014 年，依托瑞晟公司的花卉基地，在玫瑰花期 4 月下旬至 5 月下旬，以"乡村园博、生态富民"为主题，茗山乡举办了黄石首届园林博览会。在开园一个月内，吸引游客 103 万人，旅游总收入共计 3.5 亿元。

2015 年，茗山乡举行了中国乡村玫瑰博览会，累计接待游客 30 万多人次，实现旅游收

彩叶苗木基地

入6000万元。有了生态转型需求,离武汉一个多小时车程、风景优美的茗山乡拥有了发展生态旅游的天时地利人和。产业推动旅游,旅游带活产业,最终实现旅游和产业的良性互动。

瑞晟是茗山乡生态旅游的推动者,同时也是受益人——游客购买瑞晟的产品,并逐渐建立品牌知名度,而且,杨桥水库旁边瑞晟公司旗下的香薰酒店也即将开业。

旅游的发展也带活了当地的旅游经济。茗山乡党委委员朱忠炯给长江商报记者讲了一个细节,筹办第一届乡村园博会时,镇里到处求着村民办农家乐。第一届办完之后,大量农家乐密集开张,目前瑞晟种植园附近共有农家乐45家,每一家仅仅在园博会期间就能赚5万元左右。

茗山人耳熟能详的一个故事是,今年玫瑰博览会的时候,有一群福建人来茗山,大概住了一个月。他们也许并不能说明白这意味着什么,但从越来越大的玫瑰种植面积、越来越宽的公路和越来越多的农家乐中,他们知道芳香产业对整个茗山带来了什么。

(原载2015年9月1日《长江商报》)

依托生态谋发展　构筑绿色生态梦

创森以来,黄石市经济技术开发区按照市委、市政府战略部署,依托大冶湖、父子山等自然生态资源,以绿色生态为主题,以美丽乡村体验带为建设引领,大力发展生态产业,构筑绿色生态梦,助力我市创森工作。

开发区充分利用现有的自然生态资源优势,因地制宜,大力发展"一村一品、连片一业"旅游产品,把生态优势转化为经济优势,实现生态与经济双赢,改变乡村落后局面,激发乡村生态旅游活力。一是高标准建设旅游基础设施。先后投入7600万元建成105公里登山步道和23公里自行车休闲绿道,并在沿线布点建设"十六景"。2017年再次投入780万元继续规划建设近20公里步道,构成步道旅游闭环,带动沿线农家乐、农产品销售等旅游经济的发展。二是积极筹办节会旅游活动。依托金海管理区万亩白茶基地和父子山登山步道,成功举办金海白茶文化旅游节3次和登山健身步道旅游节2次,吸引周边城市10万余名游客前来体验观光,目前金海管理区正积极谋划在白茶基地建设黄石首条山地自行车赛道。随着父子山绿道、登山步道和金海白茶产业园的建成,已初步构成了体验绿色生态、产业发展、美丽乡村、民俗文化于一体的体验带和休闲健身旅游圈。三是大力发展特色产业。金海管理区牢固树立"绿水青山就是金山银山"的发展理念,关停境内所有矿山,将废弃矿山资源"变废为宝",通过"公司+合作社+大户"模式,大力发展白茶近1.2万亩,据不完全统计,去年销售茶叶9万斤,年产值6200万元。太子镇通过政府出苗、财政奖补的方式,大力推广油茶种植,目前已发展油茶近万亩,仅德夫村就发展油茶3000亩,年产油量1.8万公斤,年产值162万元。四是精心培育农事观光体验园。投资1000余万元,在父子山自行车绿道沿线,发展红心李、狗血桃、樱桃等水果采摘园共1300余亩,发展家庭式采摘园300亩,发展玫瑰园、樱花园等观光园1100余亩,每年带动群众增收500万元,初步形成了体验观光、休闲采摘于一体的农事观光体验园。五是着力打造绿色示范乡村。大力实施村庄绿化、村容整治、农田林网建设等工程，着力改善乡村环境面貌，打造一批环境优美、乡风文明的生态新村。目前已高标准建成继武、上堰、港东、南山、李姓、德夫、益昌、碧湖、樟铺、凡庄等10余个美丽乡村。

（原载2018年2月12日黄石林业网）

我市6家企业获得第二届中国·武汉绿色产品交易会金奖

2017年11月10日至12日，第二届中国·武汉绿色产品交易会在武汉市举行，我市14家涉林企业参展，展品涉及茶叶、花茶、中药材、花卉苗木、猕猴桃、山茶油、竹制品、蚕桑制品等多个品种，其中湖北瑞晟公司的"花帅牌花茶"、金牛铭森专业合作社的"猛哥牌猕猴桃"、黄石园林花木公司的"轻质屋面绿化种植模块"、湖北绿知堂公司的"竹装饰板材"、湖北康之堂公司的"铁皮石斛鲜条"、阳新蔡贤村桑蚕专业合作社的"仙岛湖牌蚕丝被"等6家企业产品荣获此次绿交会金奖。

近年来，黄石市委、市政府高度重视林业产业发展，立足林业增效、农民增收的目标，围绕生态林业、民生林业两大核心任务，以油茶、杉木、楠竹等产业基地建设为抓手，积极推进全市林业产业转型升级，初步形成以资源培育、林产加工、苗木花卉、森林旅游等多元化产业格局。目前已建成各类林业产业基地140万多亩，培育省级林业产业化重点龙头企业12家，截止到10月底实现产值40.1亿元。

（原载2017年11月14日黄石林业网）

关于命名表彰全市"十大造林示范基地"等林业先进典型的通报

各县（市）区、黄石经济技术开发区绿化委员会：

近年来，在市委市政府的正确领导下，我市深入推进绿满黄石行动，扎实开展森林城市创建，林业工作取得了明显的成效，在造林绿化、基地建设和森林资源管护等工作中涌现出了一大批先进典型。为了表彰先进，树立榜样，充分调动全社会发展林业的积极性，促进我市林业更好更快地发展，为实施"生态立市产业强市，建设鄂东特大城市发展战略"作贡献，经各县（市）区、开发区林业部门申报，市林业局组织考核遴选，市绿化委员会办公室决定命名阳新县三元实业有限公司油茶基地等10个基地为全市"十大造林示范基地"、阳新县国营宝塔湖苗圃场等10个苗圃为全市"十大示范苗圃"、阳新县排市镇硖石村王小玲等10人为全市"十大造林标兵"、阳新县洋港镇车梁村谈荣明等10人为全市"十大护林标兵"，并予以通报表彰。

黄石市十大造林示范基地

阳新三元实业有限公司油茶基地
阳新县洋港镇泉口村油茶产业合作社油茶基地
阳新县木港镇枣园村杉木基地
阳新县经济林示范场油茶基地
湖北恒保生态产业发展有限公司油茶基地
湖北瑞晟生物有限责任公司玫瑰花基地
湖北省铭浩绿色生态科技发展有限公司林下种植基地
湖北银泉林业开发有限责任公司造林基地
大冶市大箕铺镇三角桥村油茶示范基地
黄石经济技术开发区金海白茶基地

黄石市十大示范苗圃

阳新县国营宝塔湖苗圃场

诗画上冯

阳新县林业科学研究所苗圃场
黄石市四丰生态苗木专业合作社苗圃
武汉长绿环境科技发展有限公司大冶苗木基地
大冶市金牛镇胡氏苗木工程有限公司苗木基地
湖北禾桉农业科技开发有限公司苗木基地
湖北大冶长青苗木专业合作社苗木基地
湖北天造园艺有限公司苗木基地
黄石市园林花木有限公司苗木基地
黄石市山水苗木有限公司苗木基地

黄石市十大造林标兵

王小玲　女　阳新县排市镇硖石村
曾祥波　男　阳新县龙港镇上泉村
成崇海　男　阳新县龙港镇黄桥村
陈丽芳　女　阳新县枫林镇五合村
柯国梁　男　大冶市刘仁八镇金柯村
刘合伍　男　大冶市龙凤山农业开发集团有限公司
邓建国　男　大冶市灵乡镇贺铺村
吴远红　男　大冶市还地桥镇下畈村
汪文斌　男　黄石经济技术开发区汪仁镇马鞍山村
徐犹钱　男　黄石经济技术开发区太子镇王家老屋村

黄石市十大护林标兵

谈荣明　男　阳新县洋港镇车梁村
孔德峰　男　阳新县龙港镇梧塘村
陈新松　男　阳新县木港镇宋山村
侯立升　男　大冶市森林消防中队
冯邦乾　男　大冶市殷祖镇森林防火队
李相煜　男　黄石经济技术开发区汪仁镇磊山村
王细亮　男　黄石港区锁前社区
游海见　男　西塞山区凉山村
陆月华　男　下陆区东方山社区
潘建平　男　铁山区木栏社区

希望受命名表彰的单位和个人，在今后的各项林业工作中继续发挥带头示范作用，再作贡献，再创佳绩。其他涉林单位和个人要虚心学习先进单位和个人的经验，继续努力，力争取得更好成绩。全市上下要共同努力，为实施生态立市、产业强市战略，创建国家森林城市作出新的更大贡献。

黄石市绿化委员会办公室
2015年10月8日

【第七章】
生态旅游建设工程蓬勃向上

　　《黄石市国家森林城市建设总体规划》要求，生态旅游建设工程，充分发挥森林的生态功能，建设森林旅游特色乡镇和特色村，加快森林旅游业发展。2018年年底前，黄石市要建设上冯九古奇村乡村旅游区、枫林石田古驿生态旅游区、军垦五夫生态园旅游区等11个乡村旅游景点，力争建成铁山国家级全域旅游示范区和陈贵镇省级全域旅游示范镇。

　　截至2018年5月底，全市建设生态旅游景点100多处，年均接待游客1000多万人次，年均旅游综合收入13.85亿元。林业生态品牌建设成效显著，保安湖国家湿地公园、莲花湖国家湿地公园、仙岛湖生态旅游区、七峰山中国森林养生基地、龙凤山、黄荆山、小雷山中国森林体验基地、上冯中国慢生活休闲体验村和全国生态文化村、熊家境、坳上村中国慢生活休闲体验村、南市中国美丽休闲乡村等一批林业生态品牌相继建成，成为黄石市生态旅游的新亮点。保安桃花节、金山店香李节、茗山玫瑰花节、军垦农场葡萄节、网湖湿地观鸟节、黄石市樱花节、铁山槐花节、金海白茶节、河口荷花节、父子山登山节及乡村园博等各种林业生态节会蓬勃发展，每年举办各类节会近20次，年均接待省内外游客600多万人次，年均旅游总收入达到5.25亿元。

柯尔山公园风光

三兄弟捐 3000 万打造诗画上冯

段兵胜

一个 800 多人的湾子，用 1.7 亿元打造生态旅游村。目前，该湾已投入 9000 多万元，湖北兴冶矿业有限公司冯声波三兄弟已无偿为家乡建设捐资 3000 多万元。

今年 10 月，全国人大常委会原副委员长周铁农来到该湾，欣然题写了"诗画上冯"。

前日，记者探访发现，该湾的古村落建设基本完工，新的景区——庐尚境景区建设正在火热进行之中。

因新农村建设被发现　"九古奇村"成名片

大冶市作协副主席刘家云曾说："你可能见过近千年的樟树，但你未必见过这么多数百上千年的古樟树；你可能看见过狗刺树，但你未必见过生长 600 多年的狗刺树；你可能见过刺冬青盆景树，但你未必见过浓荫蔽日、自由自在在野外生长千年的刺冬青，还有那些保存完好的古祠、古楼巷等。"

近日，记者到上冯湾实地探访，终于得见以上这些珍稀景物。

初冬的上冯湾，满山苍翠，流水潺潺，空气异常清新。

上冯湾人、原上冯村党支部书记、村长冯声优介绍："我们的美好风景是 2011 年才被外界认识的。"他称，该湾有 600 多年的历史，一直把保护树木环境作为祖训，一代一代往下传，直到 2011 年，新农村建设工作队驻点该村。"工作队的人说，我们这里环境这么好，

荷香迎来八方客　刘建　摄

可以发展旅游。"

为此，该村任职过大冶市政府办公室主任的退休老干部冯声家专门到湖北大学请来专家组一行论证。

湖北大学旅游发展规划研究院教授、琴园学者，中国旅游案例教学与研究中心主任、研究员，武汉骄楚规划设计院院长、首席规划师熊剑平给该村吃下"定心丸"：不仅可以搞，而且可以大搞生态旅游。随后，由他牵头的专家组为该湾制定了旅游发展规划。

2012年，该湾拉开了旅游建设的大幕。在数十个景点中，以最有特点的"古根、古树、古宅、古碾、古祠、古道、古沟渠、古盆景、古井"为核心开始建设，该村也以"九古奇村"为名片，笑迎各地客人。

2013年，该村获评"中国传统村落"称号。

今年10月底，全国人大常委会原副委员长周铁农来到该湾，被眼前如诗如画的景色所陶醉，欣然题写了"诗画上冯"。

三兄弟捐资3000多万元 带动更多老板出资出力

冯声优介绍，根据规划，整个旅游项目需要资金1.7亿元。对于一个"只有240多户人家，800多人"的湾子来说，资金的压力是巨大的。好在，该旅游区的建设获得了多方支持。

目前，该湾的旅游建设已投入9000多万元，其中政府投资4000多万元，1600多万用于修筑从四斗粮到上冯湾的道路，"庐尚境景区3.3公里盘山公路需2000万元，主要也由政府投资。"冯声家说，湾子的古村落建设工作基本完成，20公里的石板路、各种亭子、古民居、公共设施、广场等均修建完毕。

冯声优介绍，该湾走出去的老板对家乡生态旅游建设作出了很大的贡献。兴冶矿业董事长冯声波及弟弟冯声浪、冯声海，合起来已捐资3000多万元。而且，作为兴冶矿业总经理的冯声浪，2012年还义务担任湾子的项目建设指挥长，从事业中分身，将建设美好家乡当成自己的"正事"。

在他们三兄弟的带动下，该湾大小老板踊跃出资出力，使家乡的建设得到又快又好的推进。

发掘文化内涵 将出三本文集

"没有底蕴的旅游区是留不住人、难被记住的。"现任该湾生态旅游指挥长的冯声家说，没有文化，就没有灵魂，"说得不好听一点，游客来了，也是到此一游，走马观花，走走路而已。"

因此，该湾专门组织人员进行文化发掘工作，先期决定出版3本文集。

该湾人冯云长是3本书的责任编辑。他称，第一本诗词楹联书籍已收集300多篇作品，成书将有250多页，本月可以面世。

第二本书籍，是有关民间传说和故事之类的文集。目前，以大冶民间文艺家协会牵头，由该协会著名民间故事作家余炳贤等大冶知名作家参与的群体，多次深入该湾，开展采风和搜集整理工作，已收集到与该湾景点有关的作品70余篇，编撰工作正在紧锣密鼓地进行。

第三本书籍，以图片摄影为主，将从年底起，面向黄石摄影界人士征集涉及该湾景点的、包括一年四季景象的作品，结集出版。

（原载2014年12月8日《楚天时报》）

劲牌公司捐资亿元
为黄石百姓修建柯尔山—白马山公园

王舒娴　沈　莉

2014年9月15日,黄石市柯尔山-白马山公园项目开工仪式正式举行。据了解,该项目由劲牌公司全资捐建,捐建金额预计超过1亿元,计划2015年12月建成,建成后将交给黄石市政府运营,免费向全体市民开放。

该项目包括柯尔山和白马山两个山体和两个街头绿地,总占地面积76.7公顷;两个山体隔路相望,山中植被葱翠、鸟语花香,为整个公园规划提供了较好的天然条件。公园内部规划有游客服务中心、山地自行车赛道、儿童游乐场、过街天桥、观景亭台等相应的配套齐全的公园设施;还设计有诸多独具特色的景观带,如棠园曲径、密林书屋、双石相映、盘龙崖、

山清水秀　廖镜孜　摄

鸟语林、醉斜阳等。

规划中的柯尔山－白马山公园，如围棋中"一着妙棋，满盘皆活"之佳境，以"三点一线"的规划串起散落于周边的景观资源孤岛；将为黄石市致力打造一个"山、水、城"三位一体的生态城市的目标提供了最有力的鉴证。

该公园项目由劲牌公司全资捐建，捐建金额预计超过1亿元，主要致力于矿冶城市的公益生态。在施工现场，记者看到标语所言："建老百姓身边的公园，老百姓自己的公园"。

（原载2014年9月17日《湖北日报》）

我市举办2016年全国登山健身步道联赛

2016年4月10日上午9时，2016年国家登山健身步道联赛首站在我市铁山区熊家境国家健身步道开赛，副市长苏梅林出席比赛活动开幕式并为比赛鸣枪。本次比赛由中国登山协会、湖北省体育局、黄石市人民政府主办，黄石市体育局、黄石市铁山区人民政府承办，铁山区文体旅游局、中国劲酒、雪花啤酒共同协办。

本次比赛共分为全长22公里的竞速组、4.5公里团队接力组、5公里步道达人组、2.5公里家庭亲子组和7.8公里徒步健身组五个组别，共吸引来自全国各地700余名运动员前来参赛，经过激烈比赛角逐，最终曾文波获得男子个人竞速组冠军，朱冰莹获得女子个人竞速组冠军，越跑者联盟获得团队接力组冠军。

熊家境国家登山健身步道由一条主线、六条支线和一条山地自行车道组成，南连鄂州汀祖，北到高峰山，串联起两大景区——黄石国家矿山公园、佛教名山东方山风景区，规划总长52公里，现已完成一期建设35公里，于2015年10月27日通过国家体育总局户外管理中心检查验收，并荣获"国家登山健身步道示范工程"称号，成为黄石首批、全国第15条国家级健身步道。该登山健身步道在建设过程中秉承注重生态、注意环保的绿色理念，尽量减少人工化痕迹，有效整合人文历史、经典传说、自然景观等现有资源，形成"休闲健身户外运动旅游"等多功能、景观型"慢行系统"。

（原载2016年4月12日《创森简报》第121期）

矿冶名城的文化之旅

中山大学　顾敏煜

"千年炉火，映沧桑，钢花飞，铸辉煌。山青青，水茫茫，美人睡在湖中央，铜草点头花含笑，香樟树，引凤凰。"一首《黄石欢迎您》唱响了为期两天的黄石地矿科普之旅。

山水林城 美丽黄石
湖北省黄石市创建国家森林城市纪实

黄石素有"青铜之都"、"钢铁摇篮"、"水泥故乡"之称，也有着"百里黄金地，江南聚宝盆"的美誉。

黄石矿冶历史悠久，最早可追溯到商朝中晚期。从古至今这三千年来，黄石炉火未曾熄灭，故有前人李白作出"铜铁曾青，未择地而出。大冶鼓铸，如天九神，既烹且烁，数盈万亿"豪迈诗句，后有来者范轼感慨的"铁山三千六百九，崭岩藏金自故有……矿师远致碧眼胡，火轮近试黄石港"。

从铜绿山古铜矿坑遗址到亚洲第一大采坑，从古代炼铜作坊遗址到近代工业华新水泥厂旧址，大到各种废弃重型采矿机器，小到千年前丢弃的炉渣，这些都是矿冶开采留下的历史痕迹，也深深烙印在黄石这座城市的文化脉络里。

在黄石探访的几天里，我感受到更多的并不是黄石百姓对资源枯竭的悲观和对发展速度缓慢的抱怨，而是对黄石矿冶文化的骄傲，对黄石转型发展工业旅游的期待，对黄石重新走向全国人民视野的自信。寻访中遇到的每一位黄石市民，提起他们所在的这座城市，都会竖起拇指，拍拍胸脯说中国劲酒、华新水泥厂、东贝集团等著名企业都出自黄石。

"铜草花，铜草花，哪里有铜就有它。春芽夏长秋开花，多可爱的多可爱的铜草花。"同行的讲解员李姐刚上车，便为我们唱了一首《铜草花》。虽歌词简单质朴，但歌中凝结的是黄石人民在长期的实践中总结出的探矿采矿经验，是黄石矿冶文化的生动载体。除此之外，李姐还唱了《黄石欢迎您》以及《西塞山》这两首歌。尽管相传张志和当年是在浙江湖州写下这首脍炙人口的《渔歌子》，"西塞山前白鹭飞，桃花流水鳜鱼肥。青箬笠，绿蓑衣，斜风细雨不须归。"但诗中的文字又何尝不是对黄石今日美景的生动写照呢。

在黄石，各种与矿有关的民谣让人大开眼界。找铜矿的有"铜草山上挤，矿藏在兜里"，"山上盛开铜草花，上下铜矿叫呱呱"。找铁矿的有"瘦田黄水流不歇，不出黄土就出铁"。找煤矿和采煤的有"山石成片，烟口成线，没有煤才有鬼"；"一山乌石板，里面藏煤炭"；"入地不吸烟，吸烟喊皇天"。这些民谣不但反映了人们认识自然的探索，而且反映了人们利用自然改造自然的智慧。

仙岛晨光　孙章辉　摄

由于近代特殊的历史背景，黄石近代文学也逐渐形成了一种新的风格，由先前的找矿采矿为背景的文学逐渐改变成了以斗争、奋战为题材的文学。黄石里有一处遗址记录了黄石乃至整个中国的悲惨历史，那就是汉冶萍炸药硐室。这里流传这一句童谣："上了狮子山，如进鬼门关。活人走上去，死人往下搬。"此处遗址所代表的便是中国近代的屈辱史，为此大冶铁矿作家马景源便创作了小说《山吼》。这个作品真实地讲述了日本侵略者对黄石矿冶人的压迫与掠夺，同时也表现了黄石人民不屈服于侵略者与誓死反抗的精神。

矿石是冰冷而无情的，矿巷是深幽而黑暗的，一个个铜锭的冶炼需要众多矿冶工人的辛苦劳作，与之伴随的是黝黑的皮肤、艰险的工作环境。但正是黄石这3000年不灭的炉火造就了今天的黄石传统文化，那些长期在矿山从事开采和冶炼的矿工和冶户，他们粗犷、不畏艰险、吃苦耐劳、开拓进取的精神正是黄石人民的精神。

在黄石的矿冶历史进程中，无论是古代的鼎盛时代还是近现代的艰苦年代，文学始终贯穿于此，从未停息。也可以说，文学伴随着黄石走过了3000多年的风风雨雨。黄石矿冶文化跌宕起伏几起几落，而矿冶文学却与之不离不弃。

资料显示，当地的矿冶文学既有讲述黄石人艰苦奋斗的诗歌小说，也有描述黄石矿冶人火红生活的文学作品，如诗歌《矿山娘子军》中写道的"都是从老远老远的地方来的，定有一番不寻常的追寻，终把心底蕴藏的纯洁情爱，献与燃烧和燃烧的英雄"；《钢水红似火》中的文句"钢水红似火，能把太阳锁。霞光冲上天，锁住日不落"；《地上焊花开心窝》中写道"一把焊枪手中托，星星漫天身边落。天空星群只亮眼，地上焊花开心窝"。

一路走来一路歌，在黄石感受到无处不在的矿冶文化，让我相信尽管面临资源枯竭等困难，但黄石人民艰苦奋斗的精神定能让黄石成功转型，再一次进入全国人民的视野，重现昔日盛世辉煌。

（原载2017年11月16日《中国青年报》）

黄石市登山健身大会
暨黄石港区第三届大众山登山节开幕

黄石市创森办

2018年4月16日上午"迎省运会、创森林城"黄石市登山健身大会暨黄石港区第三届大众山登山节拉开帷幕，数千名登山爱好者兴致勃勃登高望远，感受春天的气息。登山活动起点在黄石港青山湾，终点在花湖街道锁前社区王昌茂出口。为了配合此次活动，黄石港区建设局（农林水利局）积极安排工作人员，做好护林防火、环境卫生、活动安保等一系列措施，确保活动顺利开展。

大众山登山健身步道是黄石国家登山健身步道的重要组成部分，距离市区仅10分钟生活圈，是市民休闲游憩的理想场所。今年是我市创森考核迎检之年，也是湖北省第十五届运动会在我市召开之年，市体育局和市创森办及黄石港区政府联合举办"迎省运会、创森林城"黄石市登山健身大会暨黄石港区第三届大众山登山节，活动主题为"创建国家森林城市建设美丽宜居黄石"。

活动当天，来自各县（市）区、开发区、市直机关工委、市老年人体育协会的1600多人参加了登山活动。市创森办委托市户外运动协会在登山步道沿线拉挂创森宣传横幅20多条，在登山终点站发放创森环保袋、创森宣传手册、致市民朋友的一封信1000多份，有力宣传了创森工作，提高了创森的知晓率、支持率和满意度。

（原载2018年4月17日《创森简报》第262期）

湿地候鸟　宫兵　摄

【第八章】
森林健康经营工程有序发展

《黄石市国家森林城市建设总体规划》要求，森林健康经营工程，继续推进森林抚育经营，全面加强自然保护区、森林公园、湿地公园和生态公园建设，大力开展湿地保护和修复。2018年年底前，黄石市完成中幼林抚育990公顷，新建毛铺省级自然保护区，新建七峰山省级森林公园、磁湖湿地公园、莲花湖国家湿地公园和鹿耳山国家生态公园，完成磁湖南岸、青山湖、青港湖生态修复工程。

截至2018年5月底，全市已建省级森林公园6个，国家湿地公园2个（含试点），其他湿地公园1个，省级湿地自然保护区1个，省级自然保护小区4个。网湖湿地自然保护区已成功申报国际重要湿地名录。黄荆山、七峰山、大众山、东方山、小雷山森林公园基础设施不断完善。青山湖青港湖、五一湖生态修复和磁湖湿地公园、莲花湖湿地公园建设稳步推进，湿地保护不断加强。创森以来，全市完成森林抚育面积2266.67公顷，森林质量不断提高。积极开展生物多样性调查，新发现国家珍稀植物南方红豆杉、香果树、蓝果树、红椿、青檀等，并编制了《黄石地区常见高等维管植物图谱》。

保安湖国家湿地公园（试点）通过国家验收
黄石市诞生首个"国字号"林业生态品牌

2016年8月，国家林业局发布《2016年试点国家湿地公园验收结果的通知》（林湿发[2016]107号），湖北大冶保安湖国家湿地公园（试点）通过验收，黄石市诞生首个"国字号"林业生态品牌，这是我市林业生态建设工作的重大突破，是我市创建国家森林城市的重大成果，也是对我市在生态资源保护、林业建设等多方面工作的肯定。

保安湖国家湿地公园规划总面积4343.57公顷，湿地面积4309.34公顷。从2011年开始建设到今年完成国家级湿地公园验收，黄石、大冶两级党委政府和林业部门一直高度重视，将湿地公园作为国家森林城市的重点项目来打造，作为公益性项目来打造。在过去5年间共投入资金 3000 余万元，完成了湿地保育区、恢复重建区、宣教展示区、合理利用区和管理服务区等五大功能区的建设，其生态功能、经济动力和社会效益日益凸显。

经过 5 年建设，保安湖从建设前的 IV 类水提升为 III 类，空气质量明显优于周边其他区域；实施《保安湖国家湿地公园湿地保护与恢复》项目，修复生态岛 2 个、水禽栖息地 350 公顷，增加保育区面积 0.42 公顷，湿地生态系统和动植物栖息环境得到了有效保护，生物多样性逐步提升；湿地科普宣教阵地建设日益完善，建设室内科普馆 1 个，室外宣教展示区 2 个，面向全社会开设"湿地科普学校"，吸引了众多学生和家长参与，同时，通过开展摄影比赛、环保志愿者环湖骑行等科普宣传活动，关注湿地、爱护湿地的氛围正在全市逐步形成；与中科院水生物研究所长期合作设立了保安湖科研监测站，在保安湖湖区设置 10 个监测点，对保安湖生物资源及水资源状况进行调查、监测和研究，联合开展了淡水生态与生物技术等方面的针对性科研项目，为保安湖湿地保护和修复提供科学依据。

保安湖国家湿地公园下一步将在规范科研监测、针对性开展宣传教育、配足配齐管理保护站监测设施、规划修编等方面，扎实做好湿地公园保护建设工作，将保安湖国家湿地公园打造成为全省乃至全国的示范公园，为创建国家森林城市，建设生态黄石作出新贡献。

（原载 2016 年 8 月 25 日《创森简报》第 128 期）

磁湖湿地公园一期开园

环磁湖景观，已成为黄石最美的风景。水休闲的磁湖东岸、水居住的磁湖南岸、水活力的磁湖西岸、水意境的磁湖北岸……如今，水生态的磁湖湿地公园一期已完工，2017 年 12 月 27 日试开园，市民元旦就可畅游其中。而二期正在紧张施工建设中，有望明年年底完工，串起环磁湖景观，一岸一风景。

记者从市建委获悉，磁湖湿地公园是我市利用亚行贷款实施水污染综合治理项目。项目位于磁湖西南区域，广州路以南、沿湖路以北、磁湖路以东、桂林南路以西，总用地面积约 115 公顷，计划总投资约 6 亿元。项目主要是为了汇集处理东钢港、下陆港及周边区域 5000 吨/天的初期雨水，结合景观设计打造休闲的城市湿地公园。初期雨水通过湿地的净化处理排入磁湖，起到改善磁湖水体水质的作用。公园建设中，将建团城山污水处理厂尾水净化潜流湿地 14.4 万平方米，清水性湿地 29.3 万平方米，新建尾水处理管道 3.8 公里及尾水提升泵站等。还将对现有河道整治扩充，使东钢港、下陆港、肖铺港三港合一，治理河道全长 2.875 公里，新建肖铺港渠 424 米，形成新的行洪河道。

这里，将充分利用现有河道漫滩和池塘的生态湿地景观资源，通过生态保护、生态修复、湿地景观的建设，达到水处理工艺与景观的有机融合，让磁湖原生态得到回归的同时，补充旅游观光功能，打造出黄石市第一个集生态、休闲、科普于一体的湿地休闲娱乐公园。

据了解，园区共设置了 5 个入口，1 个主入口、3 个次入口及磁湖南岸绿道贯通入口。主入口位于白马路和广州路交会处，其余 4 个入口分别位于大泉路陈佰臻村处、沿湖路天实混凝土附近、广州路与桂林南路交会处、沿湖路李家坊立交桥下。

"园区建设以水处理和景观建设为主,突出黄石乡土特色,与周边环境协调。"据该项目有关人员介绍,园内的景观设计以"乡村记忆、以水为友"为主题,从自然画卷、水岸游线、乡村记忆、科普教育入手,通过营造植物群落景观、潜流湿地工艺设施软化、丰富水生植物、硬质排洪渠道驳岸软化、增加景观设施等五大方面对项目进行建设。公园内,将新建一座1500平方米的湿地科普展示馆,展示黄石近年来"五水共治"成果、海绵城市建设成果,全面介绍和解析湿地净化理念和湿地工艺,开展生态科普展示。而展馆建筑整体设计将采用明清风格,融入荆楚文化特色。设置的低碳文旅建筑、工业情怀印记等展馆,更是让游客感受到生态野趣、记忆乡愁。

"屋顶采取悬山式、歇山式搭配组合,错落有致,与磁湖北岸现状建筑遥相呼应。"据介绍,除了湿地科普展示馆,园中还将建设一座动植物标本馆,面积2000平方米,宣传动植物资源保护工作、普及科学文化知识、增强市民生态保护意识。

根据湿地与水系走向,结合植物的风貌,从谈山立交至李家坊立交沿线,将依次打造成杉林溪谷、绿堤美筑、桃源烟霞、镜湖花岛四大景观风貌片区的湿地公园。建设绿合叠翠、水趣盎然、黄荆揽胜、展览馆区、芦荻萧萧、莲池鹭影、紫曼纤柔、莺飞啼鸣、疏影情怀、磁湖渔家、风荷秋月等11个湿地景点,从而达到步步皆景、景景不同的效果。

在沿湖路天实混凝土附近的入口处,还将建一座长548米的人行观光桥,横穿湿地,串联湿地两侧,形成新的连接通道,使湿地公园与白马山—柯尔山山地生态公园、黄荆山省级森林公园形成一个休闲娱乐的微循环。项目建成后,将成为我市的生态休闲体验区、"五水共治"科普区、海绵城市示范区,为建设美丽黄石增添一幅绚丽多彩的画卷。

(原载2017年12月29日《黄石日报》)

金竹茶场　刘诗洋　摄

黄石莲花湖湿地公园入选国家湿地公园试点

2017年1月，国家林业局公布了134处国家湿地公园试点名单，我市阳新莲花湖湿地公园成功入选，我市又添"国"字号生态品牌，为国家森林城市创建作出了新贡献。

莲花湖湿地争创国家湿地公园是我市国家森林城市创建重点项目，位于阳新县城东新区，与网湖省级湿地自然保护区隔湖相邻，属于长江中下游淡水湖泊湿地，规划总面积1057.32公顷，其中湿地面积为855公顷，湿地率80.86%，由莲花湖、大泉湖、卢家坝湖和石灰寨湖等自然湖泊组成，园内共有维管束植物124科、346属、488种（含栽培种），是小天鹅、白琵鹭等珍稀水禽的重要觅食区，也是雁鸭类、鹭类、鸥类等水禽的主要觅食、繁衍、栖息区之一。

近年来，市委、市政府高度重视生态文明建设，提出"生态立市、产业强市，加快建设鄂东现代化特大城市"战略，大力开展国家森林城市创建。阳新县投资5亿元建设莲花湖湿地公园，对公园周边污染企业和违规建筑进行迁移和拆除，改建环城路排污管网，新建莲花湖上游城北工业园污水处理厂等措施根除污染源，大力实施富池中下游流域"七湖连通"工程、湖泊清淤治理和湿地植物修复工程。莲花湖国家湿地公园的建设将使野生动植物资源及

生态文化从小养成　　陈新武　摄

栖息地、湿地生态系统得到有效恢复和保护，湿地生态文化得到大力弘扬，有力促进黄石生态旅游业的发展。

（原载2017年1月19日《创森简报》第139期）

黄石市乡土植物物种资源多样性调查及园林应用潜力分析

华中农业大学教授 陈龙清

生物多样性是人类赖以生存和发展的多种生命资源的总和，保护和发展生物多性对人类的生存和社会经济的持续发展有着重要的意义。将城市生物多样性保护纳入城市建设中是城市绿化工作的重要组成部分，而生物多样性同样为城市绿化提供依据和保障。城市植物是城市生态系统的主体，植物多样性的丰富程度是衡量一个城市森林生态系统水准高低的重要标志；也是维持城市生态平衡、保护生物多样性、实现城市可持续发展的重要基础。

乡土植物是营造这一特殊植物园的特色成员。充分利用乡土植物资源营造独具特色的城市植物与森林景观是区域性植物多样性保护的有效手段之一，是实现区域性植物资源持续利用的重要内容，也是构成安全和谐的城市生态系统的有效手段。

了解当地植物资源对于黄石转型发展的意义

黄石市位于湖北省东南部、长江中游南岸，地处武汉、九江之间，是鄂东最大的城市及著名的老工业基地与港口城市。市区三面环山，一面临江，风光绮丽的磁湖镶嵌于市区中心。黄石市地处亚热带北侧，属亚热带季风气候，四季分明，雨量充沛，年平均气温17℃，年平均无霜期264天，年平均降水量1400mm。黄石地区为幕阜山向长江河床冲积平原的过渡地带，境内分布有大量的自然山体及湖泊水系，最高海拔860m，最低海拔8.7m，地貌差异明显。优越的地理环境为野生植物的生长提供了良好的条件，从而在该地区形成了丰富的野生乡土植物资源。

早在20世纪，黄石市凭借着工业优势，当之无愧地坐着湖北省的第二把交椅。但黄石的光辉史与"光灰史"相伴相生。采矿经济推动这座城市发展的同时也带来了生态赤字，重工业集中，产业对资源依赖性强，能耗高、污染大的弊端日渐凸显。生态环保和产业转型的压力，对于昔日"黄老二"来说，逐渐从"迫在眉睫"发展到了"火烧眉毛"。

近年来，黄石市把产业转型作为"生态立市、产业强市"的根本，破除"恋矿情结"、"唯矿思维"的束缚，形成以产业结构优化、生态环境改善、经济实力增强、人与自然和谐、具有黄石特色的生态产业发展的新思路。在这种背景下，了解当地植物资源，为当地转型发展助力就成了必然。

黄石市野生植物资源分析

黄石市共有维管植物152科，491属，1045种（包括亚种、变种、变型）。其中蕨类植物科20科，35属，57种；种子植物132科，456属，988种。其中种子植物科、属、种分别占湖北省总数的77.65%、40%、25.15%。含40种以上的科有禾本科、菊科、蔷薇科和蝶形花科，这四大科虽只占黄石市维管植物科总数的2.63%，但属、种却分别占总数的25.05%和22.39%，均超过五分之一。含20~40种的科主要有莎草科、蓼科、大戟科和唇形科等。单种科与寡种科（含2~10种）占的比例较高，仅种子植物就达到110个科。蕨类植物中，绝大部分科为单种科或寡种科，超过10种仅有鳞毛蕨科。榆科、冬青科和椴树科等虽然这些科种数少于10种，但是它们在黄石市植被组成中常常以优势种甚至是建群种的身影出现，对植被的组成及群落的发展演化起着重要作用。

黄石市植物区系特点，一是成分复杂，种类丰富。地理成分中，15个属的分布区类型在黄石市有14个。二是植物区系具有明显的温带性质，并含有较丰富的热带成分。温带性质的属高达238属，占总属数的48.47%；热带性质的属为184属，占总属数的37.47%。可以明显看出黄石市植物区系偏重于温带性质，具温带向热带过渡的特点，是亚热带和温带地区植物区系的交汇地区。与黄石市地处北亚热带和温带过渡的区域这一地理条件十分符合。三是名木古树多。调查中共发现名木古树142棵，主要树种有樟树、银杏、枫香、白栎、皂荚、五角枫、苦槠、白玉兰等，这些古树的存在为该树种在当地的适应性提供了强有力的证据，同时也为树种规划提供了参考。

野生乡土园林植物资源种类及应用评价

根据调查结果，筛选出黄石市具有较高观赏价值、发展潜力较大的野生乡土园林植物

林水相融

246 种，根据生物学习性，分为以下几类。

观赏蕨类共有 21 种，如虎尾铁角蕨、长尾复叶耳蕨、斜方复叶耳蕨、狗脊蕨、凤丫蕨、蜈蚣草、日本金星蕨、边缘鳞盖蕨、蕨等生于林下或林缘，适合作林下地被植物。水龙骨、江南星蕨、槲蕨、银粉背蕨等适合岩石园配置或装饰树干及枯木。槐叶、萍等为水生蕨类植物，适合水面绿化。

乔木类野生乡土园林植物共有 60 种，均为阳性植物。其中常绿树种如黑壳楠、苦槠、小红栲、罗浮栲、石栎、青冈、花榈木、冬青等均为有发展潜力的赏形、庭荫及行道树，也适合营造大面积风景林。落叶树种有白栎、麻栎、小叶朴、珊瑚朴、紫弹树、建始槭、五角枫、盐肤木、乌桕、野柿、黄连木、丝棉木等，均为秋色叶植物。望春花、梓树则以观花为主。光皮树、南紫薇、青檀多生于山谷沟边，树皮斑驳状，极具观赏价值。臭檀、肥皂荚、红枝柴等树皮光滑，树形优美。鄂椴是十分有前景的行道树资源，调查发现，该群落分布于 400m 左右的山顶，林下多为常绿灌木油茶，这种群落结构为园林设计中的植物配置提供了参考。铜钱树、皂荚等树形自然。这些树种均为适宜的庭荫树、行道树及大面积风景林的优良树种。

筛选出灌木类园林植物资源共计 66 种。常绿树种如乌药、长叶乌药、崖花海桐、格药柃、阔叶箬竹、赤楠、四川山矾、瑞香、山矾、乌饭树、臭牡丹、尖连蕊茶、川鄂连蕊茶、胡颓子等多为林下耐阴灌木，这些树种都是优良的观花、观果或观叶植物，许多种类为良好的篱坛或盆景材料，或可作为疏林地被材料。落叶灌木如生于林缘或路边的芫花、黄杜鹃、白檀、美丽胡枝子、锦鸡儿、中华绣线菊、白花龙、兰香草、马棘等以观花为主。生于林下的白棠子、

黄石市第三届金海白茶文化旅游节暨首届户外运动嘉年华活动

野鸦椿、青灰叶下珠、大青、异叶榕、荚、桦叶荚、卫矛、猫乳等，及生于林缘路边的扁担木、大果卫矛、算盘子、茶条槭等，可作为观果灌木，同时后六者还是十分优秀的秋色叶植物。悬钩子属部分种、蔷薇属部分种、云实、苦糖果等为层间蔓性灌木，适合修饰亭廊门架，或作坡面绿化。

筛选出藤本类园林植物资源3种。木质类藤本如香花崖豆藤、铁线莲属部分种、多花勾儿茶、薜荔、五味子、马兜铃、三叶木通以及常春油麻藤、珍珠莲、葛、钩藤、地果、鸡矢藤、异叶爬山虎、千金藤等多生于林缘路边，适合作垂直绿化或地被、护坡材料。草质类藤本有雪胆、南赤、毛野扁豆、羊乳等，均适合开放绿地自然式配置或修饰亭廊门架。

草本类野生乡土园林植物资源共有69种。其中一、两年生草本如鹤草、接骨草、金疮小草、益母草、草木樨、青葙、大画眉草、华东唐松草、黄堇、紫堇、金线草等多生于林缘或路边，适合作花境或疏林地被材料。鸡眼草、紫云英等为优秀的阳性地被植物。

多年生草本如珍珠菜、沙参、桔梗、马兰、韩信草、水苏、贯叶连翘、狼尾草等多生于路边，可作花坛或花境材料。地被类资源如生于林下阴湿处的阔叶土麦冬、腹水草、过路黄、丝穗金粟兰、细辛属、万寿竹、梓木草，生于林缘的淡竹叶、求米草、九头狮子草，生于路边的金毛耳草、委陵菜属等，在华中地区有较大的应用前景。

水生湿地植物有刚毛荸荠、苔草属、莎草属、菰、荻、芦苇、狐尾藻、荇菜、菱属、水烛等，均适合水景配置。

关于黄石乡土园林植物应用的建议

充分利用乡土植物，构建具有黄石特色的城市森林生态系统。在黄石市园林中应用的乔木中，樟树比例为32.6%，广玉兰占18%，二球悬铃木占18.2%，仅这3种树占据了绝大部分比例，致使城市特色不鲜明。今后在选择基调树种和骨干树种或其他绿化时，应充分利用这些乡土树种，如：鄂椴、黑壳楠、枫香、冬青、珊瑚朴、花榈木、南紫薇、青檀、光皮树、臭檀、紫弹树、五角枫、黄连木、肥皂荚、白栎、苦槠、青冈、石栎等。

大力发展乡土植物苗圃，促进乡土园林植物的产业化。对于具有发展潜力的乡土植物，应进行弓引种驯化及繁殖方法的研究，建立苗圃基地，为这些植物的应用奠定基础。

注重野生植物资源的保护，在开发利用这些野生园林植物资源时，必须加强对野生植物资源的保护。此次调查发现野生保护植物5种：一级有红豆杉，二级的有樟树、花榈木、野菱等，三级的有青檀。除了对这些国家保护植物进行保护外，对该地区分布稀有的优良园林植物如花榈木、青檀、鄂椴、南紫薇、光皮树等也应该把资源保护放在第一位，杜绝掠夺式的采挖。对那些破坏较少的自然群落，应以自然保护区的形式进行整体保护。

引种外来植物时必须充分考虑黄石市的区系特点，避免盲目引种。应主要选择具温带特性的植物，从而使黄石市城市植物的区系成分与黄石市野生植物的区系特征相一致。

（摘编自作者2016年10月在黄石市举办的第三届湖北生态文化论坛专家发言）

【第九章】
生态文化建设工程不断加强

《黄石市国家森林城市建设总体规划》要求，生态文化建设工程，加强特色文化主题园建设，建设生态文化科普教育示范基地和义务植树（纪念林）基地，加强古树名木保护，举办文化节事，开展生态文化宣传，提高生态文化水平。2018年年底前，黄石市建设科普基地8处，义务植树（纪念林）基地12处。

截至2018年5月底，全市建设各类科普教育基地20个，创森两年多来共举办各类科普教育活动50场次。保安湖国家湿地公园、龙凤山农耕文化体验园科普宣教展馆及科普解说系统、网湖湿地自然保护区科普解说系统、市林业局野生动植物标本馆等林业生态科普基地相继建成。磁湖北岸、湖北理工、宏维小区、团城山公园、人民广场、柯尔山-白马山公园、东方山等公共绿地场所已制作了植物和湿地知识科普系统和生态标识系统。同时，大力开展创森征文比赛、摄影比赛、兰文化艺术展、摄影展、书画展、创森群众文艺活动、爱鸟周、义务植树活动、黄石国际马拉松长跑冠名、黄石户外登山活动冠名等活动，积极营造全民参与创森氛围。此外，还编印了《黄石古树名木》、《山水林城、绿满黄石》画册、《黄石市陆生野生动物图谱》、《创森书画展作品集》、《兰花展作品选登》、《摄影比赛优秀作品集》等，印发《致市民朋友的一封信》和《黄石市创建国家森林城市宣传手册》各30万份，创森宣传手提袋3万个。2016年10月12日举办了第三届湖北生态文化论坛。

群峰竞秀

第三届湖北生态文化论坛在黄石举办
院士专家共谋资源枯竭城市绿色转型

2016年10月12日,由我市人民政府和省林业厅共同主办,以"资源枯竭城市绿色转型发展"为主题的第三届湖北生态文化论坛在我市举行,省人大常委会副主任王玲出席论坛并宣布论坛开幕,省林业厅厅长刘新池讲话,市委书记周先旺致辞,市委副书记、市长董卫民主持论坛开幕式,省纪委驻省林业厅纪检组长高春海、副厅长王昌友,市领导杨军、邓新华、吴长军、刘恒咏,市人大常委会秘书长赵重迎以及全省市州林业局长、"湖北省森林城镇"和"绿色示范乡村"代表参加论坛活动,湖北广播电视台节目主持人田野主持专家演讲。

本届生态文化论坛邀请了中国工程院院士、南京林业大学教授张齐生,当代著名作家、诗人、湖北省文联主席熊召政,福建农林大学校长、教授、博导兰思仁,中国林科院副院长、中国生态文化协会宣传分会常务副主任委员、研究员、博导陈幸良,武汉大学国际文化发展研究院院长、教授、博导傅才武,华中农业大学教授、博导陈龙清等6名国内知名专家学者分别作了专题演讲,演讲主题涉及生物质能源、自然之美、国家森林公园与森林城市体系建设、民族生态文化、发展文创产业和乡土植物资源多样性等生态文化研究的高端领域,共同探讨资源型城市绿色转型发展的路径和措施,为生态文化引领产业发展、推进生态文明建设建言献策。

王玲表示,湖北生态文化论坛既具有鲜明的时代特色,又具有浓郁的区域特点,得到了国家及省委、省政府的高度肯定,受到了社会各界的广泛关注,对推进我省生态文明建设和林业的快速发展具有重大意义和深远影响,已经成为我省弘扬生态文化的品牌,希望论坛再接再厉,继续为促进湖北生态文明建设和绿色发展出谋划策、贡献力量。她还充分肯定我市推进绿色转型发展取得的成效:近年来,黄石市委、市政府高度重视生态文明建设,作出了"坚持生态立市产业强市、加快建设现代化特大城市"的决策部署,在生态品牌、生态林业、民生林业等建设上广泛动员,积极行动,成效显著。黄石绿色转型发展的经验充分表明,弘扬生态文化,形成生态共识,是生态文明建设的重要基石。

刘新池说,在生态文化的引领下,全省各级干部和广大群众生态意识明显提高,林业生态建设不断掀起新高潮。生态文化论坛是全省生态文明建设的一张靓丽名片。要不断扩大论坛的社会影响力和公众参与面,推动生态文明理念更加深入人心。

周先旺说,近年来,我市践行"绿水青山就是金山银山"和"创新、协调、绿色、开放、共享"发展理念,抢抓历史机遇,坚持生态立市产业强市,不断做深、做实、做新"绿色转型"这篇大文章,积极推进绿色转型发展,坚定不移地以创建省级森林城市、国家森林城市和推进"绿满黄石行动"为抓手,制定出"一带串两核、三屏护四珠,五廊贯黄石"的森林生态屏障布局,全市人民共同努力建设城更美、山更灵、水更秀、城乡一体的"生态黄石",取得了一定成效,实现了从"矿冶之城"向"生态新城"的重大转变。实践证明,推进绿色转型,是黄石加快发展的希望所在、出路所在。他强调:推进绿色转型,根本在理念之绿。要树牢绿色发展理念,在思想上始终把生态放在优先位置、置顶位置,始终把生态作为立市之本,坚定不移走生态优先绿色发展之路。推进绿色转型,关键在发展之绿。要坚持把"发展第一要务"与"绿水青山就是金山银山"深度融合,大力推进产业转型、生态转型、城市转型、体制转型。推进绿色转型,目的在民生之绿。要坚持把生态环境作为最大的民生,作为全面建成小康社会的重要内容,大力增进生态福祉,打造绿色民生。推进绿色转型,内核在文化之绿。要大力弘扬和培育生态文化,把生态理念、生态文化渗透到社会方方面面,树立生态价值、涵养生态智慧、构建生态制度、增强生态自觉,处处展现"绿色之美",时时体现"生态之魂"。

论坛还为荆州市和丹江口市2个"湖北省森林城市"授牌,为46个"湖北省森林城镇"、1316个"湖北省绿色示范乡村"命名。其中,我市灵乡镇、刘仁八镇、枫林镇等3个乡镇荣获"湖北省森林城镇"称号,屋边村、下方村、田西村等42个乡村荣获"湖北省绿色示范乡村"称号。

(原载 2016 年 10 月 13 日《创森简报》133 期)

"生态黄石、灵秀湖北"主题生态文化论坛举行

2016年9月27日,以"生态黄石、灵秀湖北"为主题的生态文化论坛在黄石市举行,国内外风景园林规划、古迹遗址保护等方面知名专家学者齐聚一堂,共商绿色发展大计,展望生态美好前景。市长董卫民出席论坛并致辞。

董卫民代表市委、市政府向出席论坛的各位领导、各位专家表示诚挚的欢迎和衷心的感谢。他说,生态文明是人类一切文明的重要基石,黄石襟江环湖、依山傍水,这是大自然赋予的最大的恩泽;黄石也是青铜文化的发祥地,有着3000多年的工业文明。推动工业文明与生态文明完美融合,是黄石人民一直以来孜孜追求的梦想。近年来,全市深入实施"生态立市、产业强市,加快建设现代化特大城市"战略,创新发展理念,高举生态大旗,加快产业转型,发展绿色经济,加强生态修复,推进环境共治,使黄石的天变蓝了、地变绿了、水变清了,人们的生活更加幸福健康了,实现工业文明与生态文明融合发展。

董卫民指出,文化之美,在于化人。生态文明不仅体现在物质层面,更需精神追求。悠久厚重的工业文明,造就了黄石包容、创新、唯实、自强的城市精神,生态文明则让黄石人更加懂得绿、爱护绿、用好绿,我们举办园博会、矿博会,不仅是回味脚下这片神奇土地发展的足迹,更是鞭策当下建设者们热爱自然、尊重自然、爱护自然,让黄石在前进道路上走得更稳、更好、更漂亮。

董卫民表示,生态文明建设只有进行时,没有完成时。当前,我国已经步入大生态建设的伟大时代,黄石将以高度生态文明自觉,坚持以"四个全面"布局和五大发展理念为引领,

以创建国家生态文明先行示范区、国家环保模范城市、国家文明城市等为抓手，持之以恒推动黄石转型发展、绿色发展、永续发展，为实现生态梦、大城梦、中国梦作出更大的贡献。恳请与会专家畅所欲言，不吝赐教，黄石将秉持知行合一的精神，进一步凝聚共识和力量，付诸实践和行动，推动论坛成果在黄石落地生根、开花结果。

华中农业大学副校长、博士生导师、国家级风景园林规划设计专家、首届湖北省（黄石）园博会专家组组长高翅，世界文化遗产申报与保护权威专家、国际古迹遗址理事会副主席、中国古迹遗址保护协会副理事长兼秘书长郭旃，清华大学教授、城市工业用地更新与工业遗产保护专家刘伯英，结合黄石生态转型实际，分别作了《植物四特质与植景设计》、《学习湖北黄石工业遗产保护与申遗经验的体会》、《国外资源型城市转型发展与遗产保护的借鉴》等精彩纷呈的演讲。专家认为，黄石举办园博盛会，表明了坚持生态转型的决心。园博是推动生态新区发展的杠杆，能够带动周边地区的经济社会发展；也是科普生态文明的载体，提高市民对环保生态理念的认知和意识，倡导绿色的生活方式；更是产业结构调整的助推器，促进黄石由传统工矿业向生态新兴产业转型发展，最终实现生态文明造福于民。

省文化厅党组成员、省文物局局长黎朝斌，市领导王晓梅、杨军、罗光辉、杜水生、黄曲波参加活动。

（原载 2016 年 10 月 11 日《黄石日报》）

湖北黄石举办首届园博会

李儒仁　马芙蓉　黄姣姣

湖北省黄石市首届乡村园林博览会 2014 年 9 月 26 日开幕。此次园博会选址农村，依托企业打造万亩花海，充满乡村特色和田园风味，被当地群众和游客称赞为"接地气"的盛会。

记者当天在开幕式现场看到，粉红的玫瑰、金色的波斯菊、紫色的薰衣草等各类鲜花成片铺开，来自四面八方的群众在花丛中穿梭、合影，好不热闹。

与以往活动官办不同的是，此次园博会以"政府主导、企业主体、社会参与、百姓致富"为思路，承办方大冶市委市政府，以湖北瑞晟生物有限公司万亩玫瑰基地、浙江森禾种业大冶基地、湖北生态工程职业技术学院大冶实验林场等为依托，实现农业、工业与商贸及旅游等第三产业融合发展，促进园博会沿途乡镇的基础设施完善、环境整治、产业转型，实现生态改善、产业增效、农民增收。

此届园博会还有一个最重要的主角——农民。园博会以"乡村园博，生态富民"为主题，以"乡村型"、"生产型"、"增值型"为特点。园博会举办地大冶市茗山乡，是大冶较为贫困的乡村。自园博会筹备之日起，农民成为家乡建设的主力军。他们参与到园博会各项设施建设和花海苗木种植中，在家门口就业；园博会期间或以后，当地农民又依托旅游景点，投身餐饮服务行业，办起农家乐、住宿等，走上一条可持续的致富之路。

"园博会提供一个平台，让企业和农民在台上唱戏，办一场节约的盛会；举办地选址农村，为游客提供一个徜徉花海、吃农家饭菜的机会，更接地气。"黄石市市政府秘书长、市政府新闻发言人徐继祥说。

黄石首届园林博览会从9月26日开幕，为期一个月。其规划建设横跨大冶市金湖、陈贵、灵乡、茗山等4个街办、乡镇，覆盖面积45平方公里，沿途还会串起金湖公园、上冯古村、小雷山等18处景点。

黄石是矿冶名城，也是资源枯竭型城市的典型代表。园博会的举办，是黄石探索出的一条产业结构优化、生态环境改善、经济实力增强、人与自然和谐、具有黄石特色的生态产业发展新路，也是黄石从挖矿冶炼的"铜草花经济时代"迈向生态绿色"玫瑰经济时代"的重要举措。

（原载2014年9月26日《中国新闻网》）

阳新举办黄石第二届园博会

冯梓晔　毕　军

园博搭台，生态唱戏。2015年9月25日上午，黄石（阳新）第二届园林博览会在阳新城东新区惊艳亮相，游客们徜徉在醉人景色之中，感受"绿树成荫、鱼翔浅底、飞鸟逐水"的自然风韵以及人文气息。

高高下下天成景，密密疏疏自在花。位于城东新区彭山村的园博会主会场，宛如一幅"虽

阳新园博园

由人作，宛自天开"的工笔画。走进入口景观区，柏油路四通八达，宽阔平坦；在中心水景区，莲花湖中的荷叶从眼前一直绵延至远处。青荷盖绿水，芙蓉披红鲜，走在莲花湖边，脚步似乎都沾染了荷叶的清香。

站在莲花湖湿地公园高处俯瞰，仙岛湖若隐若现，楼房沿路一字排开，绿树、金鸡菊漫山遍野。园博会的主场馆———一座中式风格的白灰色建筑拔地而起。游人往来穿梭，好不热闹。

中心水景区、6家市区展示区、企业展示区及滨水垂钓休闲区与主会场隔湖相望。会场以阳新典型的"采茶戏"文化元素作基调，集山水园林、地域特色、历史文化为一体，塑造出沿江、沿河、沿路、沿山的绿色生态景观带。

本届园博会由黄石市政府主办，阳新县人民政府承办，主题为"园林，让城市更美好"。园博会不仅着眼于建一座园、办一场会，而是借此契机，以园带城，以城带乡，以园博平台会商聚商，以园区建设推动旅游发展，全力创建园林城市、文明城市、卫生城市，加快建设富裕阳新、和谐阳新、生态阳新。

本届园博会除了进行开幕式表演和游园活动外，还将举行阳商大会暨项目签约仪式。本届园博会将重点签约项目36个，投资总额在150亿元左右。文体活动将持续一个月，做到"天天有活动，场场有特色"，通过文体活动充分展现阳新浓郁的风土人情和地方特色。

（原载2015年9月25日《湖北日报》）

黄石创森　一座城市的生态宣示

陈雄涛　范柏林　吴　峰

黄石，因矿而兴。矿冶之火，铸就了其物质文明的辉煌，也留给了它巨大的生态赤字。秃山、矿坑、灰霾……石漠化及潜在石漠化严重，生态脆弱。

绿色决定生死。2013年9月，从"恋矿情结"、"唯矿"思维中走出，黄石市委作出生态立市、产业强市，加快建成"鄂东特大城市"的决策，提出"创建森林城市"的生态建设目标。

筚路蓝缕，以启山林。几年艰辛努力，全市累计投入资金30亿元，完成造林绿化49.6万亩，全面完成了省级森林城市的36个考核指标，成为我省第11个森林城市。

绿色富国，绿色惠民。党的十八届五中全会强调，坚持绿色发展，促进人与自然和谐共生，筑牢生态安全屏障。

生态决定未来。黄石市委书记周先旺说，"创森"只有起点，永无止境。全市人民将继续努力，力争再用两到三年的时间，建成"国家森林城市"，让绿色成为黄石城市主色调。

黄石"创森"，一座城市的生态宣示！

创森为点　立足生态促转型

2009年，黄石被国家列为"资源枯竭型试点城市"，其背后留下的是巨大的生态赤字。"光灰城市"何以宜居？人们焦虑之心溢于言表，灰色心情挥之不去。

面对群众呼声，顺应发展转型。黄石坚决从"恋矿情结"中走出来，努力寻找城市转型发展的新方向，最终锁定"生态"路径。市委、市政府将"创森"列入重点工程，期望通过"创森"实现城市发展的转型。

2014、2015年年初，黄石市委、市政府连续两年召开全市三级干部大会，吹响了森林城市创建和绿满黄石的号角，主要领导亲自挂帅，部门全员上阵，社会总体动员，打响了创建森林城市的攻坚战。

一时间，植树造林，绿化家园，全市上下迅速掀起建设森林城市的热潮。人们眼前仿佛展开了一幅精美的画卷：人在林中走，车在画中行，推窗见绿，鸟语花香。这是多么和谐的意境啊！她唤起了全体黄石人民对绿色的渴求，对美好生活的向往，更推动着人们积极投身到"创森"中，共同圆梦。

几年来，全市上下在省关注森林活动组织委员会、执行委员会和省林业厅的大力支持下，紧紧围绕"创森"工作目标要求，强力推进"绿满黄石行动"和"森林城市创建"，取得了显著成效，为创建国家森林城市打下了坚实的基础。

"现今的黄石越来越生态了，住着真舒服。推窗见绿，处处是绿。"10月12日，在团城山公园散步的几位老人说。

绿水青山就是金山银山。要把黄石打造成"林水相依、林城相融、林网互通"的宜居、宜业和宜旅之城。市委书记周先旺说，要从"恋矿情结"、"唯矿思维"中走出来，摆脱粗放增长，树立生态理念，发展生态产业，建设生态城市，让绿色成为黄石发展的主色调。

读山问水　播撒绿色入民心

"西塞山前白鹭飞，桃花流水鳜鱼肥"，昔日胜景重回还。漫步在磁湖沿岸景观带，映入眼帘的是碧波荡漾的磁湖水拍打着堤岸，仿佛一首动人美妙的乐曲。这一切，来源于艰难困苦、以启山林般的努力……

黄石"创森"基础差，花草树木往哪栽？谁来动手栽？这是"创森"的基本问题，更是民生问题。单纯依靠政府自上而下的推动，效果肯定有所折扣。只有政府带头、全民参与，才能打好这场攻坚战。

"创森"开始以来，市委、市政府将造林绿化纳入全市目标考核范围，在一年多的时间内先后出台了8份涉林文件，将36项"创森"指标分解到各城区、开发区及相关部门，定期召开现场会和工作推进会，定期通报排名，持续接力开展"创森"活动，力度之大，前所未有。

同时，市委、市政府成立了由党政主要领导亲自挂帅的"五城同创"领导小组，构建高效指挥机制，各职能部门分解"创森"任务，纳入目标治理，动员全市市民参与到"创森"工作中来。形成城区—单位—农村多位一体的格局。

在城区，围绕"五边三化"和"八园六带"建设，采取规划增绿、建景显绿、见缝插绿、拆墙透绿、拆危还绿等措施，建成了点、线、面、块有机结合的绿化体系。2014年以来，共完成"五边"区域绿化20万亩，建成区增绿6441亩。"八园六带"投资3.68亿元，栽植各类苗木69663株。

在单位，深入开展绿化和全民义务植树活动。一批绿色企业、绿色学校、绿色医院如雨后春笋般崛起。积极开展部门（单位）绿化评选活动，政协林、纪委林、青年林、三八林、双拥林等植树活动如火如荼，全市每年完成义务植树达300多万株。

在农村，76家市直部门纷纷驻村营造湾子林，绿色示范乡村活动全面开展，按照房前有景、院中有果、屋后有林的布局要求，成功创建省级绿色示范乡村6个，市级绿色示范乡村300

多个。

截至目前，36项省级森林城市考核指标全部完成。近两年全市累计造林绿化面积49.6万亩，城区立体绿化面积达5万平方米，立体绿化率达到35.5%，市域森林覆盖率提高到36.09%，建成区树冠覆盖率达到37.88%，80%街道树冠覆盖率达50%以上，水岸绿化率达80%以上，道路绿化率达80%以上，人均公园绿地面积达12.54平方米。

在狠抓造林绿化同时，启动丰富多彩的活动，提升全民"创森"氛围。通过"十大造林基地"、"十大造林标兵"、"十大护林标兵"、"十大示范苗圃"等评选活动，广泛动员市民参与到"创森"工作中来。

"创森"是一项宏大的工程，钱从哪里来？光靠财政投入，肯定不够。唯有创新投入机制，广开源路，才能确保"创森"可持续。

在"创森"中，黄石市在用好每一笔专项财政投入的同时，还积极合法吸纳社会资本投入，得到了社会各界人士的支持。据统计，2013年以来，该市"创森"工作累计投入资金30亿元。投入之多，前所未有，省内居前。

"'创森'不仅是建设生态文明、打造美丽黄石，建设宜居城市、提升幸福指数的重要载体，而且是我市'五城同创'的重要一环。"黄石市委书记周先旺说，"提升城市品位，提高城市竞争力，'创森'有着不可替代的重要作用。"

从某种意义上说：绿是色彩，更是一种观念！黄石"创森"的成功，得益于"生态就是民生、全民参与"观念的确立、推动与强化，最终让全市人民入脑、入心。

黄石经验　开山塘口绿复还

黄石矿山公园内，面积达108万平方米的"世界第一天坑"气势壮阔。它是黄石老工业基地和典型资源型城市的见证者，更是此次"创森"工作中"拦路虎、老大难"的代表者。

曾几何时，兴盛的采矿经济，带来的是一道道生态伤痕——400多个开山塘口、300多座矿山、150多座尾矿库、几十万亩工矿废弃地和大面积湖泊污染。

几年来，"创森"工作扎根矿区，将矿区作为该项工作的重中之重。通过坚持开展工矿废弃地综合治理和开山塘口复垦绿化，完成了铁山光彩山、北纬30°广场、107等工矿废弃地绿化，开山塘口复绿3万多亩。仅大冶铁矿绿化工矿废弃地就达6000多亩，建成了亚洲最大的硬岩绿化复垦基地，被评为全国绿化模范单位。

近年来，黄石通过采取喷播法、飘台法、燕巢法、上爬下挂法等新技术、新方法、新措施，探索出了开山塘口治理复绿的"黄石经验"，得到了国际专家的高度认可，国内一些大中城市代表多次前来参观学习。

开山塘口的艰难修复，修复的不仅仅是青山上的伤痕，更是修复人们对绿色生态的深度认知。

如今，矿坑、开山塘口全部被淹没在绿色之中。举目远望，从中心城区到边远乡村，从崇山峻岭到平畴沃野，处处树木葱茏，花果飘香，汇聚成绿色的海洋。这里到处呈现出林城相融、林水相依、林路相伴、林居相依的和谐美景。

被一抹抹绿色覆盖着的开山塘口，见证着黄石人民找回绿色的自信和不懈的绿色追求。

绿色经济　生态惠民正当时

衡量"创森",且看民生。

"创森"不是简单打造黄石绿化升级版,而是通过"创森"带动生态经济发展,最终惠及民生。

今年,黄石(阳新)第二届园博会如火如荼地进行,至10月底结束。去年金秋,黄石(大冶)首届园博会,一个月内共吸引外地游客和当地游客100余万人,实现了近2.8亿元的旅游收入,既让当地农民增收,又带动了大冶市产业转型……

"创森"改变了城市生态环境,也带动林业产业飞速发展,油茶产业、花卉苗木、乡村生态旅游等绿色产业的快速发展,使"兴林"与"富民"有机融合。

随着林业生态建设步伐的加快,多元产业的迅猛发展,一大批企业纷纷来黄石投资发展林业。全市已建成各类林业产业基地128万亩,其中油茶30万亩,阳新县被中国经济林协会授予"中国油茶之乡"。全市林业产业龙头企业共发展到12家,基地建设和龙头企业的发展,大大促进了农民增收和就业,林业对农村增收的贡献率达20%以上。

因绿而活,因绿而兴,"创森"所产生的生态效益、经济效益和社会效益正在日渐显现。

此外,在"生态文化搭台,经济贸易唱戏"的理念指引下,该市通过承办我省首届园林博览会,举办黄石首届乡村园博会、园林花卉展览会、磁湖樱花旅游节、桃花节、白茶节等大型生态节会,探索出了一条"生态与经济共赢、资源与环境协调发展"之路。

"要按照产业化的思路推进林业发展。"市委书记周先旺在林业发展暨创建森林城市动员大会上表示,无论是发展油茶、绿茶,还是发展经济林、生态林,按照产业化的思路来发展,统筹好政府资源和社会资源,为林业产业化发展提供政策支持、营造良好环境,就能更好地引导和激发群众力量、社会资本参与林业发展,从而推动绿色发展、生态致富。

今天,"省级森林城市"的殊荣,成为这座城市在生态建设征程中的新起点。260万东楚儿女将继续书写"森林与城市完美相依"的优美画卷,让爱绿、植绿、护绿,共建森林城市、共享生态文明的梦想继续延续……

(原载2015年11月24日《湖北日报》)

绿笔,铺陈黄石生态底色

梁坚义

2015年11月26日,通过考核验收,黄石成为省级森林城市,提前半年完成"省森"创建任务。"创森"只有起点,没有终点,黄石又以恢弘磅礴的气势,踏上2018年创建国家森林城市的新征程。2016年1月30日,市政府在北京召开《湖北省黄石市国家森林城市建设总体规划》专家评审会,并顺利通过专家评审。

透过森林看城市,黄石"创森"的背后,与市民关系几何,城市生态崛起还有哪些需要完善和改进?

绿色生活——让城市细胞渗透绿意

万物复苏，色彩缤纷，春天总是充满了生机和希望。

昨前两天，天气晴好，城市绿地及公园迎来赏绿踏青大客流。

人如潮、花如海，又到一年赏花季。从3月开始，我市从樱花磁湖旅游节、大冶保安桃花节到各地的各种赏花节也将陆续开放。

与此同时，熊家境、黄荆山、父子山等登山步道也成为广大市民周末踏青的主要场所。以熊家境为例，这是一个坐落在400多米高山上的云中古村落，曾被誉为"世外桃源"，森林覆盖率达到91%，青山绿水，身处其中，远离城市的雾霾，连空气都变得有了活力。在这里体验乡村的美景和生活，真是个不错的选择。

……

城区，规划增绿、建景显绿、见缝插绿、拆墙透绿、拆危还绿，黄石结合"五城同创"，实施"五边三化"，建设"八园六带"；铁山区综合治理工矿废弃地，复垦绿化开山塘口，完成光彩山、北纬30°广场等绿化面积数万亩；大冶铁矿绿化的工矿废弃地成为亚洲最大的硬岩绿化复垦基地；让"山区"变"景区"、"林场"变"公园"、"砍树"变"看树"，黄石人加大投入、绿化荒山、退耕还林、创办基地、兴办园林、举办园博风起云涌。

回望蓬勃的城市建设，总难忘那一抹城市间的绿意。四季有花、全年常青，泥土里栽下的是一株株新苗，收获的却不仅仅是芬芳，更是这座城市的宜人美景和百姓心头满满的幸福感。

让森林走进城市，让城市拥抱森林。在这个一年四季最美的季节里，黄石创建森林城市的步伐坚定而执著。

这是一组振奋人心的数据，也是黄石"创森"成果的清晰注解——

近两年，黄石累计投入资金30多亿元，造林绿化面积49.6万亩，发展林木基地10万多亩，生态修复开山塘口23处，复垦绿化工矿废弃地0.9万亩。

近两年，黄石城区立体绿化率达到35.5%，市域森林覆盖率提高到36.09%，水岸绿化率达80%以上，道路绿化率达80%以上，人均公园绿地面积达12.54平方米。

近两年，黄石培育出的"十大造林基地"、"十大造林标兵"、"十大护林标兵"、"十大示范苗圃"散发着满满的"正能量"。

开门见绿，移步异景，小行见园……在金广厦的廉租房里，今年65岁的程时贵乐呵呵地说："推窗眺望远处青山，楼下广场锻炼身体，生活越来越美好了。"

是的，黄石"创森"，创"靓"了一片天。

绿之透视——"绿满黄石"背后的隐忧

这个晴朗的日子，阳新林业科学研究所门前，所长黎先江身着单衣，脚沾泥土，意气风发。

上午，他开车去龙港、浮屠、荆头山等地送苗木，中午又风尘仆仆赶回研究所，指导所里"取土"地的复绿。

黎先江从车上跳下来，稍稍缓了一口气说："这是开工最早的年份，好时机就要真付出。"现在的研究所不光有苗木基地，还在乡镇租赁开发荒山近千亩面积。

如今，黎先江所在的研究所的员工正抢抓"创森"机遇，为"绿满黄石"奔忙不息。

面对斩获的"绿色"荣誉，高涨的"创森"士气，黄石并未放缓自己的脚步，而是向着新的高度创建国家级森林城市进发。

然而，站在城市发展的角度，对照国家森林城市评价指标体系，透视城市"创森"的背后，还有实实在在的问题摆在城市决策者、建设者眼前。

曾经，这里的绿色家底很薄，先天不足。

"绿化树种不优，且灌木多乔木少，成活率低，成林慢。"黎先江担忧的是，这种局面不改变，极易造成换种换树，浪费资源。

乡村、城区绿化，老公路、老矿区、塌陷区复绿压力大，进展缓慢。乡村水渠、塘堰、广场、道路实施了硬化，一方面绿化跟不上，一方面无处可绿。

大冶林业局副局长江学华深有感触，他说，在一些大村庄，村民门前房后全都是水泥板铺面，无缝插绿。

城区绿化同样如此。

就阳新而言，目前阳新城区绿化率仅为36%，而老城区改造又遥遥无期，要达到40%的绿化率，就要新培育1500多亩乔木林，没地绿化成为现实问题。

市域内通道绿化差距较大，高速、国道、省道等绿化不达标，县乡道绿化差距更大，水岸绿化、农田林网绿化任重道远。

老矿区、塌陷区复绿涉及国土等多个部门，而这些部门的投入又是各干各的。以阳新为例，老矿区年复绿规划为2.6万亩，但每年完成复绿面积不到一个零头。

尽管市县乡三级财政对林业的投入不断上升，但投入不足问题仍然存在。比如阳新创建绿色示范村，一个村每年15万元财政补贴。但一些村经济基础薄弱，配套资金不能到位。

据了解，由于投入不足，该县原计划两年间创建200个绿色示范村，但只完成了68个绿色示范村的创建。

林业生产周期长，林业企业负担较重，影响了造林绿化的速度。以一亩杉树为例，需要投入1500元，但扶持资金仅为200元。杉树要熬到10年后才有收成，造林大户颇感压力大。

阳新王英镇毛坪村造林大户种植杉树、油茶800多亩，年需投入15万元左右。因为投入不足，他不得不领头成立一家"专合社"进行融资。

人、财、物是森林城市的重要支撑。目前，国有林场改革尚未启动，林业人才青黄不接，专业技术人员奇缺。

以大冶为例，大冶云台山林场100多名员工，年财政拨款才3万元，大批快要退休"老林工"尚未购买养老保险。

近10年，大冶林业局尚未招进一个专业人才。2012年、2013年间，大冶市政府先后公开招聘林业专业技术人员，均因报名人数不足而取消招聘计划。

大冶林业局机关技术人员全部是45岁以上人员，科班出身的不足10人。人才流失较为严重，两名华农、林校的毕业生先后下海。

林业生态品牌排名全省末尾，生态文化传播有待改进，造林绿化观念有待转变。黄石的山场、湿地资源十分丰富，目前除大冶保安湖正在试点国家湿地公园创建外，阳新网湖湿地仅为省级自然保护区。

黄石还没有植物园、动物园。生态文化比如成果专著、森林城市研究、生态文化活动等不尽如人意，森林城市品牌优势难以发挥作用。

绿之追求——城市宜居的美好演绎

城市，不是冰冷的钢筋水泥建筑群，而是人类群居生活的高级形态。

"创森"不仅仅是为了摘得一块牌子，而是注入城市发展的灵魂，促进城市科学发展，让城市人享受实实在在生态"红利"。"只有起点，没有终点"，黄石市创森办主任、市林业局局长郑治发说："'创森'是城市转型发展不得不做的大事。"

目前，黄石是全国首批区域工业绿色转型发展试点城市，已经形成了"四大"工业绿色转型发展模式，正在加快筹备湖北省（黄石）园林博览会，全力推进"五城"同创。

站在城市的发展角度，郑治发称，追求绿色发展，各行各业要积极行动起来，推进绿色转型，打造绿色品牌，倡导绿色生活，让绿色真正成为黄石发展的主色调。

黎先江认为，"创森"要改变传统观念，克服短期行为，眼光要长远，起点要高远，不提倡大拆大建、移植古树、大树进城等；农村设施建设要结合周边环境和功能，因地制宜，实现整体上的和谐统一。

绿色是生命的颜色，绿色也蕴藏财富。

江学华认为，"创森"光靠政府投入是不行的，要进一步释放民间资本的潜力。明廷柏说，结合"创森"，要大力开展林权抵押贷款、林权流转等配套改革，充分调动群众造林绿化、兴林致富的积极性。

他指出，要把兴林效益摆在第一位，引导农民大力发展林下经济，实现以短养长。要培

山野春早　严跃新　摄

育壮大林业新型产业，加速形成苗木繁育、科研、交易市场和后续产业发展的新型产业集群。

"青山绿水就是金山银山"的生态文明理念逐步深入人心。对此，大冶市刘仁八镇龙凤集团老总刘合伍认为，要加强森林公园、湿地公园和自然保护区的基础设施建设，发展生态旅游、森林旅游、特色乡村生态休闲游等。

"每一片树林都是对未来的期许，每一颗果实都承载着收获的喜悦。"刘合伍说，"创出绿水青山，引导群众'借景生财'。"

文化是一座城市的风骨，生态文化是森林城市的灵魂。

一位要求匿名的文化界人士表示，当前，黄石人爱绿、护绿、植绿氛围已经形成，要乘势而上，始终将"创森"与生态文化、生态文明建设融为一体，化无形于有形。

他认为，要加快挖掘森林城市文化，把建设繁荣的生态文化体系纳入现代林业、森林城市建设之中，利用成果专著、电影电视、互联网等丰富生态文化的传播，着力塑造黄石生态品牌。

"造绿"可贵，"护绿"更可贵。大冶市殷祖镇护林防火员冯邦乾说："要积极加强对森林资源的保护和管理，重点建设好护林防火队伍和设施。"

春种一粒粟，秋收万颗籽。不一样的起点，一样的精彩，追逐绿色之梦，"生态黄石"正踏歌而来。

（原载 2016 年 2 月 29 日《黄石日报》）

雾漫雷山

大冶市获评"湖北省森林城市"称号

2017年11月11日,在武汉园博园长江文明馆举行的第四届湖北生态文化论坛上,我市大冶被省绿化委员会、省林业厅正式授予湖北省森林城市称号,金牛镇、阳新县三溪镇被授予湖北省森林城镇称号,新屋村、下屋村等39个村被授予湖北省绿色示范村称号,至此,我市湖北省森林城镇已达到6个,"湖北省绿色示范乡村"已达到126个。

大冶市自2014年提出创建森林城市目标以来,按照"补短板、抓覆盖、促提升"的思路,精心组织,周密部署,强有力地推进创森工作的开展,大力开展"绿满铜都"行动,将造林与造景、"绿满"与"绿富"相结合,注重提升城市林业经济发展与生态文化繁荣。重点实施矿区复垦绿化、绿满乡村、绿满城镇、湿地保护、绿色生态产业提升、绿色支撑体系建设、生态文化体系建设等工程,创森期间大冶市累计造林绿化面积13661.70公顷,市域森林覆盖率提高到30.36%,道路绿化率达89%,水岸绿化率82.1%,建成区树冠覆盖率达到40.42%,人均公园绿地面积达13.46平方米。

(原载2017年11月17日黄石林业网)

大冶市首届兰花文化展览会成功举办

为加大创森宣传,2018年3月2日,大冶市在会展中心举办了以"森林城市·兰香大冶"为主题的首届兰花文化展览会,开幕式当天吸引了2000余名兰花爱好者前来参观。中国兰花协会副会长、中国兰科植物保育委员会名誉主席、湖北省兰花学会会长、湖北省委原常委、省政协常务副主席王重农,省花木盆景协会会长左雄中,黄石市政协副主席黄曲波,黄石市副市长、大冶市委书记李修武,黄石市林业局局长郑治发等领导出席了开幕式,黄石市创森办和市兰花协会对此次兰花文化展览会给予了大力支持和指导。

此次兰文化展览会由大冶市创建国家森林城市指挥部办公室和大冶市林业局主办,大冶市兰花保护协会承办,会期3天。此次兰展吸引了来自湖北武汉、咸宁、黄石和河南信阳等地的兰友和部分企业前来参展,收到蕙兰、春兰、莲瓣兰、春剑等品种的参展作品350余盆。来自浙江和湖北武汉、黄石及大冶本地的8名资深兰友专家对所有参展作品进行了评选,最终评选出特等奖6个、金奖11个、银奖16个、铜奖21个、栽培奖16个。

此次兰文化展不仅丰富了市民群众的精神文化生活,也让广大兰花爱好者学习了解了兰

2018年大冶首届兰花文化展览会

花种植、鉴赏、保护等相关知识，进一步弘扬了中华传统兰文化和我市生态文化，促进了市民群众对我市创森的了解，提高了创森知晓率、支持率和满意度。

（原载2018年3月5日黄石林业网）

黄石开展创森摄影比赛作品评选活动

经过3个多月的精心组织和筹备，我市创森摄影比赛于近日落下帷幕。黄石市创森办组织市委宣传部和黄石市摄影协会的相关专家对征集到的近1000幅创森摄影作品进行了认真评选，评选出一等奖1名，二等奖3名，三等奖5名，优秀奖10名，并对获奖作者颁发了证书和奖金。在此基础上，黄石市创森办挑选了70多幅作品上报国家林业局参加全国"森林城市·绿色家园"摄影主题大赛，进一步扩大黄石市创建国家森林城市的影响力。

为了积极参与国家林业局"森林城市·绿色家园"摄影主题大赛，进一步加大我市创森宣传，提高广大市民对创森的知晓率，黄石市创森办在3月份联合黄石日报传媒集团在全市范围内开展"森林城市·绿色家园"摄影主题大赛。并在《黄石日报》、《东楚晚报》、东楚网、市林业局官网、黄石发布微信公众号等媒体上刊发《关于开展"森林城市·绿色家园"摄影主题大赛的通知》，在全市范围内发动摄影记者、新闻摄影学会会员、摄影爱好者等积极参与摄影大赛，广泛征集参赛作品。参赛作品紧扣"森林城市·绿色家园"这一主题，深刻把握"绿"与"家"的紧密结合，生动展现了黄石森林与城市、绿色与人居的和谐发展。紧紧围绕"林城共建，美好家园；生态和谐，魅力家园；民生福祉，幸福家园"这三个方面开展创作。除开展摄影作品评选和推荐优秀作品到国家林业局参加全国创森摄影比赛外，黄石市创森办还将举办创森优秀摄影作品展，出版创森优秀摄影作品集，进一步扩大创森的影响。

此次"森林城市·绿色家园"摄影主题比赛吸引了社会各界的广泛关注和参与，有效提高了市民对创森的知晓率、支持率和参与度，使本次活动家喻户晓、深入人心，也为创森工作营造了浓厚的氛围，取得了良好的宣传效果。

（原载2017年7月12日《黄石林业网》）

中央省市网络媒体
到我市开展"生态转型探访网湖"活动

黄石市创森办

为充分展示黄石生态转型成果，2018年3月30日，中央、省级网络媒体、网络大V、市网络新媒体协会到网湖湿地自然保护区管理局开展"生态转型探访网湖"网络媒体行活动。

媒体记者先后观看了网湖湿地宣传片，采访了世界自然基金会中国办公室淡水项目首席专家雷刚和湖北省野生动植物保护总站高级工程师朱兆泉，并参观了向录村古樟树群、网湖村浩兴养殖场关停拆除现场和五爪嘴保护站。

大雁乐园

据了解，为加强网湖湿地保护区建设，改善网湖湿地水质，阳新县将全面实施网湖水质降磷及水生态恢复工程，开展人类活动遥感监测，进一步加强湖泊禁肥养殖监管，对环湖15家畜禽养殖场进行整治，建立常态巡查执法机制，健全生态保护责任追究体系，确保网湖湿地生态环境得到有效保护，水质得到持续改善。

（原载2018年4月10日《创森简报》第259期）

第七届黄石槐花节盛大启幕

黄石市创森办

2018年4月14日上午，一年一度的铁山槐花旅游节在铁山北纬30度广场开幕，八方游客齐聚槐花林，赶赴这场春天的约会。市旅游发展委员会主任王仕明、铁山区人民政府区长晏勇、市城市发展投资集团有限公司总经理潘宪章、武钢不动产中心副总经理蔡健、武钢资源集团党委副书记、纪委书记、工会主席王炳松、武钢资源集团规划发展部部长徐才发、武钢资源集团大冶铁矿总经理唐国友、铁山区委常委、宣传部长、统战部长郝苏鹏、铁山区人民政府副区长方敏、铁山区政协副主席、经信局局长陈福胜、市文化旅游投资有限公司董事长黄海燕、武汉桑尼科技有限公司总经理惠蕾、东莞久翔精密模具五金制品有限公司董事长刘彦高、东风楚凯汽车零部件有限公司总经理胡传江及近千名游客共同见证了这美好的时刻。

今年入春以来，暖阳格外热情，随着气温持续攀升，槐花也提前迎来花期。据主办方介绍，为期三周的槐花节里，游客们可畅游花海，看精彩演出，品特色美食，逛创意市集，享受一场花海狂欢。

开幕式上，20名网红主播现场直播，槐花节首次在直播平台大规模曝光，进一步提升槐花在年轻人群中的影响力。与往年相比，今年的槐花节创新内容设置，玩法更多元。槐花节期间，游客不仅可以欣赏到"纸花如雪满天飞"的春色，还可以现场参与互动，亲手绘制精美风筝，"忙趁东风放纸鸢"；或者游走于琳琅满目的槐花市集，一边品尝槐米茶、槐花蜜等极具地方特色的传统美食，一边选购槐花主题文创产品。除此之外，今年的槐花节还设置了重磅彩蛋，新疆"达瓦孜"（高空走钢索）第七代传人赛买提·艾散，将于槐花节期间现场跨越黄石国家矿山公园采坑，与游客共同经历惊魂历险。

作为与武大樱花、荆门油菜花、麻城杜鹃花、东湖梅花齐名的湖北"五朵金花"，铁山槐花承载着深厚的历史记忆。数千亩刺槐栽植在废弃铁矿的硬岩废石场上，连绵成绝美的白色花海，成就了一段石头上开花的佳话，也见证了一座资源型城市向生态转型发展的进程。自2012年举办首届槐花节以来，槐花节已经成为黄石一张旅游新名片。来自全国各地的赏花客相聚于黄石国家矿山公园，漫步在数千亩盛开的槐花林，流连忘返。

经过6年经营，铁山槐花节已成为当地旅游资源整合的"引爆点"，槐花不仅被列入了中国赏花旅游线路图，还成为省市主推的赏花线路之一。数据显示，近年来，黄石槐花节游客数量以每年20%的速度增长，成为最富潜力的湖北旅游新品牌。

（原载2018年4月13日《创森简报》第261期）

七峰山脚下的美丽

阳新县大力开展创森宣传提升"两率一度"

黄石市创森办

为大力营造全民参与创森的浓厚氛围，提高广大人民群众对创建国家森林城市的知晓率、支持率和满意度，阳新县积极开展多种形式的创森宣传，大力提升创森工作的"两率一度"。

在创森迎检的冲刺阶段，阳新县充分整合多种资源，广泛动员社会力量，采用群众喜闻乐见的宣传方式，开展声势浩大的创森宣传活动。一是利用传统纸媒开展宣传。在《黄石日报》和《今日阳新》分别刊发了一期创森专版，大力宣传创森以来该县的主要做法和工作成效。二是大力开展创森主题活动。结合"森林进单位、花卉进家庭"、"湿地保护日"、"野生动植物保护日"和"三溪乡博园义务植树"、"创森宣传进社区"活动等，向市民发放了3000个手提袋和3000份宣传手册，创森工作逐渐深入人心，获得了广大市民的大力支持和积极参与。三是加大宣传投入。该县投入创森宣传专项资金100万元，在城区所有出租车电子显示屏滚动播放创森宣传广告，在城区主干道公交站和3个线路公交车车身张贴创森宣传广告，在城北汽车站投放高炮创森广告牌，并抓紧制作创森专题片和画册。

（原载2018年4月13日《创森简报》第261期）

蓝色保安湖　王丹　摄

黄石西塞山区青春助力吹响创森冲刺总号角

黄石市创森办

为纪念"五四"运动99周年和中国共产主义青年团成立96周年，引导广大团员青年用实际行动推进全市创森工作，提高市民群众对创森工作的知晓率、支持率和满意度，西塞山区创森办与团区委共同组织来自湖师和镇街、村（社区）的近100名共青团员青年志愿者，在中窑江滩公园开展"青春助力创森护绿"主题志愿服务活动，用实际行动支持黄石市创建国家森林城市。

区委副书记严勇荣代表区委、区政府出席活动并讲话。他希望今天参加活动的年轻志愿者们以此活动为契机，积极参与创森、宣传创森，带领和引导广大市民提高生态文明意识，为黄石创建 国家森林城市贡献青春和力量。一是要自觉锤炼志愿服务精神，助力国家森林城市创建活动；二是要坚持创新激发服务活力，发挥年轻人的聪明才智，积极为改善西塞山区的绿色生态环境献计献策；三是要积极做好宣传发动，努力带动更多团员、青年志愿者和更多社会力量参与到创建国家森林城市活动中来。

活动现场，西塞山区创森办工作人员制作了创建国家森林城市宣传展板和宣传手册，主动为在公园游玩和健身的社区群众和游客普及创森知识，展示创森成果，并号召大家关注生态、关注 环保，树立爱绿植绿兴绿护绿意识，积极用实际行动为我市争创国家森林城市做出应有贡献。

（原载2018年5月7日《创森简报》第266期）

竹林竞秀

【第十章】
森林支撑保障工程不断健全

《黄石市国家森林城市建设总体规划》要求，森林支撑保障工程，加强林业有害生物防控，努力降低林业有害生物成灾率；重点加强森林防火基层基础建设，严格森林防火责任追究和案件查处，建立健全森林防火宣传教育、预警监测、林火阻隔、预防扑救四大体系；加强林业技术推广和林业信息化建设，提高林业科技水平；加强森林资源管理和监测，严格落实林木采伐限额管理和林地征占总量控制等管理制度，严格查处森林案件，确保森林资源安全。

经过黄石市上下的努力，截至2018年5月底，取得了以下三方面的成绩：

一是森林防火体系不断完善。市委办、市政府办先后下发了《关于进一步加强森林防火基层基础工作的意见》和《黄石市森林火灾事故责任追究办法（试行）》，全市森林防火基层基础工作不断加强，修订完善了森林火灾应急预案，建立健全了扑火队伍，森林火灾隐患大幅减少。2013～2017年，全市发生森林火灾起数由177起、71起、8起、24起，下降到2018年的7起，森林火灾发生起数总体上同比逐年大幅下降（2016年因极端天气原因略有上升），2018年春节期间实现了零火灾的历史性突破，全市森林火灾频发态势得到有效遏制。

二是林业有害生物得到有效防控。林业有害生物防控目标管理责任制得到有效落实，全市林业有害生物监测预警体系、检疫监管体系和防治减灾体系不断健全，杨树食叶害虫、蛀干害虫、马尾松毛虫等主要林业有害生物得到有效监测预报和防治，全市林业有害生物成灾率控制在3.4‰以下。

三是林业科技服务成效显著。举办林业技术培训100多期，培训林农6000多人次，开展技术咨询2500人次；编制印发了《黄石市林业技术手册》、《黄石市村庄绿化指导手册》、《油茶高产技术》、《柑橘高接换种技术》、《杨树病虫害防治技术要点》等资料2万余份。林木种苗产业快速发展。全市登记在册各类苗圃120家，生产面积达4.5万亩，年出圃苗木3500万株，其中杉木苗1500万株、油茶苗400万株，年销售额突破1亿元。

我市绿满荆楚行动及森林防火工作获省林业厅通报表扬

2015年11月,湖北省林业厅分别通报了2015年度绿满荆楚行动造林绿化省级核查结果和森林防火工作情况,我市两项工作均获省厅通报表扬。

今年以来,我市以创森工作为抓手,强力推进绿满荆楚行动和森林防火工作,取得可喜成绩。据省林业厅通报结果,2015年我市已超计划任务的67.76%提前完成绿满荆楚行动任务。绿满荆楚行动加速了我市造林绿化的进程,推动了林业经济的发展。与此同时,2015年全市发生森林火灾5起,过火面积124亩,受害森林面积仅80亩,森林火灾次数由2013年全省排名第一位、2014年第二位退到第六位,森林火灾次数、过火面积和受害森林面积分别比上年下降92%、85%和95.5%。创造了森林火灾起数最少、森林火灾损失最低、森林火灾持续时间最短的历史最好成绩,得到了省林业厅和省防火办的充分肯定。这些成绩的取得,主要得益于:

一是领导重视,高位推动。市委书记周先旺、市长董卫民、副书记张家胜、副市长杜水生等领导多次调研绿满黄石和森林防火工作,并作出批示。各级党政领导都将造林绿化、森林防火作为重要工作来抓,全市上下形成了主要领导亲自抓、分管领导具体抓、林业部门牵头抓、相关部门配合抓的工作格局。

二是多方筹资,加大投入。市财政从2014年起每年安排1000万元创森专项资金进行以奖代补,2015年起每年追加500万元绿满黄石行动奖补资金;各县(市)区分别设立创森专项资金,用于造林绿化奖补,其中大冶市连续5年每年安排2000万元用于创建森林城市,阳新县每年安排不少于3000万元用于生态示范县建设和绿满富川行动,各城区(开发区)每年都安排1000万元至3000万元创森专项资金开展造林绿化。

三是精心部署,齐抓共管。市委、市政府把造林绿化、森林防火工作摆上重要议事日程,相继出台了《关于加快推进绿满黄石行动的决定》、《关于进一步加强森林防火基层基础工作的意见》和《黄石市森林火灾事故责任追究办法(试行)》等系列文件,明确了绿满黄石和森林防火的目标任务和工作要求,落实了责任单位。各县(市)区、开发区狠抓落实,各森林防火成员单位密切配合,齐抓共管,确保了绿满黄石行动和森林防火工作的有效开展。

三是强化考核,严格督办。市政府将绿满黄石和创建森林城市建设任务纳入政府年度目标考核五项主要内容之一进行考核。张家胜副书记、杜水生副市长多次召开创森造林绿化、生态廊道建设和森林防火协调督办会,检查督办造林绿化和森林防火工作;市林业局建立了创森工作检查督办机制,成立五个督办组,每个班子成员带队分片对各县(市)区创森和森林防火工作进行检查督办,定期公开通报排名。各县(市)区、开发区也把造林绿化和防火工作纳入各乡镇（街办）、各有关部门目标责任制考核范围，跟踪督查。并对造林工作进度缓慢、防火工作不力、年度任务不能完成的地方和部门予以通报批评。

（原载 2015 年 11 月 16 日《创森简报》第 97 期）

市林业局局长郑治发督查大冶市冬季造林

为加快推进造林绿化和国家森林城市创建工作，元月 6 日和元月 10 日，市林业局局长郑治发、总工程师范柏林带领造林科、创森办相关负责人，先后两次深入大冶市各乡镇村检查冬季造林整地和植树造林现场，督办国森工程项目建设和省森规划编制情况，大冶市林业局局长曹细平、副局长江学华、总工陈炳国等陪同。

督查组一行在现场察看了大冶市大箕铺镇袁家嘴村、金湖街办四斗粮村、陈贵镇上罗村、殷祖镇北山村等地造林整地情况，检查了东港公园、大冶湖湿地公园等国森项目建设情况，郑治发详细了解各乡镇村的造林绿化计划、整地进度、整地规模、质量、造林树种选择及省森规划编制情况，指出了少数国森项目进展不快、省森规划编制速度慢、整地进度不快、质量不高等问题。从总体上来看，大冶市委市政府高度重视，元月 4 日已召开全市造林绿化暨森林防火工作现场推进会，绝大多数乡镇、街办已开始冬季造林整地。大冶市市长王刚强调，今年该市造林绿化投入不减，栽多少补多少，上不封顶，并对未完成造林绿化任务的乡镇、街办、部门创建文明单位实行一票否决。从现场来看，造林整地进展参差不齐，金牛镇、陈贵镇、灵乡镇、还地桥镇、大箕铺镇、刘仁八镇、殷祖镇、金山店镇、罗桥街办行动相对较快，均已完成整地任务的 30% 左右，但金湖街办、云台山林场、东风农场行动较慢。截至目前，大冶市共完成整地面积 2.1 万亩，占计划任务的 29.6%；新造林 1560 亩，占计划任务的 2.2%。

郑治发局长对大冶市提出几点要求：一是要加强领导，充分认识植树造林和创建国家森林城市的重要性；二是要抢抓季节，迅速掀起冬季整地、造林绿化和创森工程项目建设高潮，加快造林整地进度，争取年前完成整地任务的 80%，力争全市创森造林绿化现场推进会在大冶市召开；三是要突出重点，着力推进宜林地造林、建成区绿化、通道绿化、水岸绿化、村庄绿化；四是加快省森规划编制进度，力争年前完成规划专家评审工作；五是加快国家森林城市工程项目建设进度，确保按时全面完成各项创森任务，为全市创建国家森林城市作贡献。

（原载 2017 年 1 月 16 日黄石林业网）

绿韵黄石

市林业局副局长石章胜
督查阳新县冬季创森造林整地工作

祝 劲

为贯彻落实全省加快推进国土绿化现场会精神，扎实推进森林城市创建和冬季造林绿化工作，2017年1月3日至4日，市林业局副局长石章胜带领第一督查组赴阳新县督查冬季创森造林整地情况，阳新县林业局副局长袁知雄一起参与检查。

督查组一行到龙港镇、洋港镇、王英镇、陶港镇等四个乡镇实地查看了造林整地情况，详细了解了各乡镇村的造林绿化计划、造林整地进度、规模、质量及造林树种选择等情况，并听取了阳新县副局长袁知雄的汇报。

石章胜强调，2017年是创建国家森林城市的关键之年，阳新县作为黄石的林业大县，要进一步加强领导，明确任务，强化落实，继续为创国森作出新的贡献。一是要高度重视，强化领导。创建国家森林城市是市委、市政府作出重要决策部署，阳新县政府要高度重视，强化领导，加大投入，确保创森各项工程建设项目和今年造林绿化任务按时完成。阳新县要加大创森工作力度，成立专门创森机构，落实专职人员，加强创森资料的收集整理。二是要明确任务，落实责任。对照《黄石市创建国家森林城市实施方案》和《黄石市2017年造林绿化任务分解表》，将创森工程建设项目迅速落实到责任单位、责任人，将造林绿化任务迅速落实到村组、地块。三是要抢抓时机，迅速行动。由于前段时间领导换届严重影响造林绿化进度，从现场来看，造林整地进展参差不齐，龙港镇、洋港镇、王英镇行动相对较快，均已完成造林整地面积1000亩以上，其他乡镇行动比较缓慢，城东新区、经济开发区、荆头山和半壁山管理区等四个区甚至还没有开展造林整地工作。截至元月12日，全县已完成整地面积1.72万亩，只占计划任务的20.5%；新造林1211亩，只占计划任务的1.5%。双港绿地、莲花湖公园建设行动缓慢；莲花湖绿道标识系统和七峰山省级森林公园科普解说系统未启动；通道绿化仅完成计划任务18.9%，308省道兴富线、413省道大三线和033县道龙港至洋港镇公路等道路绿化均未启动。各乡镇要迅速抓住冬季造林宝贵时间，倒排工期，排除一切困难，抓紧行动，迅速掀起造林绿化和创森项目建设高潮，争取春节前完成整地任务的80%，确保3月底前全面完成今年的春季植树造林任务。四是要同步推进省级森林城市和国家森林城市创建，确保春节前阳新县省级森林城市建设总体规划通过专家评审。五是要加大创森宣传，营造创森氛围。从检查的情况来看，阳新县创森的氛围不浓，在主城区、主镇区、公众场所、交通干道、主要出入口（火车站、汽车站等）几乎看不到创森宣传牌和标语，在各社区、村也未设立创森宣传栏，下一步阳新县要在创森宣传方面下大力气，充分利用电视、网络、报纸、手机短信、公交车、宣传标语等方式多角度、全方位宣传创森，以举办各类特色节会和森林进社区、花卉进家庭等活动为载体广泛宣传创森工作，提高市民创森知晓率、参与率。

（原载2017年1月16日黄石林业网）

七峰山林场狠抓森林防火和造林绿化

今春以来,七峰山林场为确保森林资源的安全管护,一手抓森林防火,一手抓造林绿化,做到了两手都不误。

当前正值森林防火严峻形势,七峰山林场高度重视,狠抓森林防火。一是多次召开森林防火会议,对森林防火工作进行部署安排;二是加强森林防火宣传力度,发放森林防火图册500份;三是加大护林员巡防力度,做到山上不断人。同时,七峰山林场狠抓造林绿化工作。场委会领导带队开展植树造林工作,各分场和后勤科室除森林防火人员外全部下队进行造林。截至目前,全场已造林240亩,其中:三教山杉木良种基地营造杉木60亩,茶叶40亩;七峰分场营造杉木50亩;百福山分场营造杉木30亩,檫木10亩;十八折分场营造杉木50亩。造林工作还在持续当中。

(原载2017年3月16日黄石林业网)

黄石市第三次林业有害生物普查工作全面完成

日前,历经三年艰苦努力,《黄石市第三次林业有害生物普查成果汇编》编撰成册,这标志着我市第三次林业有害生物普查工作顺利完成。

为了全面查清全市林业有害生物的种类、分布、寄主、发生及危害等基本情况,为制定防治规划、有效开展预防和治理提供全面、准确、客观的林业有害生物信息,保护林业资源和国土生态安全,促进国家森林城市创建,按照国家和省林业厅开展林业有害生物普查工作的相关要求,我市于2014年4月迅速启动了林业有害生物普查工作,制订了实施方案,成立了领导小组和工作专班,开展了外业调查和内业整理技术培训,累计开展外业调查351天,踏查路线240条、1216.8公里,踏查面积29.7万亩,设置并调查标准地392个1176亩,调查苗圃16个,设置并调查样方561个8520亩,调查大型涉木加工厂5个。普查共采集林业有害生物标本1200号435种,其中确定的325种,含虫害6亩54科281种,病害44种,有害植物1种,未确定的110种,完成省下达的重点目标种类完整生活史标本12种36套,拍摄林业有害生物生态照片960张。

通过全面普查,基本摸清了我市本土发生较为严重的林业有害生物的发生范围、危害程度以及2003年以后的外来林业有害生物,掌握了黄石市市域范围内有害生物分布和危害状况，丰富和完善了我市林业有害生物数据库。

（原载 2017 年 6 月 9 日《创森简报》第 179 期）

下陆区积极防治松材线虫病害

　　为切实保护森林资源，有效遏制松材线虫病害发生，6月19日上午，下陆区农林局聘请病虫害防治专业队伍，在东方山风景区、江洋社区、蜂烈山等地松材林内悬挂安装了30个松褐天牛诱捕器来监测天牛分布情况，同时对其进行捕杀，防止松材线虫病害的传播。

　　东方山是我市省级森林公园，也是是国家AAAA级旅游景区，是黄石城区中最大的林区，森林覆盖率达90%以上，生态地位十分重要。加强林业病虫害防治，保证东方山省级森林公园森林资源安全，是下陆区农林局的中心工作。此次安装30个松褐天牛诱捕器，是下陆区开展林业有害生物防治的有益尝试，将为下陆区开展林业有害生物防治和推广应用该技术积累经验。

（原载 2017 年 6 月 21 日《创森简报》第 183 期）

幽林清泉　樊泉树　摄